ecologia

CB064675

Edição apoiada pela Direção-Geral do Livro,
dos Arquivos e das Bibliotecas / Portugal

GOVERNO DE
PORTUGAL

SECRETÁRIO DE ESTADO
DA CULTURA

Joana Bértholo

ecologia

Porto Alegre São Paulo 2022

Copyright © 2018 Joana Bértholo e Editorial Caminho – Grupo LeYa

CONSELHO EDITORIAL Eduardo Krause, Gustavo Faraon
Luísa Zardo, Rodrigo Rosp e Samla Borges
PREPARAÇÃO Samla Borges
REVISÃO Rodrigo Rosp
CAPA E PROJETO GRÁFICO Luísa Zardo
FOTO DA AUTORA Vitorino Coragem

DADOS INTERNACIONAIS DE CATALOGAÇÃO NA PUBLICAÇÃO (CIP)

B538e Bértholo, *Joana.*
Ecologia / *Joana* Bértholo.
— Porto *Alegre*: Dublinense, 2022.
512 *p.* ; 19 *cm.*

ISBN: 978-65-5553-051-3

1. Literatura Portuguesa. 2. Romance
Português. I. Título.

CDD 869.39 • CDU 869.0-31

Catalogação na fonte:
Ginamara de Oliveira Lima (CRB 10/1204)

Todos os direitos desta edição
reservados à Editora Dublinense Ltda.

Av. Augusto Meyer, 163 sala 605
Auxiliadora • Porto Alegre • RS
contato@dublinense.com.br

*Se redescobrirmos o que na linguagem é
natureza e na natureza o que é linguagem,
estamos no caminho de reverter a voraz
destruição do nosso planeta.*

do *caderno de estudo dos ecos*, p. 1

pré-transição

os dias que correm

quociente diário de ternura

Acordas com as primeiras notas da manhã a fazer soar o gume de luz que une as persianas ao teu rosto. No sonho desta noite seguiste o rasto à floresta; atravessaste um bosque. Foi um sonho manso mas rigoroso. O bosque era interrompido por um vale. Foi lá que tudo aconteceu.

Ao voltar só encontras neblina. Ondulas. Humedeces os lábios. Entreabres os olhos. Os primeiros instantes: semiabertos, reticentes. Enrolas os nós dos dedos à borda dos lençóis. Está quase na hora de voltares a ser tu. Tentas dormir mais um bocadinho.

Nas páginas íntimas da tua história inscreveram-se contra ti e a tua vontade longas frases de luto, perda, deriva e desamparo e, apesar disso, nestes instantes antes da primeira tarefa, nada disso é real. Uma criança balbucia ao fundo:

Ele já acordou.

Agora já és tu, antes da biografia. És tu sem nome. Livras o rosto de cabelos, o pescoço a roçar na almofada, ajeitas-te à cama. Respiras fundo. Pura claridade. A cada acordar, pensas como seria se não te levantasses. Quieta e incógnita. Sem ter de ir buscar energia onde a energia rareia. Mas não to podes permitir. Contra esse pensamento, surgem interdições, sinais e semáforos: tantas palavras trancadas. Definições e rótulos. Pessoas que esperam de ti coisas informes. Lugares onde te aguardam. Tarefas por completar. Esquinas por dobrar. Palavras por compreender. Tantas.

Hoje tens uma entrevista de emprego. Queres largar o teu emprego medíocre. Mas não queres necessariamente encontrar outro. O que tu queres parece residir além da escolha, e isso deixa-te permanentemente insatisfeita. Encenas no teatro da mente as perguntas que te irão colocar e ouves as potenciais respostas: tu a desenhares o teu perfil com eufemismos, as tuas qualidades mais fortes, os teus piores defeitos, como geres um conflito... uma série de respostas que não são nem mentira nem verdade. Crês que se te conhecessem de facto, se suspeitassem como te sentes a cada acordar, nunca te dariam emprego.

Nem tu te empregas no essencial.

Dás a face oposta à almofada e o colo ao colchão.

Respiras fundo, os olhos ainda fechados. Cada palavra te empurra para baixo, sete colchões abaixo do chão tentas voltar àquele Vale, àquela luz inclinada, àquele silêncio reto. Em lugar disso, encontras um batalhão de verbos imperativos organizados na tua direção — *tens de tens de tens de tens de tens de tens de* — a ordenar-te que sejas tu ou qualquer coisa de ti, com nódoas e bainhas descosidas, tu sem saber onde pôr as mãos, tu a mentir ao teu irmão, tu a manipular a conversa do jantar, tu a fingir que sabes, tu sem pontuação: *devias devias devias devias isto devias aquilo devias ser mais assim e não te sentir tanto como agir mais talvez aparecer com ser outra muito mais como o que tu devias era*. Critérios e requisitos. Comparações. Devias levantar-te. Devias pelo menos conseguir levantar-te.

Espreguiças-te. Esfregas os olhos. Recuperas o nome que te chamam, *Ana,* engomas-lhe os colarinhos, atas-lhe os atacadores e tentas ser benevolente: *vá lá, Ana, é só mais um dia...* Ana: o teu nome pesa agora dez quilos, vinte anos, trinta desilusões. Que horas serão? Já estás tão cansada e ainda nem saíste da cama.

Tentas ouvi-lo, terá voltado a adormecer?

Já ninguém te chama Ana. O Vicente chama-te "Mãe" e todos os outros te chamam "Mulher-Eco". Não é o que és mas é o que fazes.

É então que o ouves. Ao ouvi-lo, o teu coração tropeça assustado: não lhe podes falhar. A voz dele vem como duas enormes pinças que viste ontem no supermercado a levantar paletes, eleva-te, um gancho cravado na pele por uma palavra curta e imensa: "Mãe". Sabes que alguém tem de subir ao topo desta palavra que ele ergue na tua direção. "Mãe". Quando o Vicente diz "Mãe" parece que essa palavra não só te descreve como te nomeia. Que é mais tu do que o teu próprio nome.

— Maaaaaaaãe...

O Vicente vive tão perto da primeira vez de tudo, e a primeira vez de tudo aguarda por ele todos os dias. A primeira vez que ele viu o mar — teve medo —, a primeira sopa, a primeira queda, a primeira chuva, o primeiro dente. Mesmo as repetições, pela frescura, são redundantes primeiras vezes:

— Maaaaaaaãe...

Libertas os braços de dentro do morno dos lençóis. Respiras fundo outra vez. Alguém tem de fazer de ti, agir como tu agirias, escolher o que tu escolherias.

— Maaaaãe...

Tens de ir. Ele acordou com a boca cheia de sonhos e dentro dele existem ainda todas as palavras do mundo.

Palavras que já rejeitaste, que te ensinaram a rejeitar — porque aprender é aprender a fechar. Vês como a cada dia ele fecha as possibilidades do que pode ser dito, aprende termos corretos e desusa "tãtáta", "nãnúa", "chentí", "dudú", "óh-ta", "fuúah!", "brrrreeeú", "cachiiim" e todo o vocabulário que compõe o seu maravilhoso discurso de ecolalias. Preparas o palato para a primeira palavra do dia. Que seja sempre o seu nome:

— Vicente. A mãe já vai.

Perguntam-te com frequência o que é que ele disse primeiro, "Mãe ou Pai?", e tu não te lembras. Atravessas o corredor, cambaleante, rumo a ele:

— A mãe já vai, Vi...

É o culto das primeiras vezes. Leste nalgum lado que Einstein começou a falar muito tarde. Por volta dos sete anos. Em adulto, quando questionado acerca disto, a justificação foi incontestável:

"Achei que não tinha nada de importante a dizer".

Que importa a primeira palavra se vamos dizer um milhão, um bilião, triliões delas ao longo da vida, tantas tão mais determinantes...? "Aceito"... "Noventa e dois"... "A segunda"... "Eu também"... "Barcelona"... "Não posso"... O facto é que não te lembras da primeira palavra do teu filho. Dizia "nana" para *banana* e dizia "áuá" para *água*. Palrava com o espelho e apontava. Dizia "bêh-bêh". "Pai" ou "Mãe" veio depois. Não sabes quando. Quer dizer, quais terão sido as primeiras palavras do mundo?

— Mãe!

Há a Teoria da Natureza e a do Sofrimento, e quem veja uma criança pequena irromper pela linguagem tem a tentação de acreditar na do Sofrimento. Esta propõe que a linguagem surge para dar expressão à dor, à carência, a uma necessidade, contra o perigo. Para nos agasalharmos do medo. A Teoria da Natureza, por outro lado, imagina que nunca houve silêncio, que os primeiros balbucios humanos estavam inseridos numa enorme orquestra de expressões, melodias e ritmos, que precedeu os idiomas milhares de anos. Os pássaros, o vento, a presença da montanha, o caudal da água, a mudança das estações e os animais, tudo tem discurso próprio. O Homem entrou no diálogo da mesma forma que o Vicente entra no diálogo, a imitar. A Teoria da Natureza propõe que a linguagem surge de uma série de onomatopeias que usámos para tomar parte da festa que nos antecipou. Para participar na conferência dos céus com o bosque, dos ramos com as folhas, dos animais com o horizonte. Não contra o medo, mas rumo à folia.

Ergues o choro do teu filho pequeno num gesto mestre que mil mulheres síncronas praticam desde os tempos que precedem a palavra, e encaixa-lo no colo.

— Bom dia, meu amor, dormiste bem?

Cessa o choro. É a Teoria do Sofrimento, mesmo que te agrade muito mais a da Natureza.

Ele enrola os braços pequenos em volta do teu pescoço, ensonado e birrento. Sentes o seu calor. Balbucia algo que não traduzes. Faz-te feliz que os primeiros sons a rasgar-te as entranhas possam ser o seu nome e sejam tão plenos de *bom, bem, amor, meu bem, tão bom, bem bom, amor meu...* Fazes-lhe perguntas para que ele te conte mais. Cobres a sua pele e os teus lábios de termos ternurentos para te preparar para a selva de rispidez que te espera no teu dia de frases feitas. Falas-lhe com carinho, um imenso carinho que não vais poder voltar a empregar ao longo do dia. És uma "Mulher-Eco", a tua profissão consiste em repetir o que os outros dizem. Trata-se de uma técnica de consultadoria que outrora te entusiasmou mas que hoje te tem saturada. Nunca nada carinhoso para poderes repetir. E assim ingeres com o Vicente, a cada manhã, a dose diária de ternura de que necessitas para te manteres sã.

Jogam o jogo da repetição. Ele aponta, tu nomeias, ele balbucia e tu moldas. Todas os dias o vês testar e desviar, abocanhar e derrubar, fazer distinções e com isso fechar a amplitude com que chegou à conversa. Um ser com qualquer idioma em potência. Invejas-lhe essa abertura, invejas tudo aquilo que ele ainda pode escolher dizer, e ser. Invejas-lhe a liberdade. De repente, ao olhar para ele, sentes-te velha e sem vocabulário para a frescura destas manhãs.

Antes de saírem, revistas a casa em busca de algo importante que possas ter esquecido. Todos os dias esta sensação de que há algo importante de que te esqueces; qual terá sido a primeira frase? *Bom, bem bom, bem, tão amor, meu bem, tão bom, amor meu*: repetes este amuleto. Para que te proteja do que aí vem.

O último espaço que percorres é o escritório e — já cá ficava! — agarras a papelada que imprimiste ontem à noite, uma série de entradas da Wikipédia e alguns artigos sobre as pessoas e a empresa à qual hoje vais pedir trabalho. Darla Walsh e o polvo corporativo. Como foi que vieste aqui parar?

Pronta para sair, ainda duvidas da roupa que a imagem no espelho te devolve mas não tens tempo para escolher outra. Não tens nenhuma melhor.

Ao descer, o Vicente pronuncia os números do elevador enquanto estes voam numa linha perpendicular ao chão e são sugados pelo teto. O seu dedo pequenino segue o movimento, "sete... sei... cinco... cato", ele aponta, tu nomeias, ele balbucia e tu moldas. No café, ainda sonâmbula perante a vitrine do balcão, nem precisas de "um café, se faz favor". Já te conhecem, já reconhecem em ti essa frase.

— Um bolinho?

Acenas que não. Sorris. O café queima-te ligeiramente a língua. Deixas um "obrigada" e um "bom dia" de aroma tostado. Tu e o teu filho pequeno caminham devagar e lado a lado até à porta da escola. Agachas-te para te despedires dele com um beijo, vários beijos, deixas que as suas mãos pequenas cubram o teu rosto e pescoço. Gostarias que o seu linguajar pudesse ficar marcado em ti como ficam os beijos melados. Gostarias de poder barrar a pele com o som da sua voz. Sabes que nas próximas horas a tua boca não voltará a provar tanto amor nem a tua voz tanta doçura.

Desces a rua e cruzas-te com duas senhoras de meia-idade que a sobem a passo lento. Ao passar por elas, um fragmento da sua conversa salta para o teu ombro e requisita a tua atenção, "eu nem percebi se a mensagem era para mim ou se era para a Daniela", e tu tentas sacudi-lo. Não o queres levar contigo porque é apenas um entre as centenas de fragmentos das centenas de conversas que darão trama ao teu dia. Um colossal *puzzle* cujas peças, quando arrumadas, não resultam necessariamente numa imagem reconhecível: "pode deixar aí que eles depois recolhem"; "vai querer contribuinte?"; "esses gajos já nasceram deprimidos"; "para o senhor Mário, o costume?"; "sabes, sim! O tipo do ano novo!"; "comigo, ninguém pode marcar ao meio-dia"; "depois daquela que comi no Algarve, nunca mais"; "aquelas pessoas com tatuagens que parecem doenças de pele"; "no *ferry* ainda apanhas na cara"; "isto aplica-se a tudo"; "há fraldas próprias para a piscina"; "Marcela, foste comer?"; "men say *obrigado* and women say *obrigada*"; "repara que há quatro anos e meio, cinco, o desporto desta gente era ver televisão"; "a minha avó tinha um destes"; "é um gajo mê'mo giro e sem merdas"; "pai, posso ir fazer flexões?", e tu segues e escudas-te das conversas que insistem em entrar-te corpo adentro — som, ar, brisa, sopro, vibração, estremecimento. Demoras a perceber que o carro não está no lugar onde julgavas que o tinhas deixado. Percorres toda a rua e depois as ruas paralelas e depois as perpendiculares. Um pouco aflita, entre o choque do carro roubado e a inquietação mais imediata de não te atrasares para a entrevista de emprego, sacas o telemóvel da bolsa: descarregaste no outro dia uma aplicação que rastreia o paradeiro de carros. Olhas para o pequeno ícone na lista de aplicações e percebes que é em vão: terias de a ter acionado *antes* de perder o veículo, não *depois*. E só então cai em ti um pensamento bastardo — tens o carro na oficina. Encostas-te a outro carro para recuperar da confusão. Pois, o pai do Vicente levou o carro à revisão. É típico teu, estragares assim tudo o que de bom te podia acontecer.

Em três pensamentos lógicos, mas deturpados, estás de novo a provar que não serves para nada e que nunca nada te irá correr bem. Culpas a medicação, culpas a televisão, culpas o capitalismo. Acabas sempre por culpar o capitalismo, ou o sistema, ou algo grande e abstrato. Mas não tens tempo de te reconciliar, tens de te pôr em marcha. Cruzas três paralelas rumo à avenida principal. Esperas. Nem um táxi. Esperas, enervada. Desces ao metro. Na carruagem cheia de gente, lamentas não vires munida de um livro, uma revista, de auriculares para ouvir música, nada. Sublinha a ansiedade. Tentas ocupar-te com a descrição do trabalho: continuarás a ser a Mulher-Eco. Farás o mesmo mas para uma cliente em exclusivo. Muito mais bem pago. Mais foco, menos stresse, mais dinheiro.

Soa perfeito, só falta convencer a parte de ti que resiste a este ambiente. O que é que tu tens contra as corporações?

Não é que não gostes de Darla Walsh. Até te parece que ela é mais do que a típica magnata mimada ou a celebridade que coleciona caprichos. Até a admiras. Sabes que uma mulher tão influente só pode ter um magote de inimigos, toda uma nação de antagonistas com capital para os invejosos. Achas que ela lida com tudo isso com força e dignidade. Afinal, reúne-se nela a trilogia da invídia: mulher rica e/ou poderosa e/ou inteligente. Em Darla Walsh vês algo diferente, mas isso também pode ser só *brandwashing*. (O uso massivo de inglesismos faz parte da cultura da tua profissão, e decides abusar deles na entrevista.) No fundo, ainda não decidiste se confias nela, e isso pode pesar sobre as tuas hipóteses de conseguir este emprego.

Tentas motivar-te imaginando-te ao lado de uma mulher tão poderosa... Tu! Little you! Tiny mini worthless little you! Tu-zinha, lado a lado com Darla Walsh. Dizes "Darla" e "Walsh" como um apresentador de um programa matinal de televisão, com suspense fajuto. Se calhar até irias deixar de te sentir esta nulidade o tempo todo, se calhar o teu trabalho seria mesmo um contributo qualquer, sei lá, podias influenciar uma decisão dela ou. Enfim. Mas afinal o que é que tu tens contra as corporações?

Deslizas o olhar pela extensa entrada de Darla Walsh na Wikipédia:

Contents [*hide*]

Early Life

Education and Family life

The Voynich Manuscript

Business Career

Media Career

Public Image

Philanthropy
The Human Genome controversy
Political Campaigns
Private Life
Wealth and Legacy
Honors and Awards
Other ventures
Authored books and publications
See also
Notes
References
Further reading
External links

Ela é sobejamente conhecida, nada do que lês é novidade. O que querias ler algures é o que podes tu, *tu-zinha*, fazer por ela? O teu trabalho consiste em repetir o que os outros dizem, uma técnica inventada por um *life coach* perspicaz que entendeu o valor desta forma de atenção, pela qual os grandes empresários já pagam pequenas fortunas. Descobriste — para tua surpresa — que tens vocação para ser eco, porque te agrada ouvir, manter-te escondida no volume da voz do outro.

"Há muito que *tu* podes fazer por ela", repetes, e a mínima possibilidade de essa ideia ser verídica dá-te uma vertigem.

Mais tarde, sais do gabinete onde teve lugar a entrevista convencida de que ela precisa de ti, de que ela gostou de ti, e essa convicção é a droga mais poderosa que já provaste. Queres mais! Pairas pelas plataformas do metro, de repente tudo é bonito e entusiasmante. Ligas a um amigo a contar o sucedido, que na realidade é um ex-terapeuta que tentaste seduzir e a coisa correu bastante mal, mas mantiveram contato. Ele atende por culpa, ouve-te passivo. Hoje não:

— Vai trabalhar para a *Darla Walsh*... a Ana?!

Quando entras na carruagem estás mais atenta ao que dizes, deixas de mencionar o nome "Darla" e o nome "Walsh" porque todos a conhecem. Ao mesmo tempo sentes uma soberba, queres que todos naquela carruagem saibam que aquela mulher tão poderosa, hoje, te disse que poderias vir a ter "muito valor para ela". Valor. Tu. Ela. Valor-ela. Valor-tu. Desligas a chamada e olhas em redor. Ninguém imagina. Será que não veem?

A carruagem abranda junto a uma estação concorrida e muitas pessoas saem. Ocupas um lugar vago junto à janela e encostas a cabeça. Pousas as mãos em cima das coxas e pesam-te todos os galanteios que tiveste de fazer brilhar em redor de ti própria, e pesam-te os nós dos dedos carregados de promessas, sentenças, afirmações, veredictos, adágios, os tornozelos tensos de correr atrás de gracejos, o ventre cansado de planos, doem-te os joelhos de tanta maledicência, o corpo tão cheio de opiniões. Fechas os olhos, descansar uns minutos. Tocam-te no joelho inadvertidamente. Um rapaz novo senta-se à tua frente para ficar junto da rapariga, até àquele momento tão apagada, e de súbito iluminada. Ele dá-lhe um beijo periquito na bochecha e diz-lhe num dulcíssimo português do Brasil:

— Vim só dar um *like* em você.

Ela resplandece. Tentas esconder um sorriso inevitável, o nervo esquecido que aquilo toca, e vês como ela cora e repensas tudo o que já ouviste hoje, esta densa teia de frases e palavras, esta manta de retalhos que compomos com tudo o que dizemos. Pensas em toda a gente que, neste momento, em vários lugares, diz uma frase meiga. Pensas no Vicente com antecipação, "olá meu amor tiveste um dia bom meu amor dia bom meu bem bom amor bom bem bom" — e olhas para os dedos das mãos dos dois adolescentes entrelaçados e a forma como não dizem mais nada, absolutamente obscenos de carinho e tesão naquela carruagem resignada e estéril.

Com furor e fervor, ainda queres vir a ser atravessada por muitas frases felizes.

com furor e fervor

Reunião na sede da CCM — Cirrocumulus Inc., em São Francisco: um espaço amplo, iluminado pelo demorado Verão californiano. Um escritório onde é difícil discernir uma hierarquia ou distinguir funcionários de patrões. Variações sobre o tema: calções largos — mesmo acima ou mesmo abaixo do joelho — uma *t-shirt* e uma camisa. Sandálias ou calçado desportivo de cores *muito* garridas. Roupa de fins de tarde despreocupados. As camisas desabotoadas e desbragadas. Um dos diretores-executivos está de chinelos de enfiar o dedo. Ainda traz ao pescoço pequenos remoinhos desenhados pelo sal que sobreviveu ao duche rápido que tomou depois do *surf* da manhã, uma horinha no mar antes de vir para o trabalho.

Tudo está pensado para comunicar espontaneidade e ligeireza. Tudo está feito de maneira a que sintamos ao entrar: "Eis um lugar onde até dá gosto vir trabalhar!", ou "Aqui, trabalhar deve ser *divertido*!" — um logro. Construído.

Um dos principais ardis para alcançar esta sensação são as evocações do espaço doméstico, apontando a um mundo onde o trabalho e o ócio não se distinguem. Volumosos pufes coloridos, um sofá comprido cheio de almofadas e de revistas de arte e cultura pop, vários ecrãs, espaços dedicados ao lazer, jogos, consolas, um televisor, aparelhos de ginástica, uma carpete felpuda para caminhar descalço. A cozinha está equipada com tudo o que se tem em casa.

No mesmo ecrã onde se responde a um *email* de trabalho, joga-se um jogo, ou publica-se uma imagem numa rede social. Parte da equipa está, justamente, presente de forma virtual, a partir de Barcelona, Moscovo, Joanesburgo, quiçá de Lisboa. Uma série de relógios legendados com nomes de capitais internacionais auxiliam a coordenação das constantes chamadas de videoconferência, ligações estabelecidas com espaços em tudo semelhantes a este, construídos em antigos barracões industriais, armazéns, unidades fabris desmanteladas, onde tudo se prefixa com "co". *Cowork, cocreation, cogeneration, communication, connected, coauthoring, codecision, cooperation, coordination, corporation, codeveloper, cosmopolitanism, codependence. Co-mpetition, co-nsumption, co-nsumerism, co-ntradiction...* Uso basto de *post-its* e organigramas pendurados nas paredes. Duas dezenas de funcionários, em número equilibrado de homens e mulheres, mas todos na mesma faixa etária. Todos *bastante* jovens. São em maioria *Designers*, Técnicos Informáticos, Programadores, *Tech-Geeks*, Relações Públicas, *Copy-Writers*, ou outra designação que encaixe na categoria geral — *criativos*. Empreendedores. Agentes das "indústrias criativas". Com títulos de emprego que nem sempre permitem perceber o que é que realmente fazem. Executivo de Fusão, Gestor de Identidade Virtual, Consultor de Processos de Margem, Consultor de Ressonâncias de Mercado, Administrador de Disseminações, Gerente de Corporativismo Viral, Fiscal de Suspensões Digitais, Analista de Tendências *Offshore*, Especialista Transcultural, Assistente de Soluções Estratégicas, *Brand-Trender*, *Brand Manager*, *Manager* de Sinergias, Produtor de Conteúdos, Assistente à Programação Relacional. As duas camisas abotoadas, nenhuma gravata, pertencem aos Economistas.

É a este espaço que chega a mulher com o cabelo louro preso no alto do cocuruto. Chama-se Darla Walsh e é a diretora-executiva de uma multinacional sediada em Dublin. "*She is the lady with the cash.*" Vem acompanhada da Mulher-Eco. Consta que a única coisa que a Mulher-Eco faz por Darla Walsh é repetir o que diz, e que ganha uma fortuna por o fazer. Consta que é uma técnica que agora os magnatas usam, que consiste em ouvir-se, com o objetivo de perceber se "sabe bem"... *If it feels right*.

Darla Walsh, seguida pela Mulher-Eco, atravessa o espaço. Darla olha em volta e a Mulher-Eco olha para Darla a olhar em volta. Apesar de ser um espaço de trabalho impressionante, que já fez capa em revistas de gestão, negócios e empreendedorismo, Darla não se sente impressionada. Está acostumada a este fenómeno que agora tomou conta de um certo filão do mundo empresarial, o local de trabalho como uma creche para adultos.

Um dos catalizadores de tudo isto, milionário aos vinte e três anos, é o homem dos chinelos. Há risadas abafadas, a atmosfera é convivial e, no entanto, percebe-se que algo importante está prestes a acontecer. Darla, a Loura Investidora, é a única que não joga o jogo da informalidade. Apesar da blusa solta de linhas geométricas, não cintada, a afastar de uma ideia convencional de elegância corporativa, veste uma saia travada e traz saltos. Está bastante maquilhada. Tem as sobrancelhas extremamente bem desenhadas. Atravessa o espaço sem meandros, num trajeto seguro, direta à mesa. Todos se apressam em redor. Alguém aciona os estores com um comando remoto e, apesar da altura elevada das janelas, estas são instantaneamente cobertas por uma fina película que escurece toda a sala, permitindo ver melhor os gráficos entretanto projetados. Alguns começam a tomar notas, uma cadência rítmica de dedos sobre teclados que vai servir de partitura musical a toda a reunião, tão banal que já ninguém ouve.

Estão ali reunidos para debater o que poderá ser uma das transições mais importantes desde a substituição do vapor pela eletricidade: a vida coletiva não voltará a ser a mesma. Uma operação de proporções globais, com consequências inimagináveis, e que tornará algumas das pessoas nesta mesa várias vezes bilionárias — mais do que já são. Darla já vigora no *ranking* das cinquenta pessoas mais ricas da Europa, e Timothy, o CEO das sandálias, seguido de perto pela sua sócia Kate Tate, entrou recentemente para a cauda dos duzentos norte-americanos mais influentes. Dinheiro não lhes falta, mas não se compara ao que virão a acumular caso este projeto resulte.

a vida coletiva não voltará a ser

— Maaaaãe?

O arrastamento característico com que Candela chama pela mãe, Lucía, mas também pelo pai, Pablo.

— Estou aqui!

Candela atravessa o corredor até ao escritório.

— Posso fazer-te uma pergunta?

— Todas.

— O pai disse que "nos dias que correm o público privatiza-se e o privado publicita-se"... o que é que isso quer dizer?

— Quer dizer muitas coisas, Candela. Os adultos agora mostram mais das suas vidas, há o computador e

— Não. Isso eu sei.

— Então?

— "Os dias que correm"?

— Ah, "hoje em dia"! Quer dizer "agora", "atualmente", "nos nossos tempos".

— Os dias que correm?

— Sim, Candela, "os dias que correm".

— Por que é que correm? Qual é a pressa? Correm para onde?

onde é que vão parar

A reunião na sede da Cirrocumulus Inc., em São Francisco, dá-se em torno de um otimismo no potencial da tecnologia para tornar a vida humana mais longa, mais equitativa e melhor. Todos nesta mesa têm interesse numa série de possibilidades beneméritas: aprender sobre o funcionamento da linguagem e comunicação humanas e, por extensão, sobre o cérebro e seus mecanismos; revalorizar o diálogo; melhorar a gestão de conflitos; aferir a possibilidade real de uma língua-franca, um projeto de paz e entendimento entre os povos... enfim, são inúmeros os efeitos positivos que este projeto poderá vir a ter na sociedade. Nada que invalide que queiram também abrir um novo Mercado, desenhar novos produtos, ou enriquecer de maneiras originais. Bem, enriquecer (ponto).

Querem mudar o mundo a partir das prateleiras no supermercado. Pondo lá novas coisas.

Mesmo que os consumidores não sejam crentes como eles — no Mercado, no Progresso ou na Tecnologia, — basta *consumirem* como quem o é. Não interessa aquilo em que se acredita, ou o que cada um defende, interessa o perfil dos hábitos de consumo.

Um dos programadores alonga-se num discurso missionário da inovação técnica, um verdadeiro Apóstolo do Algoritmo. Não tem dúvidas de que as pessoas vão aderir em massa a esta internet-de-todas-as-coisas, e que esta internet-de-todas-as-coisas vai expandir esta coisa já por si expansiva de se ser humano. Uma internet que desaparecerá porque estará em todo o lado. O Apóstolo do Algoritmo não tem dúvidas de que o futuro que nos aguarda é um lugar com muito mais possibilidades de gratificação, formas inusitadas de prazer e de consumo, e anseia ser parte disso — novos Mercados, corpos utópicos, vigilância ubíqua, casas-robô, bancos de dados, tecidos inteligentes, móveis mesmo muito espertos — "*That's how the future looks like*"

Finda a prédica, Darla faz a reunião avançar. Debatem o nível de maleabilidade dos consumidores, o medo da inovação, a resistência à mudança e o papel que isso poderá vir a ter na implementação do novo projeto, ou — como ela lhe chama — "o Plano". O século 20 treinou um batalhão global de consumidores para a docilidade, a disponibilidade para novos produtos, a valorização do novo pelo novo; mas o que aqui se discute terá proporções muito maiores.

As condições tecnológicas estão a postos, mas há nevoeiros morais e éticos. Está tudo pronto, mas não a um nível global, homogéneo, que é do que este projeto precisa para singrar. Timothy descreve uma série de programas de implementação da nova internet expandida, e gratuita, em países carenciados. Darla Walsh controla o Mercado de provedores de internet e azeda a doçura do plano com a rigidez dos regimes que veem a entrada da internet ubíqua como uma ameaça. Timothy mostra-lhe a estratégia pensada para este e outros cenários. Três horas depois ainda estão a discutir as discrepâncias globais no acesso à rede, mas Darla, impressionada, admite:

— Tenho de reconhecer que você e a vossa equipa pensaram em tudo. Estou maravilhada...

Timothy enche o peito de ar, vaidoso. A Mulher-Eco escreve tudo o que Darla diz, mas só o que Darla diz.

— Com o que me apresentam, consigo até imaginar que em dois ou três anos teremos uma manta de reconhecimento de voz a cobrir o planeta.

Em torno da mesa, todos se agitam.

— Ninguém vai poder dizer nada sem que nós escutemos.

Di-lo sem exuberância. A Mulher-Eco escreve esta frase em letra bastante maior e sublinha-a.

— As palavras serão nossas. Tudo o que for dito será nosso.

— A nossa estimativa é de vinte e dois meses, ou seja, menos de dois anos.

— Ótimo. Isso é excelente.

Dito isto, Darla cala-se. Baixa o olhar e entrelaça os dedos. Os gatinhos que cirandam pelo espaço empinam as orelhas em sinal de alerta.

— Vejamos. Tudo isso é simplesmente um grande preâmbulo ao que realmente tem de acontecer para o *nosso* projeto ser possível. E infalível.

Timothy acha que o facto de ela dizer "nosso" é bom sinal, muito bom sinal.

— Claro. Seguramente. Por isso é que já ativámos um

— Não me interrompa.

— Perdão.

— Podemos levar esta tecnologia a todo o lado. Temos o acesso à internet nas nossas mãos, podemos negociar com os Governos. Temos o reconhecimento de voz, portanto a linguagem falada. Isto são várias etapas cruciais ultrapassadas, e depois? O nosso verdadeiro obstáculo é — como dizê-lo? — a *cultura*.

— A cultura?

— No sentido sociológico. A tradição, forte e muito

enraizada, de espaço íntimo, a chamada "esfera individual", a privacidade...

— Pensámos nisso, claro. Isso é o cerne do nosso proje

— Não me interrompa.

— Peço imensa desculpa.

— O afamado "individualismo" da nossa era. As pessoas não irão abdicar disso por qualquer coisa.

— Totalmente de acordo. Mas e — se me permite...?

Ao toque de um botão aparece na tela branca um gráfico cujas barras correspondem a diferentes redes sociais. O subtexto é: "Se as pessoas cederam tanta da sua privacidade e informação pessoal em troca de interação social e outras necessidades anímicas, também irão aderir ao que eles agora propõem".

Darla discorda. Absolutamente.

— É outra coisa. Isto agora é outra coisa.

A Mulher-Eco anota.

— Onde estão os restantes mil milhões que não aderiram às redes sociais? É tudo ou tudo. — Sublinha com uma mão aberta sobre a mesa.

Timothy faz-se valer de mais gráficos, holográficos e paisagens visuais. Tem um contra-argumento preparado para todos os obstáculos que ela aponta. Ela roda a cadeira para ver melhor a apresentação. A sua cara, livre de rugas, está cheia de reticências. Timothy reforça:

— A saúde é a moeda de troca. O corpo vigiado é a nova compulsão. Os consumidores querem saber as calorias que ingerem e quantos passos dão e, se lhes oferecermos outros sinais biométricos, imagine, rastreio prematuro de doenças, perder peso facilmente, bom humor constante — os exemplos são múltiplos —, dão-nos o que quisermos.

— Mais — interrompe uma mulher jovem de traços asiáticos —, a partir desta ideia já temos apalavrados acordos governamentais de leituras biométricas obrigatórias para todos os cidadãos. Em poucos meses as pessoas não vão sequer poder "estar fora".

— Outros Governos irão determinar a adesão obrigatória por motivos de segurança — acrescenta Timothy —, como medida contra o terrorismo, por exemplo. Os pretextos serão os mais variados.

— Qual a percentagem de países que planeiam aderir às medidas de obrigatoriedade? — pergunta Darla.

— Ainda não estamos em posição de revelar esses números. Aumentam a cada contato estabelecido. Tudo *work in progress*...

O homem da barba por fazer, cuja função foi dada por um geral "criativo", interrompe:

— Permita-me insistir neste ponto: todos os estudos apontam para um fascínio generalizado por ver e monitorar o corpo. É a grande conquista do futuro. Já dominámos o Espaço, temos sondas noutras galáxias, em breve passaremos férias noutros planetas, isso já está. A seguir, os consumidores vão querer virar-se para dentro.

Ninguém ousa interrompê-lo:

— Temos de saber capitalizar esta nova fronteira. Temos de ser nós a criar os novos mitos para essa conquista íntima, a narrar essas metanarrativas de interioridade.

— É de uma imensa beleza, o que diz. Mas acha que isso diz alguma coisa à pessoa comum? — rebate Darla.

— O que o meu colega está a querer dizer — interrompe alguém que pretende voltar a trazer pragmatismo à discussão — é que os benefícios vão ser palpáveis. As pessoas vão constatar imediatamente que, entregando a informação de que nós precisamos, a sua qualidade de vida vai disparar. Um alerta quando os níveis de colesterol sobem, um relatório em tempo real dos níveis de açúcar no sangue, ou seja, um *corpo transparente*. Controlo, domínio, segurança. São tudo *palavras-muito-chave*! Imagine… um alerta de gravidez no momento da fertilização, compensação das hormonas que regulam o humor, *sentir-se sempre bem*. Não ter ansiedade. A maioria das doenças hoje consideradas graves não existirão, porque não terão hipótese de se desenvolver. As pessoas trocarão privacidade por saúde. É uma aposta ganha!

É a melhor oradora da mesa depois de Darla. Mas a Mulher-Eco olha para Darla pelo canto do olho e surpreende-se: eles estão a perdê-la.

— Isso é tudo fascinante, mas não nos garante que o nosso projeto singre. *Temos* a noção de que nunca se fez nada semelhante, não *temos*?

Timothy não está pronto a dar a reunião por perdida. Investiu tudo nisto. Recua três *slides* e repete as ideias centrais daquele que considera ser o argumento mais forte. Debatem. Não deixa de ser irónico, ser o projeto em causa sobre linguagem e eles não se entenderem. Darla, gasta e já irritada, dá por terminada a reunião. Também ela investiu tudo nisto. Levanta-se, aperta uma dezena de mãos sem lhe ocorrer os lugares-comuns sobre a força deste gesto *versus* personalidade, sem qualquer necessidade de provar a sua possança; isso fica bem claro na forma como atravessa o espaço ao sair. A Mulher-Eco segue-a. Voltarão a Dublin sem fechar negócio: é muito arriscado, poucas garantias de sucesso. Deixam para trás uma equipa desorientada. A bola de basquete largada a um canto e os ruídos cíclicos da máquina de café a moer café. Os gatinhos, muito pouco interessados nesta desenfreada luta por poder e mais poder e mais poder ainda, retomam a sua prioritária autolavagem, lambendo-se metodicamente, enroscados e espraiados, deleitados ao sol.

dizer nada em lado nenhum sem que nós escutemos

Espaço aéreo norte-americano. O céu, portanto. Um avião, entenda-se. Mais exatamente um jato privado, um Cessna 680 Sovereign, igualzinho ao de Harrison Ford, o ator favorito de Darla Walsh.

Depois da reunião em São Francisco, Darla ruma a Nova Iorque, onde ainda tem agendadas uma sucessão de reuniões nessa noite e no dia seguinte. É notório o seu desânimo.

— Isto podia ser gigante...

Não é de ânimo leve que recua perante o projeto com a CCM. Uma transição como nunca outra, que a tornaria numa das pessoas mais poderosas do mundo, muito mais do que já é. *Muito* mais.

— O que falta? — pergunta a Mulher-Eco.

Esporadicamente também coloca perguntas, um leque reduzido: "O que falta?", "O que é prioritário?", "Qual o próximo passo?". Darla contempla, pela janela oval do avião, o manto de nuvens sobre o qual parecem pairar. Não consegue articular o seu desconforto:

— Estes miúdos são muito inteligentes. Gosto deles. Mas são muito ingénuos.

— Há demasiada ingenuidade.

— É isso! É isso mesmo. Acho ingénuo comparar isto a uma rede social ou a um frigorífico inteligente. Isto é mil vezes mais...

— Isto é muito maior.

— Quer dizer, vai ter consequências inimagináveis.

— Vai ter consequências *inimagináveis*. — Um silêncio prolongado. — O que falta?

— Falta assim — como dizer? — um grande abalo.

— Um grande abalo?

— Algo muito forte... algo que abale as pessoas a um nível primário.

— Algo mesmo muito forte.

— Sim. Muito forte. Ninguém vai arriscar esta ilusão idiota de autonomia. Ninguém vai pôr isso em risco se não se sentir...

Recosta-se na cadeira e cede ao enfado.

— Se não se sentir...

Fazer com que Darla complete frases, outro expediente.

— Ouve, Ana. As pessoas só mudam se tiverem mesmo de mudar.

— Sem alternativa.

— Exato! Têm de se sentir encurraladas. Ameaçadas. Medo, medo, precisamos de medo!

— Precisamos de medo.

— Sim, de um grande abalo!

— Um abalo mesm

— Uma grande ameaça!

— Uma grande ameaça?

— Um inimigo!

— Um inimigo.

— Sim, por exemplo, um inimigo a combater.

De vez em quando, muito junto ao raramente, a Mulher-Eco gera pensamentos originais, que não são meros ecos daquilo que a cliente diz. Pelos valores que cobra não podia ser somente um papagaio. Ou sim, é isso que no fundo é, mas um papagaio com raras ideias peregrinas:

— Poderíamos ser nós a fabricar essa ameaça?

precisamos de medo

Naquela noite não estavas lá e não sabes porquê. Ias sempre àquele bar às quintas porque tens de fazer tempo para o da meia-noite, são uma seca os transportes naquela zona, a partir das nove é de hora a hora, e nunca te despachas das gravações antes das dez ou dez e meia. Podias apanhar o das onze, mas apanhas sempre o da meia-noite. É o último. Vais com alguns colegas tomar um copo ao bar da esquina. Nem sequer gostas da música, mas é um ritual. Marca o final da semana de trabalho, à sexta já ficas em casa com os miúdos. Domingo recomeça tudo outra vez. Domingo a quinta, é um ciclo fora do habitual. Também já ninguém sabe o que é o habitual, conheces tanta gente com horários irregulares, estilos de vida irregulares, depressões regulares.

Trabalhas de domingo a quinta e isso nem tem nada de especial, quinta à noite celebras o final de mais um ciclo com o copo no bar da esquina. Os técnicos são uns porreiros. Passam horas a gravar em estúdios insonorizados e aprecias o contraste: o som da música alta a obrigar-vos a curvarem-se uns sobre os outros, a aproximarem-se. É essa a cena da noite e da música alta, não é? Estão todos colados, aos berros, talvez um pouco bêbados, e é assim às quintas, e tu gostas. É verdade que são todos homens e tu és a única mulher, mas não é disso que se trata. Um deles, outro dia, disse-te que sonhou com a tua voz.

Sim. A *minha* voz.

Disse que gosta da forma como a uso, disse: "Gosto da forma *como usas a voz*", como se fosse um objeto. As entoações que dou à personagem, explicou ele, qualquer coisa na forma como falo, a que ele chamou de "tridimensionalidade". Nunca tinha pensado na voz assim, como um objeto tridimensional. Faço estas dobragens para ganhar uns trocos. Só com as aulas não dá. É a hora e meia de casa, todas as terças e quintas à noite, é um sacrifício, mas não paga mal e os técnicos são porreiros. Durante as gravações estão sempre do lado de lá do vidro, a comunicar por sinais; depois, no bar, colamo-nos todos uns aos outros e falamos das mulheres e dos filhos, e da precariedade e do cansaço e da arte e de como vai ou não vai mudar o mundo e o nosso papel nisso.

Sim, famílias. Foi o que eu disse. Há quem seja divorciado... Penso sempre nessas crianças.

Quando olho para os nossos miúdos sinto este pânico. Quero que tenham um pai e uma mãe, assim uma coisa normal, hoje é tudo tão instável. Eu sei, eu sei que acontece, sei que os miúdos ficam bem, que é preferível a crescer numa família hostil, com uns pais que só discutem. Mas. Mesmo assim...

Então: ele é divorciado. *Era*. É recente. A primeira coisa que eu perguntei: "E os miúdos?". É que eles têm dois rapazes, como nós. Fiquei com a sensação de que tudo é muito difícil, que ainda está a ser muito duro, mas posso ter projetado. Penso nestas crianças. Tenho sempre medo de fazer alguma coisa que os marque irrevogavelmente. É terrível, parece que não há como não lhes falhar. Faças tu o que fizeres, eles vão crescer e precisar de terapia, vão sentar-se no sofá do terapeuta até descobrirem que tudo se reduz a ti e a como lhes falhaste.

A *mim*, sim! Não é a *ti*, é a *mim*!

Não vês que é esse o problema?

Já sei, dizes sempre isso: "Dá carácter". Para ser franca, prefiro ter filhos sem força de carácter, sem espinha dorsal!, se isso os livrar de sofrimento e de traumas...

Não precisas de me dizer para ter calma. Não estou exaltada!

Nem sequer foi nada disso que lhe disse na noite em que falámos mais. Tive a impressão de que ele estava em sofrimento, apesar de na sala de som ele ser ágil e disponível, não é nada daqueles tipos sorumbáticos, ou fechados, tipo, é alguém... Sim: *era*. Começámos a falar, e é estranho ter estas conversas com música alta. Dou por mim e estou a gritar ao ouvido de um quase-estranho:

"VAIS VER QUE VAI FICAR TUDO BEM!"

E outras banalidades como:

"O MAIS IMPORTANTE PARA AS CRIANÇAS É SENTIREM O AMOR DOS PAIS!"

Imagina... Coisas que me surgiram naquele momento, o que é que uma pessoa pode dizer? Gritadas pareciam ter um poder imenso.

"UM DIA AINDA VAIS SENTIR QUE ISTO FOI A MELHOR COISA QUE PODIA TER ACONTECIDO."

Não pensei na altura se gritar aumentaria a tal "tridimensionalidade" da voz. Foi como se estivesse a construir um objeto dentro dele, uma coisa profunda, alta, larga, que lhe desse apoio naquele momento difícil. Um plinto, sabes?

Achas que a voz é capaz disso?

Bem. A voz, não. São as palavras.

As palavras.

Não sabes porquê. Não faz sentido...

Eu. Sim, porra: eu! *Eu não sei porquê*!

É tão difícil que algo em mim prefere que isto não me esteja a acontecer, mas a outra pessoa!

Se é que há uma lógica. Nos ataques. Nos sítios, quero dizer. Se tivesse sido no Centro Histórico, ou onde estão as empresas e as indústrias, ou a norte, ou... Mas aquele lugar, uma zona residencial, onde só mora gente normal, como tu, como eu, com as nossas vidas regulares cheias de irregularidades, domingo a quinta, dois miúdos, e há sempre quem se divorcie. Será que a separação já se tornou uma coisa regular? E os miúdos, caraças, não consegues deixar de pensar nos miúdos. Que ainda estavam a tentar ajustar-se ao divórcio e agora perdem o pai num atentado destes, esta coisa absurda que ninguém consegue compreender, que ninguém vem reivindicar; e estes miúdos vão crescer num mundo onde o absurdo é regular. E pensas: "Que será que a mãe lhes disse?". Como é que se diz uma merda destas a um filho? É isto que dá carácter? Será que a ideia de crescer com filhos com maior força de carácter alivia aquela mãe?

Ele disse-me que foi ela quem quis o divórcio. Ele estava destroçado. Este homem morreu sem se recompor.

Será que ela sente culpa? Será que ela pensa que, se eles ainda estivessem juntos, ele não estaria naquele bar naquela noite àquela hora no ângulo exato daquela bala?

Quanto mais penso mais acho que não consigo pensar. É isto, o estado de choque?

Tantas balas, tantas pessoas, as bombas e o gás, a loucura dos carros que se conduzem contra as coisas; ali porquê? O que é que na sua vida podia ter acontecido, ou não ter acontecido, para que não fosse ali? Para que não fossem aquelas pessoas?

Quem estaria ali por elas?

Se eu pudesse poupar o meu amigo, estaria a condenar outra pessoa no lugar dele?

Por que é que tem sempre de morrer alguém?

Por que é que isto aconteceu...?!

Como chegámos a este ponto...?

Como é que vamos explicar isto aos miúdos...?

"Calma"? Calma...!

Naquela noite *eu* não estava lá e *não sei por quê*!

Ia sempre àquele bar às quintas porque tenho de fazer tempo até ao comboio da meia-noite e aquele copo sabe-me bem. Marca o final da semana. Não sei porquê, o episódio que gravámos naquela noite deixou-me desconfortável, as falas da minha personagem, que dizia coisas como "há sempre uma voz na minha cabeça a dizer-me que vou falhar, que o que faço não é tão bom quanto o que os outros fazem, que o que tenho não se compara ao que os outros têm, que o que sou não é suficiente...", e aquilo bateu-me mal. *Tridimensionalidade* a mais? Quando acabámos de gravar era cedíssimo e eu pensei que se me despachasse ainda apanhava o das dez e chegava a casa duas horas antes do habitual, mas aquele copo ao final da semana de trabalho sabe-me bem, e lembro-me que ele insistiu, eles insistiram todos, que eu fosse, e quando penso nele a dizer-me: "Vá lá é só um copo eu também quero chegar a casa cedo", não consigo evitar pensar nos miúdos, e quando penso nos miúdos dele penso nos nossos miúdos e, sei lá, não foi mesmo uma decisão muito ponderada.

Apanhei o das dez. Havia mais gente do que no da meia-noite mas não estava cheio. Quando entrei em casa tu olhaste para mim daquela maneira, tu disseste que era alívio, mas o que eu vi foi fúria. "Por que é que não me ligaste?!", gritavas, e era fúria. Estavas furioso e desesperado e depois sim, abraçamo-nos e senti o teu alívio. Desculpa, tem de ter sido horrível.

Desculpa.

Foi a noite mais longa. As notícias não diziam nada. Quando é que percebeste que um dos ataques tinha sido mesmo naquele bar? E os telemóveis que não funcionavam, a rede em baixo, e durante minutos que parecem horas não sabes nada de lugar nenhum nem de ninguém e é horrível. Só sabes que a pessoa ao teu lado está bem, e tu estás bem, mas nem sequer o podes publicar, ou anunciar a todas as pessoas que amas, que estão algures, preocupadas contigo. E tu com elas. Horas sem saber nada e depois, quando começam a surgir as primeiras notícias, aquele absurdo todo... carros vazios a irem contra as coisas, os drones, as SMS anónimas, as bombas em sítios aleatórios... Não dá mesmo para perceber. Quer dizer, porquê Zagreb? Um parque de estacionamento, cinco carros vazios. Sim, claro, pode ter sido um erro. Marselha, um barco ancorado no Velho Porto; Estrasburgo, uma creche vazia, de noite. Penso nestes miúdos, no dia seguinte, que lhes dizem os pais? Não faz sentido nenhum. Há bombas a rebentar em escolas primárias, em igrejas e em supermercados. Como que raio vamos explicar isto aos nossos filhos?

orquestra de atentados deixa governos sem resposta

Esta madrugada a Europa, a América, a Ásia e a Austrália foram alvo de uma cadeia de ataques sem precedentes, e por reivindicar. Não há, até ao momento, qualquer informação sobre a origem, natureza e objetivo de um ataque desta magnitude. Dado que o termo "terrorismo" foi erradicado por decreto, os vários Governos lutam contra a ausência de protocolos respeitantes a esta situação por nomear. Foi declarado alerta vermelho e instaurado o estado de exceção a nível nacional, adotado por todos os países, e o estado de emergência a nível internacional. Permanece por esclarecer, nomeadamente, a ausência de atentados em solo africano. Dos cento e três ataques somados desde a primeira bomba, registada

em Melbourne, na Austrália, e o último tiroteio, esta manhã, em Zurique, apenas três foram reivindicados, mas as autoridades não confirmam a veracidade dessas reivindicações pois alegam que podemos estar "perante situações de oportunismo".
Os piores ataques terão sido os do metro, em Roma e Nova Iorque, e na estação de comboios de Munique. As estimativas rondam as nove centenas de mortos e um número muito superior de feridos. Prevê-se que estes números aumentem substancialmente nas próximas horas.
Vários ataques estão a ser perpetrados por carros vazios. As autoridades declararam que estamos perante "uma nova forma de agressão". Os diferentes sistemas operativos de diferentes firmas de veículos sem condutor terão sido alvo de pirataria e programados para embater em alvos aparentemente aleatórios. Exemplos registados são montras de lojas, sinais de trânsito e gradeamentos.

os dias que correm

Um programador concebe um aplicativo para iPhone que não faz absolutamente nada e custa 999,99 dólares, o valor mais alto que a Apple permite. Chama-lhe "I AM RICH" e descreve o seu produto: "O ícone vermelho no seu iPhone ou iPod vai sempre relembrá-lo (e a quem o mostrar) que você pode pagá-lo". Foi comprado oito vezes antes de ser descontinuado sem explicação pela Apple. Heinrich declarou: "Não tenho conhecimento de nenhuma violação das regras para vender *software* na AppStore"[1]. Além do mais, não é verdade que o aplicativo não fizesse rigorosamente nada. Continha um mantra secreto:

1 http://latimesblogs.latimes.com/technology/2008/08/iphone-i-am-ric.html

"I AM RICH
I DESERV IT
I AM GOOD, HEALTHY & SUCCESSFUL"
Erro ortográfico incluído no preço[2].

Uma turista compra um pedaço do muro de Berlim a um vendedor ambulante em Oberbaumbrücke. A sua irmã exclama:

— *This is sooooo intense!*

E publicam nas redes sociais uma *selfie* em que seguram o pequeno fragmento de História com o pôr do sol ao fundo.

Um mexicano paga milhares de dólares para poder cruzar a fronteira em segurança[3]. Mas não cruza a fronteira em segurança. Apenas cruza a fronteira. Ao chegar ao outro lado, quebrantado e a coxear, alguém lhe diz:

— *You've made it.*

Uma empresa paga pela exploração não regulada de todos os recursos naturais de duzentos hectares da floresta amazónica. Um aperto de mão diz:

— Negócio fechado.

E gordos envelopes selados transitam debaixo da mesa.

Um cinquentão investe todas as suas poupanças no primeiro hotel projetado para o planeta Marte, previsto para inaugurar dentro de vinte anos. Pergunta à mulher:

— Sabes da camisa bege?

---

2 https://priceonomics.com/how-to-charge-s1000-for-absolutely-nothing/

3 https://www.npr.org/sections/money/2016/01/08/462438973/episode-675-the-cost-of-crossing

Um outro homem aluga o próprio escalpe a uma marca de desporto para que se tatue nele o logótipo[4]. Quando passa na rua, todos exclamam:

— *Just do it.*

Após duas tentativas para patentear "Blue Ivy", ambas recusadas pelo Departamento de Patentes e Marcas Norte-Americano, as celebridades Beyoncé Knowles e Jay-Z não desistem na batalha pelos direitos de propriedade sobre o nome da filha[5], "Blue Ivy Carter"™. Um fã comenta:

— Dizemos o "meu nome é" mas o nome nunca é teu. Este nome tem de ser dela, tem de ser *mesmo* dela. É para isso que o dinheiro serve, ou não é?

Um septuagenário carregado de Viagra paga milhares de ienes para violentar uma rapariga num pequeno quarto dos fundos; ela, sedada e sem percepção do que lhe está a acontecer. No dia seguinte alguém lhe diz:

— Bem-vinda.

Uma mulher paga a outra mulher para que lhe queime paulatinamente, com laser, os folículos pilosos. A esteticista diz:

— Respire fundo que aqui é onde dói mais.

Um jovem empreendedor torna-se milionário da noite para o dia graças à aquisição da sua pequena *start-up* por um gigante das tecnologias. O pai do recém-milionário processa-o em metade da sua fortuna, alegando o direito de reaver todo o dinheiro investido no filho desde criança,

4 https://www.vice.com/pt/article/pgy7gy/aluga-se-espaco-na-cabeca-para-publicidade

5 https://www.correiobraziliense.com.br/app/noticia/diversao-e-arte/2020/07/16/interna_diversao_arte,872773/blue-ivy-carter-e-registrada-como-marca-apos-briga-judicial-de-beyonce.shtml

educação que está — logicamente — na origem da sua fortuna. A mãe diz:

— Pagámos-lhe tudo. Até à namorada, àquela que o largou, nós pagávamos jantares e idas ao cinema...

Uma celebridade cobra pela aparição num beberete organizado por uma conhecida marca de *gin*, um valor que corresponde a cento e oitenta e três vezes o ordenado mínimo naquele país. Todos os fotógrafos lhe pedem:

— Aqui! Aqui! Sorria!

Um homem coloca o boião opaco contendo esperma ainda morno sobre um balcão de fórmica e recebe em troca uma nota. Diz:

— Até amanhã.

Um país da União Europeia compra no Mercado de emissões de carbono quotas que legalizam o direito a poluir. São treze euros pelo direito de lançar uma tonelada métrica de dióxido de carbono na atmosfera. No final da reunião, alguém pergunta:

— Apagaste a luz?

Uma menina recebe duas moedas dos pais, das mais pesadas, por ter lido um livro inteiro nas férias. Olha para a estante dos livros em busca de algo para ler a seguir. O irmão mais velho diz-lhe:

— Escolhe os mais fininhos. São mais rápidos.

Uma mulher oferece o almoço às duas colegas de escritório e as colegas, incomodadas pelo despropósito do gesto, esforçam-se em disfarçar o desconforto. Uma delas diz:

— O próximo é meu.

Os pais de uma rapariga de doze anos morta por um comboio enquanto tirava uma *selfie* junto aos carris recebem em casa uma fatura de 19 mil euros pelos estragos na linha férrea. O advogado diz-lhes:

— Alguém tem de se responsabilizar pelos danos materiais[6].

Uma mulher paga a outra mulher para que lhe limpe a casa enquanto ela vai a um ginásio correr numa plataforma estática. No final, o seu treinador pessoal diz-lhe:

— Queimou duzentas e setenta e três calorias. Parabéns!

Uma beata paga a outra beata por um frasquinho de "Ar de Fátima". Despedem-se uma da outra:

— Que Deus a acompanhe.

Um homem paga a um outro homem para que lhe lacre o esfíncter anal com cera a ferver enquanto o insulta:

— És escumalha. És a escumalha entre a escumalha.

Uma mulher paga a outra mulher para que carregue por si um filho no ventre e lho entregue depois de parir.

— Que seja menina.

Um jovem poeta quer oferecer um poema ao dono do restaurante como pagamento pelo jantar. O dono lê o poema e devolve-lho:

— Aceitamos pagamentos em papel, mas é do outro.

Uma família paga a uma empresa de segurança para manter o seu condomínio privado protegido das pessoas

6 https://www.bbc.com/portuguese/noticias/2015/10/151022_morte_selfie_multa_mb_rm

que vivem na favela que começa ao fundo da rua. Dizem muitas frases começadas por:

— Essa gente...

Uma editora paga a uma livraria para que coloque o seu livro em destaque na montra. Apreciam:

— O verde da capa fica muito bem com o tom de fundo.

Uma mulher paga a um sem-abrigo por passar a noite na fila para adquirir bilhetes para o concerto de estreia do novo álbum do Justin Bieber. De manhã, quando abrem as bilheteiras, ela tem lugar à frente de centenas de pessoas.

— Ele de qualquer forma dorme ao relento. Mais vale ganhar algum com isso.

Um Museu de Arte Contemporânea paga uma cifra de sete dígitos por uma peça recém-descoberta no sótão da casa de um pintor famoso, já falecido. Alguém diz:

— Está ao contrário.

Uma jovem paga a uma mulher mais velha para que lhe coloque pestanas mais longas sobre as suas pestanas originais. Comentam:

— Ninguém diria que são falsas!

Uma jovem estudante contrai um empréstimo para pagar as propinas da universidade. Quando faz o cálculo das prestações dá-se conta de que vai estar a pagá-las até ter cinquenta e sete anos.

O pai dessa jovem estudante comprou uma série de apólices de seguro de vida que lhe garantem um ganho económico direto pela morte prematura de pessoas muito doentes e que ele não sabe quem são. Pede à seguradora:

— Que nenhum viva na minha cidade.

Não gosta nada da ideia de se cruzar com um deles.

Um nova-iorquino constrói um iglu no seu jardim durante o temporal Jonas, que desalojou milhares, e anuncia-o na plataforma Airbnb por 200 dólares a noite. O anúncio diz:

— *You must bring your own bath towels*[7].

Uma senhora paga a uma agência de casamentos para que lhe encontrem um parceiro. Quando lhe mostram o catálogo de pretendentes, diz:

— Este não, este não, este também não. Queria assim um com um ar mais... rico.

Um jovem crente paga à sua Igreja para que o seu Deus zele por ele.

Uma mulher paga cento e cinquenta mil dólares pelo direito de caçar um rinoceronte em vias de extinção.

Um homem que vive da terra e das suas colheitas paga a uma multinacional suíça para poder plantar as sementes de pimento vermelho que, em toda a sua vida, apenas existiram, ali, grátis. Como o ar ou o ir. A mulher dele, ao deitar diz-lhe:

— Vais ver que um dia nos fazem pagar por respirar!

Demoram a adormecer.

---

7 http://www.dailymail.co.uk/travel/travel_news/article-3415480/Now-Sextreme-holiday-home-New-Yorker-builds-igloo-garden-Storm-Jonas-lists -Air-BnB-140-night.html

Dinheiro: essa palavra impagável.

Money, Geld, soldi, argent, peníze, peninga, capital, prata, pilim, tostão, ouro, vintém, níquel, saldo, verba, massa, algum, trocado, papel, cheta, chato, custo, guito, grana, cacau, pataco, pastel, carcanhol e o teu tempo, que vale cada vez menos dinheiro, e nem sequer o ouves descrito assim, apenas o cochicho de uma generalista "precariedade".

Alguém te oferece um pouco mais em troca da obliteração de outra forma de valor — para traíres um princípio, ou para redesenhares uma fronteira moral — e tu pensas e pensas e pensas, e depois aceitas. Pensas que o dinheiro te vai dar jeito, porque isso é uma coisa que o dinheiro faz mesmo muito bem: dá jeito. E quando desabafas com um amigo sobre a escolha feita, sentindo o alívio de quem tira uma mochila pesada dos ombros, perguntas-lhe:

— Afinal... por que não?

por que não

No final desta reunião encontram-se apertos de mão, congratulações mútuas. A situação mudou muito desde as primeiras reuniões em São Francisco. Depois da infame Orquestra de Atentados nada voltou a ser igual. O discurso sobre o controlo e a vigilância agudizou-se, o que permitiu às tecnologias em que assenta "o Plano" instalar-se de forma ubíqua. A situação interna também melhorou, subindo a bordo do projeto os principais provedores de internet, um argumento incontornável para deter os últimos Governos resistentes. Muito mudou em pouco tempo. Sim, só faltava o medo.

Observo acionistas e investidores, enquanto saem, e tomo nota de quem estica a mão a quem, a assertividade do gesto, os ângulos do tronco. Reparo nos lábios apertados de um potencial investidor, no agitar de cabeça e num recolher de ombros de outro e sei, apesar das palavras de entusiasmo consensuais, que sobrevivem dúvidas. Há tensão nos corpos.

Ecoo as frases absolutamente afirmativas que todos acenam: "Vai ser gigante", "É um novo paradigma", "Sucesso garantido", "Está ganho", "É revolucionário", "Um mundo novo", "Vamos ficar todos muito", e permito-me uma sugestão:

— Talvez, na próxima reunião, possamos rever algumas das questões que ainda suscitam dúvidas.

E digo-o diretamente para o homem que premiu os lábios, cujos ombros continuam tensos:

— Com foco na diferenciação das tabelas para a linguagem escrita e falada.

Ele reage mal, sente-se lido:

— Ouça lá, a sua função não é repetir? Não lhe pagam para ser papagaio?

Darla baixa o rosto porque sabe que todos os olhares vão buscar a sua reação. Está acostumada a que reajam mal às minhas intervenções.

— A Ana é a minha assistente. O seu talento é espelhar os nossos argumentos para sentirmos se é mesmo isso o que queremos dizer, mas o seu mérito não se limita a isso. Todos sentimos que há questões incómodas que precisam ainda de ser discutidas. Nunca nada de semelhante foi feito; é natural.

Os corpos relaxam e organizam-se ao encontro da sua voz. Ângulos dos pés, braços que se descruzam, pescoços que se inclinam, expressões unânimes.

— Não se preocupem. Na próxima semana reunimos também com os advogados e revemos todas as questões debatidas hoje de um ponto de vista legal. Garanto-vos que não vão sobrar pontas soltas. A transição será suave.

Uma mão num ombro alheio, um sorriso aliviado, o abrir do botão de um casaco — agora sim, findou a reunião.

Darla fica, agarra no papel das minhas notas, estuda-as.

— Foi demais?

— Não, foste óptima.

Responde-me sem tirar os olhos dos meus rabiscos. Olha para as cadeiras dispostas em volta da mesa como se ainda os visse ali todos. Eu inventario o que o seu olhar procura:

— Muitas mãos trancadas, punhos tensos, tiques de cabeça incomuns.

Sei que ela também sentiu a tensão, apesar do absoluto otimismo das diferentes intervenções. Ninguém quis largar a máscara da confiança. Ninguém quis assumir que ser timoneiro deste barco amedronta. Todos quiseram expressar entusiasmo, mas o corpo traiu-os.

Revemos a linguagem corporal de toda a gente e focamo-nos no investidor dos lábios tensos e nos consultores de ombros recolhidos.

— As mãos fechadas, a tensão nos nós dos dedos, este movimento de cabeça. Eu diria que não estão só reticentes. Estes dois homens têm um segredo...

— Achas?

Eu, a impressionar uma das mulheres mais poderosas do mundo. Eu, eu-zinha.

Para lá do trauma e da terapia, a nossa cultura dá pouca ênfase ao poder de um bom ouvinte, ao aprimorar da escuta. Não sabem os anos que me demorou, nem que o que faço tem pouco a ver com saber repetir, mas muito mais com saber escutar. A melhor resposta não está no que dizes mas na forma como ouves.

O corpo fala — é isso o que espelho.

Anos e anos de depressão crónica levaram-me a infindáveis consultórios, a conhecer não sei quantos métodos terapêuticos. O que a maioria faz é compensar a alma por essa gigante lacuna: já ninguém ouve. Ninguém tem tempo. Quando comecei o estágio tínhamos exercícios vários, práticas de foco e de atenção, no Instituto e fora dele. Mesmo na minha vida social, dei-me conta de que passava o tempo da fala do outro à espera da minha vez de falar, a formular o meu argumento, a celebrar-me quando achava que ia dizer uma coisa pertinente. Pouco ou nada ouvia.

Nunca pensei que o curso me trouxesse tão longe. Há um estado de atenção plena em que não sobra espaço para mim, tudo é do outro: as suas palavras, os seus silêncios, as entoações, donde vem a voz, a cadência da respiração, a hidratação dos lábios e da boca, o hálito, o nível de suor do corpo, os tiques nervosos, a tensão nos membros, a postura, a tonicidade, a inclinação do tronco, os ângulos dos ombros, a forma do sorriso, quantos músculos faciais emprega, o brilho no olhar, se olha nos olhos, quantas vezes confere o relógio, ou o telemóvel, se mexe no cabelo, como se toca, como se senta, como ocupa a cadeira... é tanto em nós o que fala que, se quero mesmo fazer bem o que faço, tenho de me deixar ocupar pelo sistema explosivo de comunicação que é o outro.

Passei anos e gastei rios de dinheiro em terapia para depois descobrir que a única coisa que me ajudava não era falar, era ouvir.

primeira vaga

que te custa dizer alguma coisa?

o mundo não precisa de mais livros

— Maaaaaaãe?

— Diz, Candela.

— O mundo ia ser diferente se eu aprendesse palavras diferentes para as mesmas coisas?

Lucía restitui os copos de pé alto ao grande louceiro onde repousam muitos outros copos iguais, e só depois se vira para encarar a filha, sentada à mesa há três quartos de hora:

— Essa sopa já está mais que fria. Tu come!

berço, entretanto e ingrediente entre as primeiras

O anúncio foi feito esta manhã, em Dublin, na sede da multinacional Gerez: As palavras *BERÇO*, *ENTRETANTO* e *INGREDIENTE* estão entre as primeiras cinquenta palavras sujeitas ao período de testes do Plano de Revalorização da Linguagem. A Gerez, empresa mediática graças à recente polémica em torno da privatização do genoma humano, é também célebre pela sua diretora-executiva, Darla Walsh, que esteve mais de três horas a responder à imprensa internacional. O tema que suscitou mais perguntas foi a taxação dos termos. Walsh explicou: "Cada palavra tem um sentido e um peso diferentes, e por isso o valor de cada uma delas varia, como as pessoas vão ter oportunidade de experienciar nos próximos meses. O objetivo é estarmos todos mais conscientes do que dizemos, mais atentos ao modo como falamos. Tenho a certeza de que, a partir de agora, as pessoas vão deixar de falar por falar. Isso vai necessariamente enriquecer-nos, às nossas relações e à nossa vida enquanto comunidade".

A apresentação do projeto incluiu simuladores que os próprios jornalistas puderam testar, e assim compreender o dispositivo que permitirá, doravante, a taxação do que é dito. Durante a conferência de imprensa, Walsh partilhou as motivações pessoais para este ambicioso projeto: "Falo onze idiomas e sou fascinada por línguas. Quero encontrar a sua raiz universal, perceber como tudo começou, como funciona... Com a tecnologia disponível, isso é possível. Estamos a poucos passos de conseguir computar todas as emissões humanas e, quando o fizermos, vamos poder aprender coisas inimagináveis. Uma nova era, uma transição só comparável à da roda, do fogo, ou à introdução da linguagem escrita".

Eloquente e rigorosa, Walsh falou sobre como a linguagem faz de nós humanos, a ligação entre as nossas identidades culturais e os diferentes idiomas, e o quão pouco sabemos sobre as suas origens. Referiu-se também à atual desvalorização da palavra, a uma cultura da opinião em que já não se distingue um facto de uma "pós-verdade", na qual "o jornalismo, a literatura e as relações interpessoais perderam o norte". Reforçou a ideia de que "somos gratuitos a falar" e anunciou como missão da Gerez e do seu Plano de Revalorização da Linguagem retificar isso. Segundo nos foi possível apurar, às listas internacionais, ditadas pela Gerez/CCM, cada Mercado irá ter autonomia para emitir as suas próprias listas, consoante o idioma e a cultura. O Mercado do

Português©, por exemplo, revalorizará, na Primeira Vaga, as palavras "peúga" e "cimbalino", enquanto o Mercado do Português do Brasil© reconhecerá termos como "grampeador" e "bunda".

coisas inimagináveis

De manhã bem cedo, Lucía apercebe-se da seguinte mensagem ecoada no telemóvel, nos *displays* da cozinha, no espelho da casa de banho, no frigorífico, no *email*, no elevador, na entrada do prédio, por todo o espaço urbano. Não dá para não ver. A comunicação adota o tom de um auto governamental mas confunde-se com a publicidade. Ocupa trezentos e sessenta graus no seu caminho para a escola de Candela e depois para o emprego. Hoje, com paragem no escritório do advogado. Anda há dois anos a escudar-se de um emaranhado litígio familiar a propósito de umas terras no norte. Heranças.

Cara Lucía!

As palavras contempladas hoje pelo Plano de Revalorização da Linguagem são:

Aritmética	59 DCs
Cozinha	38 DCs nome
	61 DCs verbo
Napoleão	12 DCs
Oferta	83 DCs nome
	90 DCs verbo
Tonto	77 DCs
Tonta	52 DCs

A CCM e a Gerez desejam-lhe um dia cheio de conversas estimulantes. Lembre-se, a linguagem é um bem precioso: Use-o com sensatez.

Dentro do carro, já sozinha, parada num sinal vermelho, sente um cansaço enorme apoderar-se de si. Não correu nada bem com o advogado. Discute dinheiro em casa com o marido, discute dinheiro fora de casa com os irmãos.

Olha para os painéis do Plano e não resiste:

— A cozinha de Napoleão oferece uma aritmética tonta...

Uma janela abre-se de imediato no interface do tabliê, uma aplicação instalada para ajudar os utilizadores a monitorar os seus gastos. Lucía lê no visor:

501 DCs

... por esta frase. Será muito? Não tem a destreza matemática para perceber logo quanto é que isso vale em moeda corrente mas parece-lhe um valor residual. Uns cêntimos. Estranho é o produto da adição, 501. Ensaia rapidamente algumas contas de cabeça... 38... 12... 90... será que "oferece" conta? 59... 52... dá menos de 300. Como é que esta frase lhe custou 501 DCs? Clica no "mais" ao canto inferior direito do painel na esperança de conseguir aceder a detalhes da fatura. Lá está, cada termo descriminado e uma taxa adicional de 250 DCs pelo uso de um "recurso absurdo".

— De um recurso absurdo?! — estranha Lucía — Mas que raio...?!

No visor aparece de imediato "00 DCs" pelas duas frases que acabou de pronunciar e que ainda não têm termos revalorizados.

Olha em volta: vários carros com uma só pessoa, raramente duas, algumas vão a ler, outras a jogar, os carros que se conduzem a si próprios tomaram em poucos anos conta do Mercado. No carro atrás de si, um cão abusa da tensão da trela, no carro ao seu lado, uma porta que se abre e fecha, à sua frente uma rapariga fala alto ao telemóvel e ri-se muito, enfim, uma rua normalíssima. As pessoas no seu bulício habitual e, no entanto... Cai o verde, Lucía arranca, segue caminho, estaciona, entra no escritório, senta-se à secretária, ativa os interfaces, respira fundo, relaxa os ombros tensos, tenta focar-se no trabalho, tenta não pensar em nada exterior a cada tarefa. Passa o resto do dia invulgarmente silenciosa.

je pris longtemps le langage pour le monde

a cozinha de napoleão oferece uma aritmética tonta

O Fotógrafo detém-se perante um corpo que jaz morto no meio dos escombros. Um único membro escapou a ser soterrado. Também escapou a face, irreconhecível. Pela doçura das linhas do braço — o mais provável é que seja um braço, parece acrescentar-se a um ombro —, não se tratava ainda de um homem mas de um miúdo. Treze, catorze? O Fotógrafo manuseia, num gesto de mínima amplitude, o anel de foco da teleobjetiva, o *zoom* que lhe permite chegar à epiderme da morte, à superfície fotossensível, sem que ele se tenha de aproximar mais de quatro ou cinco metros.

Contra a sensação de impotência que os afunda, a ele e à Jornalista, o Fotógrafo quer alumiar a noite humana com o seu *flash*. Encandeia quem se interpuser. Não hesita em disparar. Não evita a trincheira das armadilhas éticas, questões indesejáveis sobre como se obtêm certas imagens, o custo e o benefício de dar a ver tudo isto. *Tudo isto* — aí está uma grandeza em que não quer ter de pensar. Todas as fendas as faltas as falhas as feridas, as fissuras e os abismos; *tudo isto*.

Tápio é um dos mais conceituados fotógrafos de guerra da sua geração. Do topo dos seus cento e noventa centímetros, fez de olhar um ofício. Em pleno teatro de operações, manobra o camuflado como na cidade envergaria um casaco de autor. Tudo de um rigor avante ao charme.

Sempre lhe pareceu uma expressão curiosa — "teatro de operações" —, a ele, que conhece tão bem as suas encenações. Experimentam-se estratégias, inventam-se armas, alternam-se idiomas de negociação, muda a paisagem. Mas o subtexto é sempre o mesmo: há sempre o vilão e a vítima, e os confusos vice-versas. Há sempre um peito corrompido, quem ceda ao encandeamento do ódio, mirre de vingança, há sempre quem delibere que a única forma de responder à morte é com outra morte, quem conteste uma violação com outra violação. Há sempre uma criança que não podia ter estado ali, ou uma explosão numa arena civil, uma morte imperdoável, choque de legitimidades. Há sempre várias verdades, todas absolutas.

Há, enfim, o momento em que nos tornamos iguais ao inimigo. Em que nos tornamos unos com aquilo que mais queremos destruir. O Fotógrafo queria tanto opor-se à guerra, denunciá-la, extingui-la; quis tanto que as suas imagens chocassem, comovessem — curassem! —, que se tornou uma extensão do conflito. Ele próprio a matéria de que a guerra é feita. Ou será que: todos nós, a matéria de que a guerra é feita? Carolina, a Jornalista, perguntou-lhe um dia, num tempo que hoje já parece outra vida, quando ainda atravessavam os dias com os dedos e as missões entrelaçadas:

— No momento em que nos colocamos *contra* a guerra, não garantimos que será perpétua?

Tápio não respondeu na altura e não responderá agora. Carolina caminha como quem se interroga e Tápio caminha como quem responde — só que já não em diálogo. Uma ação conduz a outra que conduz a outra que conduz a outra que traz outras por dentro, e assim sucessivamente. Ele dá um passo na imediata amplitude do lugar onde está, simplesmente, é só isso, um passo, caminho, avanço: é ela quem tem o vício de pensar em termos de *mundo*. Como a expressão *tudo isto*, uma ordem de grandeza demasiado extensa para as passadas amplas de Tápio. Se desenhares uma fronteira que divida o mundo ao meio, de que lado há mais mundo?

Para Tápio, o *mundo* é aquela fase em que as crianças, pequeninas, se olham ao espelho sem entenderem ainda que se veem a si próprias.

que se veem a si próprias

Carolina, a Jornalista, pousa as compras ao chegar a casa. Descalça-se. Leva os dedos a diferentes superfícies. Percorre silhuetas com o indicador. Vagueia. Senta-se no sofá e pousa ao colo oitocentas folhas de papel. Muito juntas. Agarra-as com as mãos tensas, como se estivesse prestes a acontecer alguma coisa estridente.

Hoje foi finalmente ver Franco, seu chefe durante décadas e até há poucas semanas. Franco mostrou demasiado empenho em cobrir as diferentes facetas deste recém-instalado "Plano". A sua idade e a sua saúde foram pretextos para um afastamento. Para o seu lugar foi chamado o "Suplente", que nunca chegará a merecer um nome próprio.

Carolina ainda não tinha falado com Franco, em parte porque tinha outra notícia difícil para lhe dar. Hoje, finalmente, foi visitá-lo para lhe dizer que, não obstante os oito anos de trabalho, não se sente capaz de publicar: "Mudei de ideias". Ao que ele: "São oito anos de trabalho, Carolina", ao que ela: "Eu sei".

— É o nosso trabalho!

Ênfase em "nosso".

— É o meu livro.

Ênfase em "meu".

— É o teu livro, escrito com o meu dinheiro.

Ênfase em "teu" e "meu". Discutiram. Discutir, na relação deles, não é raro nem depreciativo. Discordarem de forma irreconciliável é agora o problema. Ele sabe que ela se vai arrepender desta má decisão. Diz-lhe isso.

— É só um livro, Franco...

— Publica-o, então, se é só um livro!

— O mundo não precisa de mais livros.

— Tretas. Vamos publicar, com ou sem o teu nome na capa.

Ainda há aqui uma hierarquia. Ela não contesta, deve-lhe tanto. Deve-lhe a jornalista que é. Deve-lhe uma série de coisas muito mais caras e valiosas do que aquelas que ele lhe vem cobrar:

— Não me faças relembrar-te que as tuas deslocações foram pagas pelo jornal. As viagens, as estadias. As ausências remuneradas para escrever...

Também ele se exaspera, também ele já não sabe qual é o seu papel, sobretudo agora que o arredaram. Cinquenta anos de jornalismo, de estafeta a editor-chefe, e nunca o jogo esteve tão viciado. Franco teme o mesmo que ela: lançar o livro e vê-lo dissolver-se no torpor coletivo. Mais um livro entre as biografias estreladas dos *chefs* e os romances formulaicos em que só muda o título. Só não permite que esse medo o impeça de tentar.

Há tensão quando se despedem. Nunca a viu tão cansada. Pergunta-lhe por Tápio, e o monossílabo impaciente da resposta fá-lo crer que há que resolver isso primeiro, antes da questão do livro. Deixa-a ir, não insiste.

É nas palavras dele em que pensa agora, já em casa, sentada no sofá, com as mãos tensas sobre as oitocentas folhas do livro que desistiu de publicar. "Eu conheço-te, Carolina, vais arrepender-te desta decisão"... Quando foi, em vinte anos, que ele se enganou? Folheia as provas ao acaso, passa os olhos por uma frase, por outra, e já não se reconhece: há ali coisas que escreveu há três, quatro anos, seis. Tudo lhe soa vagamente familiar e intensamente inútil. "O mundo não precisa de mais livros." Ouve outra vez esta frase a abafar melhores pensamentos, um encadeamento severo de impotências, sem discernir os contornos a este *mundo*, nem do que raio é que ele pode afinal estar a *precisar*.

só muda o título

— Maaaaaaaaãe?

— Diz, Candela.

— Qual foi a primeira frase?

— A primeira frase do quê?

— De tudo!

— De tudo o quê?

— De tudo o que há!

— De tudo o que há, como?

— De tudo! Dos sítios todos e das pessoas todas! Qual foi a primeira coisa que se disse no começo, antes assim das outras coisas todas?

Lucía para de enxaguar os pratos, seca as mãos à toalha pendurada e vira-se para a filha que pinta um desenho sobre a mesa da cozinha (e que inclui a própria mesa da cozinha).

— Não sei.

Candela fica um bom bocado a pensar: num homem, ou numa mulher, ou numa criança, que, quando descobriu em si o dom da palavra, o usou para expressar a sua incerteza.

como grampeador e bunda

O tempo está "embrulhado", afinal não vamos ao parque. Segue-se a inevitável desconstrução: quem, como se "embrulha"?, é um presente?, e é uma oferta para quem?

— Não devíamos recusar este dia embrulhado, mãe! Devíamos sair e recebê-lo!

Eu, como sempre, a deixá-la voar, é escusado tentar pará-la, mas a explicar-lhe entre adejos a noção de expressão idiomática, metáfora, o uso literal. Coisas que já lhe disse mil vezes, e mil vezes mais as direi.

— Mãe, por que é que se passa tanto tempo a aprender o que cada palavra significa se depois significa uma coisa diferente noutra frase?

A verdade é que não sei.

— Não sei, Candela, é assim que falamos. Se não pensares tanto funciona melhor.

Falo-lhe uma vez mais da centopeia.

— Mãe, a centopeia outra vez não... — ri-se ela.

Uso a centopeia para tudo, sei lá, gosto da imagem.

— Um dia perguntaram à centopeia, com a sua centena de patinhas, "Senhora Centopeia, como é que consegue andar com tantos pés?". A centopeia nunca tinha pensado nisso, simplesmente andava. Pôs-se a andar e a pensar como coordenava as cem patinhas e, claro, tropeçou.

— Mãe, olha! O céu *desembrulhado*!

Nem ouso sugerir que "desembrulhado" não se usa. Deixo passar. Pomos os casacos e vamos passear. Ela pergunta pelo pai e eu invento uma desculpa. Ela vai brincar e eu sento-me por perto, a vê-la. Ligo ao Pablo, ele não atende. Candela volta a cada tanto para me mostrar uma plantinha ou partilhar um pensamento, e eu aproveito para lhe estreitar o casaco que insiste em despir. Tão vital, tão espontânea e leve quanto outras crianças e, no entanto.

Candela é *diferente*. Todos os pais acham os seus filhos particulares e especiais, não duvido que sim, mas. É *mesmo* diferente. Não vejo outros miúdos a pôr tudo em causa como ela põe. Com as palavras é excessiva, e torna-se para nós — para mim e para o Pablo — extremamente cansativa. Dou por mim a ler sobre filologia, lexicografia, etimologia, estudos semânticos, e doutorei-me em palavras cruzadas, para saber sempre como definir uma palavra sem a nomear.

— Maaaaãe...?

Sempre que ouço aquele "maaaaaaaaãe" alongado temo o que se possa seguir.

— Diiiz...

"O que é um *gabarola*?", "Um *estaleiro* é onde se fazem as *estaladas*?", "A palavra *verbo* não é um substantivo?", "Por que é que dizes *resultado final*? Se é um resultado não vem sempre no final?", "O que quer dizer *sorvedouro*? Tem ouro?", "Há um sinónimo de *sinónimo*?", "Se as janelas são todas tão diferentes por que é que chamamos a todas *janela*?", "Por que é que se diz é pouco honesto mas não se diz é pouco desonesto?", "A palavra *palavra* significa o mesmo em todas as línguas?"... E ela está nisto o tempo todo.

Para o Pablo não há motivo para nos afligirmos. Diz que a curiosidade e a intensidade intelectual não são distúrbios mentais. Diz que o deixa feliz termos uma filha tão desperta, que é o resultado de uma mãe que está sempre a ler e de um pai que é artista.

A mim também me deixa feliz. Mas. É que. Também me ameaça. Angustia-me.

Houve uns anos em que eu e o Pablo não discutíamos, e agora discutimos por qualquer coisa. Isto, da Candela, e o desemprego crónico dele. Ele manda-me à cara o dinheiro da minha família, pronuncia a palavra "privilegiada" como se fosse uma doença, e acusa-me de não entender o que é ser artista num mundo em que a arte é um produto como qualquer outro, descartável como o amaciador com extrato de aloé-vera e vivenciável como o fim de semana no *spa*. Eu explico-lhe, como na discussão anterior e na discussão antes dessa, que desde que saí de casa aos vinte e três anos que não beneficiei de um só cêntimo da fortuna da minha família e que, além do mais, e acho que digo sempre isto, "e além do mais, Pablo!", não é só a arte que é um produto na nossa sociedade, e que ainda assim os atores têm filhos e têm famílias "e sustentam-se, Pablo!", e não se dedicam a pairar por cima da realidade como tu insistes em fazer. Digo sempre isto tudo. E digo sempre, mas sempre, isto: "Vives como se o dinheiro não existisse!".

Ele explica que sim, que existe, mas não é o centro do seu mundo, sugerindo que não devia ser o centro do meu mundo, e volta a ser sarcástico em relação à fortuna da minha família (no fundo, todos os seus argumentos são uma variação desse), eu ameaço-o com a urgência de uma mudança, dizemos um par de coisas mesmo feias e não nos falamos o resto do dia. No dia seguinte retomamos a normalidade, ele vai a algum *casting* para o qual nunca é selecionado, ou, pior, tenta iniciar os seus próprios projetos. Manda candidaturas, concorre a apoios, põe as mesmas três ou quatro fotos de trabalhos muito antigos nas redes sociais, e depois sente-se apaziguado com o número de *likes* que angaria. E fica tudo na mesma.

Sem ele saber, levei Candela a uma psicóloga. Foi inconclusivo. O diagnóstico, quero dizer. Candela diz que a terapeuta é "encantadora" e que lhe ensina palavras novas que são muito boas. Da última vez ensinou-lhe "percepção", e durante uma semana tivemos "percepção" a comparecer em todo o lado e nas frases menos prováveis. Ou seja, não mudou nada...

Causa-me angústia. Tenho medo de que esta obsessão pelas palavras tenha algo a ver com o facto de ser — estas coisas às vezes aparecem assim, sob disfarce — quer dizer, de ela ser adotada. É que ela não sabe. Concordámos em contar-lhe quando fosse mais crescida.

Recebêmo-la com nove meses, numa fase em que os bebés já fazem uma paleta impressionante de sons e balbucios. Ela, nada. Chorava, mas pouco. Muito expressiva, muito atenta, mas nem um som. Levámo-la a um terapeuta da fala que nos disse para não nos preocuparmos, que estas coisas variam imenso de criança para criança. Aos dezoito meses, sem ensaios, começou a falar. Foi como se tivesse acordado naquele dia decidida a falar. Foi um susto enorme. Não me lembro de ter sentido alívio. Estranheza, talvez.

Foi entre os quatro e os cinco anos que surgiu esta monomania em volta de cada palavra, de cada frase. Quando aprende uma palavra nova, fica dias a repeti-la, com método. Temos de ser nós a ir balizando — "essa palavra não se usa assim"; "assim também não"; "não, Candela, não se diz" — ela avança por exclusão de partes. Creio ser esse o processo. É extenuante.

Começa a chuviscar e ela corre até mim. Lança-se nos meus braços e diz-me, de forma perfeitamente esforçada:

— Oh mãe, que dia *instável*...!

"Instável", lá está, aprendeu esta no outro dia. Agora inclui-a onde pode, sobretudo onde não pertence. Eu reforço:

— Isso! "Que dia instável". Muito bem.

Para ela ir balizando os usos possíveis, e não a perverter, como ainda esta manhã:

— Está bom assim, o leite, ou queres mais quente?

— Prefiro mais *instável*, por favor.

Nestes momentos tenho de a parar, e o problema é que estamos nisto o tempo todo.

— O tempo pode estar *instável*, Candela, uma pessoa pode ser *instável*... O mar... também se usa muito para falar de economia, de dinheiro... Tudo aquilo que muda muito, que varia, com que não se pode contar. Mas "*preferir o leite mais instável*", isso não se diz, amor.

O olhar que ela me devolve desfaz-me. Como se, a cada uso de um dado termo que eu invalido, estivesse a tornar o seu mundo mais exíguo e limitado.

Há uns tempos, a propósito da palavra "calçadão" e de ela não aceitar que não tem nada a ver com sapatos de um número muito grande, questionei-a. Por que é que ela põe aquele ar tão infeliz quando eu lhe digo que certa palavra não pode ser usada de certa maneira?

— Não é infeliz, mãe. Quero saber onde é que as palavras devem ser arrumadas.

Imagino que todos os outros pais acham os seus próprios filhos especiais e únicos e tudo isso, mas será que as outras crianças falam assim...?

— Mãe, quando se aprende uma palavra nova, acho que a devíamos poder usar em todo o lado. Usá-la muitas vezes, para praticar, até não a podermos esquecer nunca mais. Mas depois... Quanto mais a usamos mais percebemos que há muitas maneiras em que *não* a podemos usar. Não é estranho?

O chuvisco precipita-se.

— Mãe, porque é que se diz *uma carga d'água*? Alguém a pesou? Quem é que a carrega?

E eu agarro nela e apresso-me rumo a um lugar abrigado. Ficamos sentadas sobre uma pedra de mármore, num barracão improvisado para arrumos do parque. As duas muito aninhadas junto a um carrinho de mão, ancinhos e outras ferramentas de jardinagem. Em silêncio, a desfrutar da chuva intensa a cair. O olhar dela a perscrutar tudo:

— As árvores e os pássaros e as folhas também estão a conversar — diz.

Eu só ouço o barulho da chuva, do vento a remexer nos ramos, de um tronco que se ajusta ao fundo, ah, e agora sim, pássaros. Só sei dizer isto, pássaros. Que tipo de pássaro?

— O que é que achas que dizem?

— Já não podemos saber porque deitámos fora essas palavras.

Não, tenho a certeza. Os outros miúdos não falam assim.

deitámos fora essas palavras

A Primeira Vaga é um preâmbulo. Abrange somente uma pequena porção do vocabulário e a tecnologia ainda é "rudimentar", se comparada com o que já está a latejar numas quantas mentes brilhantes. O ritmo é lento: cinco a dez palavras por dia, a par da introdução de uma nova moeda digital, e a generalização dos dispositivos de reconhecimento de voz em todos os aparelhos, espaços urbanos e domésticos, todas as empresas, monumentos e cafés. Nestes dias de um futuro próximo, grande parte dos aparelhos já são ativados pela voz e o *software* de reconhecimento é alvo de inovação constante. Sobretudo o *software* desenvolvido pela CCM, que detém a vanguarda do Mercado deste tipo de produtos. Quando a tecnologia estiver pronta para a transição almejada, pagar por falar já será um hábito assimilado, uma coisa *natural* e livre de questionamento. Então, o mais inexplicável será a linguagem ter sido gratuita durante tanto tempo.

contra mim falo

Carolina, a Jornalista:

— Estou a ligar por causa do título do artigo...

Apetece-lhe dizer "Que raio de editor é você?!", mas:

— *Até você* sabe que isto é inaceitável.

— É só um título, Carolina, tenhamos calma.

— O título que eu enviei era "A internet que cobre todas as coisas".

— É só um artigo de canto, no suplemento de Tecnologia, não é propriamente uma primeira página. Respire fundo, vá lá.

O tom paternalista dele não ajuda nada o esforço que ela está a fazer para se manter conciliatória.

— Está a ouvir?! O título do meu artigo era "Uma internet que

— É lindo, Carolina. Devia considerar escrever um romance... Diga-me só, o que quer dizer? Parece que está a falar de cavalos!

Assim se esvai o esforço para se manter calma.

— "O fim da internet está próximo"?! Com ponto de exclamação?! Não pode estar a falar a sério! Não foi isso o que ele disse!

— Foi, palavra por palavra.

— O que ele disse foi que a internet *como a conhecemos* chegou ao fim, porque vai passar a estar em todos os aparelhos, em todo o lado, em tod

— O que a Carolina explica muito bem no artigo que ninguém vai ler. Não sabe que 79% dos leitores já só leem os títulos?

— Em que tipo de gazetilha se tornou o nosso jornal?

— Carolina, não se exalte. Sabe bem que me competem *a mim* essas decisões.

Não a chamaram a ela para substituir Franco. Uma represália. Circulam rumores acerca do livro que está a escrever, da natureza da sua investigação, e nada daquilo interessa às mais altas instâncias, as mesmas que passaram a controlar o jornal, assimilado por um grande grupo de plataformas mediáticas. O nome do Suplente veio de cima, filho de alguém ou apalavrado em casamento, o nepotismo de toda a vida. Conhecia bem a teia, mas ainda não o conhecia a ele.

O seu trunfo é estar convencida de que não a podem dispensar, dado o seu nome estar ligado de forma indissociável àquele jornal. Mas podiam transformar o jornal numa coisa tão abjeta que ela própria já não se quisesse ver associada a ele. Isso podiam. Mudar-lhe o título ao artigo, por muito que fosse apenas quatrocentas palavras a um canto do suplemento de tecnologia, tinha sido apenas mais um gesto enervante de uma espiral de gestos enervantes com que a vinham agredindo. Franco nunca teria mexido num título sem a consultar. Não se faz.

O Suplente do outro lado da linha a dissertar sobre as novas políticas de *marketing* do jornal, a cassete exausta do "modernizar infraestruturas", "aligeirar o sistema", pôr o jornal "a par dos tempos", "intensificar sinergias", "otimizar cedências de conteúdos", dado que "os média já não são isto". Promete "uma revolução que colocará este jornal novamente entre os primeiros", com "mais produção e maior eficácia", tudo muito "de acordo com o que o Mercado exige" (curioso, uns dias "pede", noutros "exige").

— Ouça, o tipo da Google *não disse* que a internet vai desaparecer...! Está a citá-lo fora de contexto. É desleal. Ele disse o oposto...

— Carolina, posso voltar ao meu trabalho? Tenho tanto que fazer...

Ela abre e fecha a boca e não sai som.

— Sugiro que faça o mesmo.

— É tão...

— A peça sobre a privatização das prisões está pronta? Preciso dela hoje à noite.

— O prazo é Sext

— Hoje, Carolina, preciso dela até às nove.

— Não está a ser razo

— Conseguiu imagens das celas de luxo?

— Sim, claro.

— Ótimo. Bom trabalho, então.

E desliga.

com oitenta e dois dólares por dia tenha uma cela numa prisão cinco estrelas

"Estou ciente de que isto é considerado um Hilton de cinco estrelas", diz Nicole Brockett, 22 anos, que fez uma reserva recentemente numa das prisões, no condado de Orange, a cerca de 30 milhas a sudeste de Los Angeles, e pagou 82 dólares por dia pela estadia correspondente à sentença de 21 dias por conduzir alcoolizada. "Está limpo", diz ela, empoleirada no tipo de sofá que se encontra nas salas das urgências de hospitais. "É seguro, e todos são

bastante simpáticos. Não tive nenhum problema com nenhuma das outras raparigas. Elas dão-me champô."
Por 75 a 127 dólares por dia, estes condenados — são conhecidos como "clientes" — recebem uma pequena cela com uma porta normal, alguma distância dos outros infratores violentos e, em alguns casos, o direito de trazer um iPod ou um computador, onde podem compor um romance ou talvez escrever uma música[1].

compor um romance ou talvez escrever

Tápio espera-a em casa. Tinham combinado ir juntos a um jantar de atribuição de um prémio. Dado ele ser um introvertido fóbico e odiar estas situações, que para ela são um prato cheio, fizeram um pacto. Vão sempre juntos. Ele faz somente o que tem a fazer, ela faz tudo o resto.

Na noite em que já circula por todo o país o título adulterado, Tápio tenta atravessar a inquietação que aquele tipo de exposição provoca nele. Tem calafrios e um aperto no estômago ao pensar naquele mar de gente a ouvi-lo agradecer o prémio. Pensa: "Não vou ser capaz"; o mesmo homem que experienciou as mais exigentes situações de guerra.

Carolina bate com a porta da rua e chega à sala furiosa. Não se dá conta do desconforto notório marcado no rosto dele nem do modo como se sentou no sofá, com a mão sobre o estômago, a ponta do pé em frenesim. Todos os dias desde que ele voltou, há três semanas, que ela chega a casa assim, incompatibilizada com alguém ou com alguma coisa. Donde vem toda esta indignação? Se não encontrar nenhum confronto personalizado frustra-se com o mundo, com a economia internacional, com o aquecimento do

1 http://www.nytimes.com/2007/04/29/us/29jail.html?_r=1

planeta, com as eleições norte-americanas ou a subida da direita, com esta coisa absurda e incompreensível de agora se pagar para falar.

— Não vais acreditar!

Carolina larga os sacos de compras e a mala com o computador de trabalho, desfaz-se dos anéis sobre a mesa, lança o casaco sobre o sofá.

— Que desplante...!

Todos os abusos de poder, todas as fugas de informação, todas as alianças, tudo ela traz para casa. Gesticula, crava percursos insistentes na alcatifa da sala, quer que ele atente em qualquer coisa no jornal com que rasga o ar em meneios exaltados. Mostra-lhe uma inserção mínima, ao lado de uma generosa publicidade em tons garridos a um aspirador insonoro. Ela aponta, ele reage:

— Um aspirador insonoro por 99,99 euros? O nosso aspirador está ótimo.

— Não, Tápio. Isto!

— Ah, "O fim da internet". É aquilo das paredes que te ouvem e dos fogões que fritam logo um ovo quando a proteína no teu sangue desce, não é?

— Percebes a gravidade disto?!

Ele não responde: há que deixá-la explodir e depois ver se vai a tempo de ainda fazer algo com os destroços.

— O gajo mexeu-me no título, Tápio. Mexeu no *meu* texto.

— Não se faz.

O olhar dele mais atento ao jornal que agora folheia do que a ela, e ela quer mais energia, maior envolvimento:

— Lembras-te, tu lembras-te?!, de quando naquele jornal alemão reenquadraram a tua fotografia, aquela, e em que só se viam os soldados?

— Claro que me lembro. Era outra imagem, contava uma história diferente.

— Ah!

O "Ah" dela é a forma sucinta de "então por que não pactuas com a minha fúria?", ao que o reajuste do corpo no sofá, a pose fleumática, o silêncio responderiam "porque chegas sempre furiosa a casa e já não sei distinguir, entre as tuas guerras, com qual me devo consternar...". Mas diz-lhe algo mais severo, num deslize de sensatez que lhe pode custar caro:

— Se eu trouxesse, como tu, o meu trabalho para casa, teríamos o conflito do Médio Oriente na sala de estar...

O tom de elevação moral serve para a calar. Os seus grandes olhos negros abrem-se mais para o ver. Ainda é o homem reto e peremptório por quem se apaixonou. Simplesmente o outro tinha mais tato.

— Achas que estou a exagerar?

— É só um título, Carolina. Num artigo de canto que mal se vê. Provavelmente vai haver mais gente interessada no aspirador que não faz barulho do que no teu artigo. Deixa estas merdas na redação, vá lá...

Não é a primeira vez que lhe pede isto. Que dizer? Pega na bolsa e no guarda-chuva. Deram chuva para hoje mas afinal fez sol todo o dia. Inútil, o guarda-chuva, e ela. Sai da sala. Pousa a mala no escritório, põe o telemóvel a carregar, despe-se. Troca a roupa justa do escritório por um camisolão largo e umas calças de fato de treino demasiado roçadas para levar ao ginásio. Abre a porta do frigorífico vazio. Procura no congelador qualquer coisa pré-cozinhada. Abre, liga, despe, verte, raspa, limpa, guarda, acende, empurra, tranca, passa o pano, cruza, baixa, tapa, desliga, e todos estes gestos são feitos de forma sonâmbula, ausente, porque na realidade ela continua uma certa conversa telefónica da qual claramente não levou a melhor.

— Como é que ele foi capaz?!

Simplesmente não sabe deixar o trabalho no trabalho. Espeta o garfo na massa da bolonhesa, vertida para uma tigela de cereais. Leva-a consigo para a sala e senta-se de pernas cruzadas no sofá. Liga a televisão. Tápio, atónito, pergunta-lhe o que é que está a fazer e só nesse momento é que ela se dá conta de que fez tudo sem nunca lhe perguntar se ele tinha fome ou se já tinha jantado. Desculpa-se, atabalhoada, sem no entanto perceber o real motivo do espanto dele.

— Merda... O prémio... É hoje.

O problema não é a bolonhesa ou o pijama improvisado, que isso troca-se e guarda-se em dois movimentos, o problema é que ela não pode mesmo ir.

— Tenho de entregar a peça da privatização das prisões hoje e ainda nem sequer falei

— Vais trabalhar? Vais trabalhar *hoje*?

— Tápio, desculpa. Esqueci-me completamente...

Ela desvia por um instante o foco deles, de volta à televisão, onde a seduzem uma série de imagens de uma companhia que levou teatro até um enorme campo de refugiados. Num palco improvisado, no meio da lama e das tendas precárias, um grupo de atores recita Shakespeare. "É fabuloso", pensa. Tápio estupefacto a olhar para ela, e ela tentando não perder o essencial a ambos os campos, o da sua sala e o de refugiados.

— Se for mesmo imprescindível para ti, eu vou.

Ambos sabem que isso não é verdade. Há um prazo na redação e às vezes eles são jornalistas antes de qualquer outra coisa. Na maioria das vezes. Enfim, sempre.

Encaram os dois o ecrã. Nas imagens, um homem distribui folhetos com a tradução em Árabe© e em Farsi© do texto teatral, juntamente com pipocas. No plano seguinte mostram o ator no centro do palco improvisado entre tendas:

— *"I understand a fury in your words, but not the words"*.

Tápio agarra o casaco, certifica-se de que as chaves estão no bolso, o telemóvel. Está tudo. Será capaz de ir a uma destas coisas sozinho?

— Deixa estar. Termina o teu artigo.

De porta aberta para sair, Tápio repara, ao fundo do corredor, na luz que ela deixou acesa, a luz do quarto, mas sente um enorme cansaço perante o pequeno trajeto.

língua órfã

— Maaaaãe...?

— Sim, Candela.

— Diz aqui que "o Basco© é uma língua órfã". O que é que isso quer dizer?

Lucía engole em seco. Todas as palavras menos essa. Hesita, o que é mesmo suposto definir?

— Acho que tem a ver com não lhe conhecermos ao certo a família. Tu conheces bem as grandes famílias das línguas, é o mapa que está no teu quarto.

— Sim, mas não lá está o Basco©.

— Procuraste bem?

Candela corre ao quarto e Lucía procura *online*: "idioma natural sem comprovado parentesco com outro", que "não pertence a nenhuma família ou tronco linguístico". Não encontra muita coisa além disso. Percebe que, além do Basco©, são órfãs o Burushaski©, o Etrusco©, o Pirarrã© do Brasil, o Movima© da Bolívia, o Sumério©, o Hatti©, o Coreano© e o Japonês© ("há debate em torno do Japonês©, que pode ser considerado a sua própria família, junto com outros idiomas da região"); descobre famílias com nomes caricatos ("Chukotko-Kamtchatkan©"). Continua a ler. "Tantas línguas de que nunca ouvi falar...", "e também há línguas órfãs entre as línguas gestuais...". Para. Vai ao quarto e encontra Candela diante do grande mapa de famílias de línguas do mundo que Carolina e Tápio lhe ofereceram no Natal.

— Ainda estás aí, pulguinha? Já encontraste o Basco©?

— Mãe, uma língua-órfã pode ser adotada?

Sismo-susto: quem será que lhe ensinou a palavra "adotada"...? O coração tropeçado:

— Acho que não, Candela. Mas pode haver influências entre dois idiomas e suponho que um deles pode ser órfão. Pode encontrar *irmãos*, digamos.

Quando Pablo chega a casa vai-se sentar a seu lado sem intenção de parar de argumentar enquanto ele não concordar em contar a verdade a Candela. Já tiveram esta discussão muitas vezes, sabe o que Pablo vai dizer. Ela partilha das suas reticências: Como se diz uma coisa destas a uma criança que questiona cada palavra de cada frase? Quantas horas vão ter de estar com ela a construir um novo dicionário? Depois de um longo debate, Pablo cede e sugere que a chamem. Lucía vai encontrar Candela na sala, a chorar em frente à televisão.

— Mãe, o que é que está a acontecer às palavras...?

Lucía abraça-a e explica-lhe que ninguém, nunca, a irá impedir de falar. Que vai poder dizer tudo o que lhe apetecer, que não muda nada.

— Agora pagamos, mãe. Já não são palavras, são coisas.

— É a mãe que paga, meu amor. Tu não tens de te preocupar.

Há um assombro inaugural no seu rosto. Lucía podia desligar a emissão, mas é inútil. Os anúncios a explicar as minudências do Plano estão por todo o lado. Deixa-se estar junto a ela, esquecida da anterior missão, aflita com a aflição da filha. Tenta ajudá-la a ver, a interpretar.

Um pai pode construir uma arquitetura de preconceitos e falsas verdades em torno de um filho. Se calhar é inevitável que o faça. Dizer "isto é assim", ou "aquelas pessoas são más", "acreditar nisso é feio", "homens não choram", "Deus castiga", "as meninas nunca dizem essas coisas". Se se disser a um miúdo "agora as palavras são coisas pagas, como essa *t-shirt* e esse casaco e esta casa e essas batatas fritas", ele devia acatar a novidade como mais uma regra deste infinito jogo dos adultos. Ou não?

Lucía pensa no futuro. Consegue até antecipar a reação de estranheza quando à próxima geração for explicado que, outrora, falar era gratuito. Vai parecer-lhes um arcaísmo, uma coisa pré-tecnológica. Como quando nos dizem que havia dentistas séculos antes de haver anestesia; que a televisão era a preto e branco; ou que, quando te atrasavas, não podias mandar uma SMS a avisar. Como é que as pessoas viviam? Candela chora em frente ao televisor e não há nada que ela possa dizer para apaziguar a sua inquietação.

— Mãe, as palavras...

olhos da cara

Olho	70 DCS
plural	73 DCS
Cara	89 DCS

Taxa compósita 2,3%
Taxa idiomática 13%
Total 198 DCS

Bem vistas as coisas até nem são assim tão caros, os "olhos da cara".

as meninas nunca dizem

Sobre as guerras a que já assistiu, o Fotógrafo diz:

— Foram tantas que já lhes perdi a conta.

É falso. Sabe exatamente quantas, e quantos dias passou em cada uma, e a imagem que cada uma cravou em si, sempre muito distinta da imagem que a imprensa reproduziu. Imagens que empacota e expede, artefactos de uma cultura exótica onde se morre e se mata sem opção, para constar dos expositores e museus ocidentais e sublinhar a diferença. A distância. Imagens-Muro.

Algumas dessas imagens receberam prémios. Várias, vários. Nunca são representações daquilo que na guerra há de sórdido ou grotesco. Não há sangue no seu portefólio. O que Tápio busca é amplificar uma *resistência*, uma contradição que toma muitas formas: uma roda de velhos a jogar um jogo de cartas num campo de refugiados, alguém que insiste em atravessar pela passadeira numa rua bombardeada, uma menina a cumprir os deveres da escola numa casa em ruínas, mulheres sentadas no chão a cantar, crianças a jogar futebol com uma bola de trapos, um ancião acocorado à sombra a vender cerejas maduras. Talvez Tápio fotografe a recusa. A forma como certas pessoas se recusam a ser a guerra quando só há guerra disponível em redor. Busca o avesso da guerra num rosto ou gesto de deliberada mercê.

É assim que sabe que tem uma imagem *dessas*, das que ganham prémios e entram nas coletâneas anuais de fotografia. É quando ele próprio sente paz. Pode ser até que fotografe para se consolar.

Sempre que recebe um destes prémios volta às nações ditas pacíficas. A cidade exige dele um constante regime de alta segurança: tentar não ser atropelado pela religião do stresse, vestir o fato de forças, estreitar a gravata, deixar-se ritmar pelo cronómetro exigente das tecnologias. Cansado, recebe o prémio, sorri, agradece, sente vaidade — é inevitável que sinta vaidade — e é com alívio que volta para a guerra. Quando o pai sofreu um enfarte, Tápio carpiu, enterrou e voltou para a guerra. Quando compraram o apartamento em Lisboa e o inauguraram com pompa de lua de mel, encontrou tempo para limpar as lentes, para coser a aba rota da mala do equipamento, ter tudo pronto para, no momento que ela baixasse o olhar e lhe permitisse uma pausa, Tápio pudesse voltar para a guerra. Quando Carolina empregou a palavra "divórcio", Tápio não disse nada, baixou uma persiana, agarrou uma muda de roupa e voltou para a guerra. A vida dele é este baloiço, agora sobe, agora desce, coisas que vêm, coisas que vão; o único chão onde se reconhece, onde se pode erguer, estabilizar, é o chão daquele retorno. Voltar para a guerra.

para se consolar

— Maaaaaaaaãe?

— Diiiiiz...

— O que é "tingir"?

— É pintar uma peça de roupa ou dar outra cor a um tecido.

Candela fica uns instantes calada. Olha o seu pijama azul.

— Maaãe?

— Sim.

— Qual é a cor do orgasmo?

Pablo pousa o jornal.

— O quê, filha?

— Estava uma senhora no computador do pai, no outro dia, a dizer que ia tingir o orgasmo. É porque não gostava da cor?

a fury in your words but not

Carolina vê o nome da Lucía no ecrã do telemóvel que vibra. Atende.

— Podes ir buscar a Candela? É mesmo perto de tua casa.

— Algum problema?

— O costume. O Pablo ligou a dizer que ficou preso numa audição.

Carolina prime os lábios um contra o outro para não dizer nada.

— Sim, claro que apanho. A escola é aquela de esquina ao chegar aos bombeiros, certo?

Lucía ri-se.

— Essa era a creche, Carol... Sabes há quantos anos a tirámos da creche, não sabes?

Se a pergunta não fosse retórica, Carolina não iria saber responder. Que se passa com estes miúdos que não se cansam de crescer?

— Mando-te já o *link* com a morada. É a dois quarteirões de ti. Tens de trazer a Inês, a amiguinha. Vou avisar os pais dela. Entras e vês logo a recepção. Pergunta onde é a dança criativa. Não há que enganar.

— Dança quê?!

— Criativa. Espreita. É fantástico.

— E também têm dança não criativa?

— Ui. Se estás de mau humor deixa a minha filha fora disso...

Enerva-a a facilidade com que se posiciona um oportuno "criativo" a adjetivar tudo. Em oposição a quê? Se abrissem um *workshop* de dança ou de cozinha ou de escrita *não criativa*, a esse, sim, ela quereria ir. Isso, sim, seria novo.

— Que se passa?

— Tenho tido uns dias de cão no jornal. O Suplente é um idiota. Hoje recusou-me outro artigo.

— Sobre o quê?

— A privatização da linguagem, claro. Ninguém publica nada que questione a Darla e o seu poderio.

— Recebi hoje a primeira fatura. É insólito...

— Sinto que vou à redação todos os dias fazer *copy-paste*. Ninguém discute nada, ninguém

— Não é verdade. As pessoas leem-te. No Facebook estou sempre a ver artigos teus, tens imensos *retweets*...

— Tu achas que alguém lê? Querem mostrar que leem a coluna da Carolina Virtanen, mas ninguém lê de facto a coluna da Ca

— Carolina, respira. Claro que leem. Só não sabem o que fazer com aquilo tudo. Tu disparas em todas as direções.

— E não é caso para isso?

— É! Justamente. Por isso é que és tão partilhada nas redes sociais.

— "Tão partilhada nas redes sociais". Ouves-te?! Sou eu, o meu trabalho, lado a lado com as proezas dos gatinhos e a *selfie* na praia.

— Não é a mesma coisa...

— Cai tudo no mesmo poço sem fundo. Não ressalta, não explode, não magoa, não faz mossa... Não muda nada!

— Estamos a ter esta conversa outra vez, já reparaste? Pareces um disco riscado!

Carolina está cansada de dizer as mesmas coisas, o tempo todo, e nada mudar. Oxalá o serão seja calmo em casa de Lucía. Precisa das perguntas da Candela e das conversas com Pablo sobre teatro, e de não pensar tanto na conjuntura internacional.

— O Tápio não disse nada, pois não?

— Não.

— Põe-te cá e já conversamos, vá.

— Estás a despachar-me?

— Sabes que não. Preciso das mãos para cozinhar.

— Põe em alta-voz...

Às vezes fazem isso. Carolina é alguém que precisa muito de falar, o que é diferente de conversar. Lucía não atribui arrogância nem ensimesmamento a este exercício unilateral, em que a ela só lhe compete dizer "hum-hum" de vez em quando. Ou "pois é", "é isso", "já viste...?", "claro...", "vê tu só!".

— O Tápio disse-me um dia que há um provérbio finlandês que diz "uma única palavra consegue causar vários sarilhos".

Numa ampla tigela de vidro, Lucía abre com o punho fechado uma cova ao centro da farinha. Parece um vulcão que implodiu.

— ... só acontece porque estamos sobrealimentados com uma dieta diária de catástrofes e de crueldade, é impossível termos espaço para absorver tudo o que...

Lucía amassa. As mãos, os punhos, os braços, o tronco, tudo se envolve com o ato.

— ... só queria o fulgor de um livro-fósforo! Queimar tudo com um texto! Mas sabes como é o Franco, pôs-se logo...

Do esvaziamento da linguagem à nossa solidão, os apartamentos que nos separam, encaixotados a ver televisão, sem tempo para nada, a única catarse é consumir, consumidos pelo consumo, a vida mecânica, a aceleração, o terror noutras partes do mundo e a imprensa nisto tudo.

— Fervemos de impotência, já não sabemos explodir. Esquecemos as palavras-gatilho, desmantelámos os argumentos-granada...

Lucía amassa. Junta mais sal, junta mais ovos.

— ... sais à rua e parece que continua tudo na mesma e depois pensas: pagamos pelas palavras...

Molda uma grande bola com a massa, que recai sobre si como um disco, uma maqueta de uma nave espacial.

— ... de forma inconsequente, já viste? No fundo, perdeu-se essa forma de honra, deixámos de ser *pessoas de palavra*. Agora somos *pessoas com palavras*. Elas já não nos constituem! E isso só pode ter...

Cobre a massa com um pano e deixa-a descansar. Inclina o pescoço para a direita e aprecia o seu trabalho.

— Olha... A massa está pronta. Tratas da Candela?

— Sim, estou a sair. Até já.

Não chega a tempo de assistir à aula de dança criativa. A julgar pelo entusiasmo de Candela e da amiga, foi óptima. Candela não estranha vê-la a ela e não à mãe. Pelo contrário, corre para os seus braços:

— Tiaaaaaaaaa! — E já no seu abraço. — Trazes palavras novas?

Os outros miúdos pedem guloseimas, jogos ou brinquedos, Candela pede palavras novas. Não tinha pensado em nada, mas acena que sim, diz que hoje traz umas quantas "giríssimas", mesmo especiais. Tenta ganhar tempo enquanto pensa em alguma.

— Hoje vou jantar com vocês!

Candela não esconde o quanto isso a faz feliz. Carolina é uma heroína no seu universo onde as palavras são o bem supremo. Quando a mãe lhe disse que a sua tia emprestada faz das palavras profissão, ficou paralisada.

Fascinada. Entretanto percebeu melhor o que é um jornalista e já não se comove tanto.

— Tia Carolinaaa?

Adora a forma como arrasta o som do seu nome.

— Diz, Candela.

— É mesmo assim fixe ser jornalista?

Carolina pensa nos egos e nas vaidades e nos eufemismos e nos interesses e nos *lobbies* e nos informadores e nos penetras e nas escutas e na privacidade e na falta dela e na pertinência ou na falta dela e no desinteresse pela verdade e pelo rigor e na falta de tempo para investigações de fundo e no arrastar dos artigos todos para o fim do dia e na mecanização das tarefas e nos *bots*, na merda dos *bots*, já para não falar das chantagens e nos pagamentos por baixo da mesa e na corrupção toda e olha para a miúda a seu lado e diz:

— É. É mesmo assim muito fixe.

Não quer que ela deixe de acreditar.

— Estás a pensar ser jornalista quando fores grande?

— Não sei. Queria fazer uma coisa com palavras. Mas os jornalistas usam todos as mesmas palavras, e eu acho que queria usar palavras novas, ou diferentes.

Tão pequenina, tão perspicaz.

— Podes ser poeta...

— Não, poeta não. Nem atriz. Nem artista de qualquer espécie.

Prefere não perguntar porquê, temendo que tenha a ver com o pai e saia dali uma bota que não saiba descalçar.

— E tu, Inês? O que é que tu queres ser quando fores grande?

A pequena Inês desperta do seu recolhimento:

— Eu? Eu vou ser rica.

Tápio desce um lanço de escadas até ao espaço que teria servido de cantina, na escola agora desmantelada, onde alguns colchões de ginástica empilhados sobre uma mesa improvisam um leito. Despe o blusão, amassa-o sem medo do vinco e chama-lhe "travesseiro". Procura num dos bolsos as fartas pomas de silicone e uma viseira que traz sempre consigo. Coloca-os mas os bombardeamentos lá fora continuam cá dentro.

A viseira sobre os olhos tem nela bordada a palavra

"P A Z"

em inglês. Foi Carolina quem lha ofereceu. Colocá-la é um retorno aos primeiros dias da primeira pessoa do plural. Eram jovens e ricos em espírito de missão. Tinham a guerra toda em volta e uma fé improvável de que lhe veriam o fim. Foi num tempo em que ser membro da imprensa, e assinalá-lo, lhes garantia proteção. Onde quer que fosse, Tápio levava consigo fita-cola colorida para rapidamente desenhar as letras de "T V" ou "P R E S S", sobre uma superfície. No tejadilho do carro, por exemplo, para que os atiradores aéreos o identificassem. Ao percorrer uma zona de combate, ao receber tiros de aviso, os jornalistas estendiam as câmaras para fora do veículo.

Hoje a guerra passou a ter lugar também — ou sobretudo? — na forma como é veiculada na imprensa internacional. A batalha que todos querem ganhar é a da opinião pública. Mudaram as armas, a tecnologia, mas mudou sobretudo a natureza da narrativa, a forma como contamos histórias e como desenhamos linhas entre realidade e ficção. Tápio abomina o tempo da "pós-verdade", tanto quanto o próprio termo.

Carolina disse-lhe, da última vez que estiveram juntos, que "lhes faltam veias por onde correr tanta indignação". Tápio discordou. Respondeu que "somos tão humanos quanto sempre fomos", mas também podia ter dito "tão desumanos". O que há agora é outra velocidade, e tudo nos aflige mais rápido e ao mesmo tempo e tudo está envolto em maior complexidade. O mundo tornou-se muito maior em possibilidades e muito mais pequeno em liberdades. Ou vice-versa? É confuso. Tápio faz isto há mais de trinta anos e só agora se sente assim, confuso. E quando volta para casa, torna-se difícil encará-la, a mulher que nele debruou a palavra

"P E A C E"

Travam a mesma luta, são ambos jornalistas, e ambos se sentem esmagados por uma sensação espessa de impotência. A culpa não é deles, explica-lhe Tápio. Ele faz o que sempre fez, ela faz o que sempre fez, mas os resultados são diferentes. Pior, os resultados são nenhuns.

Perante o impasse, adotaram estratégias opostas. Carolina embargou todas as suas formas nativas de lutar, o que para ele equivale a baixar os braços. Não compreende que, às vezes, não fazer nada é uma coisa cheia de coisas lá dentro. Há impotência, há demissão, há cobardia, há parálise, há acédia, e nenhuma destas formas de inação se mestiça. Não dizer nada não é o mesmo que não ter nada para dizer.

Tápio abandonou o hábito de identificar os veículos com as letras "P R E S S" e até esconde a câmara, se necessário. Mas continua a trazer consigo a viseira em seda preta que ela bordou para ele.

Foi em Beirute. Ela já era a Jornalista e ele já era o Fotógrafo, mas ainda estavam longe de saber o que viriam a ser um para o outro. Passados anos, ela iria deixar o jornalismo de guerra e transitar para o Departamento de Sociedade e Cultura. Na altura, na movimentação essencial daquilo que neste episódio interessa, o encaixe e os afectos, foi ela quem reparou nele. Tápio carregava a claridade distintiva dos homens escandinavos, como se as leis da gravidade se resolvessem de forma diferente perante o seu garbo. Um horizonte vertical, era assim, bonita, que ela achava a linha que o seu corpo esguio desenhava na paisagem esgarçada. Tápio ainda não tinha reparado nela. Muito menos tinha atribuído valor à intensidade com que ela olhava para ele. Como Fotógrafo, deixava o homem que era, as necessidades básicas, dormir, ter fome. Virava homem-bússola, calibrado para o cardeal da sua missão, e nada o desviava. Carolina frustrou-se, mas logo também sentiu o pejo de se entreter com estes pensamentos num contexto de tanta urgência, de prioridades tamanhas.

Sempre houve guerra no mundo — frase repetida como unguento sobre a guerra proposta — então, tem de ter havido milhentas histórias de amor, outras tantas de desamor, a começar e a acabar em cenários de guerra. Até pode ser o mais fértil de todos os terrenos: que mais há além do amor, quando se pode morrer a qualquer momento?

Certa manhã receberam diretivas para deixar Beirute rumo a sul, onde o conflito se intensificava. O *Humvee* que lhes servia de transporte não despertava, e ninguém conseguia identificar a origem da avaria. Foram obrigados a improvisar uma viatura civil. Tápio subiu ao tejadilho à revelia de todos. Estirou pedaços da grossa fita colorida e com ela desenhou as letras da palavra

"P R E S S"

Carolina ergueu-se para fora do veículo, pela janela, espreitou sobre o tejadilho, observou-o alguns instantes.

Olhou as letras. A segurança que ele imprimia aos gestos. Como se tudo importasse.

— "Press"...

Carolina lê. Pergunta-lhe com uma limpidez desprovida de ironia:

— Porque não escreves antes "peace"?

Tápio não pôde mais não reparar nela.

antes "peace"

Com intervalo de poucas horas, os Governos irlandês, norte-americano e japonês, seguidos de imediato pelos Governos alemão, francês e canadiano, anunciaram políticas internas de privatização da linguagem. Os programas de implementação diferem de país para país mas correspondem às diretrizes dadas pela empresa que tem o monopólio de fornecimento da internet, a Gerez, em parceria com uma pequena empresa que se colocou na vanguarda da tecnologia de digitalização da voz humana e reconhecimento de linguagens naturais, a CCM. Quem dá a cara é a Gerez, com Darla Walsh, já que do lado da CCM só encontramos os discretos Timothy Howard e Kate Tate.

Seguiram-se, de perto, as restantes nações. A Suécia, a Bolívia e a Rússia foram os últimos a assinar o protocolo, uns demorados dezanove dias depois dos primeiros anúncios. Os cidadãos permanecem em estado de incredulidade passiva, passivo-agressiva, absurdorresignada, agressivoapática, furipasmada, turbulaureada, e outras respostas (im)possíveis a esta proposta singular.

As achas que ardem cingem-se a umas poucas fogueiras nas redes sociais e uns quantos média alternativos. Os raros jornais que sobrevivem fora dos robustos grupos económicos que detêm grande parte da imprensa veiculam parangonas que denunciam uma "opinião pública escandalizada". Mas resta pouco de *público* a este tempo, quanto mais de *escandalizado*.

Há quem reflita com seriedade sobre as consequências morais e culturais de fazer das palavras bens de consumo, mas isso perde-se no oceano opinativo. Organizam-se algumas petições virtuais, umas cartas abertas, umas quantas conversas de boicote no café. Tudo triado, não acontece nada. Quer dizer, não *realmente*.

Um vociferador numa esquina aleatória da cidade é apanhado a espingardear frases da Cartilha dos Velhos do Restelo. Brada que "o mundo está perdido!", e que "o Governo perdeu a noção das prioridades", e que "no meu tempo é que", "onde é que já se viu isto?", e "a culpa disto é do Governo", ou "da falta dele", "da educação" ou "da falta dela", "das mulheres" ou "da falta delas", e que "as pessoas agora andam todas é preocupadas com", e que "o mundo está perdido", repete-se. Como se falasse de um primo afastado que se meteu na droga: "o mundo está perdido!". Mas, além dos desaforos, não acontece nada, não *realmente*.

Nunca como neste momento houve acesso a tanta informação, mas também nunca houve esta sensação de não ser capaz de a ler, de a interpretar, de a relacionar com um sistema maior. Um mundo cheio de frentes, crescentemente polarizado, e tantas cabeças que até Perseu ficaria sem saber qual enfrentar primeiro. A realidade tornou-se como um desses romances pós-modernos em crescente entropia, pesado em referenciação, sem personagens coerentes, sem fio condutor, e sempre tentando engolir as suas próprias margens. Antes, ainda era o Leste contra o Ocidente, a Esquerda contra a Direita, ou o Sul contra o Norte. Agora é o meridiano contra o paralelo, o degelo contra o aquecimento, o homem contra a natureza, o geneticamente modificado contra o bio, os analógicos contra os informatizados, os retro contra os *forward*, a bicicleta contra o carro, o livro contra o ebook, o Tinder contra o olá-com'é-que-te-chamas-posso-pagar-te-um-copo, o Netflix contra os *torrents*, o *emoticon* contra o telefonema, o acordo ortográfico contra o desacordo, o açúcar contra o aspartame, a reciclagem contra a reutilização, o granel contra a embalagem, os vacinados contra os não vacinados, a Humana contra a H&M, o Hygge contra o Pokémon, os Orwellianos contra os Huxleyanos, e todos contra o glúten.

No meio de um cenário tal, complexo e inabraçável, isto de passar a pagar "uma palavrita ou outra" [*sic*] parece um assunto de somenos. "De qualquer forma", apaziguam os analistas de café e os cronistas de esplanada, "a chamada Primeira Vaga nem sequer é integral, ou numericamente expressiva — são só algumas palavras!". Falamos de trinta a cinquenta palavras por semana, cinco ou seis palavras por dia. "Considera os primeiros idiomas que te venham à cabeça — o francês, o inglês, sei lá, o mandarim —, têm facilmente duzentos mil vocábulos ou mais. É fazer contas: quantos anos até se tornar significativo?"

Não consideram a diferença entre a língua contabilizada pelo dicionário — que nem sequer é uma entidade estanque — e a língua *ativa*, ou seja, o número muito mais reduzido de palavras que *realmente* usamos. Quantos anos até se tornar significativo?

Como com as alterações climáticas, o aquecimento global e outras ameaças que não põem em causa o aqui-agora imediato, impera a lei do Logo-Vemos-Quando-Lá-Chegarmos. Entra em vigor a esperança inadmitida em que a erupção arrefeça sozinha. Que o tempo resolva.

Os Consumidores parecem compreender, como se fosse uma Lei da Física ou outro tipo de postulado governante, que os ricos precisam sempre de mais dinheiro, e que um sítio elementar onde ir buscá-lo é ao bolso dos menos ricos e dos mais pobres.

agora chamas-te ludwig

— ... E és assim muito rico e muito inteligente e sabes tudo sobre as palavras.

— "Lú-d'vigue"? Aonde é que tu vais buscar estes nomes...?

Pablo ri-se, nem o mais banal jogo de "eu agora sou o médico e tu agora és o paciente" se joga de forma habitual com a filha.

— É o primeiro nome do Beethoven, pai.

— Ah, pronto. Desculpe a ignorância.

Candela circunda o pai para lhe poder prender ao pescoço uma espécie de babete gigante, que preparou antecipadamente com guardanapos colados. Existirá uma intenção mimética para este enorme babete, mas não é óbvia. Compenetrada, instrui o pai sobre os objetivos do jogo:

— Então agora chamas-te Ludwig e és assim muito rico.

— Mas o Beethoven era muito rico...? Não tinha essa

— Ó pai, tu não és o Beethoven!

— Mas, Candela, ainda agora disseste...

— Pai, ouve: o teu nome é Ludwig e és muito rico.

— Ok. Pode ser. Posso viver com isso.

— E estás muito triste...

— Oh, isso não...

— Estás muito triste.

— Estou muito triste. Por que é que estou muito triste?

— Porque não sabes qual é o teu valor. Não sabes o que vales.

— Porquê?

— Porquê o quê, pai?

— Por que é que não sei o que valho? Por que é que isso me deixa triste? Não podemos fazer nada que me anime?

— Não. Não funciona assim. Eu disse que tu estás muito triste e então tu estás muito triste. As palavras é que mandam, pai.

pablo lê

1

O mundo é tudo o que é o caso.

1.1

O mundo é a totalidade dos factos, não das coisas.

1.12

A totalidade dos factos determina, pois, o que é o caso e também tudo o que não é o caso.

não é o caso

Sempre me perguntei como é que as pessoas, as outras pessoas, pensam em pessoas, noutras pessoas. Como é que as outras pessoas pensam em mim.

— Como é que pensas em mim?

Cheguei a perguntá-lo a um amante, há muito tempo, antes do Tápio, até antes de conhecer o Jeff. Não me satisfez a resposta. Não se parecia com a forma como eu penso em certas pessoas. Nem às infinitas formas como não penso noutras pessoas, o que ainda me fascina mais. Como é que alguém *não* pensa em mim? E o que é que isso significa, haver tanta gente todo o tempo por todo o lado a *não* pensar em mim. Retira-me valor?

Penso na vez em que ouvi "não consigo parar de pensar em ti um só minuto". Não me senti valorizada. Pelo contrário, senti uma empatia pesada com aquele homem. Uma enorme distância. Senti que ele tinha sido atingido por um apetite para o qual não era eu o nutriente. Dar-me conta de que *não* sou pensada esvazia-me, mas ser pensada não me preenche. O positivo não enche mas o negativo esvazia? Se aquele amante me tivesse dito "nunca mais pensei em ti desde aquele dia", creio que isso não me abalaria, porque nesta constatação eu *sinto a minha presença*. Alguém que nota que não está a pensar em mim tem-me a mim como referente. Mas o que ele disse foi: "Não sei".

— Como assim... não sabes?

Perguntei a este homem se tinha pensado em mim desde o nosso encontro e ele demorou a responder. Foi como se lhe tivesse perguntado como se diz "parapeito" numa língua que ele já não falava desde criança. Uma resposta que ele sabe que sabe, só não está imediatamente disponível. Mergulhou em busca de uma forma desconhecida que podia ou não conter o meu sorriso, e vi bem no seu rosto como a pergunta, em ricochete, não se traduzia em rememoração. Depois disse simplesmente:

— Não sei...

Nem se tinha apercebido de que não pensara em mim. Foi desolador.

Quem fui eu ao longo de todo esse tempo em que ele não pensou em mim? Fui completa?

Ultimamente, avanço com os olhos no retrovisor. Com tudo isto em rememoração constante: tudo isto entre mim e o Tápio, o livro, o Suplente, a doença do Franco, como está o jornal, como está o jornalismo, como está o mundo — enfim. A minha relação com o Tápio foi tão importante, e longa, que não consigo recuperar a mulher que era antes. Passo horas no jogo do "E se": e se tivesse feito um esforço para ficar em contato com certas pessoas? E se tivesse feito um cruzeiro? E se tivesse sido mãe? E se tivéssemos ficado em Barcelona? E se tivesse abdicado do jornalismo e escrito um romance? E se — lá nos confins do tempo — tivesse perseguido a minha paixão pela música e não tivesse enveredado pela palavra?

E se.

E se.

E se.

E se.

E se não tivesse escolhido o Tápio?

E se tivesse ficado com o Jeff?

Estive todos estes anos sem pensar no Jeff? Não me parece credível. Dezoito anos sem pensar numa pessoa que foi tão importante... Reconheço em mim a confusão que vi naquele amante da resposta desoladora: de que é que estou à procura quando procuro o Jeff depois de tanto tempo?

Cai um véu e ali está ele e somos jovens e aquele Agosto é uma ilha. Ando náufraga, a tentar não pensar naquilo que já me rodeia por todos os lados.

Ontem cedi. Dediquei a manhã a conseguir um contato. Não há rasto do Jeff *online*, algo que não me surpreende, dada a sua atividade profissional na altura em que nos conhecemos. Foi necessário um encadeamento de telefonemas que não me foram nada agradáveis, tive de reatar contato com pessoas com quem não falava há anos. Uma antiga colega de faculdade perguntou-me:

— Ficaste com o Tápio ou com o Jeff?

Isto gerou-me um incómodo imenso. Foi uma triangulação assim tão pública?

Dois telefonemas depois consegui um número. Fiquei imenso tempo a olhar para aquele pedaço de papel. Depois lancei os dados:

— Está, Jeff? Sou eu.

Poder ligar a alguém passados dezoito anos e só dizer isto.

dezoito anos e só dizer

— Maaaaãe...?

— Diz, Candela.

— Porque é que o passado é "imperfeito"?

plural de solatium

A acusação mais frequente é a de que "o Governo norte-americano sofre de soberba", que acha que pode resolver tudo com dinheiro. O Senhor Perdão contra- -argumenta: este tipo de práticas datam de há milhares de anos, são tão antigas quanto a própria guerra. Chega a afirmar que a prática das "condolências" nada tem a ver com dinheiro.

Ele não usa o termo "condolências". Chama-lhes *solace,* a palavra inglesa que mantém a etimologia latina, *solatia,* plural de *solatium.* A designação existe desde que as guerras eram coisas corpo a corpo, com escudos e espadas e cavalos, não tem nada a ver com o capitalismo — explica uma vez mais o Senhor Perdão, o militar norte-americano destacado para ir a casa de pessoas elegíveis para receberem dinheiro.

Foi numa leitura feita à luz do neoliberalismo e da mercantilização da vida contemporânea que a Jornalista tinha escrito sobre estas práticas de guerra, as condolências. Tinha publicado um artigo poucos meses antes do telefonema:

— Está, Jeff? Sou eu.

Nesse artigo reproduziu a estratégia monetária adotada pelo Governo norte-americano desde a guerra na Coreia, nos anos cinquenta, mas que só ganhou expressão oficial no Iraque e no Afeganistão. Descreveu os trâmites pelos quais militares norte-americanos estão autorizados a pagar às famílias de vítimas civis valores que podem ir de trinta e cinco dólares a dez mil dólares — por uma morte. Por uma vida, aliás. Um valor digno de pausa para quem vive com uma média de dois ou três dólares por dia, em pequenos povoados pobres e sem outros recursos.

O Senhor Perdão é o homem que traduz a tabela da vida e da morte às populações locais. É ele, muitas vezes, quem determina os valores. A Jornalista fez várias tentativas para entrar em contato com este centro de operações de pagamento de condolências, e isto deu-se muitos meses antes do:

— Está, Jeff? Sou eu.

Na altura não conseguiu entrevistar o Senhor Perdão. O artigo saiu ainda assim e foi sobejamente ignorado, como a maioria das coisas que escreveu no último ano.

Aquilo que escreve é lido por uma comunidade de seguidores fiel ao seu trabalho e à evolução do seu pensamento, concretizado nas suas reportagens de fundo. Mas é um grupo de pessoas que, à partida, já partilha dos seus valores. São leitores que não descobrem naquilo que escreve nada de novo; que não se desafiam nas suas crenças, apenas as confirmam. Mesmo quando os conteúdos do que escreve são perturbadores, são também e paradoxalmente reconfortantes. Confirmam aquilo que os seus leitores já acham que é a realidade, como funciona, e deste mecanismo autofágico não se sai, porque ninguém mais *se revolta*, apenas reúne provas que apoiam a sua crença de que *o mundo é revoltante*. O algoritmo está feito assim.

Quem determina quanto vale uma vida? — pergunta no final do artigo. O Senhor Perdão era uma potencial resposta, mas não conseguiu chegar a ele. Se tivesse seguido as suas fontes até ao fim, teria eventualmente chegado a um nome que nunca lhe seria indiferente.

— Está, Jeff? Sou eu.

Quatro pessoas buscando-se e rechaçando-se mutuamente: Carolina, a Jornalista, Jeff, o Senhor Perdão. Foi o Brigadeiro-General Jeffery Walker quem não quis ver a Jornalista.

O fim daquela relação, há dezoito anos, tinha sido o pior momento da vida de Jeff. O amor deles era um lugar aonde não se pode voltar, assente numa inocência que, uma vez quebrada, não se repõe. Acreditavam que a vida é cumulativamente melhor, que progressivamente se despe de equívocos e se aproxima de uma essência. Durante alguns anos isso ainda se manteve para Carolina, que veio a conhecer nos braços de Tápio uma verdade essencial acerca de si própria. Para Jeff, a partida dela foi a morte da crença numa vida benemérita ou propensa à alegria. Durante anos não quis estar com mais ninguém além da única mulher com quem não podia estar. Um período negro, em que só uma densa capa de amargura o protegeu.

Depois de a perseguir durante alguns meses, e de algumas cartas que intercalavam insultos com declarações de amor exacerbadas, e de só receber de Carolina silêncio, resolveu escudar-se. Deixou-a ir. Despediu-se daquele cargo, trocou de continente e tentou avançar como um homem sem história. Quando, dezoito anos mais tarde, o avisaram que C. F. Virtanen lhe andava a traçar um cerco, imaginou um homem, um escandinavo, alto e possante mas, por algum motivo inexplicável, inofensivo. Achou o nome inócuo, não lhe soou digno de maior escrutínio. Estava longe de suspeitar de que se trataria do nome de casada de Carolina. Da *sua* Carolina.

C. F. Virtanen nunca chegou a interrogar o Senhor Perdão e só meses mais tarde é que Carolina:

— Está, Jeff? Sou eu.

Conseguiu chegar a Jeff.

a sua crença de que o mundo é revoltante

O Senhor Perdão atravessa o vale onde tem morada o conflito, o berço onde se embala o rancor do mundo. Um lugar governado pela tensão das forças talibãs contra as forças da coligação, ambas a quererem o controlo da região.

Recém-chegado a um círculo de homens, o Senhor Perdão observa a algaraviada furiosa, num dialeto que não alcança com o seu apreciável domínio tanto da língua Pashto© quanto de Dari©. As batalhas travadas em toda a província também têm lugar sobre os lábios, na forma como dialetos e regionalismos se opõem às duas línguas oficiais. Mais de quarenta idiomas e duas centenas de dialetos num só território — quanta pluralidade ou quanta fragmentação?

Sentados no chão em disposição circular, os homens mais influentes da aldeia definem a melhor forma de receber o estrangeiro e discutem o conflito entre o que este homem lhes pode valer e o que lhes pode custar. Sabem que traz dinheiro mas que, em troca, quer uma absolvição.

Para os que se opõem à presença do estrangeiro, um perdão é a derrota. Uma afronta às mortes. Ninguém quer ter de admitir que se pode preencher com notas e moedas o espaço que até ali tinha sido recheado por gargalhadas e contendas de quem cresce. Cada um destes homens tinha um dia abençoado com o dedo grande a testa em choro de cada uma das crianças agora mortas. Não podes ferir um membro de uma comunidade sem que toda a comunidade se ressinta, é essa a sua força. Em momentos como este, é essa a sua vulnerabilidade.

O intérprete chega atrasado e senta-se ao lado do Senhor Perdão, cujos olhos anilados riscam o espaço procurando manter-se a par dos trejeitos. Fascina-o o uso das mãos nesta cultura, os sofisticados ademãs, a ligeira inclinação do tronco para diante, os cabeceios, as cornucópias do queixo, o cofiar da barba. Quase entende o que está a ser dito.

O intérprete compensa o ligeiro atraso esforçando-se ao máximo para recuperar todas as contribuições, mas as emoções ao rubro incitam os participantes da roda a sobrepor vozes e a vociferar. O intérprete desiste de traduzir frases completas e foca-se em sintetizar cada intervenção: "ele diz que é pouco dinheiro", "ele também quer mais dinheiro", "ele diz que os americanos têm de reconstruir os celeiros que bombardearam... que o gado não pode ficar ao relento", "ele... ele está a falar de uma mulher, não sei quem é", "ele — desculpe, senhor — ele está a dizer mal dos americanos", "ele está a falar da filha que se ia casar no próximo mês", "ele quer que arranjem o poço", "ele quer mais dinheiro", "ele está a elogiar os seus sapatos, é uma forma de reverência".

O homem mais velho do círculo pronuncia-se e todos guardam silêncio. O Senhor Perdão oferece um sorriso e uma mínima vénia, linguagem universal, ao ancião da pele de camurça encardida. O outro, desdentado na íntegra, sorri de volta. Estabeleceu-se uma ponte.

O objetivo do Senhor Perdão com esta visita é chegar ao Sr. Samad, que não é sequer um dos homens neste círculo. Estes são os homens influentes da aldeia, e o Sr. Samad é um pobre campesino, coxo e de saúde pruída. São estes homens que decidem o futuro do outro que, dono da sua pobreza, nunca teve um futuro próprio.

Para o Senhor Perdão, esta é uma visita particularmente dura, das mais difíceis que já fez. As mortes que vem aqui compensar são desarranjo de um militar. Um único homem que, numa noite de tédio e álcool, abandonou a base para ir dizimar a aldeia mais próxima. Um gesto vil, cruel e sem propósito. Um gesto sem pátria ou bandeira.

Há no mundo muito mais pessoas que nunca mataram ninguém do que assassinos. É reconfortante pensar que há mais homens bons do que homens maus. Mais atos gentis do que atos criminosos ou violentos. Há mais muçulmanos pacifistas e moderados do que bombistas ou fundamentalistas. Mas a nossa atenção tende a enganchar-se no desvio, no delito, no erro e na exceção. A nossa, e a da imprensa internacional, que saltou como abutres sobre estas mortes na aldeia do Sr. Samad. O Governo norte-americano não podia permitir que a história transbordasse: o Senhor Perdão foi chamado em missão urgente. Mas agora, ali sentado, o Senhor Perdão não consegue encontrar um equilíbrio: o que é um homem, um só homem, na extensão de uma guerra? O que é uma guerra, toda uma guerra, na extensão de um só homem?

O sargento norte-americano responsável pela chacina era um dos melhores do seu pelotão. Este homem, com um registo até aí impecável, saiu de madrugada da base militar e cambaleou até à aldeia mais próxima. Alcoolizado e fora de si, só queria mostrar às "vozes" do que era capaz. As vozes? Sim, aquelas vozes que lhe dizem o tempo todo que ele não vale nada, que aquela guerra não ia ter fim, que não fazia sentido estarem ainda ali décadas após a morte de Bin Laden, que ele não pertencia àquele conflito, que aquele conflito já não pertencia a ninguém... essas vozes.

Vai de casa em casa quando todos dormem. Acorda-os para poderem assistir ao tiro que os irá levar a um qualquer lugar melhor. Ou a lugar nenhum.

As vozes a dizerem-lhe que tinha investido os melhores anos da sua vida numa luta estéril. Que o seu tempo tinha passado, que estava velho e ultrapassado, que não valia nada. As vozes a dizerem-lhe que era um incapaz. As vozes a dizerem-lhe que nada do que fazia importava, que nem merecia o espaço que ocupava, as vozes a dizerem-lhe. E a dizerem-lhe. E a dizerem-lhe. E ele a dizer às vozes que se calassem e as vozes a dizerem-lhe. E a dizerem-lhe. E a dizerem-lhe. E ele a gritar de volta às vozes: "Quem é o incapaz agora?! Quem?!" a cada tiro que disparava.

A guerra tinha-se encarregado de levar consigo a maioria dos homens, pelo que o sargento tresloucado encontra as mães, as raparigas e os miúdos pequenos. A aldeia tem oito casas e a fúria vai levar quinze vidas. As vozes, essas, nunca se calam.

O Sr. Samad estava fora, em negócios. Por ser coxo, e depois coxo e velho, não tinha sido chamado para a guerra. Ao longo da vida foi rejeitado por muitas mulheres mas a rejeição que lhe doeu mais foi quando a guerra não o quis. Ficou. Viu todos os companheiros partir, defender o país ou um deus. Ficou. Mas naquela noite não estava, andava pelas aldeias vizinhas, a vender e trocar e regatear e ludibriar. Quando regressou encontrou toda a sua família a cobrir o chão, uma tapeçaria de sangue e vísceras. A sua mulher Brekhna, a sua irmã Yasaman e os seus oito filhos, para sempre anónimos mas — neste impasse — não esquecidos.

Quando foi chamado, o Senhor Perdão estava ocupado a caminhar. Ir, ir, ir. A tentar deixar um certo homem para trás, que coincidiu com ele muitos quilómetros e que agora já vinha atrasado. Foram muitos anos para conseguir este ligeiro avanço, e imperava caminhar. Nunca parar.

Sentiu brio: estava nas suas mãos restituir a ponte entre Washington e Cabul. Aceitou. Só uns passos adiante começou a sentir que as condolências não podiam servir para este tipo de situações, e o caminhar tornou-se hesitante. Sentia-se a compensar um erro humano quando a guerra é para ele um ser transumano, um movimento muito maior que a soma de todos os braços nele envolvidos. Fazia-lhe sentido que essa força voraz causasse dano ao passar. Como um tornado ou um vulcão, uma força da natureza humana. Um cataclismo civilizacional. Não lhe fazia sentido redimir o erro de um homem adulto, capaz e responsável. Também ele traz em si um homem que quebra, também ouve as vozes, também as quer silenciar. Não é justo.

O Governo norte-americano atribuiu a todas as mortes o valor mais alto da tabela. Além disso, a oferta para se substituírem viaturas de carga, reparar estruturas, fortalecer o povoado em recursos. É a mais alta condolência que já coube ao Senhor Perdão entregar, e os aldeões pedem mais.

Lentamente, vê a verba anunciada embalar a lógica emocional de cada um. Racionalizam. Reposicionam-se junto ao volume de notas que traz no bolso. Justificam: o celeiro, o poço, um jipe em lugar da velha carroça. Reconhece neles a luta entre um sistema de valores milenar e um novo sistema, global, onde todos os valores se reduzem ao valor da sua transação no Mercado.

Resta um único homem por convencer, um jovem cujos negros olhos ardem de dor quando encara o estrangeiro. O Senhor Perdão pergunta ao intérprete, num murmúrio, “Quem é?”, “Chama-se Tariq. É o irmão de uma das mulheres assassinadas”. Corrige: “Uma rapariga. Tinha quinze anos”.

Quando os restantes homens esquematizaram já os argumentos para aceitar as condolências, e sobre que condições (o estaleiro, o poço, o jipe, um soldado destacado no topo do monte para olhar pelas cabras que os vizinhos roubam constantemente), o mais velho interpela o irmão de Meena, a jovem rapariga que punha as crianças a dormir com o seu canto. Faz-lhe uma pergunta. Segue-se um silêncio compacto. Sem descolar o olhar negro-luto do azul-vibrante dos olhos do Senhor Perdão, Tariq emite cinco sons ricos em ondas, vento e a letra agá aspirada. O intérprete sintetiza:

— Ele diz que a dor dele não tem preço.

todos os valores se reduzem

— Maaaãe...?

— Diz, Candela.

— Ó mãe, se o dinheiro falasse...

— O dinheiro não fala, querida, as coisas não falam.

— Sim, eu sei! Mas *se*! *Se* o dinheiro pudesse falar.

— Ok...

— ... O que é que tu achas que diria...?

crónicas da afonia

Perdi mesmo a voz. Foi uma coisa física. Uma infecção mal curada. Quando a febre baixou fiquei com um nó na garganta. Deglutir doía, falar não funcionava. Estávamos de férias nos Açores: três casais e os miúdos, mais um casal *gay* que se juntou depois, amigos do Pablo. Um deles, o

Júlio, tinha nascido nos Açores mas tinha-se mudado para Badajoz. Estava a mostrar lugares da sua infância ao outro, o Henrique, mas parecia recordar-se de muito pouco.

Eu nunca tinha adoecido em pleno Verão — era Agosto. Talvez tenha sido do inconstante clima das ilhas, que a cada dia nos oferecia um catálogo de estados climatéricos. Trazia comigo roupa para todas as estações, e soube que algo não estava bem quando deixei de distinguir se o meu arrepio era de frio ou de calor. Assisti à febre a tomar conta do meu corpo e decidi não fazer nada. A febre era um estranho sentado à minha frente nos transportes públicos, que pousava a mão no meu joelho debaixo da minha saia. Apeteceu-me apenas ver até onde aquilo podia ir.

Fui-me deitar cedo, e logo depois veio o Pablo, queixando-se alternadamente do calor e da humidade, da humidade e do barulho da rua, do barulho da rua e das melgas. Eu não respondia mas ainda tinha voz. Começava a sentir a febre a tocar-me fundo em pontos do corpo onde só o calor chega. No dia seguinte acordei a arder, banhada em suor, incapaz de levantar a cabeça da almofada.

Não se pode adoecer em férias: há o almoço dos miúdos, a reserva do carro de aluguer, a marcação do restaurante para o jantar, ir ao *shopping* grande porque em Ponta Delgada não há carregadores para o telemóvel do Pablo, pesquisar as marés para saber quando se pode aceder às nascentes de água quente — e descobrir que a maré baixa, hoje, é às nove da noite, com os miúdos não dá, é preciso improvisar um plano alternativo, há festas populares nas Furnas —, comprar uma toalha nova para a Candela — deixámos a dela nas rochas —, encontrar uma farmácia — o anti-histamínico acabou ontem —, e o Pablo ainda diz:

— Deixa, eu trato de tudo. Fica aqui.

E tu sabes que isso não vai acontecer.

Para começar, o Pablo não conduz, e o carro que alugámos está em meu nome, só pode ser guiado por mim.

— Deixa estar, eu vou no carro do Henrique e a Candela vai ao meu colo.

Crianças até aos doze não podem andar ao colo, e o carro do Henrique e do Júlio é um comercial.

— Então a Candela vai com o Tápio e a Carolina.

Abandono-me à experiência. Deixo-os ir, deixo-me ficar. Ocupo a dura cama de casal que resulta da soma de duas camas de solteiro: uma metáfora demasiado perspicaz para o abismo do meu casamento.

O quarto é quadrado, perfeitamente quadrado, o que me deixa inquieta. Comprimento e largura, esquerda e direita, passado e presente. Não podia mais com grandezas equiparáveis. Salvava-o um enorme pé direito e uma janela improvável, abobadada, com grandes portadas senhoriais. Com o calor húmido da ilha, suo a ponto de ver o recorte do meu corpo traçado nos lençóis. Sinto tanto frio quanto calor e não encontro posição. Espalhada pelo corpo, depois concentrada, intermitente, nérvea, por ondas, batalha a batalha, obstinada — a dor é real. Mas agrada-me. Podemos *gostar* de estar doentes? Dou por mim a pensar que gostava um dia de morrer no Verão. Lembra-me um conto do Murakami que li há muitos anos, sobre pessoas que morrem nas férias. Não sei se o conto é sobre as férias estragadas ou sobre os preceitos que isso implica entre japoneses, aquela dança protocolar que eles agravam como nenhuma outra sociedade. Nem me lembro se várias pessoas morrem nesse conto, ou só uma. Sei que é na praia, com sol e promessas de descontração, e que tudo fez imenso sentido para mim na altura. Na altura em que li o conto e agora que dou por mim doente em pleno Verão. Duas alturas separadas por anos mas unidas por uma memória coerente.

Quando a febre baixa estou sem voz, e demora-me o retorno. A saúde pode ser incompreensível depois de se estar doente. A comida que volta a ter sabor. Transitar sem se romperem os ligamentos, pulmões plenos, sem a cabeça pesar toneladas, sem arrastar cada membro, com a coluna alinhada, sem rupturas ou desgaste. Que inexplicável, a saúde! Eles estavam há dois dias sem mim e eu não percebi exatamente que falta fiz. Isso é agressivo. Mais agressiva é a aspereza da Candela. Atribuo a sua rispidez ao meu silêncio, claro. Com Candela, sem falar, o que sobra?

Aproveito a situação para tentar chegar a ela de outras maneiras. Puxo-a para mim, abraço-a, escrevo o nome dela com protetor solar na minha barriga, desenhamos linhas brancas no corpo uma da outra e finalmente rimos. Eu rio sem som, é só a agitação, o ângulo obtuso dos maxilares e o chocalhar dos ombros.

O Pablo explica-lhe o funcionamento do sistema vocal, ela anota no seu caderno de palavras novas "faringe" e "glote" e "pregas" e não parece restar dúvida de que o meu silêncio não é dirigido a ela. Não era por egoísmo nem, pior, por capricho. Mas desafia-me: "Já passou?", "Já consegues falar?". Eu aceno que não, e ela: "Mas nem tentaste!", ao que eu respondo abrindo muito a boca como se fosse gritar, inclinando o corpo como se fosse gritar, aspirando o ar como se fosse gritar: e nada. Ela olha-me como se eu lhe estivesse a oferecer a pior das traições, e todos nos rimos.

Foram belas as horas de sussurro. Essa mínima inflexão tranquilizou-a: sons a sair da boca da mãe, como uma casa.

Também descubro que consigo pôr a sussurrar estranhos numa farmácia, num restaurante, num café. É a beleza dos acordos sociais nunca proferidos: "Se alguém sussurra, tu sussurras de volta". Num final de tarde, à saída do Parque Terranostra, afasto-me deles para ir buscar uma água, escolho uma barraquinha à beira da estrada e sussurro:

— Tem águas de litro e meio?

Sublinhando o pedido com as palmas das mãos paralelas marcando o tamanho aproximado da garrafa imaginária. A senhora não sabe mas chama o homem, agitando a mão no ar, aproxima-se dele e também ela sussurra:

— Temos águas das grandes?

O homem olha para mim e acena numa proporção exagerada, pantomímico, e também ele sussurra que sim, que têm, "fresca ou natural?", dançando com a mão uma vez para a esquerda, opção *fresca*, e outra para a direita, opção *natural*. Eu rio-me e sussurro "fresca". Despedimo-nos com acenos e eu afasto-me a pensar se eles se iriam perguntar por que razão tinham estado a sussurrar, se só a mim me falta a voz.

Arranjo um caderninho onde escrevo o que preciso para depois dar aos outros a ler. Decido comprá-lo na noite em que Candela vem até à nossa cama de madrugada e nos acorda com voz de choro encenado, implorando:

— Mãe, fala lá só um bocadinho...

Eu não respondo, congelada de medo. O Pablo repreende-a: "A mãe não consegue, Candela, já chega!", e arrasta-a pelo braço fino de volta à cama. Ela em pranto. Demoro imenso tempo a conciliar o sono.

Isto devia ter sido suficiente. Mas a verdade é que encontro algo espaçoso e reconfortante naquela afonia. Na manhã seguinte, ao acordar, deixo-os com os banhos e pequenos-almoços e desço à papelaria da esquina para comprar um caderninho de pequeno formato, sem linhas, e um lápis. Na primeira página escrevo "CANDELA, AGORA VAMOS CONVERSAR ASSIM". Coloco-o à sua frente, durante a ritual birra para acabar os cereais com leite, e vejo no seu sorriso aquilo de que precisava. Caderninhos são uma parte importante do universo dela: tem o caderninho para as palavras novas, e o caderninho para palavras irregulares, ou que ela acha que não cabem num conjunto de regras que só são claras para ela, e um caderninho para os "falsos amigos" entre o português e o espanhol. E há ainda um quarto caderninho, pelo menos quatro andam sempre com ela, mas não sei bem o que anota ela no quarto caderninho.

Agora temos um quinto caderninho, juntas. Passamos horas a conversar assim. Ela insiste em escrever também, apesar de me poder responder com a voz, e é tudo incrivelmente lento, sincopado, a conversa não flui, mas parece-me a mim que Candela se torna mais afável, mais fácil até, desta forma. Finalmente há silêncio entre nós.

Acabei por encher o nosso caderninho de indicações práticas, deixas do quotidiano, não só para ela. No final das férias, folheando-o, achei que resultou numa representação singular daqueles dias, diferente de qualquer postal, de qualquer gravação, de qualquer diário. Não eram coisas guardadas pelo seu valor como recordação, nem fotografadas para nunca serem esquecidas. Eram frases banais, coisas tão díspares como:

"TEM BICARBONATO DE SÓDIO?"

"O TEU TIO ESTÁ MELHOR?"

"PATRÍCIA DELGADO"

"67,5€"

"PRAIA DO DEGREDO"

"MAGNUM CARAMELO SFF"

"17 ABRIL"

"OK"

"ESTÁ PAGO"

"ESTÁ AO TELEFONE"

"OBRIGADA"

"A ROXA"

"POSSO USAR A SUA CASA DE BANHO?"

E claro:

"DESCULPE, ESTOU SEM VOZ"

Esta última escrita em letras maiores, maiúsculas, a preencher toda uma página.

Guardo boas memórias deste período de mutismo. Estendi-o artificialmente. Mudaram as coisas onde a minha atenção se agarrava, mudou a minha forma de me intrometer num lugar, num grupo, numa situação. Mudou imensa coisa. Quando voltei a emitir som, só articulava uma voz muito grave, muito rouca, que me saía aos solavancos e que me fazia sentir outra pessoa. Pensei nos homens, ou nos rapazes, que passam por aquilo em adolescentes, e que intenso é ser dono de uma voz cujo timbre não se controla.

Entre mim e o Pablo foi bastante positivo: não pudemos gastar-nos com as discussões de sempre.

Perdi mesmo a voz mas depois era tudo a fingir. Não sei quanto tempo o sustentei, porque no final já falava em alguns contextos (trabalho) e continuava a fingir noutros (em casa). O Pablo apercebeu-se, nem sequer o meu fingimento era uma coisa bem construída. Um dia enervei-me por causa da marca de qualquer coisa que ele trocou no supermercado, porque "nunca me ouves quando te peço as coisas", e admoestei-o numa voz alta e bem colocada.

— Por que finges não ter voz? Que teatro é este?

Que dizer...? Que me sinto mais eu, assim? Que a maior parte do que dizemos não faz sentido? Que estou cansada da forma como Candela exige de mim que justifique cada termo, a sua etimologia, as suas inflexões, as diferentes traduções, a prefixação e a sufixação, e se sente traída perante qualquer irregularidade? Que dizer? Que talvez exista uma realidade mais ampla e facetada, se nos calarmos e se prestarmos atenção, outra atenção, mais atenção, uma atenção consagrada ao que nos rodeia?

— Desculpa, Pablo...

Acho que foi só isso o que lhe disse.

Ele convenceu-se de que era uma reação extremada a esta coisa de agora se pagar para falar, que eu estava "de novo obcecada com o dinheiro". Mas isso nem me tinha passado pela cabeça. Estávamos de férias, e ainda foi na fase em que as faturas só chegavam ao final do mês. E eram só umas quantas palavras. Não, não foi mesmo por isso.

— Não achas que é um bocado mesquinho alguém com o dinheiro que tu...

Desabámos na nossa mais bem oleada discussão, porque ensaiada ao expoente: o dinheiro, o dinheiro e o dinheiro.

O teatro foi caindo sem que eu decidisse quando nem como e, passada uma semana, ou duas, já cresciam frases nos intervalos de tudo, como lianas, já me atava aos outros com o constante colear do pedir, do indagar, do supor, do comentar, do opinar e do discordar. Já falava por cantos e recantos. Como sempre, o tempo todo, por todo o lado.

esta é uma mensagem gerada automaticamente por favor não

Cliente: Lucía Elizagaray
Assunto: Descritivo de elocução de voz única
16:31'51 a 16:48'33 / 17.03
Índice agravado por solilóquio 3,7%

UMS[2] totais: 2479
UMS revalorizadas: 173
Valor acumulado*: **3.505 DCs**

- -

Esta é uma mensagem gerada automaticamente. Por favor não responda. Poderá contactar-nos através da Área de Cliente ou acedendo ao Agente Interno do seu código local.

** Taxas progressivas até 48% ou Taxa Adicional de Solidariedade a 2,5% ou 5%, dependendo do rendimento coletável. Para mais informação sobre regimes de isenção fiscal, contacte diretamente a sua Logoperadora.*

todos contra o glúten

"Teatro de operações", pensa Tápio, os olhos acariciados pela viseira debruada. Sempre achou curiosa a expressão "teatro de operações", tanto quanto "cenário de guerra". Parecem-lhe formas de distanciar a realidade para uma ideia de simulação, de ficção: "Isto é como um palco, portanto, não é verdade".

Deste palco, no entanto, não se desce. Não há bastidores onde recuperar o fôlego, nem caem cortinas. Há pausas, isso é inevitável. A guerra respira. A orquestra de bombardeamentos matiza, acelera e abranda, mas não cessa. Espera, aguarda, mas não estanca.

Aquele "palco" é o seu escritório. É também ali que "pica o ponto", outra expressão que contém uma detonação suave, uma perfuração simbólica com que se flagelam exércitos assalariados que preenchem as guerras de vender o corpo e o tempo de cada um e de cada dia por um punhado de cifrões e uma ideia de estabilidade. Há quem saiba estar estável num mundo instável?

2 Unidade Mínima de Significação: corresponde normalmente a uma palavra, exceto no caso de termos acoplados ou *mot-valise*.

O Fotógrafo, deitado em falso exercício de sono, aquieta o corpo enquanto a mente se recusa a sossegar, triturando em ordem errática tudo o que se tem passado nos últimos meses. Retoma um exercício de higiene mental a que se entrega para não o atacarem os números:

Evoca rostos de colegas jornalistas, das pessoas que encontra pelo caminho, gente pacata, mesmo nos recantos mais violentos. Soma o peso de muros derrubados e vivendas trespassadas, subtrai-lhes um projeto futuro, um brinquedo tombado: como se quantificam coisas de naturezas tão diferentes? Revisita o rosto brando de uma mulher de pele alabastrina, sentada no corredor de um hospital. Há muitos anos, quando a viu, sentiu que ela não pertencia àquele lugar. Isso devia ser dito acerca de todos ali — quem é que pertence a um corredor de hospital numa cidade bombardeada? —, ela ostentava esse desencaixe. Tápio não a conseguiu fotografar de imediato. Observou-a com demora. As suas mãos, finas e longas, acariciam o próprio cabelo, comprido e negro, urdindo uma trança. Fazia isto muito devagar, como se completar aquela trança e permanecer aprumada fosse missão exclusiva. Uma coisa de cada vez e plenamente em cada coisa.

Sentiu-se chocado quando percebeu que, por debaixo do longo *jilbaab* negro, trazia a perna coberta de estilhaços.

Ao lado dela, um homem arranca um botão à camisa de um moribundo. Guarda-o no bolso. Esta será a fotografia que eterniza o encontro: a imagem de um homem a roubar um botão à camisa de um outro homem, ferido, no corredor ensanguentado de um hospital. Essa mínima ganância que é mais uma comodidade da sobrevivência. A história é o seu enquadramento. O mundo costuma estar fora de campo.

O que Tápio nunca soube é que o homem que roubou o botão era marido da mulher de rosto brando e terno. E não imagina que, horas depois, ao voltarem para o campo de refugiados, ela com a perna coberta de gaze e de dor, o homem que roubou o botão entrega à mulher o farrapo em que está a sua própria camisa, a única que tem, e o botão, o botão roubado, ordenando-lhe que encontre linha e agulha e complete a casa da camisa sem encaixe. A mulher acata, submissa, mas dá-lhe a considerar:

— Repare que não são iguais. Este é diferente dos outros...

O homem esbofeteia-a e agarra-a pelos cabelos, furioso. Berra ao seu ouvido. As pessoas em volta diminuem de tamanho, interessam-se subitamente pelo destino do chão, alguns do teto. Ela baixa o rosto e alguém lhe faz chegar às mãos, em meneios apressados, uma linha e uma agulha. É outra mulher, alguém que sabe bem o quanto a guerra começou muito antes de as tropas do inimigo invadirem a cidade.

As mãos da mulher do rosto sereno tremem, enquanto cose o botão tresmalhado à camisa quase desfeita. O seu rosto, no entanto, mantém-se brando. Os nervos que não lhe toldam o rosto imprecisam-lhe as mãos, e ela pica-se com a agulha. Uma picadela mínima. Uma gota minúscula.

Há sangue por todo o lado naquela cidade: há sangue espirrado no tecido das suas roupas, há sangue no asfalto, há sangue nas frinchas das portas, há sangue no portão da escola, há sangue sobre a mesa de refeições e há sangue nos poucos espelhos das casas de banho que permanecem intactos. Olha com atenção e assombro aquela gota minúscula, de um acarminado escuro que a surpreende. "É a minha cor por dentro". Leva o dedo aos lábios. Há sangue por todo o lado mas não há sangue seu por todo o lado.

Corta o excedente de linha, devolve a camisa ao marido, sem tirar o olhar do chão. O ódio lidera a procissão e não distingue alamedas. A mulher do rosto sereno e sangue rubro sabe apenas que lhe compete sair do caminho e deixá-lo passar.

da camisa sem encaixe

Ao criar a tecnologia, a humanidade criou a falha tecnológica.

Ao criar o carro, criou o acidente viário.

Ao criar o avião, teve de criar o seu despenhamento.

Ao criar uma palavra, inaugurou o seu equívoco.

o seu equívoco

A tecnologia a que chamamos linguagem está cheia de regras, tem manuais e até bloqueia, e não exige que percebamos os meandros profundos do seu funcionamento.

As palavras a funcionar: pedir um café sem que nos entreguem uma camisa, pedir um beijo sem que nos devolvam um desaforo, pedir perdão sem que nos virem as costas. Palavras que dispam aquela mulher, que plantem a gargalhada no rosto do amigo, que comovam alguém. Que teçam, que nos teçam uns aos outros.

A Terceira Lei de Arthur C. Clarke diz que qualquer tecnologia suficientemente avançada não se distingue da magia. Talvez não vejamos as palavras nem como tecnologia nem como magia, mas as palavras a funcionar é o desempenho de um potencial mágico. Feitiço, bruxedo, encantamento, conjuro, oração, macumba, todas as formas de magia têm as suas palavras-mágicas: "Abracadabra", "perlimpimpim", "*hocus pocus, tontus talontus, vade celerita jubes*"! Palavras ou magia? A linguagem a *funcionar* é isso.

Quem diz "mágico", diz "místico". Em muitas formas de espiritualidade ou religiosidade a palavra é sagrada, e certas palavras não se pronunciam em vão, ou de todo. Se não acreditássemos no potencial mágico das palavras, não rezaríamos.

every word disappears
the moment that I am

não rezaríamos

Sabes, quando atendes o telefone — "Está? Jeff? Sou eu" —, e o teu mundo se torna do exato tamanho daquela voz? O contorno da voz tinha mudado, mas percebi logo que era ela. "Jeff". "Sou". "Eu". Pela forma irrepetível que o meu nome tem quando dito por ela.

"Sou". "Eu". Tentei perceber o ângulo dos seus punhos cansados, a distensão nas suas pernas cruzadas, os novos limites das suas ancas: teria sido mãe? A voz é reverberação num corpo: o seu ventre, a caixa torácica, a elasticidade dos tendões e da coluna. A voz muda com a vida e com a forma como o corpo muda com a vida. A dela agora tinha mais vivência, mais camadas. Aromas que não consegui identificar — "Está? Jeff? Sou eu" — mas ainda era indubitavelmente a voz da mulher que mais amei.

Os anos depois de ela me deixar: caminhar. Era a única coisa que me sugeria poder sobreviver àquela dor. Caminhar. Andava dia e noite pela cidade, andava, andava, sobretudo de noite, madrugada dentro, atravessando ruas vazias, parques de estacionamento adormecidos no escuro. Quanto mais caminhava, mais caminhava. Mais caminhava. Queria deixar aquela história atrás, *walk away*. Queria dar um passo, um dia, um sítio onde já não tivesse de carregar aquela dor. Não me lembro de ter feito mais nada. Ir, ir, ir.

Quando a voz dela me agarrou, dezoito anos depois, eu já estava mesmo longe, noutro continente afectivo. Já nem sequer era o Jeff, era o "Senhor Perdão". Nem sei bem quem primeiro me chamou assim. Creio que foi um civil: "*Monsieur Forgiveness*"... Pegou.

Hoje ainda caminho muito, mas com outro vagar. Caminho com a esperança de poder ter um papel nesta guerra. Longe vão os tempos em que empunhei uma arma e há anos que não disparo um tiro. Mesmo assim, sinto-me plenamente um homem da guerra. Achar que qualquer guerra é uma equação entre matar ou ser morto, invadir ou ser tomado, é redutor. Cada guerra é uma titanomaquia, uma luta de titãs que se justificam e se enfurecem.

walk away

Depois de uma viagem em trabalho, Carolina está de volta à casa onde vive com Tápio mas onde já raramente estão. Caminha descalça sobre a alcatifa. Procura qualquer coisa — será alguém? Vê-o por todo o lado, mesmo havendo poucas fotografias na casa do Fotógrafo. Há muitos livros sobre fotografia, e monografias, compêndios encorpados e de edição dispendiosa. Um cartaz de um filme francês. Um barómetro de parede, muito antigo, de mercúrio. Um espanta-espíritos da Amazónia. E ainda a mesa de trabalho de Tápio, impecavelmente arrumada. A sua própria zona de trabalho, uma barafunda. Percorre com a ponta dos dedos a papelada. Listas, muitas listas. Lembretes de tarefas e contatos de pessoas, termos de pesquisa. Conceitos opacos: "Ver FRONTEIRA", lê num deles, antes de o amassar e lançar no lixo. Sempre tantos projetos, tantas direções possíveis e, cada vez mais, nenhum centro. Ninguém ao centro.

Fecha os olhos e atenta no sussurro remoto, a câmara de ecos da cidade. Cá dentro, outros ecos. Há objetos que funcionam como um índice, que remetem para uma página específica de uma biografia. Páginas onde encontramos viagens, relatos, desencontros, arrufos, fases diferentes de um bom casamento.

A imaterialidade choca-a. As confidências feitas a altas horas da madrugada, as noites insones, a paródia em torno da montagem de um móvel, o aroma do receituário de mil experiências culinárias, o acre dos corpos, dos lençóis. O tom nacarado de certos fins de tarde que lhes chegaram por aquela janela agora sovada pela chuva, o calor do corpo dele, um estremecer, um calafrio. Memórias mais contundentes do que os cortinados, o tapete, as estantes, uma mancha de gordura no braço do sofá, ou a pesada credência que trouxeram do Sri Lanka. A casa está plena deles, da história deles, um caudal desregulado de recordações que podem pouco perante a aridez do atual deserto. Chove agora com mais força.

Retorna à mesa, ali está ele, o seu pesado manuscrito. Um texto agora maçudo mas que foi outrora leve como um estilete, determinado como a pedra que trazia para atiçar o motim, partir a montra, espoletar a revolução. Quando ainda acreditava que havia um gesto que podia mudar as coisas, e que esse gesto podia ser feito de frases e de palavras. Pega no mono, senta-se no sofá, pousa-o no colo. Sente que trabalha com um instrumento que cessou de desempenhar a sua função. Uma arma que já não dispara. Pior, sente que ama com os mesmos instrumentos com que tenta disparar sentidos. As palavras que usa para denunciar são as palavras que, no que é incomportável da sua relação, a denunciam.

O mais difícil, conclui, é andar a querer suavizar uma queda de amor com o mesmo instrumento com que se tenta alvoroçar o mundo.

a minha cor por dentro

— Maaaaãe?

— Entra no carro, Candela. Hoje não podemos chegar atrasadas.

— Mãe, se esta luz do amanhecer chama-se lusco-fusco...

— "Se chama lusco-fusco", sim...

— ... Então o anoitecer chama-se fusco-lusco?

cicatrizes na superfície de cada biografia

— Porquê, tia?

— Porque não deixou marcas...

Candela levanta o olhar da revista que está a folhear. A resposta não a completa.

— Não há provas materiais. Olha aqui, esta imagem. Isto é Lascaux. Foi quando começámos a pintar, a representar, a pensar de uma certa forma... Os crânios foram ficando maiores e há quem acredite que isso tenha a ver com o pensamento abstrato, os símbolos que surgem nas pinturas, novas estruturas familiares, e com a comunicação. Olha, este, sabes como se chama este?

— *Homo Sapiens*.

— Boa...!

— Está aqui escrito...

Às vezes, olhando-a, Carolina percebe o exagero de Lucía, os terapeutas, a culpabilidade. Há uma *melancolia*, à falta de palavra melhor. Mas numa coisa concorda com Pablo: curiosidade não é patologia.

Com as mãos pequenas mas rigorosas a passar as páginas da revista numa cadência sempre igual, Candela dá igual atenção a todas as ilustrações, das maravilhas do reino animal aos templos maias, aos dinossauros e às pinturas paleolíticas. Há uma grande reportagem sobre as grutas de Lascaux, o bisonte e o cavalo, os veados e o cabrito-montês, leões e rinocerontes, representações de uma sensibilidade finíssima, e Candela olha-as. Tudo parece assomar-lhe ao olhar como algo distante, o que de facto é, mas essencialmente morto. Há um luto na forma como olha para as coisas, não o luto do carpir, mas o luto de quem vive rodeado de morte.

— Não acredito nisso.

— No quê?

— Que a comunicação não deixa marcas.

Lucía entra nesse momento com a travessa da lasanha. Pousa-a na mesa já posta. Vê-as sentadas no chão junto ao sofá, compenetradas na revista que o pai trouxe, olha em volta, agarra uma jarra pela base, sustendo-a com as duas mãos bem abertas, e: nenhuma reação; volta a sair. Carolina e Candela permanecem debruçadas sobre as ilustrações, como no início de uma cerimónia que lhes vai levar muito tempo.

— E como é que as crianças sabiam o que as palavras queriam dizer se não havia adultos para as ensinar?

— É um mistério. Ninguém sequer sabe se levou muito tempo ou se foi muito rápido. Pensa-se que, de início, podem ter sido só sons. Grunhidos...

— Como os animais?

— Sim.

— Como as folhas das plantas e o lago e a cascata e o trovão?

— Isso não é linguagem.

Candela cala-se, contrariada. Regressa à revista.

— Mas por que é que decidimos falar, se não nos entendemos?

— Eu estou aqui a falar contigo e tu estás a entender. Posso dizer-te "olha que bonitos os Alpes Suíços!" — Carolina aponta para a imagem na revista — e tu assim sabes o que esta imagem desperta em mim...

Carolina apercebe-se de que a quer convencer de algo em que não crê. No fundo, concorda com a dúvida da criança, apesar de não entender bem o que é que a criança lhe quer perguntar, sendo ela criança.

— Conheces a história da frase que os Citas enviaram ao rei Dario, há muitos, muitos anos?

— Acho que não...

— Quem a conta é um grego chamado Heródoto. Ele narra que, quando o rei Dario invadiu o país dos Citas, estes lhe enviaram um presente: um pássaro, um rato, uma rã e cinco flechas.

Candela olha-a:

— O que é que isso quer dizer?

— Exato! Não são maravilhosas as palavras? Esta mensagem era para ser lida assim: "A não ser que te transformes em pássaro para voares no ar, em rato para penetrares sob a terra ou em rã para te refugiares nos pântanos, não conseguirás escapar às nossas flechas".

— Não é assim muito óbvio.

— Não. Nada. Era um pássaro, um rato, uma rã e cinco flechas. E era suposto os Citas ficarem apavorados.

— Mas eles falavam assim uns com os outros normalmente?

— É aí que as palavras entram.

Lucía traz pão e guardanapos para a mesa, e passa pelo escritório para pedir a Pablo que a ajude, mas ele está com os auriculares e os olhos fixos no ecrã e não se apercebe.

— Candela, vai chamar o teu pai.

E enquanto ela vai chamar o pai, Lucía agarra o cotovelo da amiga.

— O Jeff é... o *nosso* Jeff?

Partilham um passado com Jeff. Lucía não consegue crer que é possível ir repescar personagens tão antigos.

— Se é o Jeff que eu penso que é, o teu casamento está mesmo em maus lençóis... Foi ele quem te achou ou foste tu que

Pablo entra na sala com Candela ao colo, e risadas. Todos ocupam o seu lugar na mesa.

O jantar está ótimo, a lasanha está deliciosa, o vinho escorre. Carolina, num esforço eterno de esconder a sua antipatia por Pablo, pergunta-lhe como correm as candidaturas, uns certos apoios fantásticos que, no último jantar, iriam salvar a sua situação artística e profissional. Pablo desfia um terço cujas contas são: os concursos do Estado estão todos decididos à partida, que é um nepotismo, que ganhou a filha não sei de quem. Lucía rasga o ar em frente ao pescoço com a mão esticada, uma degolação simbólica para matar um assunto real.

— Paaaaai?

— Diz, meu amor.

— O que é "nepotismo"?

— É o que governa este país, minha filha. E sempre governou!

Ao ver que Candela abre o seu *Caderninho das Palavras Novas* para escrever esta definição, Carolina inclina-se na sua direção e dá-lhe uma definição alternativa. Mais acertada, diriam alguns.

Entretanto, no ecrã, impecavelmente penteada, aparece Darla:

> "A Cultura da Opinião afogou o pensamento crítico e especializado. No grego antigo, *logos* e *doxa* queriam dizer justamente".

— Mãe, mãe! Põe mais alto! É a senhora da linguagem!

Candela corre para junto do ecrã. Carolina olha para Lucía com um trejeito horrorizado: a Darla?! Lucía encolhe os ombros.

— Nesta idade... distinguem lá...

Toda a família absorvida pelo ecrã, a voz de Darla Walsh a entrar por milhões de jantares e ambientes domésticos em todo o mundo:

> "Assistimos à difusão de discursos simplistas e deturpados. Somos hoje a cultura do comentário e da opinião fácil. Polémicos, em lugar de pertinentes e construtivos. Estes comentários proliferam em tom de imprecação e de pregação, vilipendiam estatísticas e citações de teor científico, fomentam concepções apocalípticas, maniqueístas ou paranoicas do mundo.

Isto só contribui para que não nos responsabilizemos pelo que nos cumpre. Estas mensagens penetram na esfera mediática e têm uma repercussão viral, espalham-se em questão de segundos, incitando ao ódio e à separação".

Carolina insurge-se diante do televisor:

— Quanta demagogia...! Vocês seguem isto?!

— Todas as noites, tia!

— Mas tu sequer percebes alguma coisa do que ela diz...!? "Imprecação"?! Tu sabes o que é "imprecação"?!

Candela nunca ouviu esta palavra na sua curta vida e sente uma súbita aflição. Não percebe por que é que a tia está aos berros com ela. Os seus olhos marejam de lágrimas.

— O que se passa contigo para estares a falar assim com a minha filha?!

— Mãe, o que é "imprecação"...?

— A mãe já te explica — e virando-se para Carolina, furiosa: — Qual é o teu problema?!

— Vocês sentam-se todas as noites a ouvir estas baboseiras da Darla Walsh... da *Darla Walsh,* Lucía?! Ela é...! Ela é...!

— É alguém que diz as mesmas coisas que tu! Tu defendes as mesmas coisas que ela defende, tu dizes por outras palavras as *mesmíssimas* coisas que ela acabou de dizer. A única diferença é que ela tem dinheiro, e tem poder, e tem, afinal, quem a ouça.

filologista de café

— Se há pintura figurativa e pintura abstrata, por que é que da linguagem representativa não difere também uma *linguagem abstrata*, que não simbolize nada além de si própria?

— Não é para isso que tende a poesia?

— Não, um poema não é uma tela abstrata.

— Por que não?

— Uma abstração pictórica não remete para nada exterior a si própria, basta-lhe ser aquilo que é.

— Não poderá uma frase fazer o mesmo?

dinheiro e tem poder e tem afinal

Por avareza ou insubordinação, por curiosidade ou movimento coletivo, nasce a figura do Filologista de Café, a Lexicógrafa Doméstica, o Dicionarista do Metro e um batalhão de Fiscais da Linguagem. De repente toda a gente tem uma teoria singular sobre as palavras, a sua origem, o seu valor. Nisso, o Plano está a funcionar em pleno.

Por todo o lado não se para de falar sobre como se fala. Como só temos palavras para nos referir às palavras, o Plano é uma empresa autofágica imensamente lucrativa.

Chega o momento de taxar os pronomes pessoais e os possessivos. "Revalorizar", portanto. É então que a maioria dos Consumidores desperta para a dimensão do que está a acontecer. A inclusão dos pronomes pessoais na Lista tem um impacto notório no quotidiano. Aparecem os primeiros *abstémios*, aqueles que se dedicam a um discurso sem "eu, tu, ele, me, mim, comigo, ela, elas, nós, vós, te, ti, contigo, eles, se, si, consigo, connosco, convosco", gerando um falar distanciante, com construções improváveis, despido de identidade. A atenção recai sobre idiomas cuja gramática tem construções alternativas e sem pronomes pessoais. Vulgariza-se a ideia de que o Japonês© não os tem, malgrado o esforço dos entendidos para explicar que "não é assim tão simples". Em linguística, nunca nada é assim tão simples.

No café da esquina, Carolina vai encontrar um pequeno grupo de leigos em disputa acesa em torno do uso de *watashi* ou *boku* em lugar da primeira pessoa do singular. Aborda-os. Faz-lhes perguntas. Explicam-lhe quais os pronomes na segunda pessoa considerados de mau tom e contam-lhe como estão a ser recuperadas formas de falar anacrónicas, como as dos samurais do período Edo, que se teriam referido a si próprios como *sessha*. Espantam-se com o espanto dela.

— Andou estas semanas com os olhos e ouvidos vendados? Não vê TV, jornais, notícias? Não tem *displays*? Anda tudo louco com as palavras: as que valem mais, por que é que valem tanto, como não pagar... não assiste às emissões?

— Às *emissões*?

O homem confere as horas:

— Há uma daqui a sete minutos, não quer ficar para ver?

— Ver o quê?

— Os tipos do Plano. A irlandesa, com'é que é?

Oh, não, pensa, *Darla Walsh*.

— Darla — acrescenta um deles.

— Isso. Ela vem falar sobre... olhe, sobre falar!

Riem-se.

— É sobre as palavras. Coisas fantásticas. Não é sempre ela, são assim gráficos e entrevistas. Mas eu gosto mais quando é ela. Não gostas mais quando é ela?

O outro acena que sim. Fala tão pouco, estará a tentar poupar?

— O próximo é sobre idiomas de cliques, do Botsuana — consulta o ecrã do telemóvel, incerto do que está a dizer — ou lá o que é...

Carolina não sabe o que dizer.

— ... De cliques?

O homem faz estalar a língua no céu da boca. Recapitula o programa em que falaram sobre um idioma que se chama "!Xóõ" — e este nome também se pronuncia estalando a língua no céu da boca.

— Eles têm para lá de oitenta cliques diferentes! Diz-se que no Sul da África há muitas línguas assim, faladas pelos ... — hesita — *Cuázãn*.

— *Khoisan*. "Bosquímano" já não se diz.

— Não.

O homem mais calado sublinha o "não" com um movimento de cabeça e adiciona a nota de pragmatismo que recentra esta motivação:

— As línguas Khoisan esta semana estão mais baratas, e há benefícios fiscais para quem as aprender e prémios para quem as estudar.

— E as pessoas interessam-se *mesmo* por estalinhos no céu da boca...?

— Se as ajudar a poupar dinheiro, ou a ganhar dinheiro, claro que sim.

— A ganhar di...?

— Está toda a gente a dizer que isto é só o começo! Que a seguir vai ser mesmo tudo um Mercado, que se pode ficar muito rico com a venda de certas palavras. Ó Victor, com'é que a gaja diz...?

— "Saber é poder".

— Fique. Vale a pena.

Carolina queria ir hoje à redação e queria chegar cedo. Olha o relógio.

— Fique. Um gajo aprende sempre qualquer coisa com estas emissões...

"Aprende"...? O que mais a impressiona é sem dúvida o furor na adesão ao Plano, o *entusiasmo* que demonstram. No ecrã, um curto *trailer* de poucos segundos anuncia que Walsh estará *online* dentro de dois minutos e um burburinho percorre o café. As pessoas aquietam-se e encaram o televisor.

A 21 de Julho de 1969, quando o mundo parou a ver o primeiro contato humano com a superfície lunar, também deve ter sido assim.

Esta é uma pequena aquisição para um Consumidor, mas um grande salto para o Mercado.

anatomia de um grito

O Fotógrafo percorre no visor da câmara as imagens recolhidas no campo de refugiados. Em seu redor a azáfama da redação adapta-se à escala infantil dos bancos e mesas. Cobriram os quadros de ardósia de indicações práticas, números de telefone e códigos de acesso. Apagaram as somas simples, as contas de multiplicar e subtrair e os arabescos de um alfabeto maravilhosamente desenhado, mas que poucos ali sabem ler.

Junto à mesa onde o Fotógrafo se senta ainda estão dispostos desenhos com cores de criança solta de quaisquer abomináveis; propostas fantásticas: um sol oval, mãos com dedos a mais, corpos com os membros certos, famílias completas. Há também uma roda nutricional com imagens de alimentos recortados de revistas. Há um mapa da região com uma constelação de nomes agora inúteis de decorar, visto que o combate já os rebatizou, abençoados com granadas.

Enquanto as imagens descarregam, o Fotógrafo tamborila os dedos sobre a mesa. O olhar divaga pelos desenhos. A curvatura das letras, sinuosas e rebuscadas, fascina-o. Haveria guerra se usássemos todos o mesmo alfabeto?

A transferência de ficheiros chega ao fim e um automatismo do computador abre por ele uma visualização de miniaturas das imagens. Navega para cima e para baixo, e o seu olho treinado repesca facilmente as melhores, que abre num outro programa. É a primeira vez que esta imagem vai preencher um ecrã e, em poucos minutos, vai encher tantos outros. Não vai precisar nem de uma hora para ligar esta sala de aula no meio de bombardeamentos a um escritório em Berlim, a uma sala de estar em Melbourne e ao ecrã de um telemóvel em Joanesburgo. Os corpos nela retratados ainda não estarão frios.

Trabalha-as um mínimo: reenquadra, ajusta as cores, realça um pormenor. Tem urgência em enviá-las. Lá fora, ribombam sem cessar os argumentos belígeros dos homens que desaprenderam o diálogo. Ainda tenta, com cada uma destas imagens, suspender este ritmo, abrandá-lo, contrariá-lo pelas entranhas. Mas lá fora a orquestra já afina os instrumentos que tocarão a sua próxima fotografia, um ouroboros ao qual já não tenta encontrar cauda.

Prepara-se para sair e repetir o périplo, mas, desta vez, é-lhe dito que, de imediato, não é seguro. Estuda o mapa enquanto espera. Pergunta a um civil que viaja com eles e lhes serve de intérprete, apontando no mapa, se esta zona ainda está de pé. E aqui? E ali? E isto? Ali? Não consegue acertar em nada que teime na verticalidade.

Assim que o fogo-aberto abranda saem rumo ao hospital. O Fotógrafo repete a dança: olha, espera, espera mais, clica, clica outra vez, olha outra vez, clica, baixa a lente, baixa o olhar, dá costas, esconde-se, espera, agacha-se, espera mais, rasteja, soergue-se, aponta, clica, clica, clica, clica, clica, clica, clica, examina, busca outro ângulo, clica, clica, clica, clica, clica, revê, levanta-se, mais alguns parágrafos de "clica" e voltou a encher outro cartão. Volta à área da imprensa, para junto dos mapas desatualizados, da roda dos alimentos e dos desenhos de crianças. Volta a descarregar as imagens, volta a abri-las em modo de pré-visualização, e o seu olho treinado volta a apurar as melhores.

Em menos de meia hora as novas imagens serão domínio público, tradição coletiva, artefacto histórico. Irão proliferar pelos diferentes meios de imprensa em parágrafos justapostos a um derrame de petróleo na costa norueguesa, um apedrejamento de uma mulher violada na Índia, à subida das taxas moderadoras, a uma nova técnica indolor de tatuagem, a um novo fôlego da extrema-direita em França, Pablo Neruda afinal não morreu de cancro, sismo com epicentro na Mealhada, Reino Unido sem plano para o Brexit, oito mortos em tragédia num estádio no Senegal, Novembro é o mês mais quente dos últimos trinta e sete anos, Suécia decreta seis horas de trabalho por dia, incêndios podiam ter sido evitados, selecionador nacional diz que a equipa descansa para voltar mais forte, moedas digitais rivalizam com o dólar, rapto de duzentas alunas da sua sala de aula, NASA mostra como vai salvar a Terra de um asteroide apocalíptico, sobe o número de mortos vítimas de tráfico humano encontrados num camião, esta é a nova namorada de Brad Pitt, Espanha privatiza a luz solar, o nascimento de quadrigémeos numa maternidade do Norte, Governo avança com registo obrigatório de drones acima de duzentos e cinquenta gramas, vestido de novecentos euros não agrada a fãs da apresentadora, três crianças afogadas no rio Vouga, celebridades fotografam-se sem maquilhagem, autor diz-se "escritor de leitores" apesar do "desprezo" da crítica, próximo iPhone pode ser o mais caro da história, dez gorduras amigas que deve comer mais vezes, Elon Musk quer privatizar a mente humana, morre o cineasta que inventou os *zombies*, mulher anda nua pelas ruas de Campinas, e quem destrinça as prioridades?

Nessa mesma noite, do outro lado do globo, uma mãe serve um borrego acabado de sair do forno enquanto se queixa da impertinente invasão das imagens recém-capturadas através do televisor da sua sala de jantar, e ordena ao marido que mude de canal:

— Estou farta da guerra! Já só sabem dar estas imagens horríveis.

Todas as noites, a sua casa invadida. O marido procura com o controlo remoto onde pousar a emissão e decide-se por um programa com figuras públicas a saltar de diferentes alturas para uma piscina. A família desfruta do borrego estaladiço e ri-se perante o ridículo espalhafato dos saltos, que não raras vezes terminam num aparatoso chapão.

O estrondo da água.

O estrondo da guerra.

O Fotógrafo volta a descarregar as imagens, volta a enviá-las. Voltam a disseminar-se com uma rapidez a que chamamos “viral”. De um vírus que arranha, cinge, toca, derrapa, raspa, recede, resvala, desliza, mas nunca verdadeiramente contamina.

O Fotógrafo decide avançar sem pensar nestas famílias, nestes borregos, prefere viver num mundo onde as celebridades não se sujeitem a concursos de saltos. Quantos cabem no teu mundo? Prepara-se para sair. Vai repetir a sequência, e em poucas horas está nesta mesa outra vez. O mesmo périplo: novas vítimas, novas imagens.

Precisa de fazer certas coisas pela mesma ordem, precisa de certos padrões e certas recorrências, para que a aparente aleatoriedade da guerra não o corrompa. Vai voltar a sair, um colega volta a travá-lo. As milícias do Sul estão a abrir fogo contra a imprensa. A guerra entrou em modo "Matem o Mensageiro". Passam-se várias horas de tensão na redação improvisada, entre jornalistas que não arriscam sair e os esforços para localizar o paradeiro daqueles que arriscaram sair ou que já estavam no terreno e não conseguiram retornar. Exausto, a sentir-se inútil e frustrado com a espera, o Fotógrafo volta a descer à antiga cantina, volta a escolher dois colchões de ginástica e a empilhá-los da mesma forma mas num outro canto, sobre uma mesa de refeição idêntica à da cama anterior. Monta uma segunda cama. Necessita que certos momentos se repitam. Volta a amassar o casaco para que lhe sirva de almofada, depois de tirar do bolso as pomas de silicone e a viseira. Lê: "P E A C E" e pensa nela. Pousa o telemóvel ao lado do rosto, ao alcance da mão. Tenso, coloca a viseira enquanto inicia os procedimentos que obrigam o corpo a abrandar — não se mexer, descontrair músculo por músculo e forçar a respiração abdominal. Visitas de rostos, de crianças, de civis. Vê o rosto de uma adolescente que ontem o agarrou pela mão e lhe perguntou num inglês perfeito se ele a levaria para casa com ele, se a ajudava a sair dali. O que foi que respondeu? Vê rostos para não ver números, vê pessoas para não se deixar frustrar pela inoperabilidade de certos conceitos. Não vê "paz", por exemplo, nem tão-pouco vê "guerra"; não vê "justiça" nem vê "ambição". Não vê "humanidade", mas é isso que a sua lente mais procura. Vê rostos. Vê o rosto daquela adolescente, e vê o rosto da mulher que ainda ama. "De hoje não passa", pensa. Lá fora está severo. Descarregam cartuchos de silêncios, premonitórios do ribombar que se segue. Cá dentro também. "Assim que acordar tenho de encontrar forma de lhe ligar". Mas Tápio não vai acordar. Porque não vai chegar a adormecer.

— Acorda! Levanta-te!

O colega agarra-o pelos ombros e sacode-o.

— Estão a bombardear o acampamento de refugiados.

Saca-lhe a viseira, ofendido com a palavra "PEACE" ali estampada. Num instante tem todo o seu material e está a atravessar a porta, rumo ao *humvee* estacionado numa garagem igualmente improvisada numa antiga loja de sementes e leguminosas. Alguns sacos romperam-se e o chão está coberto de mínimas esferas. O Fotógrafo a tentar correr sobre elas e o colega a exclamar, como uma rasteira:

— Ah, a tua mulher ligou. Que tu não dizes nada. Liga-lhe a dizer que estás bem e que não podemos ter as linhas ocupadas com estas merdas!

Uma animosidade que o Fotógrafo já nem acusa, por estar tão habituado. Salta para o veículo em movimento, destro, para evitar escorregar nos feijões. Antes de se enfiarem no labirinto de obuses, através do vidro retrovisor, vislumbra o manto de alimentos que cobre o chão: quem foi quem foi quem foi quem foi quem foi quem foi quem foi quem foi quem foi quem foi quem foi quem foi quem foi que plantou a primeira semente da discórdia?

Quem é que pronunciou a primeira palavra e, logo a seguir, quem cuspiu o primeiro desaforo?

as linhas ocupadas

Carolina nunca tinha estado tanto tempo sem qualquer contato com Tápio. A sua última conversa tinha sido um longo silêncio que arrastara sucessivas madrugadas umas contra as outras. Parecia que estavam há meses a viver a mesma madrugada, a ter a mesma conversa. "Ele tem um dia de voltar!" — decide — "Nem a guerra dura para sempre". Arrepende-se imediatamente deste pensamento. O que se torna claro com as duas décadas de vida conjunta, mas nunca menos chocante, é que a guerra só se move, mas nunca cessa. "Talvez nunca tenha havido um dia de paz na história do mundo", pensa, e essa ideia afunda-a mais. Tem de parar de pensar de certas formas sobre certas coisas. Tem de parar de pensar.

Pede um mês na redação, que lhe é concedido sem perguntas. Diz ao Suplente que trabalhará em regime "*non local virtual coworkspace remote telecommuting-grid*", o que não deve querer dizer "trabalhar a partir de casa", o que não deve querer dizer nada, mas que se assemelha muito à forma como ele fala. Ele sabe que está a ser gozado mas, ansioso por se livrar dela por um mês, anui. "Isso vai ser ótimo", diz.

Carolina deixa-se estar por casa, abrem-se e fecham-se dias nas frinchas das portadas da janela, e desaprende os ciclos. O telemóvel toca muitas vezes, e de nenhuma ela se levanta ou sequer estica a mão para o atender. O toque dele é diferente de todos os outros.

Continua a perguntar-se do que é que desiste quando pensa em "desistir". Da profissão, da escrita, daquela cidade, daquele apartamento, deles dois. Desistir de Tápio? Não se sente capaz.

Depois de atravessada muita acédia e outro tanto desnorte, é ela quem pega no telemóvel e liga a Lucía. Diz várias vezes a palavra "cansaço" mas circunda "desistir". Diz que queria só parar de pensar tanto, um dia ou dois sem estas vozes que lhe dizem o tempo todo que falhou em tudo, falhou a todos e que fez tudo mal.

Poucos dias depois, e não sem a firme intervenção de Lucía, dá por si sentada no meio de outras mulheres, no chão de madeira de uma pequena sala quadrangular. Assumem todas a mesma posição sem que ninguém tivesse de o explicar: as mãos pousadas sobre os joelhos e os olhos semicerrados. Não se vislumbra mais do que o recorte das silhuetas sentadas. Em breve será noite e ainda lhes toca estar ali mais duas horas. Na sala ao lado, um pouco maior, retangular, está um grupo de homens sentados em posições similares, numa distribuição correspondente.

Os dois grupos despertam às quatro da manhã e passam todo o dia naquela posição, com uma breve pausa para uma refeição leve, ou para a entrevista com o orientador. O pequeno-almoço é às seis e meia, o almoço às onze e, às cinco, uma grande mesa com chá e fruta, e é só. Às nove e meia já não há luz, é hora de dormir. O dia seguinte é igual. Estão confiscados todos os cadernos e materiais de registo. Também não há telemóveis ou qualquer contato com o exterior. Imagem nenhuma, leitura nenhuma, conversa nenhuma, nada. É um retiro de silêncio.

Há muito tempo que Lucía a tenta convencer a fazer algo assim, a abrandar, a trabalhar menos, a ir "ter com a natureza", "recarregar", como se fosse um aparelho eletrónico e a natureza fosse a ligação à tomada. A resposta toma sempre a forma de resistência ou hesitação:

— Vi-quê?

— *Vipassana.*

— Sabes que eu não acredito nessas merdas.

— Isto não tem nada a ver com *acreditar*. Não é uma religião, é um método. Vai, que te vai mudar a vida.

A questão é essa: Carolina não ambiciona mudar nada na sua vida, à exceção talvez de si própria, ou da percepção que traz da própria vida. Ainda ama o Fotógrafo e ama o que faz, mas só consegue aperceber-se da imensa frivolidade, do jogo de egos, da pirâmide de influências, da perversão total dos valores e prioridades. Adora Lisboa, gosta de viver perto de Lucía e Candela. Gosta do que tem de ler para o trabalho e gosta do que tem de escrever. Mas escrever também se tornou numa arma que não fere, nem sequer dispara.

— É assim, é a vida...

Dizem-lhe em todas as frentes. Essa frase odiosa! Faria algum sentido ambicionar mudá-la?

Não antevê de que forma dez dias em silêncio a podem ajudar, mas esgotou outros expedientes. Quando Lucía lhe diz: — Vai, que te vai mudar a vida —, responde que não quer que a vida mude, só mesmo, talvez, ela própria.

— Não é a mesma coisa?

é a mesma coisa

No retiro, a tarefa para os primeiros dias não podia soar mais simples: observar a respiração. Homens para um lado, mulheres para outro, são dados aos dois grupos as mesmas instruções: sentarem-se e observarem a entrada e saída do ar, no pequeno triângulo formado pelas narinas e o lábio superior. Observar o ar a entrar, observar o ar a sair.

— Só isso?

— Só isso.

Um "só isso" que se prova impraticável. A vaga ideia com que chegou ao retiro do que seria "meditar" não a tinha preparado para esta crueza. Não esperava tanta dificuldade em sossegar, tanto desconforto, tanta impaciência, a incapacidade de cumprir uma tarefa tão simples:

observar o ar a entrar. Observar o ar a sair. Parece muito mais fácil do que é.

Observar a respiração, em si, não é complicado. Fazer *apenas isso* é que parece impossível. Dá por si distraída, a meio de uma conversa que teve com Tápio da última vez que estiveram juntos, e revê pela milionésima vez tudo o que lhe disse, e tudo o que ele respondeu, e tudo o que poderia ter dito e não disse, e tudo o que ele deveria ter respondido e não respondeu. Horas nisto. Outras tantas conversas com Franco... ou, simplesmente, perdida numa cena de um filme, na receita de bacalhau espiritual, ou na letra de uma canção de que nem gosta, mas que não para de tocar no palco da sua atenção. Inexplicável, por exemplo, o tempo passado a derivar traduções que conhece para a palavra "leque", e como lhe parecem ser lógicas numas línguas e não noutras. A palavra espanhola para leque é "*abanico*", o que lhe lembra "abanar", e em francês e italiano é "*éventail*" e "*ventaglio*", que lhe lembra "vento". Mas e o inglês "*fan*" virá de onde? Lembra o quê? E "leque", donde virá? Sente-se enervada por não poder pegar no telemóvel e pesquisar, consultar um livro, esclarecer aquela dúvida. Tem de ficar ali a imaginar etimologias possíveis para leque... a respiração, entretanto, totalmente olvidada.

Quando se apanha distraída, volta à respiração com mais *força*. Aplica-se nesse caudal frágil da atenção, mas quando volta a verificar, percebe que já vai a meio de um outro filme: agora está numa praia, e não consegue decidir se é uma praia onde já esteve ou se a imagina. Pensa na sua infância, a que praias os seus pais a levavam. Pensa em biquínis e pensa em depilação. Um creme de que lhe falou Lucía e que não chegou a comprar, que evita pelos encravados, e pensa que não acredita que um creme possa ter efeito sobre pelos encravados, e surge-lhe uma imagem a que um dia assistiu na televisão, uma simulação muito ampliada da raiz de um pelo, aumentada milhares de vezes, como se fosse um enorme edifício com os alicerces redondos enterrados no solo, um pequeno útero. E depois perde-se por tempo indeterminado a conceber cada pelo e a sua casa cutânea como um pequeno útero, milhares e milhares de pequenos úteros, e isto só na superfície da sua coxa. Enerva-se. Pensa que não adianta enervar-se, mas enerva-se. Obriga-se a largar a praia, a infância e a depilação e os pelos encravados e a voltar à respiração. Só para se distrair com outra coisa qualquer. Ou com as mesmas coisas outra vez. Ou variações. Os nervos desfeitos. Quem teve o desplante de enaltecer a meditação pelos seus poderes tranquilizantes?!

Só entre o terceiro e o quarto dia deixa de disparatar tanto ou em tantas direções. Nem as distrações vêm de sítios tão díspares — maldito refrão da Beyoncé! — nem com tanta frequência. Vê-se capaz de estar mais atenta ao respirar e por períodos mais longos. Não é necessariamente um avanço: ao mesmo tempo que não é bombardeada por desconchavos da mente, o corpo começa a ganhar um protagonismo que até aí não tinha. Sente dor física e um constante desconforto. Persevera, contente com o seu estoicismo. Pensa: "A forma mais perversa de tortura somos nós próprios" e nota o contentamento que gera este pensamento: conseguiu arrumar mais esta experiência numa caixinha mental.

O quarto dia é dedicado a uma dor lancinante nas costas, que lhe agarra o dorso e a serenidade durante uma manhã inteira, crescendo para pontos difusos das omoplatas e dos ombros pela tarde e início de noite. Termina o dia esgotada.

Veio em busca de silêncio, mas a única coisa que *não* consegue encontrar é silêncio. Veio em busca de um pouco de paz e passa os dias em conflito. Tem conversas arreliadas com Lucía. Desenvolve uma teoria improvável e rebuscada de que isto é uma forma de a amiga a castigar por ela ser fértil e Lucía não. No ano passado, Carolina abortou e desde aí que a amiga se comporta de forma estranha. Se pensasse melhor sobre o assunto reconheceria que é desde aí que tudo é estranho, não só Lucía. Ela que, ali, pensa em tudo, nisso não pensa.

No encontro seguinte com o guia expressa o seu desespero. Diz-lhe que acha que a meditação para alguém "como ela" pode ser "nociva". O guia sorri. Diz-lhe para não se esquecer de voltar à respiração. No dia seguinte volta a queixar-se ao guia. Que não é capaz, que passa o tempo todo enervada, distraída, que não sabe como fazer esta coisa de *meditar*. Que lhe dói tudo, que lhe dói tanto, que não consegue conviver com a dor. Ele pergunta-lhe:

— Está presente para o facto de estar distraída? Está presente para o facto de existir dor?

Ela acena que sim; metade coração, metade birra.

— Então é isso.

Diz-lhe para continuar. Que está tudo bem.

— A respiração — insiste —, observe a respiração.

Furiosa — mas não necessariamente com ele —, volta para o seu mínguo território, que agora lhe parece um reino demasiado extenso para as suas magras forças. Respira fundo. Recomeça.

Finalmente, ao sexto dia, percebe que já consegue focar a atenção quase meia hora, ou o que estima ser meia hora. Períodos mais longos de tempo. O foco deixa-a totalmente energizada, sente uma qualidade brilhante e penetrante no olhar, uma luminosidade no rosto, nas mãos, no sorriso, nas têmporas, enfim, sente-se bem. Considerar que está concentrada é também uma forma de se distrair — recomeça. O ar a entrar, o ar a sair. Remexer no passado, especular sobre o futuro. O remorso e a ansiedade. O ar a entrar, o ar a sair. O vivido e o projetado, o reprimido e o consolado. O ar entrar e o ar sair. O incompleto e o excesso. O ar a entrar. O ar a sair. Aquilo que nela é simples e aquilo que nela se nega à simplicidade. O ar a entrar. O ar a sair.

O ar a entrar.

O ar a sair.

O ar a.

O ar.

O.

Oitavo dia. É só na reta final que alcança as sensações mais finas e delicadas. Há harmonia na percepção interior e exterior das coisas, consegue ouvir-se em plural, sem descurar o que acontece em seu redor. É estupendo. É também nesta fase que pensa com maior violência em desistir. Já não pensava em abandonar o retiro desde o quarto dia, aquele em que "sobreviveu" àquela dor de costas "insuportável". Agora o pensamento não só não a larga como se torna corpo. Muro intransponível de si própria.

O guia fica bastante satisfeito quando ela, melodramática, anuncia que é impossível ficar: "nem mais um segundo!". Sorri. Parece ser a melhor — e única — resposta que ele tem. Desta vez, ao contrário das anteriores, diz-lhe que aquele momento é mesmo "muito importante" e que agora é mesmo "muito importante" que ela se empenhe em observar aquele desconforto "sem se identificar com ele". Bolas, e isso faz-se como? Senta-se e começa tudo de novo. Tenta uma nova frescura, como se nunca antes se tivesse observado a respirar. Como da primeira vez.

De súbito, abre os olhos para o último dia de retiro. Parece-lhe agora que tudo passou rápido. Nunca chega a encontrar o prometido silêncio, pelo menos não com o rosto que esperava reconhecer. Quantas caras terá o silêncio? Surge-lhe uma memória antiga: ela bem menina e o professor de violino a recitar os sete silêncios. "A pausa, a meia pausa, o suspiro, o semissuspiro, o quarto, a oitava e a décima sexta parte do suspiro"... Tantos silêncios. Tápio, a incomunicabilidade entre eles, o livro por publicar, a doença do Franco, o telefonema a Jeff, o Suplente, a redação, a imprensa, a sociedade, o terrorismo, a destruição do planeta e o poder cada vez mais nas mãos das Supermarcas, tantos silêncios. Tudo lhe pareceu ali infinitamente mais simples. Até as coisas fora do lugar lhe pareceram estar no seu lugar, que é, justamente, estarem fora de lugar. Há apenas umas quantas formas de as coisas estarem arrumadas, mas são ilimitadas as maneiras de as desarrumar — e é isso.

Despede-se do guia. Ele celebra-a. Abraçaram-se. Carolina quer embrulhar e levar com ela aquele abraço, aquele sorriso, aquele espaço que ele proporcionou. Queria levar certas coisas que ele disse nas meditações guiadas que fechavam o dia. A cada noite, antes de dormir, o guia dizia-lhes que "aprender a meditar é aprender a morrer" e que "a vida é na sua maior parte *dukkha* ou sofrimento" e que "sofremos por querer o que não temos e porque temos o que não queremos". Ouviu "que tudo passa" e que "é vão agarrarmo-nos a qualquer coisa ou ao que quer que seja porque só nos amamos a nós próprios e ao nosso ego" e reconheceu-se nesta frase. Depois ouviu-o dizer que "atravessamos a vida adormecidos e resistimos a acordar". Passou a maior parte do tempo em luta com estas sentenças, porque lhe soavam a frases feitas. Agora, ao sair, pareceram-lhe tão parte da paisagem quanto as oliveiras em torno do centro de retiro.

No encerramento, todo o grupo se reúne na sala de refeições para ouvir as palavras finais do guia. Uma última refeição é servida; ligeira, como todas as outras. Podem olhar, interagir, conversar, mas é-lhes recomendada parcimónia, nas palavras e na comida, formas de nutrição que tomam a boca como portal. Sussurra-se. Cada palavra proferida parece um compromisso sério com a realidade, uma entidade material erguida entre duas pessoas. Quando um jovem da organização, muito cortês, lhe explica que está organizada uma partilha de um carro até ao aeroporto, não diz nada, apenas acede com a cabeça e sorri. Carrega a bagageira com a sua mochila, sorri aos restantes viajantes, entra e vai todo o tempo a apreciar a paisagem pela janela. É o primeiro dia de sol depois de um longo Inverno e parece que todas as coisas relembram a sua cor. Baixa uma nesga o vidro da janela, recebe o vento de olhos fechados. Todo o tempo permanece em silêncio, e isso aumenta o volume a tudo, num contínuo. "Em redor" e "em si" não são entidades apartáveis. Uma hora adentro da viagem é que se lembra do telemóvel. Isso espanta-a. Normalmente não o consegue desligar nem para dormir, e agora pensa nele como um hábito estranho que teve em miúda e que entretanto largou. Revista os bolsos do casaco e não o encontra. Está lá atrás na mochila. Sorri. Deixa-se estar. Não há pressa.

Só mais tarde, no aeroporto, já sozinha, volta a pensar em termos de passado e de futuro, de projetos e ambições, de frustrações e ausências. Percebe que não aproveitou o tempo para esboçar um plano para si. Por agora isso não a apoquenta: tem de entrar num avião, encontrar um lugar, reclinar-se, fechar os olhos, e deixar-se voar até casa. Às vezes o melhor plano é só saber dar o próximo passo.

Mesmo antes de embarcar, liga o telemóvel. Dez dias a acumular notificações, para alguém hiperconectada como ela, garantem-lhe um minuto inteiro de *bips* e tinidos. Flutua com a ponta do dedo por cima de caixas de mensagens e avisos, arrasta alertas, escrutina, afasta, clica duas vezes, fecha, apaga, apaga, varre, apaga, apaga, busca apenas um nome — TÁPIO. Não o encontra. Ele não escreveu, não disse nada. O que a corroía há dez dias ainda a corrói. Afinal, debaixo daquela sensação espantosa de amplitude, serenidade, ainda está ela, com as contrações e resistências do costume. Os mesmos abismos: "Que lhe custa dizer alguma coisa?".

Subitamente muito triste. Tenta ser meiga com o seu retrocesso, quer dizer, até Buda esteve quarenta e nove dias debaixo daquela árvore antes de atingir o que quer que fosse, não ia ser ela que iria despachar a coisa em dez, certo?

a boca como portal

— Maaaãe?

— Já estás acordada?

— Achas que se não houvesse "eu" e "tu" seríamos mais próximas?

estás acordada

— E o Tápio? Chegaste a ligar?

— Sim.

— E...?

— Não foi ele que atendeu...

— Mas está bem?

— Como pode ele estar bem no meio de toda esta guerra?!

Carolina pensa mais na guerra entre eles do que na outra.

— Pode ser que estejam os dois a achar que é *o outro* quem não diz nada...?

— Eu já escrevi.

— Se calhar não pode responder. Sabes se naqueles países há tarifários?

— Por todo o lado pagamos por falar, mas em nenhum lado nos proíbem de falar.

— Tenho seguido as notícias, aquilo está terrível.

— Dizeres-me isso é que não ajuda nada...

— Desculpa.

— Ele não diz nada porque não quer. A verdade é essa.

— Tem de haver outra expli

— Afinal que é que lhe custa dizer "Estou aqui"...? Ou até "Não sei o que te diga"...?, um mínimo "Está tudo bem" ou "Não está tudo bem", sei lá!, um "Ainda te amo"? É pedir muito?

Tem de evitar conselhos simplistas. Lucía desabafa, tanto a falar de si e de Pablo quanto da amiga e de Tápio:

— Não conheço nenhum casal que não esteja a atravessar uma crise...

— Não é do amor, é do mundo.

Arrepende-se logo desta frase. Já está a traduzir tudo em distâncias tão grandes que se sente logo cansada.

— Sempre conseguimos conversar, sempre conseguimos dialogar e negociar. Não sei o que nos está a acontecer.

— Terá ainda a ver com o que aconteceu o ano passado...?

— O quê?

— Tu sabes. Foi duro para o Tápio.

— Ele nunca quis ser pai.

— Às vezes achamos isso e depois
— Se alguém tem motivos para ficar mal...
— Mas estás mal?
— Não é isso.
— Então?
— Podemos não falar disto agora?

Sempre que tenta abordar este tema recebe esta pergunta como resposta.

— Não parece mesmo nada dele...
— Não entendo.
— Não sei o que te diga...
— Que raio lhe custa dizer qualquer coisa?!

que raio lhe custa

"Não sei o que dizer"	509 DCs
"Está tudo bem"	388 DCs
"Não está tudo bem"	289 DCs
"Ainda te amo"	766 DCs

adolescentes dores de crescimento virtual

Zero um um zero zero um zero um espaço zero um um zero zero zero um um espaço zero um um zero um um um um espaço zero um um zero um um zero zero espaço zero um um zero um um um um espaço zero um um zero zero um um um espaço zero um um zero um zero zero um espaço zero um um zero zero zero zero um...

Não percebe? Estou a dizer que a comunicação já estava digitalizada há muitos anos! Que a internet é toda feita de linguagem. Na estrutura e à superfície, por dentro e por fora. Nada disto é novo!

Sim, é isso! Gmail, Hotmail, mensagens de texto, o

chat, Snapchat, WeChat, SnapFish, VK, WhatsApp, Waze, Youtube, Tencent, QQ, Instagram, DeviantArt, LinkedIn, Maps, Facebook, Dropbox, Spotify, Taringa!, Twitter, Tinder, Grinder, Viber, Vine, Happn, Delicious, Fiverr, Fruit Ninja, Dubsmach, Mixi, Bumble, Badoo, Steam, Xanga, Xing, Angry Birds, Candy Crush, ClassMates, MeetUp, MeetMe, Telegram, Pandora, Yahoo, Hipstamatic, Strum, Musical.ly, Flickr, Flixster, FourSquare, Pinterest, StumbleUpon, Tagged, Tumblr, Tout, Viadeo, Vimeo, Live Journal, Wayn, Line, MySpace, Friendster. Nada de novo. Só faltava a voz, a fala humana, o resto já estava!

Não, não. Nunca percebi a cena das redes sociais. Mas tenho amigos que têm, claro, e pergunto. E leio. Arrastar para a direita, *superlike, phubbing*. Gosto de perceber.

Sobretudo *emails*. Vejo vídeos, páginas, ouço música. Compro coisas, jogo, faço transferências.

Como? Claro. Toda a gente vê porno...

Não, a nuvem não me preocupa. Não tenho nada a esconder... Adoro todo o mundo virtual. É bestial. Adoro a *net*. Digo "*net*". Devia dizer "rede". Nunca digo "rede". A minha namorada diz "*web*": "vi na *web*", "li na *web*", "comprei na *web*"... Ela usa muito as redes sociais. Quase não sai com amigos. Está comigo, mas sempre a conversar com alguém que não está ali. Já é um lugar-comum. Tudo isto que se diz acerca da tecnologia, é um lugar-comum. Algures no decurso desta entrevista, sei que invariavelmente vamos falar da forma como os robôs ou os computadores se vão tornar mais inteligentes do que nós e dominar-nos. Não falha nunca.

Desculpe, não me leve a mal. Como lhe disse, adoro tudo o que se está a passar, adoro a *net*, adoro a nuvem, adoro viver nestes tempos. Mas por que é que imaginamos sempre a tecnologia a ampliar o pior que há em nós, dominação e opressão, e nunca o melhor? Imagine que os robôs tomam conta do mundo para instalar definitivamente a paz e a equidade entre os homens, para nos obrigar a ser bons uns com os outros? Que nos forçam à paz!

Desculpe, mas tem graça. Não leve a mal.

Como? Isso não sei.

Queremos estar uns com os outros, queremos pertencer a alguma coisa, conhecer pessoas, ver coisas novas, e isso é igual desde o Paleolítico. Eles tinham o fogo na caverna em torno do qual se reuniam, a gente tem as *apps*. Não tenho medo nenhum da tecnologia, acho que a vida está cada vez melhor e vai continuar a melhorar. Seremos sempre analógicos, basta termos corpos, e sono, e cheiros, e desejo e

Não digitalizam nada o corpo... isso é ficção científica!

Não, não estou nada preocupado por estarmos todos viciados nos telemóveis e nas aplicações. É uma fase. Estamos na infância da idade tecnológica, e ainda vamos cometer bastantes erros adolescentes. Dores de crescimento virtual. É só isso!

Não, também não estou preocupado com isso. São só umas quantas palavras.

Quero dizer, não tenho nada contra. Várias pessoas que conheço trabalham para ela de uma forma ou de outra.

Não sei se isto responde à sua pergunta, mas o que me parece realmente curioso nisto tudo são os hábitos, quer dizer, a rapidez. Quando era miúdo, por exemplo, todos os amigos e conhecidos de toda a gente na minha família ligavam *para o mesmo número*. Havia um só telefone lá em casa e cinco pessoas. É incrível...! Os amigos do meu irmão mais velho ligavam para o nosso telefone fixo, os colegas do meu pai ligavam para o nosso telefone fixo, as amigas da minha mãe ligavam para o nosso telefone fixo. Alguém estranhava? Não, porque era o que havia. Era assim em todas as casas. Um amigo não tinha telefone e, isso sim, era estranho.

Há tantos exemplos... Durante anos houve um único computador em nossa casa, uma calculadora gigante, pesada e lenta, que tinha menos capacidade de processamento do que esta folhinha de metal que trago ao bolso. Todos usávamos o mesmo computador. Dizemos "computador pessoal" mas nunca dissemos "computador familiar", isso deve ter sido uma invenção dos tipos do *marketing*. Eu e o meu irmão, na altura da entrega dos trabalhos da escola, guerreávamos a sério para estabelecer turnos. Ninguém estranhava, *era o normal*. Também tinha amigos que nem sequer tinham computador mas, não sei, acho que isso não era tão estranho quanto não ter telefone. Do que me lembro é que não foi nada normal, mas mesmo nada, eu comprar o meu próprio computador. Entre os meus amigos não se falava de outra coisa. Eu era "o tipo que tinha um computador exclusivo", a sensação que aquilo causou...!

Tive sorte. Ganhei muito dinheiro como protagonista num anúncio de iogurtes. Imagine, tudo o que fiz foi emborcar iogurtes uma tarde inteira, o que me garantiu uma diarreia de três dias. Mesmo assim, foi o dinheiro mais fácil da minha vida. Ninguém, ninguém!, nenhum dos meus amigos tinha o seu próprio computador. Mas também me lembro que o meu estatuto mítico foi sol de pouca dura. Em pouco tempo uma *nova normalidade* foi estabelecida. De repente, toda a gente tinha o seu próprio computador, e passados dois ou três anos já era uma ideia bizarra que uma família inteira pudesse partilhar um computador. Diga isso a um puto, hoje, a ver se ele acredita...! Sabia que uma Playstation tem um computador mais potente do que os supercomputadores que só os militares tinham nos anos 90? Que este *smartphone* tem mais tecnologia do que a nave com que os primeiros homens foram à lua? Enfim, é impressionante a velocidade com que as coisas normais se tornam estranhas e as coisas estranhas se tornam normais. Não é?

esta é uma mensagem gerada automaticamente por favor não

Cliente: Rodrigo Sacramento
Assunto:
Descritivo de elocução contínua (tema vigiado)
11:18'22 a 11:33'31 / 02.10

UMS totais: 1299
UMS revalorizadas: 549
Usufruto de Marcas CD e RD internacionais: 68

Termos de espaços Idiomáticos não tarifados*: 7

Valor acumulado**: **5.774 DCs**

- -

Esta é uma mensagem gerada automaticamente. Por favor não responda. Poderá contactar-nos através da Área de Cliente ou acedendo ao Agente Interno do seu código local.

** À taxa variável de 7,3% a 16,7% consoante tarifário.*

*** Taxas progressivas até 48% ou Taxa adicional de Solidariedade de 2,5% ou 5%, dependendo do rendimento coletável. Para mais informação sobre regimes de isenção fiscal contacte diretamente a sua Logoperadora.*

um um zero um um um um espaço zero um um zero zero um um um

— Mããããe? Se os computadores dominassem o homem e tomassem conta do mundo...

— Sim...

— Que idioma falariam entre eles?

pode ter sido um erro

```
/usr/include/c++/5/bits/predefined_ops.h: In instantiation of `bool __gnu_cxx::__ops::_Iter_equals_val<_Value>::operator()(_Iterator) [with _Iterator = __gnu_cxx::__normal_iterator<std::vector<const char16_t*, std::allocator<const char16_t*> >*, std::vector<std::vector<const char16_t*, std::allocator<const char16_t*> >, std::allocator<std::vector<const char16_t*, std::allocator<const char16_t*> > > > >; _Value = const char*()]': /usr/include/c++/5/bits/stl_algo.h:120:14: required from `_RandomAccessIterator std::__find_if(_RandomAccessIterator, _RandomAccessIterator, _Predicate, std::random_access_iterator_tag) [with _RandomAccessIterator = __gnu_cxx::__normal_iterator<std::vector<const char16_t*, std::allocator<const char16_t*> >*, std::vector<std::vector<const char16_t*, std::allocator<const char16_t*> >, std::allocator<std::vector<const char16_t*, std::allocator<const char16_t*> > > > >; _Predicate = __gnu_cxx::__ops::_Iter_equals_val<const char*()>]' /usr/include/c++/5/bits/stl_algo.h:161:23: required from `_Iterator std::__find_if(_Iterator, _Iterator, _Predicate) [with _Iterator = __gnu_cxx::__normal_iterator<std::vector<const char16_t*, std::allocator<const char16_t*> >*, std::vector<std::vector<const char16_t*, std::allocator<const char16_t*> >, std::allocator<std::vector<const char16_t*,
```

```
std::allocator<const char16_t*> > > > >; _Predicate = __gnu_cxx::__ops::_Iter_equals_ val<const char*()>]'
/usr/include/c++/5/bits/stl_algo.h:3790:28: required from '_IIter std::find(_IIter, _IIter, const _Tp&) [with _IIter = __gnu_cxx::__ normal_ iterator<std::vector<const char16_t*, std::allocator<const char16_t*> >*, std::vector<std::vector<const char16_t*, std::allocator<const char16_t*> >, std::allocator<std::vector<const char16_t*, std::allocator<const char16_t*> > > > >; _Tp = const char*()]'
extract.cc:5:155: required from 'void f(T, U) [with T = const char16_t*; U = const char*]'
extract.cc:5:338: required from 'void f(T) [with T = const char16_t*]' extract.cc:5:466: required from here
/usr/include/c++/5/bits/predefined_ops.h:194:17: error: no match for 'operator==' (operand types are 'std::vector<const char16_t*, std::allocator<const char16_t*> >' and 'const char*()')
In file included from /usr/include/c++/5/bits/stl_ algobase.h:67:0, from /usr/include/c++/5/algorithm:61, from /usr/local/include/opencv2/core/base.hpp:55,
from /usr/local/include/opencv2/core.hpp:54,
from /usr/local/include/opencv2/imgproc.hpp:46,
from extract.hh:4,
from extract.cc:1:
/usr/include/c++/5/bits/stl_iterator.h:820:5: note: candidate: template<class _IteratorL, class _IteratorR, class _Container> bool __gnu_cxx::operator==(const __gnu_cxx::__normal_iterator<_
IteratorL, _Container>&, const __gnu_cxx::__normal_ iterator<_ IteratorR, _Container>&) operator==(const __normal_iterator<_IteratorL, _Container>& __lhs,
^

/usr/include/c++/5/bits/stl_iterator.h:820:5: note: template argument deduction/substitution failed:
In file included from /usr/include/c++/5/bits/stl_
```

```
algobase.h:71:0, from /usr/include/c++/5/algorithm:61,
from /usr/local/include/opencv2/core/base.hpp:55,
from /usr/local/include/opencv2/core.hpp:54,
from /usr/local/include/opencv2/imgproc.hpp:46,
/usr/include/c++/5/bits/predefined_ops.h:194:17:
note: `std::vector<const char16_t*, std::allocator<const
char16_t*> >' is not derived from `const ___gnu_
cxx::___normal_iterator<_IteratorL, _ Container>'
{ return *___it == _M_value; }
^

/usr/include/c++/5/bits/stl_iterator.h:827:5: note:
template argument deduction/substitution failed:
In file included from /usr/include/c++/5/bits/stl_
algobase.h:71:0, from /usr/include/c++/5/algorithm:61,
from /usr/local/include/opencv2/core/base.hpp:55,
from /usr/local/include/opencv2/core.hpp:54,
from /usr/local/include/opencv2/imgproc.hpp:46,
/usr/include/c++/5/bits/predefined_ops.h:194:17: note:
`std::vector<const char16_t*, std::allocator<const
char16_t*> >' is not derived from `const ___gnu_
cxx::___normal_iterator<_Iterator, _
Container>'
{ return *___it == _M_value; }
^

In file included from /usr/include/c++/5/map:61:0, /usr/
include/c++/5/bits/stl_map.h:1073:5: note: candidate:
template<class _Key, class _Tp, class _Compare,
class _Alloc> bool std::operator==(const std::map<_Key,
_Tp, _Compare, _Alloc>&, const std::map<_Key, _Tp,
_Compare, _Alloc>&) operator==(const map<_Key,
_Tp, _Compare, _Alloc>& ___x,
^

/usr/include/c++/5/bits/stl_map.h:1073:5: note:
template argument deduction/substitution failed:
In file included from /usr/include/c++/5/bits/stl_
algobase.h:71:0, from /usr/include/c++/5/algorithm:61,
from /usr/local/include/opencv2/core/base.hpp:55,
from /usr/local/include/opencv2/core.hpp:54,
```

```
from /usr/local/include/opencv2/imgproc.hpp:46,
/usr/include/c++/5/bits/predefined_ops.h:194:17:
note: 'std::vector<const char16_t*, std::allocator<const
char16_t*> >' is not derived from 'const std::map<_Key,
_Tp, _Compare, _Alloc>'
{ return *__it == _M_value; }
^

In file included from /usr/include/c++/5/map:60:0,
/usr/include/c++/5/bits/stl_tree.h:1273:5: note:
candidate: template<class _Key, class _Val, class
_KeyOfValue, class _ Compare, class _Alloc> bool
std::operator==(const std::_Rb_ tree<_Key, _Val,
_KeyOfValue, _Compare, _Alloc>&, const std::_Rb_
tree<_Key, _Val, _KeyOfValue, _Compare, _Alloc>&)
operator==(const _Rb_tree<_Key, _Val, _KeyOfValue,
_Compare, _
Alloc>& __x,
In file included from /usr/include/c++/5/memory:82:0,
from /usr/include/boost/config/no_tr1/memory.hpp:21,
from /usr/include/boost/smart_ptr/shared_ptr.hpp:23,
from /usr/include/boost/shared_ptr.hpp:17,
from /usr/include/boost/format/alt_sstream.hpp:21,
from /usr/include/boost/format/internals.hpp:23,
from /usr/include/boost/format.hpp:38,
from /usr/include/boost/math/policies/error_handling.
hpp:31,
from /usr/include/boost/math/special_functions/
gamma.hpp:23,
from /usr/include/boost/math/special_functions/
factorials.hpp:14,
from /usr/include/boost/math/special_functions/
binomial.hpp:14,
/usr/include/c++/5/bits/shared_ptr.h:342:5: note:
candidate: template<class _Tp> bool std::operator==(const
std::shared_ptr<_ Tp1>&, std::nullptr_t) operator==(const
shared_ptr<_Tp>& __a, nullptr_t) noexcept
^

In file included from /usr/include/c++/5/bits/locale_
```

```
facets.h:48:0, from /usr/include/c++/5/bits/basic_
ios.h:37,
from /usr/include/c++/5/ios:44,
from /usr/include/c++/5/istream:38,
from /usr/include/c++/5/sstream:38,
from /usr/include/c++/5/complex:45,
from /usr/local/include/opencv2/core/cvstd.inl.hpp:48,
from /usr/local/include/opencv2/core.hpp:3215,
from /usr/local/include/opencv2/imgproc.hpp:46,
{ return *__it == _M_value; }

Makefile:64: recipe for target `extract_language.o' failed
```

complex:45

— Mããããããããããe...?

— Diz, Candela.

— Por que é que que o pai diz que “o filme ‘tá na nuvem”?

— O pai refere-se a um lugar onde os adultos guardam a informação toda do computador para não estar a ocupar espaço.

— É só pa’ adultos?

— Não, quer dizer, toda a gente. Tu também podes. É só espaço.

— E é uma nuvem?!

— Não. É uma metáfora... Chama-se “nuvem” mas é um computador gigante que não tem de estar em tua casa para poder estar num sítio muito longe.

— Por que é que não ‘tá aqui em casa se tem coisas nossas?

— Por que é mesmo muito grande, não caberia.

— Por que é que se chama “nuvem” se é um computador muito gigante?

— É como quando eu te digo que “tens a cabeça nas nuvens”... Há muitas metáforas com nuvens...

Assim de repente não lhe ocorre outra. Faz sinal a Pablo para que a ajude. Pablo pensa em deuses montados em nuvens e a descer das nuvens com a solução *ex-machina*. Nessas peças, os mortais falam com os deuses erguendo a voz ao céu. Quando primeiro falou disto à filha, ela perguntou por que é que pusemos os deuses no céu e não no chão ou na seiva das árvores? Por que será que a fé é uma diagonal ascendente?

— Suponho que lhe chamemos "nuvem" para dar a sensação de que é leve como uma nuvem, que não ocupa espaço, que é ligeiro...

— Mas é?

— Não. São enormes pavilhões refrigerados no deserto não-sei-de-quê, longe de tudo. Queres que te mostre?

Faz uma pesquisa rápida no *display* do sofá. Olham para imagens de salas enormes, sem presença humana, computadores gigantes, muitos fios e cabos. Candela perde o interesse.

a fé é uma diagonal ascendente

A ideia de que as palavras ficam gravadas no tempo e no espaço é algo que os místicos já dizem há muito, quando falam do "campo akashico". É curioso que a tecnologia vá ao encontro de aspirações tão antigas, sonhos-semente dos primeiros homens lúcidos. Esse registo etéreo sempre existiu na imaginação mundividente, em vários lugares, e já teve vários nomes. "Akasha", por exemplo, significa, entre outras coisas, "céu". Não "nuvem", mas "céu". Com os "registos akashicos", o hinduísmo concebeu um (não) lugar onde estaria armazenado tudo o que ocorre, ocorreu e ocorrerá no universo. Com a diferença considerável de que os "registos akashicos" não pertenceram a ninguém, e os serviços de armazenamento de dados a que ingenuamente chamamos "nuvem" serem um negócio lucrativo, e com proprietários.

Outrora, tudo o que dizíamos ascendia e desaparecia no território dos deuses. A metáfora da voz que se eleva é válida, ainda, mas o céu não é mais território de esquecimento, nem as nuvens arquivos divinos (ou seguros) para as nossas confidências. Os deuses que salvaguardavam a voz ascendente entretanto morreram, ou foram mortos.

— Paaaaaaaaai...?

— Que foi, amor?

O raciocínio inevitável:

— Quem é que governa as nuvens?

teorias da chuva

No ano de 1783 o pequeno Luke tinha sete anos. Entre Maio e Agosto desse ano foi testemunha de uma série de ocorrências climatéricas que pintaram o firmamento europeu de tons inexplicáveis. Nos escritos da época os céus tornaram-se protagonistas de relatos, diários, poemas, foram descritos em canções, imortalizados em pinturas e serviram de pano de fundo para várias passagens literárias. As ocorrências que estiveram na origem de tão expressiva paleta foram uma rara erupção simultânea na Islândia (na ilha de Eldey) e no Japão (Monte Asama). Os ventos trouxeram o pó e as cinzas de ambas as erupções. À improvável coincidência vulcânica juntou-se a corrida de um meteoro que rasgou os céus da Europa numa manhã de Agosto. Dois vulcões e um meteoro vieram oferecer aos europeus, entre eles o pequeno Luke, um céu sublime. Foi de uma beleza difícil de descrever. O pequeno Luke ficou tão impressionado que nunca mais desgrudou os olhos do céu. Exceto para os baixar ao seu caderninho. Como Candela, dois séculos depois, tinha as suas anotações metódicas. A narração rigorosa das suas observações do céu.

Muitos anos mais tarde, decidiu: "*Cirrus, stratus, cumulus*... e as suas variações, como *cirrocumulus*".

Agora, toda a gente conhece a CCM. "Ci-ci-éme" é uma sonoridade comum ao ouvido dos Consumidores. Pouca gente sabe que CCM é a abreviatura de "*cirrocumulus*" e, entre esses, são menos ainda os que conhecem a origem do termo e que percebem que é uma homenagem ao homem que quis dar nome às nuvens.

A história da linguagem humana, que é um mapa da relação com as coisas em seu redor, não teve, até aí, a necessidade de concretizar este fenómeno. Sentimos necessidade de ser precisos em certas coisas (café: café curto, café cheio, café pingado, café com leite, meia de leite — escura e clara —, galão, com cheirinho, sem princípio, turbinado, *macchiato*, *cappuccino*, abatanado, americano, etc.!) e tão genéricos noutras, como a genérica "sopa de legumes!" servida em todos os restaurantes. E como isso pouco nos diz sobre a sopa que nos vão pôr à frente, se terá espinafre, cenoura, cebola, tomate, beterraba, abóbora, batata, aipo, beringela, agrião, alface, feijão? Ou terá couve-flor, alho, ervilha, brócolos, espargos, rabanete, cogumelos, endívias, couve-de-Bruxelas, couve-galega, coentros, rúcula, favas, nabo, pepino, pimento, quiabo, gengibre, acelga, funcho...? Por que é que são todas, simplesmente, "nuvens"?

Nesse mesmo ano, surgiram não apenas um mas dois sistemas distintos de classificação, propostos pelo francês Jean Baptiste Lamarck e pelo britânico Luke Howard, ambos inspirados no trabalho do taxonomista sueco Carl Linnaeus.

A história de Luke Howard é bela. Uma criança sempre distraída, daquelas a quem atualmente daríamos medicação contra distúrbios de atenção. Teve resultados medíocres na escola. Era expectável, dado que passava os dias a olhar pela janela. Tornou-se farmacêutico, nem sequer um farmacêutico notável. Em 1802, Luke Howard publica *Teorias da chuva*, o livro em que expõe o seu sistema. Lamarck tinha poucos meses antes publicado um artigo em que propunha as seguintes distinções: "*en forme de voile*" (em forma de vela); "*attroupés*" (em conjuntos); "*pommelés*" (salpicadas); "*en balayeurs*" (vassouradas); "*groupés*" (agrupadas).

A proposta de Howard contemplava a mutabilidade das nuvens e era elegante. Propôs que todas as nuvens se inscrevessem dentro de uma de três categorias: "*Cirrus*", latim para "anel de cabelo", as nuvens encaracoladas; "*Stratus*", latim para "camada", as nuvens folhadas, empilhadas, em camadas horizontais; "*Cumulus*", latim para "acumulação", as nuvens felpudas, com nichos cónicos ou convexos, as que parecem novelos de lã.

Como nomear é complexificar, Howard começou a ver categorias dentro das categorias. Quando as nuvens *cumulus* se reúnem no céu, preenchendo-o, tornam-se *cumulostratus*, por exemplo. O sistema desdobrou-se, e desdobrou-se, em categorias e subcategorias, o que enriqueceu o céu, a vida de Luke Howard e o dicionário. Por consequência, a vida de todos nós.

Eventualmente surgiu a *cirrostratus* e a *cirrocumulus*, nuvens pequenas e bem definidas, de formas arredondadas na base. A *cirrocumulus* é a nossa ideia iconográfica de nuvem, aquela que as crianças aprendem a desenhar com semicírculos.

A Timothy e a Luke separam-nos oito gerações na família Howard e um oceano atravessado rumo aos Estados Unidos, no início do século 20, por um bisneto, tetravô de Timothy. O que não os separa, ou melhor, o que os une, é este gosto herdado (poderá herdar-se uma característica tão específica?) pela observação do fenómeno contínuo da realidade e o prazer que dá dividi-la, fragmentá-la, isolar certas partes e classificá-las. Em pequeno, Timothy tinha sido daquelas crianças que não se cansava de inquirir sobre o nome de tudo:

— Papá, e i'to?

Trezentos e sessenta graus em seu redor, até esgotar os ângulos e a paciência dos pais.

— E i'to?

E se, numa árvore, apontava para uma das folhas e o pai ou a mãe respondiam: "É uma *folha...*", Timothy não sossegava. E se pousasse o dedo sobre o papel onde o pai escrevia uma carta, ou onde ele esboçava um desenho e lhe dissessem "É uma *folha*", então o seu mundo complicava-se um bom bocado. Como podem duas ocorrências tão distintas ter o mesmo nome?

Foi assim toda a vida, este lutar e abraçar das palavras, a polissemia, a confusão e a precisão. Na programação informática encontra territórios linguísticos por explorar. Aprende várias línguas, mas das que nunca irá usar em viagem: Perl, CSS, HTML, JavaScript. Aos dezassete anos conhece Kate, tão obstinada em torno das palavras quanto ele, mas mais disponível para a entropia e o caos que geram. O pensamento rigoroso de Timothy, adicionado ao temperamento lírico e à capacidade de Kate de associar coisas aparentemente irrelacionadas — e, claro, o amor de ambos pela linguagem — foi a combinação que os tornou num dueto importante. Aos vinte e um anos fundam a CCM, *Cirrocumulus Inc.*, em homenagem ao heptavô de Timothy.

Conhecem sucesso quase instantâneo. São o *cliché* das *start-ups*: dois miúdos altamente dotados a trabalhar a partir de uma garagem. No caso deles, preferiam os cafés onde parava a elite artística, boémia, cosmopolita e bastante internacional de São Francisco. Num dos seus cafés favoritos ouvia-se a qualquer momento três ou quatro idiomas, e as conversas versavam sobre técnicas de quitar uma bicicleta pasteleira, o conceito do panóptico em Foucault, a tradição dos ventos dos índios Navajo, os hábitos alcoólicos dos membros da Internacional Situacionista, a letra do novo single da Sia. Úteis referências aleatórias que os distraiam, mas que também os inspiravam. Faziam render ao máximo o único *cappuccino* que podiam pagar e programavam, escreviam, programavam, escreviam; não poemas, nem histórias. Escreviam código de aplicações, programas, plataformas cibernéticas.

Nem se deram conta do carácter inovador de um dos seus produtos. Sabiam que o código era diferente e melhor do que outros disponíveis — pois tinham-nos estudado a todos —, mas o que não vislumbraram foram as consequências do que tinham descoberto. A BabelYeah® era uma aplicação simples, uma espécie de Shazam poliglota. A sua função era escutar um pouco de discurso e, em poucos segundos, indicar que idioma estaria a ser falado. A linguagem natural foi durante muito tempo difícil de escutar: os diferentes sotaques, andamentos, acentos, pronúncias; aquilo que a eles chamavam, mais técnicos, prosódia e ortoépia. A tecnologia de identificação fonética da BabelYeah® seguia uma lógica completamente diferente das existentes e abriu caminho para a revolução nas tecnologias de digitalização da linguagem.

Não deixa de ser curioso ter sido fácil pôr um computador a falar mas ter sido tão difícil ensiná-lo a ouvir. Os melhores laboratórios e centros de investigação da altura não conseguiam resolver o problema que eles solucionaram. Ganharam muito dinheiro. *Muito*. O suficiente para contratarem outras pessoas, jovens e motivadas como eles, todas anormalmente bronzeadas em qualquer altura do ano. A CCM foi expandindo a dimensão e ambição dos seus projetos até ao dia em que foram contactados por Darla, diretora-executiva da Gerez, um império que centralizava muitos projetos importantes, desde a investigação do ADN humano à biogenética, a próteses, inteligência artificial, análise biométrica e coisas que nem eles, esponjas de qualquer avanço tecnológico, sabiam ao certo o que eram.

Tiveram de contratualizar sigilo máximo. Ela apresentou-lhes a ideia seminal do que viria a tornar-se o Plano de Revalorização da Linguagem e durante alguns dias eles não conseguiram responder. Sentiam-se num filme de ficção científica. Darla não poderia ter sido mais seca ou concreta na sua forma de falar. Mesmo assim, eles não entendiam. Não conseguiam traduzir nada daquilo numa equação performativa. Pensaram e voltaram a pensar. Debateram, rebateram: O que está em jogo? Digitalizar a mente e ter acesso privilegiado ao maior banco de dados da História da Humanidade, contendo informação sobre tudo o que é dito em todo o lado a cada momento?

Alinharam, claro.

o logos nosso de cada dia nos dai hoje

A nova Indústria da Linguagem gera milhares de postos de trabalho, cargos até aí inexistentes ou incógnitos, como Afinador Ecolálico, Reparador de Entoação, Executivo Retórico, um batalhão de Lexicologistas privados, Assessores Prosódicos, um não acabar de Logovigilantes, Picas de Sentido, Secretários da Oralidade, Gestores de Leilões Semânticos, Administradores de Pacotes *Off-Idiom*, *Trend-Setters*, Pontuadores Mirmecologistas, Analistas Discursivos, Estigmologistas, Guematristas Hebraicos e outros, Engenheiros Metafóricos, Antiquários Imateriais, Estatísticos, gabinetes porta-sim-porta-não de Gramatologistas, Logotecários, Zeladores Jarganofásicos, Supervisores Gramáticos e Agramáticos, Acopladores, Intendentes de Contração e/ou Prefixação e Sufixação, Vogalistas, Pontuadores e, claro, Contabilistas. Novas profissões que começam a compor a frota da Bolsa de Palavras, dos Centros Paragramáticos aos balcões de atendimento das diferentes Logoperadoras. No entanto, entre esta multidão assalariada, ninguém está equipado para discorrer de forma fundamentada sobre a origem da linguagem, ou a Teoria do Sofrimento *vs.* a Teoria da Natureza, ou para argumentar contra ou a favor da existência de uma gramática universal, ou a influência do poliglotismo na construção sináptica do cérebro. Porque não é preciso. Quem entende a batedeira elétrica? Não precisamos de entender o motor de um carro para irmos buscar os miúdos à escola, e isso é muitíssimo conveniente.

Se perguntássemos a Consumidores do século passado como funciona uma carta, ou os correios, as diferentes explicações não iriam divergir nem equivocar-se muito: escrevemos uma morada num envelope, colocamo-lo num lugar designado, alguém o vem recolher e o leva à morada indicada. Se, mais tarde, perguntássemos a vários Consumidores como funciona um *email*, as explicações iriam divergir e muitas iriam estar equivocadas.

A aceleração da inovação tecnológica apresenta desafios tanto ao *compreender* quanto ao *funcionar*. Temos falsos modelos mentais de como funcionam as tecnologias que nos envolvem, e chamarmos as coisas de "nuvem", por exemplo, só ajuda a iludirmo-nos acerca da sua existência material.

descânvilto ou frinolagem

— Papaaaaaá?

— Diz, Vicente.

— O que é i'to?

— Isso é uma árvore.

— O que é i'to?

— Isso é o *pneu*.

— E i'to?

— Isso é o *chão*.

Três respirações, um raio de sol entre a folhagem, um carro a passar ao fundo.

— Papaaaaaá?

— Diz, Vicente.

— O que é i'to?

— É a mesma árvore. Deixa o pai pagar o gelado ao senhor.

O pai estende o dinheiro, o vendedor de gelados recebe-o e devolve-lhe o troco.

— Anda.

Sentam-se pai e filho à sombra da árvore a desfrutar de um gelado.

— Papaaaaaá?

— Diz, Vicente.

— O que é i'to?

— É a árvore, já te disse. É um *freixo*.

— I'to!

— É o *tronco* da árvore.

— I'to.

— É a *madeira*?

— O qué i'to?

— É o *ramo*.

— O qué i'to?

— É a *raiz*...

— E i'to?

— É a *folha*...

— E i'to?

— É o *caule*...

— E i'to?

— É outra *folha*...

É um *galho*...

É uma *nervura* na folha...

É a *bainha* da folha, o *limbo* e o *pecíolo*.

— E i'to?

— Esse já disse, é o *tronco*.

— "Tonco".

— Trôn-cu.

— Ton-cu. E i'to?

— É o *mastro*, a *xilema*, o *pé*, o *floema*, a *medula*, o *fuste*, a *haste*, a *penca*, o *esgalho*, o *talo*, o *racimo*, a *fronde*, a *radícula*, a *estirpe*...

Vicente sossega um pouco. Um mundo um bocadinho maior. Todos os dias um bocadinho maior. O jogo nunca termina, só abranda. Pai e filho levantam-se e continuam o passeio.

— Papá, o qué i'to?

— É outra árvore. É um *carvalho-alvarinho*.

Começam tudo de novo.

pablo lê

1.13
Os factos no espaço lógico são o mundo.

1.2
O mundo decompõe-se em factos.

1.21
Um elemento pode ser o caso ou não ser o caso e tudo o resto permanecer idêntico.

permanecer idêntico

— Mãe?

— Espera — Lucía fecha uma tampa e roda um manípulo. — Diz.

— Como é que "pânico" vale 73 DCs no Mercado do Português, "*dürbeleñ*" custa apenas 13 DCs no Mercado do Cazaque©, os Consumidores checos também só pagam 15 DCs, os Sudaneses, 17 DCs por "*bingung*", mas os alemães pagam 159 DCs por "*Panik*"? Mãe, "*pànico*" está a 297 DCs no Mercado do Galego©!

— E por que diabo precisas tu de dizer "pânico" em tantas línguas?!

pânico em tantas línguas

Passou-se um ano desde a fatídica noite da Orquestra de Atentados. Nunca se tinha visto um ataque daquela magnitude, nem tão insólito. Mesmo assim, um ano volvido, pouco mudou.

Primeira semana, outra semana, depois outra — a imprensa consagrou-se na íntegra ao tema. Não havia uma linha para qualquer outra coisa. Os Governos aproveitaram o choque e depois o torpor para cingir liberdades individuais e para fazerem do Estado de Exceção a regra.

Depois do choque coletivo, dos sentimentos de revolta, de um enorme vazio, da incompreensão, do ressurgir de um medo primário, incrustado e cego, os que ficaram sobreviveram e ansiaram por rotinas. Voltar a *funcionar*. As pessoas nos seus empregos, os empregos nas suas empresas, as empresas nos seus Mercados e os Mercados a tomar conta de tudo enquanto tomam sobretudo conta de si próprios.

Os supermercados não fecharam, a internet não veio abaixo, as cantinas continuaram cheias, os semáforos continuaram a alternar verde com vermelho, mudou-se a água a várias piscinas e havia dinheiro no multibanco da esquina. Mais coisas se tornaram passíveis de ser compradas, coisas que até aí não eram bem coisas, como as palavras. Deprimidos, frustrados, revoltados, resignados, não se interrompeu o consumo. Portanto, de uma certa forma, um ano volvido, é como se nada fosse.

Muita coisa íntima e privada deixou de funcionar, enquanto o consumo, o entretenimento e os Mercados continuavam a governar. É na escala próxima, do indivíduo, do casal, da família, que se sente o desmoronar.

Muitos casais conseguiram abrir mão das quezílias e dos egos e ligar-se ao que verdadeiramente importa: "estamos vivos e temo-nos um ao outro". Talvez ninguém o tenha dito assim; mas foi o mote de muitas decisões. Muitas viragens. Outros casais, pelo contrário, perceberam que o seu elo era afinal fruto da circunstância, do hábito, do medo de estar só, da expectativa alheia. Muitos se uniram mais e muitos se separaram mais. O pior e o melhor veio ao de cima. Aumentou a xenofobia e a solidariedade social, a compaixão e o despotismo. Tudo somado, foi o medo o grande vencedor.

Carolina e Tápio não se inscreveram em nenhuma das categorias dominantes. Mesmo assim, nada os preparara para o que sentiram naquela noite. Quando as primeiras notícias irromperam já constavam da lista dezenas de lugares improváveis, e a incredulidade era já mais extensa do que a falta de critério que se desembrulharia nas horas seguintes.

Os primeiros ataques, praticamente simultâneos, foram em Melbourne, Townsville, Novosibirsk, Fresno, Cochabamba e Leeuwarden, o sítio onde nasceu a Mata Hari. Seguidos por Hay-on-Wye, a das livrarias; Naguanagua, na Venezuela; Joplin; Montevideu; Hämeenlinnantie; Calcutá; Évora; Irún; Tangamandapio; Capadócia; Gaspésie-Îles-de-la-Madeleine; Grenoble; Chuí; Milão; Kandy; Dhamar; Munique; Sevaberd; Valência; Söderhamn; Boston, Vienciana e Abu Dhabi. Os atentados mais próximos no espaço e no tempo foram os de Saint-Tropez e Cannes; logo seguidos dos de Brighton e do metro de Londres. Os atentados com maior número de mortos foram os de Roma e Nova Iorque. Depois Odessa; Klagenfurt; Ostrava; Bariloche; Hanói; Limerick; Tegucigalpa; Åre; Manzanillo; Quioto; Atlanta; Saratov; Astana; Oldemburgo; Tallahassee; Salvador; Florianópolis; Hernandaryas; Zagrebe; Rioja; Ngaanyatjarraku; Gisborne; Asgabate; Tiblissi; Orsha; Quetzaltenango; Lisboa; Ballymena; Palermo; Mendoza; Istambul; Estrasburgo; Timişoara; Bordéus; Vancouver; Zacatecas; Mulukuku; Stykkishólmur; Torrelavega; Puerto Limón; Bratislava; Kūţ; Yuelu; Limassol; Nawabshah; Pazardzhik; Mandalay; Larissa; Chhindwara; Tucson; Belgrado; Taranto; e Ho Chi Minh. Poucas horas depois da bomba em Melbourne, o alerta geral já era o alerta global, o recolher obrigatório, as forças de segurança na rua.

Muita gente viria a passar horas a olhar para este mapa à procura de um padrão. Qualquer coisa que emprestasse racionalidade a este absurdo que preenchia o desenho com coordenadas de medo e incompreensão.

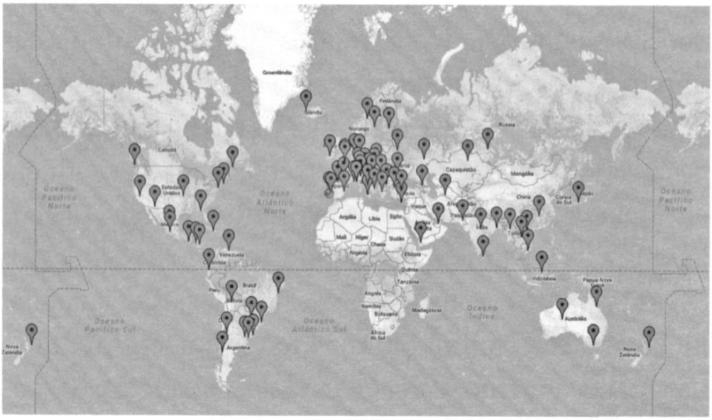

difícil ensiná-lo a ouvir

Tornou-se evidente que isto era apenas o início de uma forma de estar uns com os outros muito diferente. Que o Plano de Revalorização da Linguagem iria ter consequências muito além das monetárias.

A maioria dos Consumidores continua a falar como sempre falou, mas muitos se dedicam a evitar certas palavras, omitindo-as ou substituindo-as por outras. Deduz-se que, se nos tirarem o símbolo para "liberdade", encontraremos um sinónimo. E se nos tirarem todos os sinónimos legítimos, passaremos a associar-lhe o termo "crescemanto", ou "descânvilto", ou "frinolagem". Que, mesmo que nos tirem a palavra "liberdade", não nos podem nunca tirar *a ideia de liberdade*...

Ou podem?

O comportamento dos Consumidores na Primeira Vaga dava claramente a entender que não; mas estão ainda duas Vagas por vir.

estamos vivos e temo-nos um ao outro

Há um ano, quando começaram a chegar à redação improvisada numa escola primária as notícias da orquestra de bombardeamentos, Tápio não descansou enquanto não encontrou Lisboa na lista crescente de lugares. Quando chegaram as primeiras imagens das cinco explosões concertadas sobre o tabuleiro da ponte 25 de Abril, evocou todas as pessoas que conhecia na margem sul, todos os motivos possíveis que podiam ter levado Carolina a ter que atravessar a ponte naquele fim de tarde, e não conseguiu descansar enquanto não excluiu todas as probabilidades de ela ali estar. Passaram com distinção, enquanto casal, "o teste do fim do mundo".

Tápio cancelou o resto da missão e voltou para casa, e de repente as semanas inexplicáveis de silêncio não mereciam debate. Estavam vivos e tinham-se um ao outro. Nunca o disseram, mas calaram as neuras e as angústias.

Passados os primeiros tempos, o susto diluiu-se. Ambos acharam que o mundo precisava mais de jornalistas do que de amantes e dedicaram-se ainda mais aos respectivos compromissos profissionais.

Para a Jornalista foi um renascer. Depois de tão longo e sofrido jejum, voltava a sentir que os seus textos importavam, que as suas investigações podiam servir para alguma coisa. Durou muito pouco tempo mas serviu-lhe para vir à tona, respirar. Tápio entretanto fez o que Tápio faz melhor: recolheu uma muda de roupa lavada e voltou para a guerra.

se tudo estivesse a ruir

A noite da Orquestra de Atentados também coincidiu com o encontro marcado entre Carolina e Jeff num bar ermo aonde ela nunca chegou. Só após cinco meses volvidos, depois de Tápio partir novamente, é que Carolina volta a pensar em Jeff, e não demora até tentar reagendar o encontro. Em apenas dez dias Jeff faria nova escala em Lisboa, desta vez uma só noite, numa missão que não quer explicitar. Carolina intui que não será nenhuma, e de facto não é. Não quer assumir que irá a Lisboa só para a ver — que iria a qualquer lado onde ela estivesse — porque a ambiguidade entre a Carolina e a Jornalista ainda é impeditiva, e ele não está seguro se ela quer ver o Jeff ou entrevistar o Senhor Perdão.

Também Jeff tinha sido sujeito ao teste do fim do mundo, e também para ele, como para Tápio, a resposta foi *Carolina*. Não descansou enquanto não encontrou uma linha desobstruída para tentar chegar a ela, fazendo uso pessoal de linhas telefónicas de alta segurança do Governo norte-americano, num momento em que não havia ligações que funcionassem e ninguém chegava a ninguém. Ao ver um número encriptado, ela atendeu com sofreguidão:

— Tápio? Estás bem?

Era a primeira vez que Jeff ouvia este nome. Percebeu logo o resultado do teste do fim do mundo dela. Ela cancelou o encontro deles com um pedido de desculpas. Antes de desligar, no entanto, ainda lhe pediu que usasse os seus contatos para saber do paradeiro de Tápio e confirmar se estava bem.

— Tápio. Tápio Virtanen. Fazes isso por mim?

Sim, Jeff faria isso por ela. Três telefonemas depois Jeff está ao telefone com Tápio a avisá-lo de que a mulher está em segurança, é assim que o diz:

— *A sua mulher* está bem.

Sendo inexprimível o preço desta afirmação, "a sua mulher", o quanto lhe custou, e isto foi uns meses antes do surgimento do Mercado das Palavras, no qual "a sua mulher" podia custar entre 13 a 71 DCs, dependendo do tarifário.

A Carolina já só mandou uma mensagem escrita, lacónica e impessoal. Parou de caminhar. Deu a volta ao mundo e voltou à casa de partida, ao lugar onde estava o homem que tinha tentado deixar de ser ao longo de dezoito anos. Parou de caminhar e esperou. Passados cinco meses ela ligou:

— Está? Jeff? Sou eu.

Sempre tão igual a si própria. Disse logo ao que vinha, indagando acerca de uma nova oportunidade para o ver. Ele mentiu, disse que tinha trabalho em Lisboa, e depois esperou nove dias sem sair do sítio. Já não valia a pena caminhar mais.

Neste telefonema estiveram quase três horas. Ele fê-la rir. A memória da gargalhada dela despertou nele uma mágoa funda. "Carolina, Jeff, a Jornalista e o Senhor Perdão" — riram. Ela imaginou como teria sido se tivesse feito a entrevista com o Senhor Perdão. O choque. Perguntou-lhe se aquela alcunha tinha alguma história, e ele pediu-lhe que não falassem de trabalho. Mas logo a seguir perguntou pelo livro dela. Ela não sabia que ele sabia. Nos silêncios daquela longa chamada, íntimos e confortáveis, Carolina teve tempo de conjecturar acerca do que Jeff saberia acerca dela, de Tápio, da sua investigação, da sua vida.

— Em que é que estás a pensar...?

Jeff queria um tom para aquele silêncio.

— Em nada...

Será que o Senhor Perdão já lhe tinha perdoado? Não teve coragem de perguntar.

Era evidente, pelo calor da conversa, que o elo deles escapou ao rigor do tempo. Mas não ela: vendo o seu reflexo no vidro recém-limpo da grande sala oval da redação, contempla dezoito anos e uma angústia que a envelhece muitos mais.

— Viste alguma reportagem minha na televisão?

— Não...

Jeff soa displicente — como se dissesse "não calhou..." — quando na verdade as evitou a custo.

— Já não sou aquela menina luzidia, Jeff. Os anos passaram por mim...

— Como por mim...

Carolina tenta reconstruir na memória o rosto do homem que um dia tanto quis. Já não saberia desenhá-lo. Um sorriso amplo, dentes de higienista, umas mãos abertas a vir ao seu encontro e uns intensos olhos azuis. O seu retrato não é mais uma totalidade, mas uma composição de fragmentos, extemporâneos, incoerentes. Sensações, *flashes*, intermitências, afãs. Uma síntese bastante feliz, por sinal, que a enche de uma nostalgia inesperada. Um carinho largado. Por que foi, afinal, que não escolheu ficar com Jeff?

Não se lembra sobre o que conversavam quando estavam juntos, nem se discutiam. Não se lembra que opiniões tinha ele sobre certos assuntos que na altura eram para ela importantes. Lembra-se dos muitos jogos em volta das palavras. Lembra-se de que a enternecia o empenho dele em aprender português, as confusões que ele cometia e as expressões deliciosas que desdizia.

Jeff é um poliglota, tem um talento nato para idiomas, mas a sua energia sempre tinha ido para os idiomas do Médio Oriente e Turquia. Nascera no Tennessee, numa família tradicional cristã, e nunca teve qualquer contato com a cultura árabe até se decidir a aprender estes idiomas. Um "porque sim" que às vezes nos leva a desconfiar de uma ordem mais antiga ou mais misteriosa das coisas. Jeff não se limitava a um domínio confortável do hebraico, do turco, do árabe ou do persa, também conhecia alguns dialetos berberes, algum aramaico e curdo. Escusado dizer que aprendeu português com uma velocidade espantosa.

Parte da fluência de Jeff era ousadia. Não esperar estar pronto. Falar com o que se tem, mesmo quando isso se resume a cinco frases mal ensaiadas. Nos primeiros três meses cometia três erros por frase, mas nunca passava ao inglês ou ao francês, idiomas que tinha em comum com ela. Ao quarto mês falava sem erros mas com um sotaque acentuado, e ao quinto mês um português perfeito. Ela maravilhada com isto. Com o prazer que sentia quando as pessoas os escutavam, no café ou nalgum espaço público, e não reconheciam a mescla de idiomas. Como se cada par enamorado inaugurasse um novo idioma.

qu'un dernier soubresaut du démon antérieur

lembras-te daquela vez

Carolina tinha-lhe ligado de uma das salas de reunião da redação, vazia por serem quase três da manhã. "Deve ser final da tarde nos Estados Unidos", pensa, "a hora ideal para o apanhar a sair de". Para. A verdade é que não tem ideia de como será a rotina dele, nem qualquer motivo para acreditar que ele está nos Estados Unidos.

Agora são cinco da manhã no relógio da sala de reuniões e eles continuam ao telefone. A cidade lá fora, velada pela luz elétrica, a luminária pública e a publicidade que nunca dorme.

— Jeff, lembras-te daquela vez em que...?

As memórias dela são fugidias, esquemáticas, características de alguém que nunca mais pensou no assunto.

— Ah, e daquela vez em que...!

As dele, garridas, ricas em pormenores, mas que o costume de as reencenar ao longo do tempo tinha deturpado ou criado. É a distância entre duas pessoas e um mesmo evento: uma pensou nele inúmeras vezes, e outra nunca mais.

Chegam mesmo a falar da primeira noite que passaram juntos. Discordam em vários detalhes importantes. Riem. Ela confessa que já não se lembra do ato em si mas que se lembra sim — perfeitamente! — da forma como ele a convidou, à porta da casa dele:

— Queres *morar* aqui hoje?

Uma espécie de eternidade-passageira que a arrebatou.

— Eu disse isso? — Jeff ri-se abertamente. — Então e não me corrigiste?!

Jeff não se lembra se tinha sido mesmo um erro ou um abuso de um idioma ainda por apropriar. Estava ciente de que a língua portuguesa lhe caía bem, como uma camisola larga que ainda não sabia ajustar. Via que ela gostava disso, e é bem capaz de o ter feito de propósito, uma vez ou outra, para conseguir ver aquele sorriso só mais uma vez. O erro como sedução, algo possível na fase de enamoramento.

Carolina não lhe tentou explicar. Preferiu crer que ele sabia mais do que ela acerca da natureza íntima do verbo *morar*, porque afinal foi isso exatamente o que lhes aconteceu. Uma vida inteira juntos, com as suas rotinas e as suas idiossincrasias, os seus enfados e os seus lugares-comuns, uma intimidade longínqua e duradoura, tudo prontamente disponível. Foi como se já tivessem vivido juntos muitos anos, no tempo intenso daquelas primeiras noites. Celebraram as bodas de prata e bodas de ouro e viram os netos terminar a faculdade. Todos aqueles natais. Levou-lhes o quê, um Verão? Não foram mais de cinco ou seis meses, mas o tempo emocional foi rico e completo.

Talvez tenha sido por isso que ela não quis continuar, por ter sido pleno.

E talvez por isso ele nunca conseguiu esquecer, por ter sido pleno.

sou apaixonado de ti

— Porquê? — Jeff arrisca perguntar, mas o silêncio que se segue é o primeiro verdadeiramente incómodo em todo o telefonema.

— Porquê, Carol? Nós éramos...

Ela não quer esta pergunta. Ela não sabe. Não se lembra. Nem sequer se lembra se alguma vez soube. Por que não ficar com Jeff, como é que sequer houve espaço para ver Tápio, como é que depois de ver Tápio não sobrou mais espaço para Jeff, tudo isto agora lhe parece um turbilhão sem origem nem tino. Aconteceu assim, sabe lá. A análise das profundezas da dor compete aos que sofrem, e ela nunca tinha sido tão feliz como quando se juntou a Tápio. Não precisava entender ou explicar nada. Foi.

— Desculpa — corta ele o insustentável silêncio. — Não devia ter perguntado...

Carolina espanta-se de se lembrar tão pouco desses tempos. Essa parte da sua vida está imersa em Tápio, fundeada no Líbano, os meses seguintes em Helsínquia, juntos, um ano depois já estavam em Barcelona, eram uma unidade. Será grave não encontrar Jeff nisto tudo? Sente culpa por ter sido tão feliz sem ele, por ter sido tão feliz e já não o saber ser.

— Jeff... Tu lembras-te daquela noite em que me disseste "sou apaixonado de ti"?

— Acho que sim.

— Não disseste "estou apaixonado por ti", mas "sou apaixonado de ti". Foi tão bonito... foi tão bonito que eu preferi não te dizer que estavas a cometer um grande erro.

beatas do sentido

Sempre houve grupos que se distinguiram pela forma de falar, mas nunca como agora se formaram facções com base nisso. Os mais predominantes são os grupos mutistas, os que se calam. Há também os tipos dos sinais escritos, sempre de papel na mão, ou os dos estalinhos no céu da boca, os das imagens, os dos códigos de roupa — nós, ângulos de chapéu, *t-shirts* impressas —, os dos ritmos de tambor e os das outras linguagens musicais, os dos sinais de fumo. Surgem todo o tipo de capelinhas linguísticas: beatas do sentido contra jeovás da expressão. Atribui-se significado a códigos que já nem nos parecem linguagem: arrotar, tossir, ranger os dentes, gargarejar.

Um dicionário de borborigmos. Uma exegese das pausas. Uma conferência de glossolalias. Diz-me como falas, dir-te-ei quem és.

A proliferação de códigos gestuais, a recuperação das mãos como ferramentas vocabulares, dá origem a idiomas híbridos, mais visuais e espaciais. Falar estende-se no tempo, escrever estende-se no tempo e no espaço, mas é a linguagem gestual a que nos implica com mais dimensões. As três coordenadas do corpo, mais a dimensão temporal. As mãos falam cada vez mais e melhor.

Falar desta e doutras formas começa a mudar a forma como as pessoas pensam, e mudar a forma como as pessoas pensam sobre o mundo é mudar o mundo.

Falar começa a mudar o mundo.

galáxias de haroldo de campos, edição de 1984 página 17

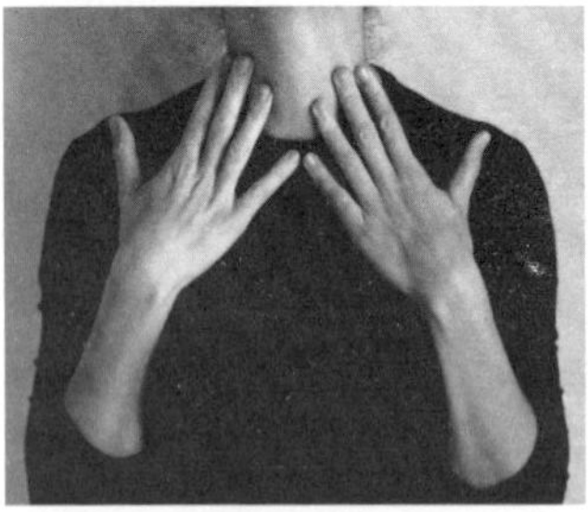
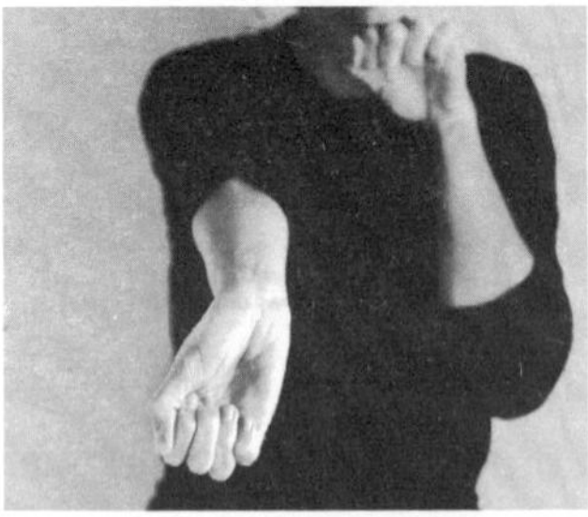
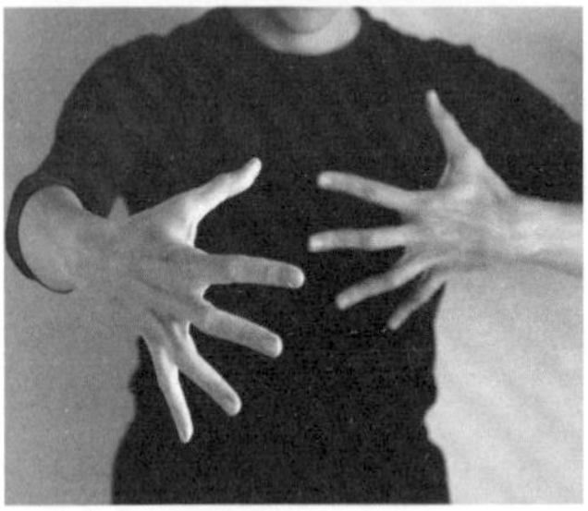
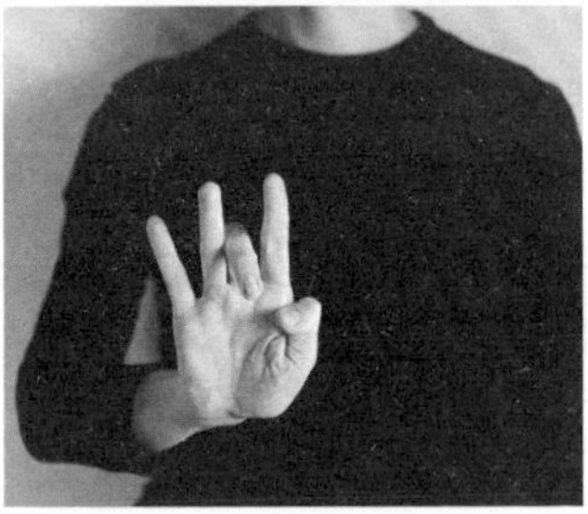
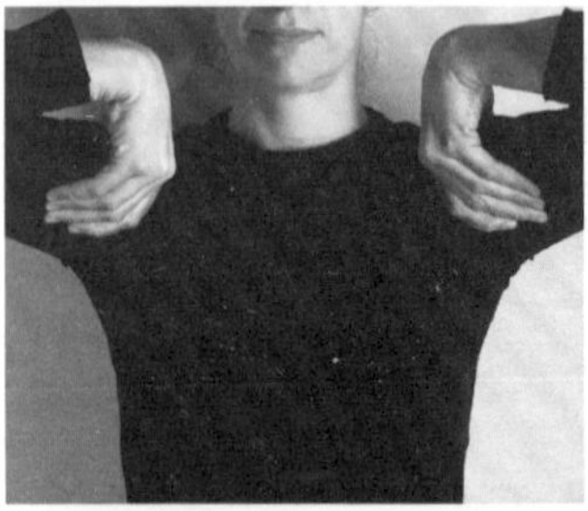
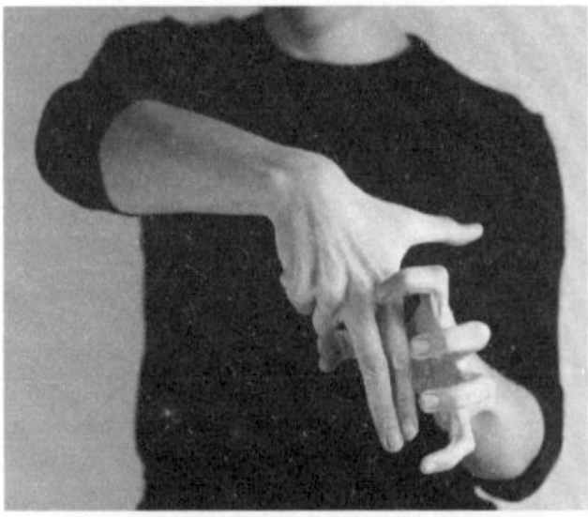
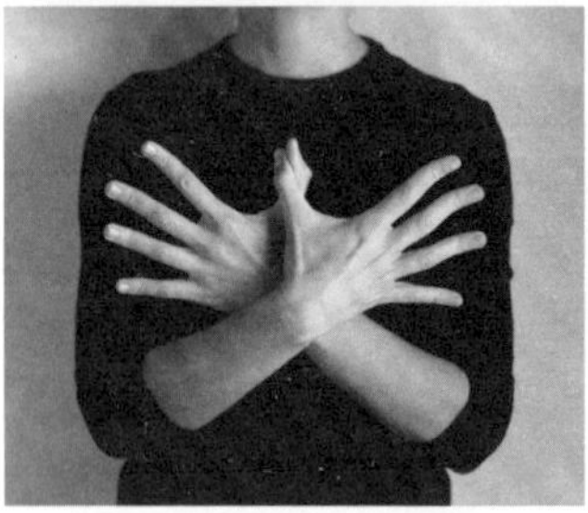
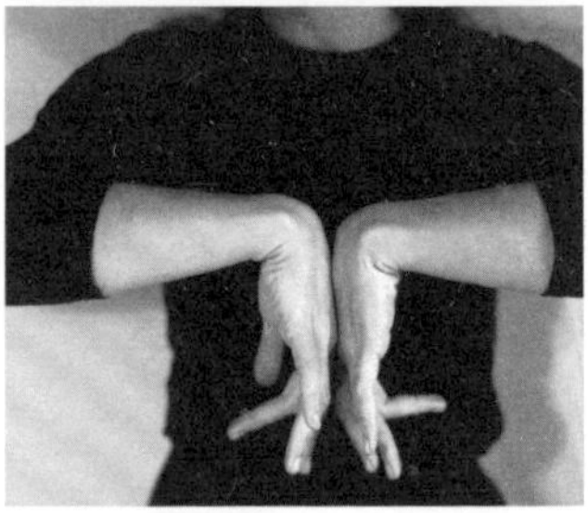

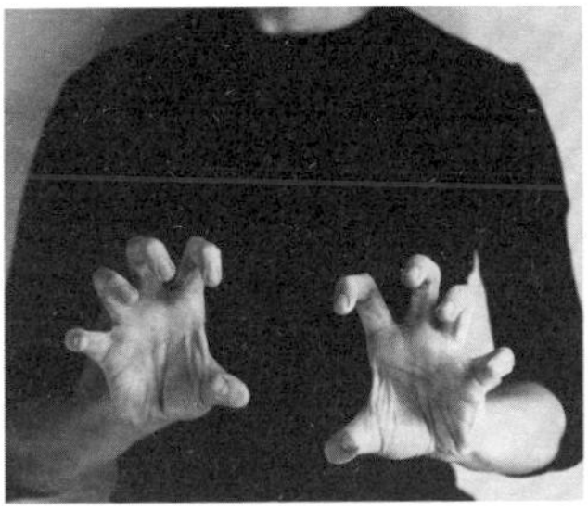
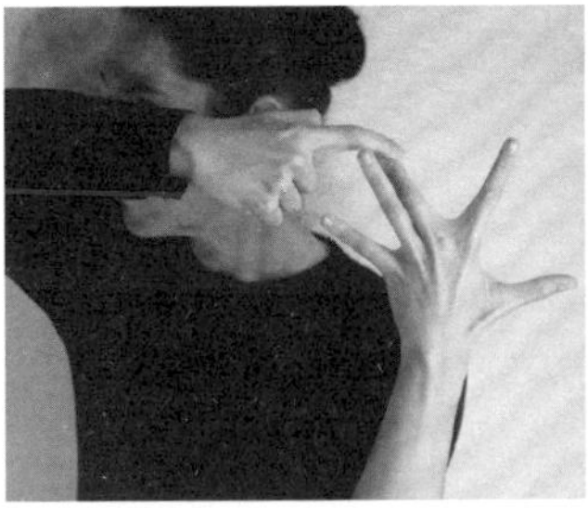
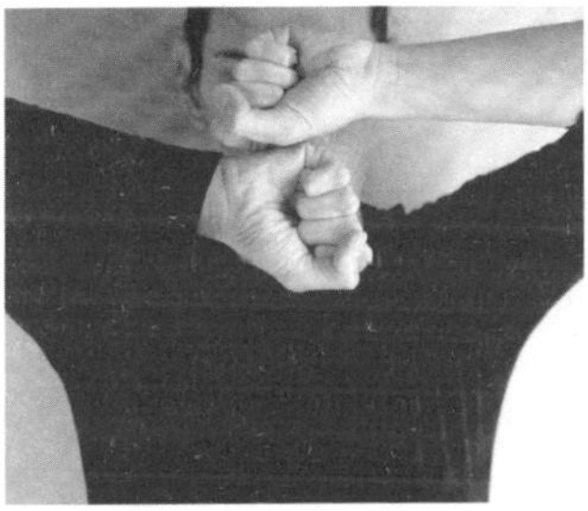
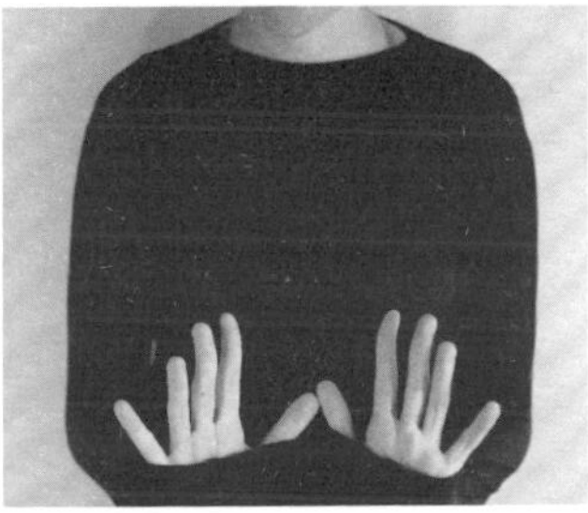
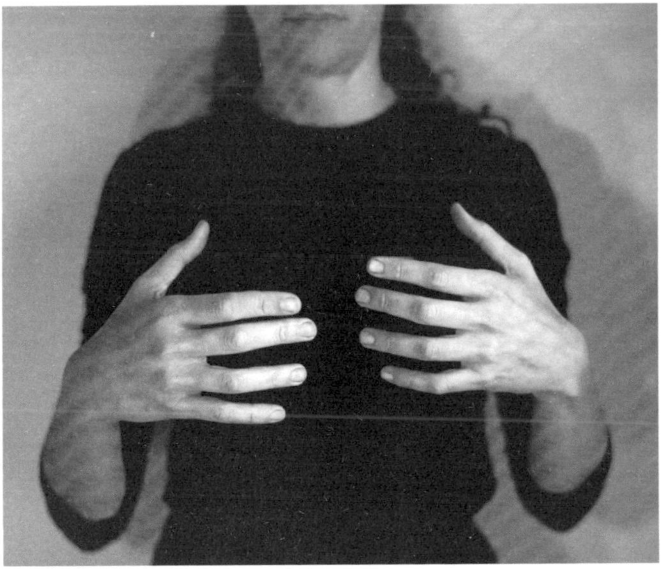

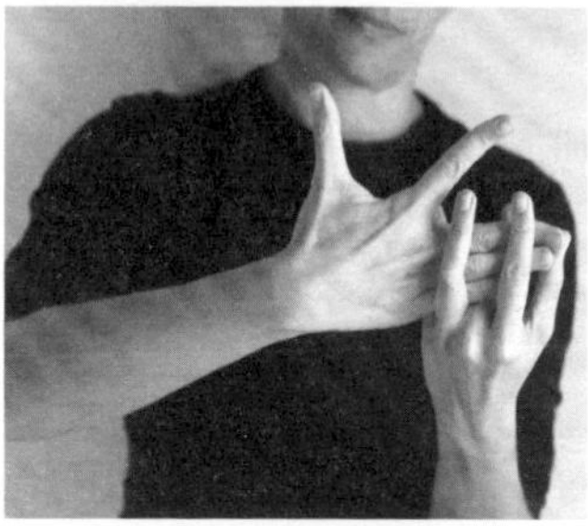

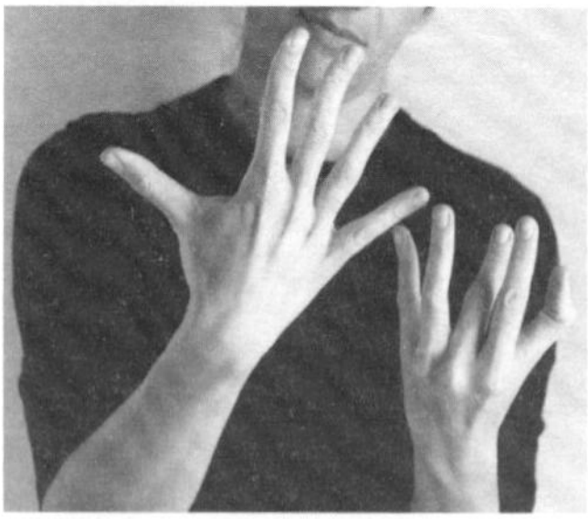

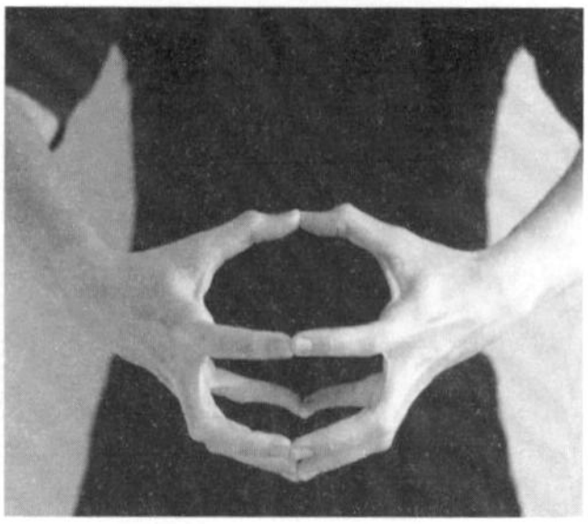

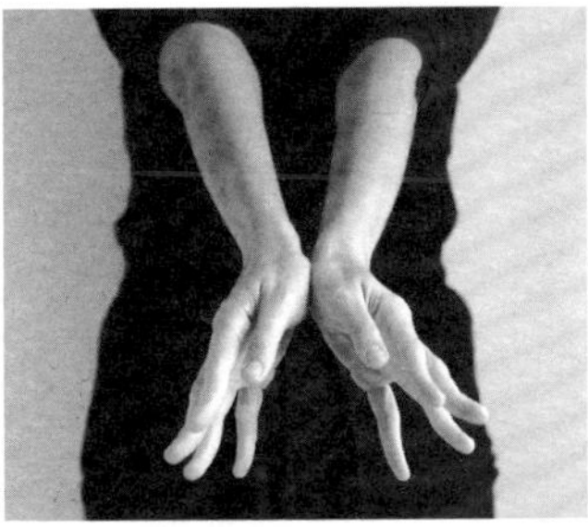
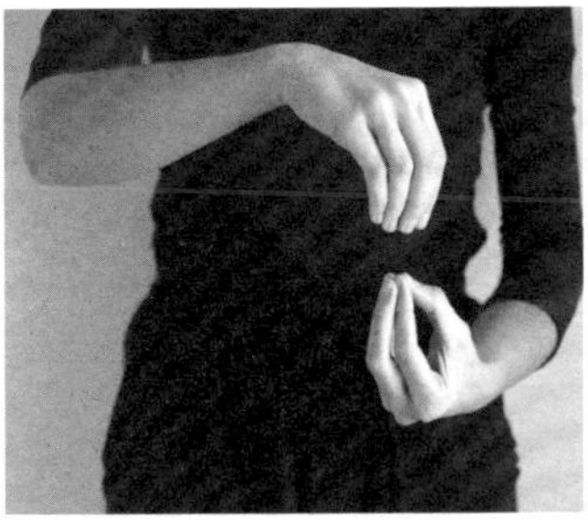
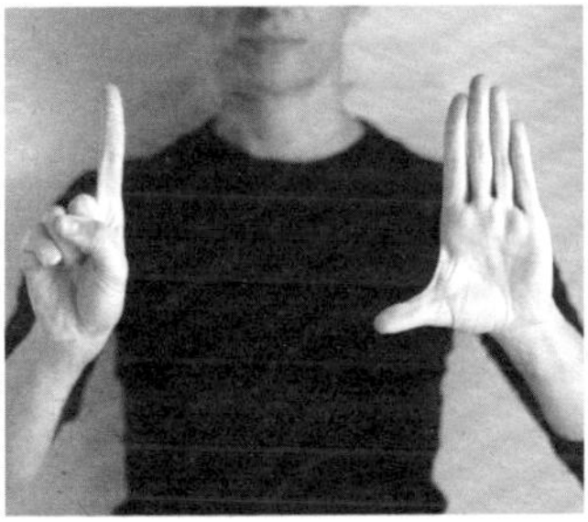
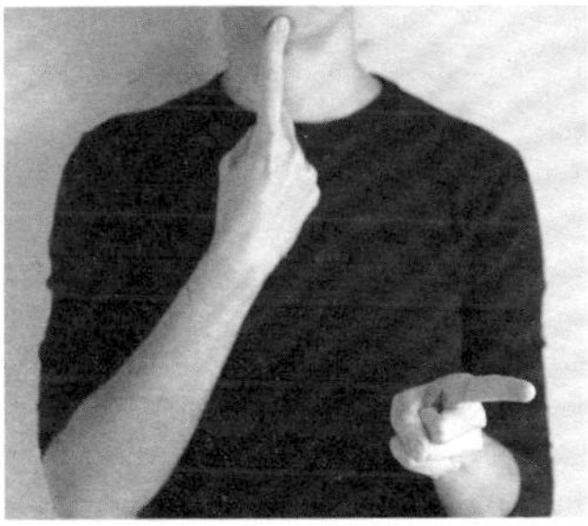
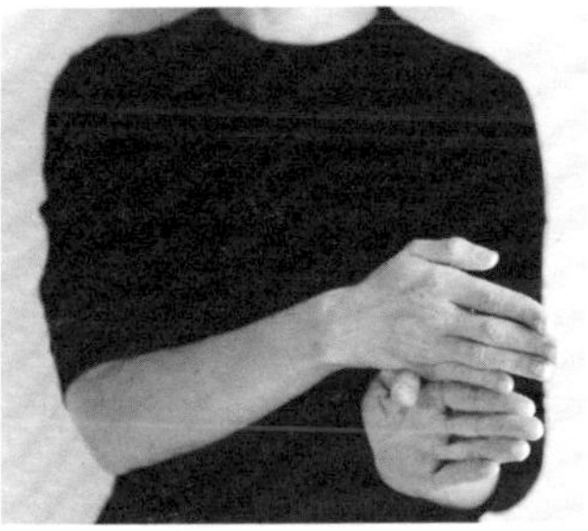
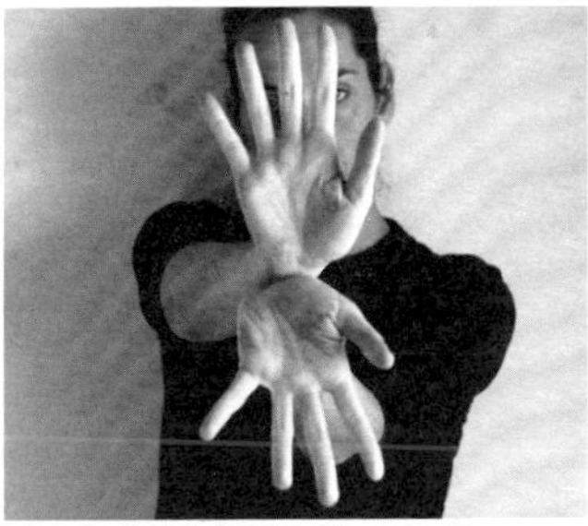
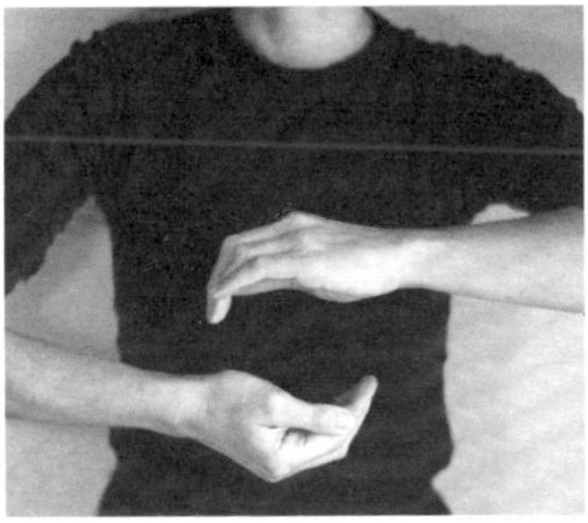
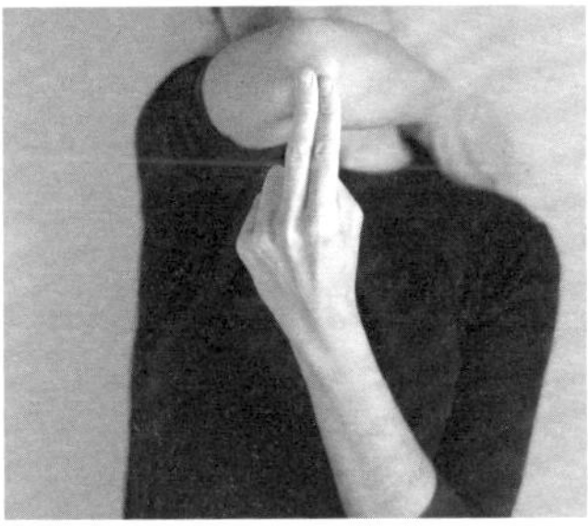

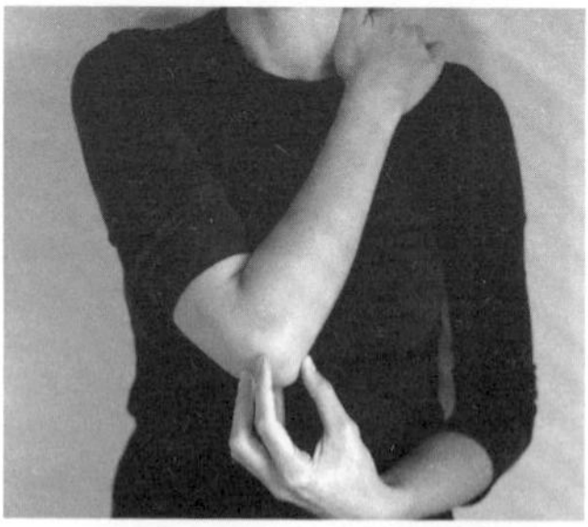
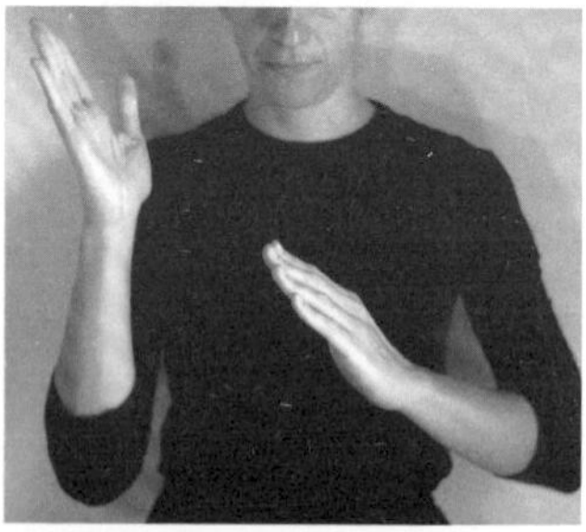
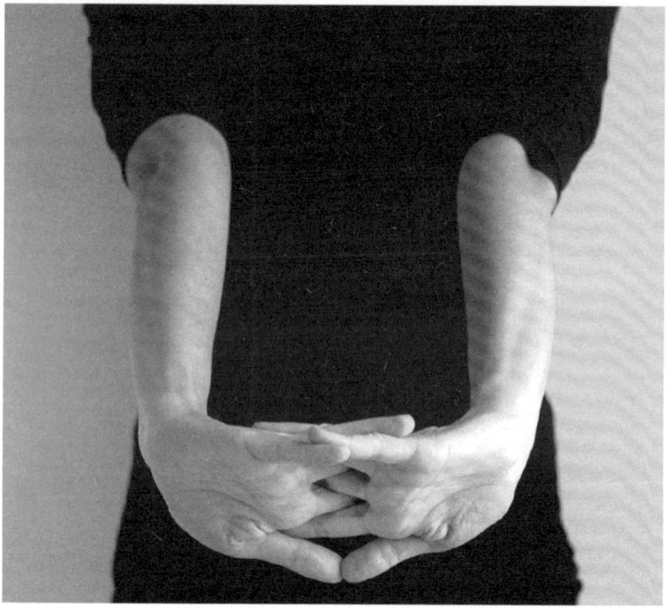

tastytati69 (s. a.)

Já está a gravar?

Ah. Muito bem. Quer que eu...? É só mesmo aquela parte dos clientes?

Então: há quatro tipo de clientes. Tem aqueles tipos solitários — posso tratá-la por tu? Boa. Esses chegam aqui e põem-se-me a explicar a miséria que é a vida e essa treta toda. Parece que comer-te é um favor que te fazem. São uns pobres coitados. Só querem companhia. Acham que o dinheiro lhes pode comprar uma namorada, acham que me ralo... Eu já me ralei. Mas depois percebi que a coisa só tem uma direção.

A Svetlana é que costuma dizer... a Svetlana é aquela que 'tava à entrada quando subimos. É russa. A Svetlana diz que, lá na Rússia, dizem: "Se eu tenho fome e tu estás saciado, nunca me vais entender". 'Tá bem dito. Eu acho muito bem dito... Eles sabem lá, mesmo que a gente fale, e explique, eles sabem lá... Chegam aqui montados no dinheiro. Vais a ver e estão sozinhos como uma erva daninha... Topo-os a milhas. Dou-lhes "A Confidente"... Não te rias! É mesmo assim... Com esses tens de mostrar — como é que se diz? — empatia. Alguns até se vão embora sem me comer, e eu às tantas digo, já a despir-me, "já que aqui estamos"... Nem que seja para relembrar os gajos o que é que aqui realmente se troca. Parece dinheiro fácil, n'é? São, às vezes, os piores. Se voltam, estás feita. Quando vêm com a história de te salvar desta vida, está tudo estragado...

Estou-me a rir mas não tem piada nenhuma. Ouve: *isto aqui* não está à venda.

Mais... Quantos? Já disse? Isso. Então: depois há os casais. Os casais pagam bem, mas dão uma trabalheira. Ou são mesmo fora, de loucos, e quando dás por ti estás embrulhada num filme descomunal; ou chegam aqui cheios de fantasias e depois não se aguentam ao bife, e tens de estar a gerir a treta emocional de um e a treta emocional do outro... Casais pagam sempre mais; mas nem sei se valem o trabalho que dão.

Depois... ah, claro, são os tipos que acham que por terem as notas no bolso te tornam num brinquedo. São os tipos que nunca veem que estão perante uma pessoa.

Dão-te ordens e instruções como se fosses uma cena, um programa do computador, uma aplicação do telemóvel, sei lá. Um robô. Tu nem estás ali. São um bocado o oposto dos outros, 'tás a ver? Tu e a mesinha de cabeceira é a mê'ma cena. Pedem-te todo o tipo de coisas idiotas e se te recusas oferecem-te mais dinheiro, ou pancada. Como é que se diz quando uma pessoa acha que o seu poder é infinito e não tem limites?

Isso. Ainda a semana passada chegou aí um tipo, um destes que acha que por pagar me pode pedir para esfregar o chão com a língua. Não pode, sabes? *Isto aqui* não está à venda... Então, este tipo queria que eu me barrasse em mel e só depois é que me comia. Em mel! Eu disse-lhe pa' esquecer, que nem sequer tinha mel em casa, e o tipo saca-me de uma mochila com dois jarros de mel, daqueles grandes, dois quilos ou assim. E eu só pensava na trabalheira que ia dar a tirar aquela merda toda dos lençóis. Disse-lhe que não. Então o gajo fica todo espevitado e tal e diz que paga o dobro — e eu meço-lhe logo a pinta. Pronto. É destes, 'tás a ver como a gente os topa? Porque pagam e porque aquele dinheiro pa' eles são trocos, acham que podem tudo. Acham que o resto do mundo anda cá p'òs servir. Odeio estes gajos, a sério que odeio.

Comigo não. *Isto aqui* não está à venda... Enfim.

Depois o gajo disse que pagava o triplo e eu aceitei. Olha, tudo besuntado. 'Tive horas a tirar aquela merda do cabelo...! Tive de trocar a roupa da cama toda, espirrou tudo pelo chão. 'Tás a ver aquela maçaneta? Toda cagada. A gente esfrega e limpa e parece que fica sempre peganhento. Mas uma pessoa aprende:

Para a próxima, peço o quádruplo.

esta é uma mensagem gerada automaticamente por favor não

Cliente: TastyTati69 (S.A.)

Assunto: Descritivo de elocução contínua exterior ao tarifário

20:09'02 a 20:33'31 / 07.05

UMS totais: 738

UMS revalorizadas: 203

Recursos comunicativos extra*......... 577 DCs

Valor acumulado**: **2.908 DCs**

Esta é uma mensagem gerada automaticamente. Por favor não responda. Poderá contactar-nos através da Área de Cliente ou acedendo ao Agente Interno do seu código local.

** Aliteração, Anacoluto, Antítese, Antonomásia, Assimilação, Catacrese, Sinestesia, Disfemismo, Hipérbole, Metáfora, Metonímia, Prosopopeia, Sarcasmo, Sinédoque, etc.*
Salvo tarifário especializado Dê Estilo À Sua Figura.

*** Taxas progressivas até 48% ou Taxa Adicional de Solidariedades de 2,5% ou 5%, dependendo do rendimento coletável. Para mais informação sobre regimes de isenção fiscal, contacte diretamente a sua Logoperadora.*

quanto tempo falta para o futuro

A maioria das tecnologias têm em comum: não precisarmos entender como funcionam desde que funcionem.

Isso inclui a linguagem — e o dinheiro.

O dinheiro e a linguagem têm em comum: a natureza simbólica. Não são nada por si, mas movem tudo. Nada funciona sem eles.

O dinheiro tornou-se a última fé que nos une. A nossa crença unificadora. Deus divide o mundo, não há paridade entre homens e mulheres, expande-se o fosso entre os ricos e os pobres — porque toda a gente acredita no dinheiro. A religião separa, a linguagem separa, os nacionalismos vingam, mas toda a gente acredita no dinheiro. Em qualquer lado do mundo, o dinheiro.

os dentes só são brancos na nossa forma de falar

— O caralho do dinheiro, hen?!

O sangue que lhe golfa da boca a cada pontapé não lhe permite responder:

— Onde é que o escondeste, caralh'?! Diz!

"Diz" rima com a biqueirada que translada o seu maxilar a uma latitude que lhe é estrangeira.

— Sei que és tu...! Que o tens...! Meu g'anda...! Cabrão. Fala!

O saco de petardos, que é aquele homem estendido no chão de um de mil becos similares, protege-se como pode da bestialidade corpulenta do agressor. Se não dá o estômago, dá as costas, se não dá as costas, dá o pescoço, falhar um alvo é acertar noutro qualquer.

— Pfa-vô'... pô favô... nã sei d'na'...

A boca desconfeita do homem agredido já não é instrumento de articular precisões. O bruto para, arfante. Curva-se, pousa as mãos sobre os joelhos. Apesar da envergadura, é dono apenas da sua pequenez, pau-mandado numa estrutura onde sobrevive na cauda e a custo. A maior crueldade está por vezes na brutalidade dos pequenos para com os mínimos e dos mínimos para com os insignificantes. Ainda há os inexistentes. Estes dois quase nem existem, mas um pode despejar a sua raiva sobre o outro por ser maior, mais forte, e pertencer a uma estrutura organizada. O gigante mínimo reitera:

— Onde... Está... O... Dinheiro?

Não houve para o homem jazente outra pergunta cuja resposta fosse mais insondável. Nasceu mais pobre que a nudez, trabalhou toda a vida para acumular pouco mais que pó e vento, esfolou-se em balcões e linhas de montagem e camionagem, apenas para compor uma coletânea de bolsos vazios. Também ele viveu toda uma vida a perguntar-se:

— *Onde é que está o dinheiro...?!*

Foi sempre de tal maneira pobre que chegou a convencer-se de que ter dinheiro era uma fachada, um fingimento. Ou uma consequência do vício. O que nunca encontrou foi alguém que, sem corromper qualquer princípio moral, fosse escolhido pelo dinheiro.

— Onde está o dinheiro, caralh'?!

"Escolhido", sim. Pensava no dinheiro assim, como um desígnio, uma força providencial, um Deus-Mesmo, que escolhe uns e rejeita outros por puro capricho. A cada oração:

— Onde estás Tu que não Te vejo?

Rezou na retaguarda de carrinhas de recolha do lixo às três da manhã quando todos dormiam; fez a oração dos talhos cobertos de sangue onde esquartejou animais; prostrou-se perante a assadora onde virou oitocentos e muitos hambúrgueres por noite; e purgou o vidro a centenas de carros, parados no semáforo vermelho. Quando se esgotavam as capelas, estendia a mão; e deixou que lha escarrassem, ajoelhado na missa de uma qualquer entidade empregadora. Orava de cócoras sobre a escada imunda. Missionava de cabeça enfiada no contentor. Cria com a lucidez característica da fé — cegamente — que haveria um dia de ser recompensado pelo sacrifício. O termo era esse, "recompensado":

— Onde Estás, onde Estás, se a Ti dedico os meus dias e por Ti abdico do meu tempo, do meu corpo, dos meus valores e da imediatez do meu ser?

Foi apaixonado não correspondido, crente atravessando a noite escura da alma, um devoto sem vislumbre do seu Senhor.

— Onde está o dinheiro, caralh'?!

Um pontapé acorda-o do torpor. Desta vez não é uma pergunta de cariz filosófico ou retórico:

— Fala...!

Há por detrás desta pergunta sempiterna um dinheiro específico, com nome próprio, concreto, e este homem, de pé, agigantado pela perspectiva em contrapicado, arfante, pingando suor sobre a confusão do seu sangue, está convencido de que é ele quem lhe sabe o paradeiro. Ele, logo ele...!, para quem *dinheiro* sempre foi o mais querido destinatário de endereço incógnito. Não sabe que dinheiro é este, não sabe mesmo.

O rosto macerado abate-se, num breve momento de tréguas. Já quase não traz dentes na boca anfitriã de cáries e livre de médicos. Curva-se mais e cospe um último dente. O último. Observa a pequenita pedra a boiar numa poça de sangue. Sobressai uma calote encardida que poderia ser branca ou tom de mármore — que os dentes só são brancos na nossa forma de falar. Convence-se de que o dele, reunião de tártaro, até brilha. É só um dente podre mas parece-lhe uma pepita de ouro. Qualquer coisa verdadeiramente sua e verdadeiramente sólida e qualquer coisa que, como tudo o resto, perdeu.

— Onde Estás, e por que nos Abandonaste?

isto aqui não está à venda

"Hoje foi um dia mesmo longo", pensa Nelson. Repete muito este gesto: levar a palma da mão ao peito. Pousá-la: pumpum, pumpum, pumpum; sossega-se. A percussão é a única coisa que o consegue sincronizar com o batimento dos dias. Porque sente o pulso às coisas. A batida, o ritmo, o respirar, o transpirar de uma melodia. Irascível, sempre um instante antes ou depois do tempo ideal, coração desordenado, mãos suadas, é assim desde que se lembra de ouvir o seu nome. *Nelson*. Dizer "nervoso" é pouco sobre esta angústia. Só a música lhe empresta algum alívio.

Piorou bastante desde este novo emprego. Em casa são quatro bocas a comer — a avó e os três irmãos. Está a pagar um preço caro por este salário menos que mínimo. Todos os dias enfrenta o pior de si, em turnos de dez horas ou mais, reencenando a eternidade.

É só ele e uma Máquina. Quem trabalha, na precisa definição, é a Máquina. As pessoas mais próximas estão a metros de si, noutras linhas de montagem, com outras Máquinas, atentas a outros fastidiosos detalhes do componente que lhes toca. Não há comunicação. Há câmaras.

São parte de um todo que ignoram. Quando entrou não lhe fazia diferença não saber, mas agora faz. Disseram-lhe na altura "indústria náutica", por isso hoje imagina submarinos, pequenos barcos a motor, drones subaquáticos. Ninguém sabe e ninguém parece querer saber. Que interessa saber o que faz um pomar se tudo o que te compete é colocar sementes dentro da maçã?

É ele e a Máquina. Não há pausas para cafés. Há um balneário onde não são autorizados a permanecer mais de cinco minutos, no início do turno e no fim, e há quem controle. Dois funcionários não podem ir à casa de banho ao mesmo tempo, e qualquer um deles só pode parar uma vez por turno. Um turno tem no mínimo dez horas, com quinze minutos a meio para quem trouxer comida.

A sua ansiedade piorou bastante desde este novo emprego. Seco sem ser frágil, longilíneo sem ser alto, agora curvado. Já passou a fase do desconforto, da agonia, da fúria. O tédio deprime-o. As linhas do rosto perderam a delicadeza juvenil dando lugar a uma sugestão permanente de agonia, como se estivesse sempre a tentar focar um objeto ao fundo, míope. Não sabe o que responder às vozes na sua cabeça que não se cansam de dizer que é um falhado e que nunca vai ser nada na vida além de um falhado e que este emprego miserável é apenas uma das muitas dimensões em que falhou e que não há volta a dar. Todos os dias. Ele e a Máquina.

No outro dia lembrou-se de perguntar ao Google qual o "emprego mais maçador", *enter*, e não viu lá o seu. Viu: lavar pratos (que Nelson já fez e não é, de longe, tão maçador quanto isto); militar num acampamento sem guerra; polícia de trânsito; guarda-noturno; dar entrada de dados; recolha de lixo (que Nelson também já fez e não é, de longe, tão maçador); e camionista. Um sonho que tem desde miúdo. Ter um camião e simplesmente conduzir, o que há de aborrecido nisso? Ouvir música todo o dia!

Quem compôs esta lista não entende nada da natureza do trabalho. O progresso tecnológico gerou um tipo de trabalho cuja perversidade é conter tão pouco trabalho. Não se faz nada, mas não se pode desfrutar de não fazer nada. Do verbo *fazer* a Máquina encarrega-se, mas alguém tem de a *vigiar*. Ele não pode preencher o tempo morto, como um guarda-noturno, lendo ou ouvindo música; nem passear, como o vigilante do museu, nem ter sempre algo diferente entre mãos — as cores, as marcas, os cheiros, os materiais da embalagem — como um operador de caixa de supermercado. É medonho. Com intervalos irregulares que variam entre vinte segundos e um minuto, Nelson tem de pressionar um botão que faz a linha de montagem avançar. Não se pode evadir em pensamentos, distrair-se. Na sequenciação, a Máquina não falha: a seguir ao LT0982281 vem sempre o LT0982282 e depois o LT0982283, nunca falha. O que falha — e é raro — são as placas. Se ao menos falhassem mais vezes...

Alinha a placa com a seguinte, confere o número de série, anota num papel os últimos dois dígitos e pressiona o botão laranja. Repete tudo. Alinha a placa com a seguinte, confere o número de série, anota num papel os últimos dois dígitos e pressiona o botão laranja. Repete tudo. Assim durante dez horas, sem qualquer variação. Alguém concebe o quanto é possível odiar um botão cor de laranja?

Quando, há dois meses, o seu melhor amigo, Jay-Ci, o desafiou para lhe dar "uma mão no negócio", nada lhe parecia mais inconcebível. Devolveu-lhe um *não* ofendido. Só tolerou o desaforo porque era o seu amigo: um irmão. Desde que se lembra que atravessam juntos a desolação remotamente funcional do bairro onde vivem, memórias tão longínquas quanto as primeiras sensações de pertença, atafulhadas no desarrumo onde Nelson guarda a morte dos pais, os orfanatos, o choro dos irmãos, as gémeas recém-nascidas, todas aquelas mãos e aquelas caras estranhas, os cheiros esquisitos, ser tão pequenino e já sentir um peso enorme sobre o peito, o pavor, ser depositado de casa em casa até ir parar à casa da avó.

Só mais tarde José Carlos resolveu chamar-se Jay-Ci — influência da cultura norte-americana que consumiam e idolatravam. Quando, há dois meses, começa a esboçar os contornos da proposta, está a desmanchar um pacto tácito entre eles. O que o outro faz é assunto tabu.

Apesar da acentuada magreza, ainda toca a Nelson o porte dominante. Num gesto seco, empurra Jay-Ci contra o gradeamento. Cerra o punho ao pescoço do outro com uma firmeza que só se reserva ao melhor amigo, ou ao pior inimigo.

— Calma, mano, calma. É essa merda qu'eu gosto em ti, 'tás a ver? Tens carácter...

Nelson relaxa a pressão, Jay-Ci arrisca:

— Precisamos de alguém como tu.

Nelson explode e ferra-o contra o gradeamento. Jay-Ci embate com estardalhaço. Tem de ter doído, doeu só de ver. Desequilibra-se e vai ao chão.

— Vai-te foder, Jay-Ci, sabes bem que eu não me meto nessas merdas.

— E quê, Nelson? Um tipo como tu? Vais passar o resto da vida a alinhar pecinhas e a olhar p'ra números de série?!

O horizonte provoca tanta revolta a um quanto a outro, ambos genuinamente implicados no destino um do outro. É da ordem do bem que queremos às pessoas que amamos.

— Pensa na tua música, meu, pensa no *beatbox*... 'tás a definhar, Nelson, 'tás a definhar... Levas a vida d'um *looser*... Tu, *man*, tu és o melhor de nós todos... Tu tens cabeça, caralho!

Dentro de si nenhuma voz fala com a estima nem com a admiração que sente agora nas palavras do melhor amigo, mas as vozes que ouve dizem-lhe basicamente a mesma coisa. Está tudo perdido. A sua ansiedade lambuza-se da falta de perspectiva, do lugar-nenhum que o mundo parece ter reservado para si. E agora o amigo a dizer-lhe o mesmo — mas com amor.

— Pensa só: com duas carrinhas por mês já fazias o dobro do que fazes agora. Trabalhavas duas noites. Três, no máximo! O resto do tempo todo p'rà música...

Jay-Ci levanta-se e recompõe a camisola com capuz, endireita a asa da mochila sobre o ombro esquerdo, e insiste:

— Podias procurar um agente, podias gravar, podi

— Cala-te, Jay-Ci, cala-te! Que te vou à boca, sabes que vou, desfaço-te.

— Já me calei.

— Não me provoques!

— Já me calei.

— Tu sabes bem que eu não me meto nessas merdas.

— Tranquilo, tranquilo. Já me calei.

Voltam a orientar-se na direção que previamente tomavam, rumo ao *shopping*, como se tivessem parado apenas para atar o atacador do sapato. Desprezando a conclusão disponível, Jay-Ci teima:

— Pensa nisso, meu. Diz-me só que vais pensar nisso.

Nelson responde-lhe com um soco tão forte na omoplata que o amigo sai cuspido. Deixa-se estar a ensaiar cachorrinhos, de quatro sobre o asfalto ainda húmido da chuvada da manhã. Torto, visivelmente dorido, ri-se com exagero enquanto se levanta e se afasta na direção oposta.

— É isso que eu gosto em ti, Nelson, tu tens fibra. Tu és rijo, mano. Este mundo ainda não te fritou como a toda a gente. Tu és puro, mano. Tu és um puro.

O recado está dado. O *shopping* fica para outro dia. Nelson não diz nada. Fica a ver o amigo desaparecer ao fundo da rua.

— Sabes onde paro...

Uma última provocação, a frase a atormentar Nelson até hoje, passados mais de dois meses. Não o viu mais, facto estranho por si. Não se lembra de terem estado separados mais do que uns dias. Entre o primeiro roubo e o primeiro beijo, o primeiro centro de detenção juvenil e a primeira música, o primeiro charro e o primeiro concerto de garagem, tinham estado sempre juntos. Agora faz quase dois meses que não se veem nem se falam, e Nelson já monitorou uma média de novecentos e setenta e três placas eletrónicas por dia, e carregou no botão laranja o mesmo número de vezes, e a sua vida continua simplesmente a repetir-se num padrão letal de tédio e mediocridade.

tédio e mediocridade

Alinha a placa com a seguinte, confere o número de série, anota num papel os últimos dois dígitos — acontece distrair-se — e pressiona o botão laranja. Repete tudo. Alinha a placa com a seguinte, confere o número de série, anota num papel os últimos dois dígitos e pressiona o botão laranja. Repete tudo.

és puro mano tu és

Quando, há dois meses, o amigo lhe fez aquela proposta nada lhe parecia mais improvável. Nelson só não esperava encontrar um pestanejar entre pensamentos, fugaz:

"E se...?"

Não. *Nunca* se envolveria com nada daquilo.

"Nunca" — que palavra extensa. Como se contorna?

tu estás saciado

A flexibilidade sintática é o novo desporto da moda. Os Consumidores têm vindo a adotar estratégias distintas para integrar o Plano nas suas vidas, sendo que a larga maioria fala como sempre falou. Dá o mesmo valor às palavras, mas paga-as. Em contraste, há quem se empenhe em dizer o mínimo da Lista. Isso exige uma atenção enorme.

O Plano de Revalorização da Linguagem é internacional, por isso é notório como certas medidas têm um enorme impacto numa cultura ou num país e tão pouco noutro lado qualquer. Porque há sempre um idioma — algures — que pode algo que os outros não podem. Sabemos que existem idiomas sem palavras para números, idiomas sem sujeito, sem pretérito imperfeito, sem conjuntivo. Da mesma forma, poderia existir um idioma sem a ideia de "hoje", sem a ideia de "nunca", ou idiomas com duzentas e trinta e nove palavras diferentes para "sombra", ou palavras para distinguir os diferentes cheiros da chuva, classificar o vento pelos seus diferentes ângulos e velocidades, ou os raios de luz, ou um idioma em que os amantes proporiam nomes diferentes para cada caracol do ser amado. Idiomas de assobios, de cliques, de gestos. Idiomas híbridos, acoplados, contraditórios. Como ferramentas para diferentes funções.

Há ferramentas para dizer qualquer coisa e, mesmo assim, tendemos a cortar tudo com a mesma faca.

nunca

Os dias sucedem-se. Nelson alinha a placa com a seguinte, confere o número de série, anota num papel os últimos dois dígitos e pressiona o botão laranja. Repete tudo. Alinha a placa com a seguinte, confere o número de série, anota num papel os últimos dois dígitos e pressiona o botão laranja. Repete tudo. Alinha a placa com a seguinte, confere o número de série, anota num papel os últimos dois dígitos e pressiona o botão laranja. Repete. Cada botão laranja o afunda mais. Alinha a placa com a seguinte, confere o número de série, anota num papel os últimos dois dígitos e pressiona o botão laranja. Dez horas disto.

"E se...?"

É às 8h03 que as vozes se riem dele; é às 10h37 que leva a mão ao peito pela trigésima vez para tentar conter a ansiedade; é às 11h26 que sofre um espasmo e pensa que não aguenta premir aquele botão laranja nem mais uma vez; é às 14h09 que deseja que qualquer placa venha danificada, que qualquer coisa aconteça que quebre o rígido padrão, é às 14h13 que olha os outros em busca de qualquer contato visual ou garantia de que algo neles também ferve; é às 18h22 que se escapa para um cigarro clandestino junto aos contentores do lixo por detrás da casa de banho; é às 21h57 que acaba a jornada de trabalho e que lhe é dito que ainda tem de ir fechar os armazéns; é às 22h47 que termina de fechar tudo e que vai dar uma mija atrás de uns arbustos; é às 23h, em ponto, que tranca todos estes instantes e se deixa tomar por um pensamento de abraço total, tão assustador quanto conciliador: "Não aguento mais". E depois: "Não faço isto nem mais um dia da minha puta vida".

Dois meses e uns tantos dias para aparecer em si uma voz desconhecida. No comboio, de pé, a observar o seu reflexo no vidro como se a qualquer instante pudesse nele ver os movimentos de uma outra pessoa, escreve a

Jay-Ci: "Temos de falar. Onde?". À qual Jay-Ci responde demasiado rápido, como se já tivesse a mensagem escrita, pronta há dois meses e uns tantos dias, sem qualquer dúvida de que a viria a enviar. "Onde te der mais jeito mano". Atónito todo o restante caminho para casa: já o é, aquilo que nunca se permitiu ser.

Da estação de comboios até casa, Nelson tem bastante que caminhar. A esta hora não circulam autocarros, trajetos temerários de que desistiram por saque continuado. Depois do anoitecer nenhuma carreira sobe o morro. Espreita entre as bicicletas à porta da estação. Os miúdos roubam-nas na cidade e não fazem nada com elas, é pura carolice. Largam-nas ali antes de apanhar o comboio. Por azar, hoje estão todas presas. Vai ter que caminhar.

Puxa os fios dos auscultadores do bolso justo das calças, liga-os ao telefone e sobe o volume. Põe-se a caminho. Dois minutos para a meia-noite. O seu fôlego enfia um punho pelo frio da noite, um soco de fumo. O ritmo dos seus passos sincronizados com a batida que enche tudo de vigor. "Não conheço nada mais sagrado", pensa, uma voz nova, incomum, porque contém esperança e otimismo. A última vez que se sentiu assim foi há anos, com o Jay-Ci ao lado, não se chamava assim porque não tinham ainda entrado nas suas vidas as séries norte-americanas e os *videoclips* dos *rappers* norte-americanos e o mundo todo norte-americano. Um sorriso transborda ao relembrar a forma como o amigo explica: "Não confundir com Jay--Ziiii", exagerando a diferença entre o cê e o zê. Sente-se revigorado por saber que o vai rever em breve. Meia-noite. Tecnicamente, um novo dia. Talvez seja este, o dia. Um dia para mudar a ordem dos dias. Nelson quase a reentrar em casa, um homem totalmente diferente daquele que hoje saiu, de madrugada, abatido, mecânico, vazio, a caminho de mais novecentos e setenta e três botões cor de laranja. "Talvez pudesse encontrar uma maneira de, sei lá, de as tratar melhor". E pensa que, uma vez conhecendo os mecanismos da coisa, talvez seja possível "trazer apenas aquelas que quiserem mesmo vir...". Não pensa em termos de tráfico de pessoas, esse era o Nelson de há dois meses. Desliza sobre o asfalto, os seus ténis gastos mal tocam o chão. Está tudo alerta no escuro prenhe da noite, disponível para se tornar uma coisa melhor. Encontrou o botão *play* da vida: amanhã encontra Jay-Ci na entrada principal do antigo aeroporto e, pensa, "ok, um primeiro camião", e pensa "talvez elas queiram mesmo vir", "deve ser miserável, lá, pelo menos aqui há riqueza, quer dizer, há mais gente rica". Homens poderosos. "Há homens que se apaixonam por estas mulheres e as salvam." "Há mulheres que hoje estão bem, vivem mesmo bem, e um dia começaram assim." "Tantas mulheres que começaram assim, e hoje estão bem", nunca se sabe "como correm estas coisas".

Leva um encontrão de um homem possante que irrompe sem pressentimentos de uma esquina. O telemóvel salta-lhe do bolso e cai em duas partes. Nelson agacha-se, recolhe as metades e monta-as. Liga o aparelho: está tudo bem. Antes de colocar o segundo auricular, ouve gemidos vindos do beco de onde irrompeu o homem apressado, de quem, entretanto, nem sinal.

Meia-noite e vinte cinco, e, escondido dentro de um segundo, um daqueles pensamentos que o envergonham: "Caga nisso. Continua. Segue. Vai pa' casa". Esta voz está dentro dele e isso envergonha-o.

Entra pelo beco como quem lhe responde, à voz. Apercebe-se de que, a dois minutos de sua casa, nunca tinha ali entrado. Pelo menos não de noite. Se calhar o gemido foi só imaginação. Terão sido gatos? Dá uma volta sobre si, varre tudo com o olhar, mas nada, só ele num beco fétido. Novo gemido. Reconhece a direção: os caixotes do lixo. Arrasta o contentor, trazendo a descoberto o corpo de um homem coberto de sangue, as roupas em farrapos ensopados. Um feto enorme, enrodilhado. O rosto irreconhecível. Nelson sente nojo mas sente mais pânico do que nojo. Sente urgência. Olha em volta, agacha-se sobre o homem, toca-lhe mas retira logo a mão. Não vá a má sorte pegar-se. Diz-lhe que vai procurar ajuda, o homem geme. Nelson pensa "caralho, e agora?" várias vezes, caralho e agora, várias vezes, caralho e agora, várias vezes por segundo. O problema nunca são os dias, são os segundos. Caralho, e agora?

À meia-noite e vinte e nove, com os holofotes do carro da polícia nos olhos, Nelson percebe que escreveu a Jay-Ci tarde demais, que demorou demasiado tempo a tornar-se no homem que nunca quis ser.

— ... Não fiz nada!

— É o que todos dizem.

— 'Tava só a passar!

— Calado.

— Um homem...

— Calado, já disse!

— Esbarrei num homem que vinha a

O polícia dá-lhe um calduço. Bruto, mas não malvado.

No banco de trás do carro da polícia, pipando "não fui eu não fiz nada" como um pardalito aturdido, Nelson estabelece então uma lógica terrível, um raciocínio que lhe vai estancar as lágrimas, secar a garganta, atar um nó à entrada do estômago, e o vai manter em silêncio muitos meses, incapaz de se defender: "Não fiz nada, mas estava prestes a fazer". Pode alguém ser condenado por um pensamento e uma mensagem de texto? À meia-noite e cinquenta e três Nelson dá entrada na cela onde passará a primeira de muitas noites.

no homem que nunca quis ser

— Mãe?

— Diz, amor.

— Qual é a diferença entre fazer uma coisa mal e fazer uma coisa má?

que deus tem troco

O homem do beco morreu desfigurado e anónimo e ninguém reclamou o corpo. Nelson não consegue deixar de pensar nisso, nele, no rosto que nunca vai conhecer, apesar da reiteração obsessiva com que a sua memória revê a linha da sua espinha dorsal arqueada.

— Não sabemos quem... Ninguém apareceu... Talvez fosse... Este tipo de...

Fragmentos entre o palavrório dos polícias, qualquer coisa que ouve no meio do processo desregulado de o prenderem. Um caos que atravessa em estado de choque. Uma sensação pesada de merecer aquilo, e de revolta. Quem era? Perguntam-lhe. Qual era a tua ligação? Não percebe nada. Dinheiro, falam muito de dinheiro. Objetos, vozes, sombras, um calafrio, uma textura, uma superfície áspera, uma cor esverdeada e aquele nó na garganta, tudo equivalente, todas as emoções com a mesma causa, todas as palavras conduzem ao mesmo fim. "Vou ser preso." Até esta frase tem a mesma espessura de tudo em redor. É como as cadeiras de plástico imundas e como o chão ensanguentando, ou suado, ou só sujo, é como o cinto de cabedal do polícia mais gordo e seboso. Qualquer palavra é como tudo, e tudo é como o medo.

Só muitas horas depois, ao canto da cela abarrotada, Nelson cai em si. Que aflição: pelos irmãos, pela avó. Implora um telefonema. Dizem-lhe que não pode ser, a estas horas. Que horas serão? Deixam-no numa cela onde só cabem meia dúzia e estão multiplicados. Adormece acocorado a um canto. Antes de se deixar ir, sente uma impressão forte cravada no peito, um misto de remorso e de melancolia, pensa em Jay-Ci à sua espera em vão. Sente uma culpa que não lhe pertence a reboque de uma vergonha, que, essa, sim, é sua. Cava nele uma imagem terrível na qual o carro funerário que traz o homem do beco é um camião de corpos femininos contrabandeados, na travessia que Nelson nunca fez, mas que se tinha prontificado a fazer.

Levam-no, novo interrogatório. Falam-lhe em espanhol, depois em inglês, *drugs* e *drogas* entende ele em qualquer idioma, mas é mais o que lhe escapa. *Money, money, money*. *Yo no fui*. *It wasn't me*. Que idioma o poderá salvar? Abate-se sobre si a culpa por todos os corpos traficados através de todas as fronteiras, coagidos em choças pequenas, camas imundas, apetites sexuais pagos à nota mais baixa do numerário local. Será que Deus tem troco?

— Não fui eu, não fiz nada — repete. — Ia a caminho de casa. Os meus irmãos... a minha avó... posso fazer um telefonema?

Respondem-lhe com um tabefe.

— Assina.

Fazem-no assinar uma data de coisas que ele não percebe. Muitos tabefes depois soçobra sob a culpa de todos os crimes que nunca praticara mas que poderia, um dia, em breve, ter praticado — uma única SMS. Assina.

Não consegue focar o olhar sobre o texto, mas percebe que é um idioma estrangeiro. Nem sequer lhe parece inglês. Assina.

— Posso ir?

— Podes, podes.

Os guardas prisionais riem entre si — exercícios rotineiros de boçalidade.

lo stato di eccezione che lei ha connesso al concetto di sovranità oggi pare assumere il carattere di normalità ma i cittadini rimangono smarriti dinanzi all'incertezza nella quale vivono quotidianamente è possibile attenuare questa sensazione?

Vivemos há dezenas de anos num estado de exceção que se tornou regra. Este estado de exceção, em vez de limitado no tempo, é hoje o modelo normal de governação, e isto em Estados que se dizem democráticos. [...] Dir-se-ia que, atualmente, o Estado considera cada cidadão um terrorista virtual.

Isso não pode senão piorar ou tornar impossível a participação política que define a democracia. Uma cidade cujas praças e ruas estejam controladas por câmaras não é mais um lugar público: é uma prisão[3].

é uma prisão

É curioso, o cérebro. As relações causa-efeito que estabelece. A avó do Nelson, por exemplo: vive imobilizada porque partiu o osso da anca. Diz que primeiro sentiu um

3 http://www.ragusanews.com/articolo/28021/giorgio-agamben-intervista-a-peppe-savaamo-scicli-e-guccione (tradução da autora)

osso a partir e que só depois caiu. A consequência parece anteceder a causa. A relação causa-efeito é mais harmoniosa e elegante de forma inversa: primeiro alguém cai e depois parte-se o osso. Há uma certa harmonia sequencial que o cérebro admite como continuidade necessária e que nos permite atravessar o mundo com uma maior sensação (ou ilusão) de segurança. Reconhecimento, familiaridade. Tantas vezes explicaram à avó de Nelson a necessidade de se cair para se partir um osso que ela eventualmente acatou. E hoje já explica:

— Um dia caí e parti o osso da anca. Agora não posso andar.

O que aconteceu realmente foi:

— Um dia parti o osso da anca e caí. Agora não posso andar.

Outro exemplo:

Entramos numa sala vazia e vemos uma jarra partida no chão e uma janela aberta. É tentador concluir que uma rajada de vento terá partido a jarra, mas imaginemos uma criança a brincar: parte a jarra, foge, o progenitor entra, abre a janela para o ver escapar em direção ao jardim e ausenta-se da sala em busca de uma vassoura. No momento em que entramos vemos a jarra partida no chão e a janela aberta. A este efeito correspondem diversas causas, umas mais harmoniosas do que outras.

Um último exemplo, desta feita do universo das estatísticas: tanto a taxa de criminalidade quanto a venda de gelados e refrigerantes aumentam consideravelmente nos meses quentes de Verão. Podemos afirmar que quando comem gelados as pessoas são mais violentas? Que os refrigerantes estão relacionados com o aumento de pequenos roubos no metro e nos autocarros?

É curioso, o cérebro. Tanto a vergonha de Nelson quanto a sua culpa foram reações a um ato que fez desmoronar a narrativa que usava para se explicar a si próprio. Aquela SMS, naquela noite. Quando é preso por um crime que não cometeu, carrega a disponibilidade para cometer um outro crime. Não fossem os becos da vida terem-no posto junto ao homem morto, Nelson teria conduzido mulheres num camião rumo ao pior destino, dissesse ele o que dissesse acerca das suas chances de encontrarem um homem bom nos mesmos becos da vida onde se encontram homens mortos. Ele caiu porque sentiu culpa, e não o inverso. Há cacos de uma jarra, há uma janela aberta, há uma anca partida, há uma mulher em queda, há crianças lambuzando-se de gelado, há mulheres contrabandeadas por fronteiras para serem servidas à posta na longa mesa da indústria do sexo, e há um homem brutalmente espancado num beco fedorento. Há vergonha. Há culpa. Há medo. Há absurdo. Há incompreensão. Há desonestidade. Há desordem, cobardia, sombras. Nelson acaba por assumir a culpa de um crime que não cometeu porque a culpa estava lá, antes da queda — estala a vértebra, rompe o cóccix —, por causa alguma além da fragilidade estrutural com que vivemos todos. É curioso o cérebro e a forma como, às vezes, se transforma na nossa pior prisão.

wordup®

As prisões tinham sido objeto de gradual privatização ainda antes da linguagem. A Jornalista escreveu sobre isso em sucessivas propostas que o Suplente achou sempre forma de não publicar.

Declarações oficiais defendiam que o sistema penal devia ser menos pesado para o erário público, e, por esta via, permitir a redução de impostos. Assim postas as coisas, toda a gente louvou a iniciativa. Foram também feitas promessas no sentido de aumentar a taxa de reinserção e contribuir para a comunidade com a mão de obra prisional. Foi dito que o bem público pode perfeitamente andar de mãos dadas com a geração de lucro para investidores privados. Foi dito e foi feito.

Nestas prisões, os presos — apelidados de *clientes* — trabalham pelo arrendamento da sua cela, pagam taxas adicionais por uma cela com melhores condições, investem na moeda interna e são alvo da presença ubíqua de publicidade. As marcas que investem no ambiente prisional detêm ainda o direito à exclusividade na venda interna dos seus produtos.

O Complexo Prisional onde vai parar Nelson pertence ao império de Darla Walsh, detentor da maioria das prisões privadas. Em todas elas, o único canal televisivo é gerido pela WordUp®, uma das agências de média da Gerez. Há ecrãs em todo o lado, até no consultório, até nos duches, até nas latrinas. Em cada cela, nos corredores e espaços de passagem, no pátio. A sujidade generalizada, as paredes encardidas e os lençóis manchados convivem habilmente com superfícies digitais de última geração.

Nelson odeia o televisor. A única ocasião em que se permite é quando entra *Darling*, diminutivo que vingou dentro da prisão para Darla Walsh. Darling tinha-se tornado objeto de um desejo violento por parte dos homens encarcerados. Sempre que Darling aparece no ecrã, o Complexo para. Nelson sente-se agredido pela possibilidade de outros presos também fantasiarem com ela.

A biblioteca é o único sítio em que os ecrãs estão sem som. O senão é Diego, seu companheiro de cela. Num complexo tão monumental, logo havia de calhar que

Diego também gosta de vir para a biblioteca: vê TV com os auscultadores, folheia jornais desportivos e, sobretudo, dormita. No Inverno, é dos poucos sítios aquecidos onde se pode dormir. Quando ressona demasiado, o bibliotecário abana-o ligeiramente. O mais provável é que tenha medo de o expulsar.

Há anos que ouve falar de Diego pelas histórias do Jay--Ci. Diego está dentro por tráfico de mulheres e qualquer coisa ligada com o movimento clandestino de corpos e a sua exploração sexual tornou-se para Nelson o crime mais hediondo. Protegê-lo-ia a lógica inversa: alguém que matou devia convencer-se de que matar não é tão grave quanto violar; e alguém que violou devia convencer-se de que quem violou não fez algo tão terrível quanto quem matou. Uma versão criminal da "relva do vizinho": a relva do vizinho é sempre mais criminosa do que a minha.

Não consegue dividir cela com ele nem com essas memórias. Ali, qualquer preso tem a possibilidade de mudar para uma cela melhor, maior, mais limpa, mediante o pagamento de uma quantia suplementar. Passados meses a pôr dinheiro de lado, Nelson investiu tudo o que tinha, atrasando o sonho da mesa de mistura, e mesmo assim só conseguiu vaga numa cela pior. Aceitou.

Antes de sair, ainda tem oportunidade de se cruzar na sala de visitas com a namorada de Diego. Magdalena tem um ar modesto, com jeitos amplos mas frágeis. Parece um gato de rua, muito magra e maltratada, mas muito escorreita:

— Dieguito, basta-te uma menina, no máximo duas. No máximo, três. Vamos ficar ricos!

Diego não partilha do entusiasmo de Magdalena. Explica que é "muito arriscado", que não pode "dar certo", e sobretudo:

— Para quê tanto trabalho quando o *stock* está sempre a ser renovado?

Em frente a Nelson, uma assistente social convencida de que ele foi preso por um crime que não cometeu e que lhe apresenta uma rede mirabolante de advogados e juízes pagos, trama bem cinematográfica. Nelson agita a cabeça em sinal de escuta ativa, mas atento à conversa ao lado. Não se apercebe da dimensão daquilo que a assistente social lhe está a propor, mas acha a proposta de Magdalena bastante promissora.

vamos ficar ricos

Magdalena observa o seu próprio sexo. Os seus mamilos desenham um triângulo com o seu umbigo e então a pele arroxeada do seu sexo depilado e a mancha de sangue. É como uma paisagem, rochas, seixos, escarpas, lago. Ergue o tronco nu sobre as pernas abertas e celebra:

— Vês? Resulta!

O amante ocasional já nem está por perto, enfadado com a sua participação instrumental na experiência. Quer fumar. O isqueiro da cozinha está sem gás. Insiste. Insiste, nada. Procura pelos fósforos nos poucos compartimentos da mínima cozinha. Volta ao quarto e vê-a debruçada sobre a mancha de sangue nos lençóis como uma adolescente vitoriosa.

— Tens fósforos?

Ela não responde.

— Olha, tu, nem uma palavra ao Diego, ouviste bem?

Não é dito com hostilidade. É um relembrar. Comer a miúda de um amigo é grave infração de um código vital que nem precisa de estar escrito.

Volta à cozinha, procura os fósforos pelas mesmas duas gavetas e pelo mesmo pequeno armário onde tinha acabado de os procurar, como se na sua saída eles pudessem ter retornado do sítio onde se tinham ido esconder. Reentra no quarto com um copo de água na mão. Pousa-o na cómoda alta ao lado da cama e, de pé, colabora com ela na contemplação cirúrgica daquela mancha vermelha.

— Não percebo por que é que te dás ao trabalho...

Diego está há nove meses na prisão. Magdalena tem saudades da nudez, dos cheiros, das risadas e dos gemidos. Tem saudades de namorar.

— Diz lá, não foi bom comer uma virgem...?

Já em cima dela, possante, com os dedos abertos enrolados no seu longo cabelo encaracolado, ele ri-se. Rebolam por cima da mancha vermelha de sangue fingido. Ele pergunta-lhe se quer romper outro e ela explica-lhe que só fez um.

Magdalena já não tem de se deitar com homens por dinheiro, porque entretanto conheceu Diego, e Diego tirou-a da vida. Quando recém namoravam, ele ia-se embora com o pouco dinheiro que o seu chulo lhe deixava. Estava perdida de amor por Diego, o seu nariz e ombros largos, as mãos delicadas. Diego, pelo contrário, tinha embarcado sem intenções de futuro. O sexo era bom, tinha tanto de selvagem quanto de terno, e sempre se vinha embora com mais uns trocos. Foi só quando tentou parar e recuar que se apercebeu de que se tinha perdido. Inventava desculpas para a ir visitar, lembrava-se dela em pequenas coisas... Tenso, começou a determinar fins ao namoro: "nem namoro é!". Mas voltava sempre. Tinha caído na armadilha: a noção do amor como uma força redentora. Ou salvava todos ou se condenava, era assim que se sentia. Olhava para ela: donde lhe vinha tanto brilho? A sua vida tinha sido uma sucessão de encruzilhadas: prostituição, drogas, um chulo que a explorava e lhe batia. Quando dá por si está mesmo a tirá-la da vida, a dar-lhe uma casa, a trazer-lhe mimos. Às vezes bate-lhe. Ela está acostumada. Sugere que ele não sabe beber, mesmo quando ele lhe bate sóbrio. Perdoa-lhe sempre, porque nem há nela a ideia de que aquilo que ele faz é uma transgressão. Malgrado a brutalidade. Toda a vida tinha apanhado de homens vários, de outras prostitutas. Faz parte, diria, numa definição muito pessoal, "das relações humanas". O que lhe importa é que Diego é um homem bom, dentro de uma definição de bondade que só mesmo a dela.

Já o namoro ia alto, um sol benemérito, quando Diego é preso numa rusga. Camiões através da fronteira, na bagageira corpos de mulheres oxalá-ainda-vivas. Ela chorou sete noites e sete dias sem parar: sete anos sem o seu homem! Ele manda-lhe regularmente o dinheiro necessário para ela não voltar à vida. Apavora-o a ideia de ela se deitar com outros homens.

Magdalena sempre teve homem por cima, por baixo, por dentro, a sufocar, a magoar. Sempre teve corpos por perto. Nunca conheceu lençóis limpos. Estranha este estado de não ser tocada, de não ser presa, de não ser abusada. A cama que só cheira a ela e ao seu cansaço. Umas dores de cabeça de trancar os olhos dentro das pálpebras. Dá-lhe para chorar tardes inteiras ao som de música foleira. De manhã, não sente ânimo para se levantar e descura as lides da casa. Uma acédia espessa toma lentamente conta dela e abre espaço para todo o tipo de pensamentos atípicos. Passa horas em visita imaginária a diferentes lugares do seu passado. Onde outros lembrariam universidades, uma praceta, praias, aquele corredor do *shopping*, bancos de jardim, ela só se lembra de camas. A cama, o grande monumento histórico das várias cidades da sua vida. Muitas nem eram camas, mas zonas de deitar, excertos de chão.

É no rememorar de uma dessas camas que reencontra uma ideia antiga. Salta da cama, vai comprar os materiais que lhe custam três dias sem jantar. Mas depois está feito, é só sair à rua e encontrar um homem. Má sorte ter sido o Júlio, um dos melhores amigos de Diego:

— Vês? Resulta!

Celebra Magdalena a pequena mancha vermelha sobre o colchão depois de o homem a penetrar, a preencher, a abandonar e se levantar. Da cozinha, Júlio nem responde. A ideia é simples: as virgens valem sempre mais. As virgens valem muitíssimo. Magdalena não quer saber do dinheiro, vive bem com o que não tem, mas sempre quis encontrar uma forma de sacrificar menos meninas, como um dia a sacrificaram a ela. Já não se lembra desse dia, foi há milhentas penetrações.

"Têm de ser bem novinhas, claro, mas bastam duas ou três, são sempre as mesmas", "teríamos de as ensinar a fingir inexperiência", "há que ensiná-las a comunicar medo, não é por isso que os homens pagam tanto? Depois é só usar o hímen falso e".

Virgens sempiternas, e capitalizar dezenas ou centenas de perdas de virgindade, salvando dezenas ou centenas de meninas.

"É o negócio do ano, Diego, vamos ficar ricos!", exclama ela na sua imaginação, onde só recebe amor e admiração como resposta.

— Não percebo por que é que te dás ao trabalho...

— Uma menina que seja. Uma que seja.

soixante neuf soixante dix soixante et onze soixante douze soixante treize quatre-vingts mamaaaan

Candela debruçada sobre os cadernos da escola enquanto os pais ao lado preparam o jantar.

— Paaaaaai?

— Hum.

— Porque é que é "eleven" e "twelve" e não é "oneteen" e "twoteen"?

café café café café café café cheio se faz favor

Foi numa terça-feira chuvosa, de manhã bem cedo, por todos os ecrãs, o já habitual anúncio de novos termos taxados. Hoje, entre outros, um sonoro "números". Os Consumidores subitamente inseguros: "Como assim, os *números*?!" — perguntam, como se tudo fosse outra vez uma novidade.

Através do programa didático *Pausa para palavras*, os espectadores tomam conhecimento de uma comunidade no Brasil que vive nas margens do rio Maici, um afluente do Amazonas, e que fala uma linguagem completamente desprovida de números. São apenas cento e cinquenta, os Consumidores da Língua Pirarrã©, e demonstram dificuldade em aprender qualquer sistema de numeração, porque a sua realidade está construída de tal forma que os dispensa.

As linhas de chamadas de valor acrescentado enchem-se de questões dos Consumidores: Como é possível...? Mas vivem sem números ou sem palavras para os números? E não têm dinheiro?

Os Pirarrã não possuem qualquer palavra para *um*, *dois* ou *três*, e apenas alguns termos que designam quantidade:

• *"Hói"*, algo de proporção ou quantidade moderada;

• *"Hoí"*, proporção ou quantidade de alguma coisa maior que *"hói"*;

• E *"baágiso"*, que tanto se refere a um monte de coisas juntas como a uma reunião.

Os Consumidores comparam os diferentes sistemas numéricos e as suas vantagens financeiras. Um dos mais complexos é em Huli©, um sistema pentadecimal (de base quinze) falado na Papua-Nova Guiné. Muitos outros têm base dez, seis ou doze. O Hindi© — falado por milhões de Consumidores — tem base dez, mas, graças a centenas de anos de deturpação da pronúncia, os seus Consumidores têm praticamente de aprender cem vocábulos distintos, como se fosse um sistema centesimal. Os produtos numéricos da Gama Francesa©, por sua vez, são uma mistura entre um sistema decimal e vigesimal. Qualquer amante da eficiência linguística defenderia que *"quatre-vingt-dix-neuf"* (4 × 20 + 10 + 9) não é a forma mais simples de designar "99", mas a Comunidade de Consumidores de Francês© declara-se satisfeita com o seu artigo.

Na semana seguinte à taxação dos números, flagra a moda de tentar aprender a numeração tonganesa, um idioma polinésio falado nas ilhas Tonga, anunciado na WordUp® como o sistema numérico mais simples do mundo. *"Noa"* (zero), *"taha"*, *"ua"*, *"tolu"*, *"fa"*, *"nima"*, *"ono"*, *"fitu"*, *"valu"*, *"hiva"*, *"hongofulu"*. Torna-se prestigiante saber contar até dez em Tonganês©.

Prova-se que é difícil contornar um quotidiano sem números, sobretudo nas imensas profissões e atividades que dependem deles — que são quase todas. Para além de expedientes óbvios, como escrever um preço em vez de o dizer — prática que se generaliza —, alguns procuram outras soluções e, em lugar de dizer "cinco maçãs", dizem:

— Maçã maçã maçã maçã maçã.

Esta frase é gratuita, contando que "maçã" não seja um termo taxado.

Ou:

— Café café café café café café, um cheio, se faz favor.

ono fitu valu hiva hongofulu

Enquanto não é decretada a Taxa Adicional para a Expressão Humorística, algo que tecnologicamente só será exequível na Segunda Vaga, quiçá até só na Terceira (o humor e a ironia estão entre os mais complexos de computar, entre todas as modalidades comunicativas humanas), é preciso não o perder. Ao sentido de humor:

— Desculpe lá. Disse que queria maçã maçã maçã maçã maçã maçã maçã maçã maçã maçã ou só maçã maçã maçã maçã maçã maçã maçã maçã maçã...?

O cliente, muito sério.

— Ria-se, homem! Não paga mais por isso.

Nem um esgar, apenas um comentário abatido:

— Por enquanto.

outro estudo demonstra que

Nos muitos laboratórios da Gerez, a análise e a interpretação dos dados continua. Surgem estatísticas que permitem, por exemplo, estudar um fenómeno que sempre intrigou os cientistas: a hipótese de números grandes e números pequenos serem processados em partes diferentes do cérebro. São levados a cabo estudos fascinantes, como o *Do efeito do conceito de zero no organismo*, entre muitos outros, e debatem-se resultados.

Fala-se tanto da *flexibilidade linguística* quanto da diametralmente oposta *resistência humana*. Os resultados demonstram que a grande maioria dos Consumidores prefere não ter de mudar. Pagam qualquer valor por um pacote que lhes permita falar como antigamente. É uma minoria que demonstra a disponibilidade psicológica, cognitiva, relacional para fazer da comunicação um laboratório privado. Mas são esses os que oferecem aos Laboratórios dados mais interessantes para análise.

É feito um estudo sobre as razões da manifesta resistência. A estranheza dos demais é uma das principais justificações dadas para não se conseguir mudar de forma de falar. O olhar dos outros. A forma como cada um fala está ligada à sua identidade e autoimagem, por um lado, mas também à manutenção de expectativas alheias.

Outro estudo demonstra que os Consumidores ditos Poliglotas, assinantes de três ou mais pacotes idiomáticos, identificam com frequência uma sensação diferenciadora ao falar a segunda ou terceira línguas, por vezes adotando mesmo uma outra postura e/ou outro tom de voz. Dito de outra forma, nativos de Italiano© que se sentem *outro* ao falar Turco©.

Tudo indica que o aprofundamento deste tipo de investigações e o cruzamento de dados irá revolucionar a forma como pensamos acerca de nós próprios como entes falantes e o que sabemos sobre o papel dos processos neurológicos na construção da realidade através das palavras. E tudo o que temos de fazer para contribuir para este importante avanço científico é consumir.

nado-morto

Números que dão sorte e números que dão azar, diferentes culturas os têm. A décima terceira pessoa que se senta a uma mesa, ou os números ímpares em geral. O que fará os números ímpares serem mais auspiciosos do que os pares?

Na China, o número três (lê-se "*sāam*") é auspicioso por soar como a palavra para "viver" ou "vida" ("*sāang*"). Já o quatro é problemático por ser homófono a "morte". Muitos edifícios simplesmente omitem este andar. Algo parecido acontece em Japonês: "*shi*" (quatro) e "*ku*" (nove) são homófonas a "morte" e a "sofrimento", respectivamente, o que torna estes números desditosos e indesejados. Há hospitais que não têm quartos nem camas com os números 4, 9, 14, 19, 24, 42... "*shi-ni*" (quarenta e dois) também significa *morrer* e "*ni-shi*" (vinte e quatro) também significa *dupla morte*. Numa maternidade é improvável encontrar um "*shi-zan*" (quarenta e três), dado que o número soa igual a *nado-morto*.

é cocó nomistas

— Nelson?

— Hum?

— Estás a dududurmir?

— Já não.

— Sabes quantos é-cocó-nomistas são precisos pa' trocar — pausa prolongada — uma lâmpada?

Nelson pensa demoradamente na resposta. Como não quer dizer que não sabe diz:

— Três.

— Nenhum.

— Nenhum...?

— Se é suposto a lâmpada ser truuuucada, então o — pausa prolongada — Mememercado encarrega-se disso.

avanço científico é consumir

Os meses passam e Nelson faz amigos na prisão. Além do reservado companheiro de cela, Mablevi, a amizade mais forte que Nelson trava é com Pedro, o "Gagagago". Ouve-o cantar, no pátio. Tem uma voz bonita. Quando canta não gagueja, o que Nelson acha inexplicável.

Pedro é sensível, perspicaz e atento. Simpatizam logo um com o outro, apesar de a gaguez de Pedro ser um desafio constante à paciência de Nelson. Ou à falta dela.

Pedro passa todo o tempo livre no ginásio da prisão e está em boa forma. Podia ser, ali dentro, o que lhe apetecesse, mas a sua força vem de um lugar menos evidente. O seu falar sincopado e moroso deveria tirar-lhe o domínio do ritmo e da oportunidade, centro nevrálgico de uma boa piada, mas não. Tem um talento incrível para pegar nas aguçadas setas de escárnio que os outros arremessam e para as devolver sem se lesionar. Os dons de comediante granjearam-lhe respeito, se calhar o único preso influente que escapa à tríade do poder prisional — poder, violência e sexo; ou noutros termos: sangue, suor e sémen. Ele ganha à gargalhada.

— Qual é a dididididif'rença entre o capi — longa pausa — talismo e o comum... comumu... comumu-mumunismo? Pergunta aos outros homens na fila do almoço.

Um silêncio atento reúne-se à sua volta, enquanto ele recolhe o prato cheio de uma argamassa parecida com arroz e feijão e agradece com um cabeceio ao funcionário que o serviu. Só depois de pousar o prato é que se vira para os seus interlocutores e, com a calma que o caracteriza, remata:

— No capitatatalismo, oooo… — longa pausa — o homem é explupopoplorado pelo homem. E no comum-mumunismo é — longa pausa — ao cococooontrário!

Todos sorriem. Um recluso a treinar para armário dá-lhe um calduço carinhoso, um código interno de expressar afecto e admiração. Diz:

— Só tu!

E, de repente, a argamassa do almoço parece um pouco menos insípida.

última hora ponto de interrogação bate novo recorde

Os Mercados estão ao rubro: a Bolsa da Linguagem abriu esta manhã com novo recorde.

O ponto de interrogação atingiu um valor nunca igualado por outro símbolo da linguagem, alcançando os 56.890 DCs, tendo entretanto baixado para um valor médio de 51.000 DCs. Relembramos que o recorde anterior estava fixado nuns distantes 33.510 DCs. Vozes antagonistas já se fizeram ouvir, recorrendo somente a pontos de exclamação e reticências. Defendem que esta situação coloca em perigo o questionamento subjacente ao diálogo humano. Várias atividades que dependem da possibilidade de colocar questões já vieram reivindicar uma cláusula de uso profissional; entre eles os jornalistas, os cientistas e os empregados de mesa.

computador contra gaja boa

— Não é perigoso vires cá?

— Vim dizer te que, se quiseres, sei como te tirar daqui…

— Não quero mais filmes, Jay-Ci.

— Mano, tu não fizeste nada!

Nelson baixa o olhar.

— Queria que soubesses que o convite que te fiz pa

— Tem cuidado com o que dizes.

— Preciso de ti para vires lid

— Cala-te. Eles agora ouvem tudo...

— Os guardas?

— Não, o Sistema.

— Oh, *isso*.

— Não brinques, Jay-Ci, esta merda é grande. E é só o começo.

— São só umas palavras...

— Tem cuidado com o que dizes.

— Mas também há disso aqui na prisão?

— Jay-Ci, é por todo o lado.

— Por todo o lado, o quê? Na minha casa de banho, no meio do bosque, num descampado, num estacionamento vazio às cinco da manhã?

— Em todo o lado. É assim que a cena de se pagar para falar funciona. Tem cuidado com o que dizes. Está tudo a ficar registado.

— Onde?

— Não sei, nalgum megacomputador. Na internet. Na nuvem. Tem cuidado, é só isso que te peço.

— Cuidado? Tenho é uma coleção de multas para pagar...!

— Paga.

— Pagar pa' falar... a mim não me fod

— Se fosse a ti, pagava. Isto está para ficar, e vai piorar.

— São multas de cêntimos. Tudo somado dá para um jantar.

— Então paga!

— 'Tás-te a ouvir? Nem entendo nada daquilo... "apólices semânticas"? "Valor agravante", ou é "agravado"...? Não sei. Mas percebi que pago mais por usar calão e por dizer asneiras.

— E depois dizes que não ouvem...

— A mim é que não me vão cobrar por falar! Mas 'tá tudo doido?!

— Não me parece que nos estejam a dar a escolher...

— Com 'é que é que funciona, 'tá no ar? São as paredes das casas? Se fores para o meio do nada, do campo, com as vaquinhas... como é que eles ouvem?!

— Não está no ar, está no corpo. Se fores para o meio do nada, vai contigo. A gaja passa horas no canal aqui da prisão a explicar a cena, mas ela só explica o que lhe interessa, 'inda não percebi tudo.

— Lá fora também é só a cara dela por todo o lado. Levas com aquilo quer queiras quer não. Que a linguagem faz de nós mais humanos e trálálá... que isto vai mudar tudo e vamos dar as mãos porque vamos perceber um monte de merdas que nunca pudemos perceber, só por causa das palavras? Meu, vai lev

— Jay-Ci, ouve — Nelson ri-se. Que saudades! — Isto eu percebo: falas, pagas.

— 'Tou-me a cagar. Mê'mo qu'isso fosse verdade e tipo pusessem escutas em todo o lado e estivessem a ouvir mesmo tudo-tudinho, imagina!, depois era preciso um batalhão de gente a ouvir. Se queres ouvir o que toda a gente está a dizer precisas de ter o dobro da população. Os que falam, e os que ouvem! É impossível!

— E se fossem computadores a ouvir?

— Os computadores não sabem ouvir.

— Aí é que te enganas.

— Se eu me puser a falar contigo em crioulo quero ver o computador que vem decifrar a nossa cena.

— Vai decifrar, Jay-Ci. Ando a ler. Os gajos conseguiram inovar com a tecnologia e os códigos e os algoritmos e essa cena toda, e agora os computadores entendem tudo...

— E aquela cena que a gente fazia em putos, lembras-te? Aquela língua que a gente inventou... como é que era?

— Tintunguês...

— *Ya*! — risos. — Caralho, é que a gente passava tardes a falar essa merda, ninguém sabia daquilo além de nós.

Uma memória de uma comunhão feliz que sabem que não voltarão a experimentar. Um sorriso tolo.

— Dizes que o computador percebia se a gente se pusesse aqui a falar tintunguês?

— Tu lembras-te?

— Já não...

Jay-Ci pousa os dois cotovelos sobre a mesa e passa o peso do corpo para cima deles, mudando de posição — e de conversa.

— Olha, e o Diego? Como é que 'tá o gajo?

Nelson não quer falar de Diego. Jay-Ci reforça:

— Toma cuidado, mano. Não lhe digas que me conheces.

— Não te preocupes. Sei cuidar de mim.

— Se há coisa que tu não sabes é cuidar de ti. Daí eu estar aqui. Ou achas que foi porque bateu saudades?!

— Podias ter mandado alguém.

— Mano, põe os óculos. És tu. Se és tu, eu 'tou aqui.

Nelson conhece este tom. Vem aí contrapartida.

— Diz lá o que precisas, Jay-Ci... Estou liso, aviso já.

Jay-Ci ri-se e os guardas ao fundo da sala sinalizam-no com o olhar.

— 'Tive a pensar.

— Sim...

— Sacar-te daqui não é difícil.

— Sei...

— Mas vai custar, claro. É guita.

— Como te disse, estou liso.

— Eu sei. Tu nasceste liso. Mas não tens de morrer liso! És um gajo valioso. Já te disse que preciso de ti! Vou alargar a frota, tenho um produto novo. A cena da realidade virtual e do sexo 3D, essa merda está a mudar tudo.

— Em que é que te estás a meter desta vez?

— Agora preciso mê'mo de ti.

— Boa sorte.

— Ouve. Saco-te daí, dás-me a tua opinião sobre esta cena nova que vou tentar fazer, fazes uma dúzia de viagens e não se fala mais nisso.

— Merda, Jay-Ci. Não.

— "Não"? E ficas a apodrecer aí dentro?

— Eu nunca me vou envolver com merdas dessas.

— E aquela SMS naquela noite foi o quê?

— Qual SMS?

— Na noite em que te prenderam.

Nelson volta a baixar o olhar, comprime os pulsos debaixo da mesa.

— O dinheiro não paga tudo, Jay-Ci.

— Isto não é sobre dinheiro, mano. O jogo está a mudar. Eu não tenho cabeça, tu sabes que não. Preciso de alguém como tu ao meu lado. Que me diga as merdas que me disseste há pouco, dos códigos e dos água-ritmos.

— Algoritmos.

— 'Tá uma selva lá fora, é computador contra gaja boa e... O COMPUTADOR 'TÁ A GANHAR...!

Um dos guardas assobia e põe a mão na arma. Jay-Ci lança as mãos ao ar em cima da cabeça em sinal de paz. Nelson pensa em Magdalena, no seu plano cheio de pontas soltas que ele se tem dedicado a melhorar.

— Há uma cena que o computador não vai poder substituir...

— Quê?

— Continuas a ter ofertas, tipo gajos a pagar mais pelas virgens?

— Ei, chaval'... isso não. Até pa' mim. Ouve: são pitas. Eles gostam delas mê'mo pitas. Não quero fazer mais isso. Esquece.

— Diz-me. Ainda tens quem te ofereça mais por virgens?

— Claro. É um Mercado de ouro. Há gajos que pagam qualquer coisa para serem os primeiros...

— *Isso* o computador não vai substituir.

— Epá, mas não. Menores, ainda vai, quinze, dezasseis. Mas os gajos curtem delas mê'mo... Pá, não.

— Ouve, se eu te mostrar uma forma de teres sempre uma ou duas virgens disponíveis sem sacrificares meninas, tiras-me daqui sem que eu tenha de sujar as mãos na tua... frota?

Jay-Ci olha para o melhor amigo, perplexo. Um gajo que prefere apodrecer neste lugar para não ter de "sujar as mãos" com o contrabando de mulheres, mas quer meter-se com a violação de meninas, a cena mais reles da indústria.

— 'Bora lá, mano. — Um encolher de ombros. — Não há quem te entenda...

empresa autofágica

— Mãe, as palavras têm prazo de validade?

— Que eu saiba não. Ainda não.

— Em breve vão ter, não vão? Porque as palavras agora são coisas e a maioria das coisas tem um prazo de validade.

— Talvez. É possível. Traz-me essas camisolas.

Candela leva as camisolas à mãe.

— Ó mãe, e o que é que vamos fazer quando uma palavra expirar?

— Sei lá. Terás de comprar uma mais recente.

— Ah...

Lucía senta-se e reabre o seu livro.

— E o dinheiro, mãe? Não tem prazo de validade?

agora são coisas e a maioria das coisas

O canal oficial do novo império é o WordUp®. Nestas emissões, lançam-se formatos de curta duração e alto ritmo, numa cadência frenética de imagens. Os curtos "ESPECIAL-LINGUAGEM!" podem assumir muitas formas. Passam várias vezes ao dia e os conteúdos variam muito — "De amálgama à *mot-valise*, que palavras levar para férias?"; "Notícia de última hora vinda do submundo das línguas extintas!"; "Como funciona o Hebraico© sem vogais?"; "O que fazer em caso de contração"; "Como a estrutura linguística revela a estrutura social"; "Comunicação sem sintaxe, uma barafunda?"; "Há tradutores de *gibberish*©?"; "Existe um idioma mais difícil do que todos os outros?"; "É possível contabilizar o número de palavras que tem cada língua?"; "Estudos inovadores deitam nova luz sobre a hipótese de Sapir-Whorf"; "A ruptura no interior das ciências: o físico, o matemático, o biólogo e o astrónomo não falam a mesma língua; "Como distinguir um dialeto de um crioulo?", "*Oximoro* é um oximoro?"; "Primeiras imagens da inauguração do novo Museu da Ambiguidade em Madrid"; "O que nos diz sobre os equívocos a digitalização da linguagem?"; "Foi eleita a melhor língua artificial do ano"; "A tradução poética e seus abismos"; "Como se diz uma palavra impronunciável?", e assim ininterruptamente. Estes rasgos de informação são tão frenéticos quanto as emissões de Darla são sóbrias. Os primeiros têm a duração de um a três minutos, enquanto as dissertações de Darla ultrapassam facilmente a meia hora. Nos *shots* linguísticos, é ainda proposto aos espectadores que liguem para o programa para votar ou deixar um comentário. Uma forma de os manter alimentados com a dose necessária de *participação*, criando arenas em que toda a gente se pode expressar.

Enquanto lê o teleponto, a pivô destes *shots* linguísticos está rodeada de animações com todas as palavras revalorizadas que vai dizendo, dançando em redor do seu rosto. "Favorito! 34 DCs!", "Embriagado! 71 DCs!" "Degolação! 99 DCs!", "Primata! Só 9 DCs!", "Gargalhada! 33 DCs!" É suposto ela incluir o máximo de palavras revalorizadas, o que resulta numa série de lógicas obtusas e francamente difíceis de seguir. Os Consumidores gostam sobretudo das cores, dos gráficos animados e do Prémio Bitaite para a opinião mais pertinente acerca do assunto do dia.

— Quero ouvi-lo, a si! A si, a si, a si...

O seu dedo indicador esticado alterna entre as diferentes câmaras.

— Quero saber a *sua* opinião!

Som de palmas na plateia, mas não há plateia, ela está sozinha no estúdio. Em letras pequenas, em rodapé: *"Para participar aceda ao nosso código QR. Cada chamada terá o custo fixo de 399 DCs + IVA"*.

A maioria dos participantes não tem respostas para os temas propostos, se as línguas sem pronomes pessoais os tinham perdido ou se já tinham nascido sem eles, por exemplo, até porque se sabe pouco acerca dos primórdios da linguagem. Mesmo assim, as linhas inundam-se de teorias, citações de artigos lidos *online*, de nomes obscuros ou francamente inventados de linguistas que tinham provado que. Há vários estudos que demonstram que. Um cientista comparou um grupo de. E provou que. Laboratórios americanos já conseguiram isolar o elemento que. Portanto todos os. Resultados demonstram que. Isto só pode resultar em.

um tiro à televisão que trazem na alma

arroz-doce assexuado

Demora até os efeitos da Primeira Vaga serem sentidos na prisão. Depois, transformam-se numa pena adicionada à pena que já todos cumprem.

Todas as manhãs são coagidos a assistir a um breve filme que os incentiva a utilizar com maior frequência a dezena de termos que deixam de ser gratuitos, dando exemplos de frases e sugestões de como os utilizar. A emissão assume um tom didático e não ostensivamente comercial. De início ninguém leva estas emissões a sério:

— O que é essa merda?

— Arroz-doce.

— 'Tá alguma coisa de jeito?

— Come-se. 'Tá um bocado *assexuado*.

Riem-se. Torna-se uma nova forma de entretenimento entre reclusos. A casquinada geral só vira revolta e concerto nas grades quando os salários chegam mordidos e até mesmo desfalcados. Roberto, um preso que se tinha divertido a esgotar a frase "a cauda do meu almanaque evaporou!" só por ter quatro termos taxados, não recebe nada nesse mês e vê-se obrigado a contrair uma dívida à prisão, anexada a severos juros, e a encontrar expedientes próprios, subterrâneos, para fazer chegar dinheiro do exterior. É ele o principal instigador de uma revolta interna.

Instala-se o motim.

Monta-se uma operação noturna que planeia tomar de assalto os guardas e mantê-los reféns até que as suas exigências sejam ouvidas: aumento dos salários, melhoria das condições das celas, da comida, e a exigência de livre-passe comunicacional para todos. "Ninguém mais paga por falar!", bradam. Mas logo se calam, dado que esta frase tem dois termos cotizados. Não convém repeti-la muito.

Os detalhes cruciais do plano circulam em código, calão, ou escritos em papel. Para avisos rápidos canta-se, batuca-se, pantomima-se; há códigos de roupa, de cores, de gestos, números de voltas ao pátio, estalinhos da língua, pedir segunda sobremesa, mãos nos bolsos. Em suma, qualquer coisa que signifique.

qualquer coisa que signifique

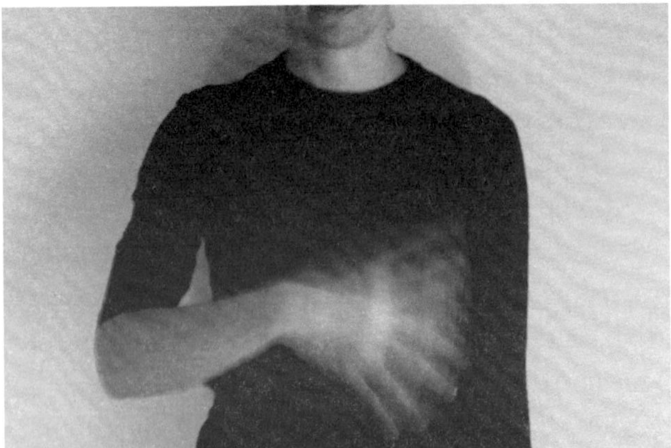

O motim é rapidamente neutralizado. O salário dos três cabecilhas é congelado e são levados para a solitária. Uma nuvem abate-se sobre os restantes reclusos. No entanto, passados apenas dois dias trazem-nos de volta: na solitária não consomem, não trabalham, nem dão lucro. Penalizam-nos então com o aumento da carga horária laboral e o corte de todas as regalias. E um imposto sobre tudo o que dizem. Nas posturas desalentadas dos reclusos inscreve-se a questão: que se segue?!

Só Pedro, o Gago, passa por tudo intocado. O seu otimismo parece não vacilar nem perante a atmosfera sinistra que se instalou entre os homens, desmoralizados. Pedro não demorou muito a deduzir que o sistema de reconhecimento de voz é inoperante perante a sua gaguez. Percebe pouco da tecnologia por detrás de tudo isto, por muito que Nelson lhe fale da digitalização dos corpos, dos dados biométricos, de laboratórios onde tentam descarregar a consciência humana, de pessoas que se apaixonam por robôs; tudo isso só parece confundi-lo mais. Mas faz questão de usar diariamente termos revalorizados, e no final do mês o salário chega intacto. Sente um regozijo que não consegue identificar: o seu estigma transformou-se por força das circunstâncias numa vantagem. Vai ter um benefício económico considerável sobre os restantes homens.

Este doce travo do privilégio não lhe adoça a boca por muito tempo. Não vê benefício em ter vantagens sobre os restantes, e a distinção pode até colocá-lo em perigo. Receoso, decide ir ter com Nelson. Confessa-lhe que a sua fatura vem limpa ao final do mês.

— Se calhar é um erro... não vejo por que é que o Sistema não reconheceria a tua gaguez. Devias escrever para lá...

— Não lhes vevevevou dizer...

— Imagina que daqui a uns meses aparece uma conta gigante com retroativos.

— Não há forma de... de... de... têtêtê

— No teu lugar, avisava-os.

— Não pode só ser quequeque — pausa prolongada — tititipo, que o compupupputador se conconfunda?

— Acho improvável, mas podemos fazer um despiste. Usas um artigo pago gaguejando e sem gaguejar. Vemos logo se é da gaguez ou erro informático.

— Isso eu jájájájá tententei. O proproblema é que-que-que quando sei queque é pago fifififico nervoso e gagaguejo mamais...

— A sério?

— Além diddisso, temos de eeesp — pausa prolongada — espeperar maaais de vinvinte dias até ao fifinal dododo mês pa' ver isso nanana — pausa prolongada — fafatura.

Nelson ri-se.

— Claro que não! Podes consultar o teu consumo a qualquer momento!

— Ah, popodes?

— Mas tu vives em que século?

— Eu...? Eu sou dododo tempppo em que falar era gêgêgê... grátis.

Nelson engole em seco.

— E semsempre serei...

— Anda ver quais são as palavras de hoje. Temos de conseguir pôr-te a dizer alguma, e depois vamos ver se o Sistema reconhece. Não te preocupes, é simples.

Mas não foi simples. O pior para um gago é dizerem-lhe que é mesmo importante que uma certa palavra saia bem. É a forma mais fácil de o bloquear. Nelson relembra então ter percorrido um lençol de reclamações de quem se sentia lesado pelos termos coletivos. Um batalhão de Consumidores cometeu o mesmo erro: entenderam que seria a palavra *cor* e não as diferentes cores... Na esperança de que o amigo cometesse o mesmo equívoco, mostra-lhe no *display*, "olha aqui, COR, tenta COR".

— C...c... c... c... co... coco... — pausa prolongada — Essa é muito difícil, vamos têtêtêtentar outra.

— Não, vá, não desistas já. *Cor. Cor.* Diz-me, sei lá, que cores conheces?

— C... c... cooo...

— Não, deixa isso. Conversa comigo. Diz-me que cores conheces.

— Enentão, vevevermelho, azul... amamamarelo, veveverde, preto.

— Já está. Vamos ao computador.

Pedro, estupefacto.

— Já usaste palavras que se pagam. Enganei-te. Não é *cor* que se paga, mas todas as palavras que designam cores. Disseste *azul* e *preto*.

— Quequequê?

Nelson já se tinha levantado e já se dirigia ao edifício principal. Sem surpresa, Pedro não faz ideia do seu número de Consumidor Linguístico nem da sua senha.

— Mas tens de ter recebido uma carta, um *email*, uma notificação, qualquer coisa.

— Nununca vi isso.

Uma tarefa tão simples como aceder a uma fatura levou-lhes três quartos de hora, mas lá estava, nos dados de faturação para aquele dia:

azul	53 DCs
preto	55 DCs

— Parabéns, caro amigo, és agora um notável Consumidor de 108 DCs de comunicação oral...!

Arrepende-se logo da piada. Pedro com a mesma cara que Lucía tinha visto em Candela naquela noite, em lágrimas, a olhar o televisor. "Mas são palavras, mãe, não são coisas." Pousou-lhe a mão nas costas e tirou-o daquele pensamento e daquela biblioteca.

que sorte incrível

Passados poucos dias, Pedro tenta ensinar Nelson a gaguejar. É como tentar ensinar um atleta olímpico a coxear.

— Sinto-me riririridículo.

Pedro ri-se, Nelson é muito mau gago. Ver o amigo hábil a tentar aprender a sua inabilidade comove-o. Imagina que quando todos se aperceberem de que o Sistema não processa a gaguez, muitos descobrirão que não têm talento para gaguejar. Pedro será então o melhor entre os gagos, sem que para tal seja necessário qualquer esforço. Preparou-se uma vida toda.

— Em tetetetterra de gago fingido quem ééé — silêncio prolongado — mesmo gago é rrrre-rrerrei.

Riem. Nelson tenta outras frases, empenha-se mas não lhe sai. A sociedade em que cresceu não lhe deu a possibilidade de saber se é bom gago ou bom coxo ou bom vesgo e isso é, de certa forma, limitado.

— Pedro, desculpa, acho que prefiro cantar. Ridículo por ridículo, sempre me faço entender.

Pedro não sabe a que se refere.

— Como assim, cancantar?

— Cantar! Dizeeer assim tuuudo como se vivêeessemos num musicaaaaaaal!

No sobrolho franzido, Nelson vê que o outro não se deu conta.

— O quê, ainda não sabes? O Sistema também não reconhece melodia. Se cantares, não pagas!

Ah, isso explicaria o cariz absurdo de cenas que tem presenciado...

Abre um sorriso.

— Que sorte incrível serem justamente as duas coisas que mais faço — gaguejar e cantar — aquilo que o Sistema não reconhece!

Nelson ouve-o, não sem uma ponta de inveja, por ao outro lhe ser tão simples falar sem pagar e ele ter de fazer tantas contas.

Entram na noite como atravessaram a tarde: a cantar um ao outro e a rir. É evidente que Nelson canta tão mal quanto gagueja. Talvez pior.

patenteie o seu sentimento

Uma voz rouca e melada acompanha uma sucessão de imagens carregadas de tonalidades emocionais. Memórias de férias em família, de viagens, etapas de vida, amor e desamor. A voz narra:

> Sentir é corpo, é derrocada, é sopro, fôlego, flutuação e êxtase, é respiração. Asa partida em voo largo e amplitude. É o pináculo e é a dança e é também a parálise. Sentir é suor, é pranto e gargalhada, escarpas e falésia. Sentir é chamar o outro ao templo, desenhar-lhe no chão o nosso rosto.
>
> Cada ruptura amorosa devia gerar palavras novas.
>
> Cada filho que nasce traria consigo um adjetivo.
>
> Cada refugiado que não sobrevive nomearia uma cidade.
>
> Estamos sempre a experimentar estados originais de

calamidade — ou de *humanidade...* — fazendo uso das mesmas palavras. Está pronto para novas emoções?

Um código QR ao centro do plano negro.

Silêncio ao redor da mesa.

— Digitalizando o código têm acesso ao resto da informação. É o *link* direto para a Bolsa.

Aguardam que Darla se pronuncie. A Mulher-Eco pronta para anotar tudo. Darla quebra a tensão: "Agrada-me o mistério...". Os criativos visivelmente satisfeitos. A Mulher-Eco ecoa as reticências dos Consultores, que temem que seja "um bocado críptico".

— Não se percebe o que é!

— E a parte dos refugiados, quer dizer, vão acusá-la de demagogia...

— Aquelas palavras estranhas, *pináculo* e *parálise,* aquilo é da Lista?

Os criativos confirmam que sim. Todas as palavras do anúncio publicitário ao novo Banco de Patentes de Emoções tinham de constar da Lista, e eles cumpriram as instruções. Não dizem "instruções" mas "*briefing*". Falar assim faz parte:

— "Calamidade" faz parte do *briefing,* por sinal um termo *top-value.*

— Eu gosto. Parece literatura antiga. É importante estimular a curiosidade das pessoas. Não pode vir sempre tudo explicadinho.

— Mas, Darla...

— "Não pode vir sempre tudo explicadinho..."

Repete a Mulher-Eco.

É enervante debater com Darla tendo a Mulher-Eco a ecoar o que ela diz. Elas sabem disso, e usam-no para levar a melhor em certas reuniões, exaurindo os interlocutores. Com os anos tornaram-se uma dupla imbatível, conhecem-se nestes silêncios.

— Se nos permite, temos uma contraproposta.

Diz um dos mais jovens intervenientes na reunião. Darla, que já se preparava para se levantar e sair, volta a recostar-se na cadeira. Os criativos entreolham-se, inseguros. Na imagem projetada, um homem de tez morena e óculos de aros espessos apresenta-se como "Lexicógrafo Emocional" e "Activista da Palavra Substancial". O novo Mercado das Emoções. O anúncio explica em detalhe como irá funcionar e alicia:

> "Imagine: as palavras poderão fazer tanto mais por SI!"

Um movimento de câmara aproxima-se do seu rosto. Atraente mas de uma forma sapiente, não sensual.

> "Quem já se apaixonou sabe bem que nenhum dos primeiros cem beijos é comparável com o seguinte nem com o anterior. Como chamamos a todas estas ocorrências únicas... *beijo*?!"

Todos relembram um beijo autobiográfico, e os corações descompassam em direções díspares. Ninguém se lembra de cem beijos, mas basta um, entre os primeiros, nem sempre o primeiro, para paralisar aquela amostragem de audiência. "É verdade" — pensam todos — "devia haver uma palavra para *isso...*".

> "E se VOCÊ pudesse expressar essa SUA emoção única e ninguém mais pudesse senti-la da mesma forma que VOCÊ?"
> "Graças ao recém-criado Gabinete de Patentes de Emoções, todos poderemos ser donos da *nossa* própria emoção individual, irrepetível. Só sua. A sua individualidade. A sua forma única de sentir".

É uma forma de promover o Banco de Patentes e ao mesmo tempo antecipar a Taxa Proprietal. "*Você, você, você e as suas emoções!*". Quando o sentimento de posse estiver ao rubro, é então o momento para introduzir uma taxa sobre os pronomes possessivos. Um hausto de fadiga, Darla espera pelo fim. O homem dos óculos de aro espesso, um último chavão:

> "As *minhas* emoções, a *sua* liberdade de expressão, a *nossa* individualidade!"

Termina em *fade-out*. Todos os olhos em Darla. Ela sorri, ou melhor, ergue um dos cantos da boca. Nem sequer os dois.

— É longo...

"Foi longo", repete a Mulher-Eco, já Darla se levantou e se encaminha para a porta:

— Comecem esta noite a emitir o primeiro anúncio — olha diretamente para os criativos responsáveis pelo primeiro formato, o poema televisivo. — O outro é lixo.

As suas costas enquadradas pela porta, é a Mulher-Eco que fecha:

— "O outro é lixo". Com licença. Uma boa tarde.

No elevador, sozinhas, desmancham-se a rir. Ana, a Mulher-Eco, é exímia imitadora de sotaques e tons de voz, e faz um Lexicógrafo Emocional perfeito:

— *Você, você, você, cheio das suas emoções!*

Darla desmancha-se com a graça da assistente. Pergunta-lhe:

— Que achaste do primeiro anúncio?

— Acho que ninguém vai entender nada...

Darla encolhe os ombros à abertura de portas do elevador.

— É o costume.

makefile64 recipe for target extract_language o failed

Tápio deve estar naquele preciso momento a aterrar, e Carolina estima que, entre recolher bagagens, esperar o táxi e chegar a casa — é hora de ponta —, terá tempo para relaxar. Antes disso, cumpre uma vistoria à casa e confirma pela enésima vez se está tudo no lugar. Está tudo no lugar.

Carolina desperta instantes antes do som das chaves à porta, estremunhada e incrédula por ter dormitado. Talvez esteja calor a mais. Diz à casa para baixar a temperatura dois graus. Foi um dia esgotante, justifica-se, tentando afastar o arroubo de culpa que este deslize provoca.

Tápio entra, vagaroso. Olha para tudo, olha para ela; é gritante o esforço que pôs nesta recepção, não pode ser descurado. Olham-se. Pousa as mochilas. Ela ajeita-se, puxa a camisa para baixo e alisa as calças passando a mão aberta pelas coxas, como uma adolescente insegura, com medo de que o sono lhe tenha amarrotado não só a roupa mas também a cara. Abraçam-se.

Estiveram sem contato nas últimas semanas. Dois meses sem se verem. Mais tempo ainda sem se reencontrarem em casa. Há oito meses que não fazem amor. Há um ano que não se confrontam realmente, além das infinitas discussões que usam, precisamente, para não se confrontar.

Há um valor, um peso em cada palavra, e eles deixaram de saber equilibrá-las de forma a que uma frase não descambe. Teriam agora de se calar e inventar um idioma novo. Seria uma linguagem para algo que morre ou algo que renasce? Ambos têm a noção, neste reencontro, da urgência de redefinir uma de duas palavras: "fim", ou "recomeço".

Por agora, olham-se.

Não dizem nada.

história mínima da propriedade

"Querida Riwke,
Escrevo-te para te pedir que me mandes as tuas pantufas.
É evidente que estou a falar das minhas pantufas e não das tuas pantufas. Mas, se tu leres 'as minhas pantufas', vais achar que o que eu quero são as tuas pantufas. Portanto, se eu escrever:
manda-me 'as minhas pantufas', tu lês as tuas e percebes que o que eu quero são as minhas pantufas.
Portanto, manda-me as tuas pantufas."

a matéria de que a guerra é feita

Carolina e Tápio jantam. Tápio elogia várias vezes o risoto de cogumelos.

— Estás linda...

Está a correr bem. Esteve a correr mesmo muito bem até ao instante em que começou a correr, de novo, dramaticamente mal. Qual a frase-gota que faz a conversa transbordar? Carolina arrasta a cadeira para trás com ruído e enfia os dedos pelos cabelos. Bate com os cotovelos no vidro da mesa. "Que se passa, Tápio, que se passa?!" Discutem. Levantam-se. Gesticulam. Acusam-se. "Ah, estou muito cansado para isto", "Já não fazemos nada senão discutir". Levantam a voz. Põem em causa. Põem-se em causa. Cravam garras um no outro. "Não, espera. Vamos ter calma." O risoto esfria. "Não aguento mais..." Ele trava a primeira lágrima dela com o dedo, abrindo a mão sobre o rosto. A maquilhagem esborratada. "Como é que...?" Ele acusa-a de ter complicado o que era simples. Falam. Não se entendem.

Tentam reescrever o dicionário, debater as definições íntimas de todos os termos: e esta *monotonia*? E o teu *silêncio*? E o meu *empenho*? Não temos *rotina*! É tudo tão... *previsível*! O que significa para ti *entrega*? Por que deixaste de fazer coisas *românticas*?

— Não vês que "romântico" é diferente na primeira semana de namoro, no primeiro mês, no primeiro ano, passados vinte anos?

— Dezoito.

— O que é que queres dizer quando me acusas de *desamparo*?

— E *desencontro*?

— E esta *distância*?

— Como voltar a *confiar*?

— Vale a pena este *sofrimento* todo?

— O que é para ti *prioritário*? Quais são as nossas *prioridades*?

— Em que momento é legítimo pensar em *desistir*?

— Como desdigo todas as coisas violentas e feias e amargas que já te disse?

— Como se volta ao tempo das palavras bonitas?

Magoa-o a imprudência com que ela usa "divórcio". Várias vezes o termo *acabar*, menos vezes a palavra *terminar*, e duas vezes o termo *separar*. Foi ela quem primeiro falou em *desistir*.

A lógica transacional, a compra-e-venda, a oferta-e-procura: o glossário economicista é tão central ao funcionamento dos dias que contaminou o vocabulário dos afectos. *Investimento* ("os anos que investimos nesta relação"), ou *retorno* do investimento, "o futuro *hipotecado*", "ter *crédito*", "a *mais-valia* de estarmos juntos", "a importância de poder *depositar* confiança no outro", "uma interação mais *produtiva*", e há sempre muita *gestão* envolvida nisto tudo, é preciso *gerir* tudo, das emoções às compras do mês, um esforço bem *empregue* e que não nos conduz a um amor *a prestações*. Só na reta final destas discussões conseguem tocar o tema intocável, a dor de terem perdido um filho. Surge finalmente a palavra *culpa*. Irresponsáveis perante a narcolepsia avançada dele, das olheiras que lhe dão um ar alucinado, derrubam os últimos alicerces com um abuso de palavrácidos, vocábulos-bomba, promessarmadilha. A luz da manhã traz-lhes notícias das horas que passaram naquilo, quando Tápio desiste. Finalmente, adormecer.

Carolina desce sonâmbula ao café da esquina e ouve a conversa de dois homens que discutem idiomas de cliques e pronomes pessoais no Japonês© arcaico. Amedronta-se com a dimensão do que se está a passar, com a rapidez da mudança. E ela trancada em casa a tentar redefinir a palavra "fim". Quando volta a casa, senta-se ao computador em busca de artigos, crónicas, estudos sobre o que se está a passar, mas encontra pouco. Põe-se a ver as suas faturas linguísticas e a rever *emails* da Logoperadora. Confere a discriminação de termos referente à noite anterior. Foi a noite mais cara do mês até agora.

risoto romântico rotina tapete tecnologia

antigamente* (5)	197 DCs
besta (3)	89 DCs
companhia (7)	355 DCs
confiança (8)	387 DCs
culpado (3)	71 DCs
desamparo (9)	401 DCs
desencontro (13)	711 DCs
divórcio (14)	772 DCs
encontro (3)	77 DCs
entretanto (21)	343 DCs
fértil (2)	22 DCs

fidelidade (1)	25 DCs
folclore (1)	13 DCs
guerra (17)	993 DCs
herói (1)	65 DCs
investimento (5)	157 DCs
jet-lag** (4)	1356 DCs
justificação (2)	50 DCs
lâmina (1)	11 DCs
lealdade (8)	278 DCs
maré (1)	27 DCs
matemática (3)	56 DCs
monotonia (3)	63 DCs
namoro (1)	44 DCs
novidade (3)	61 DCs
prato (5)	103 DCs
previsível (7)	158 DCs
risoto** (8)	879 DCs
romântico (2)	39 DCs
rotina (4)	74 DCs
tapete (2)	28 DCs
tecnologia (11)	582 DCs
têmpora (1)	8 DCs
transbordar (1)	60 DCs
vinho branco*** (3)	300 DCs
violência (7)	674 DCs
viragem (1)	42 DCs

valorização total ________________________ 9.571 DCs

- -

** Taxa de 3,3% por uso de sufixação de modo.*

*** Taxa de 27% aplicável ao uso de terminologia estrangeira.*

**** Taxa de 13,7% aplicável ao uso de nomenclaturas tonais.*

Em caso de dúvida ou pedido de informação sobre outros tarifários contacte-nos através da Área de Cliente ou acedendo ao Agente Interno do seu código local.

finalmente a palavra culpa

Carolina amachuca a folha de prata até se parecer com uma maqueta de planeta. Um pequeno globo argirólito que ela faz girar desenhando um arco pelo ar. Ressalta na parede e falha o caixote. Carolina não se mexe, não se levanta. Contempla aquele pseudouniverso caído no chão.

— Não é fantástico, que eu me possa referir a qualquer coisa, qualquer coisa, como "chocolate", sem que haja vestígio de chocolate por perto?

— Até te podes referir ao "amor" sem nunca o teres conhecido...

— Oh, não comeces.

A noite do retorno de Tápio, quando falar transborda, conhece várias réplicas. É como se ensaiassem um texto para uma estreia da qual ninguém se dignou a confirmar a data. Ensaiam, repetem, retomam. Sem saber bem se aquilo tem fim ou finalidade.

— Carolina, por favor... tivemos esta conversa ontem. Palavra por palavra...

Estão gastos. Ouvem o vento a entrar pelas janelas, uma portada fecha com estrondo no quarto do fundo. Viaja pela casa um sopro luciferino, qualquer coisa que às vezes pousa nela, às vezes nele, às vezes pousa no beiral da varanda e os observa a serem (ainda) felizes. Antes de os vir devorar outra vez.

Esta noite vieram desabar para a sala. Tápio está deitado de barriga para cima no sofá, ela no tapete. Ele tem os olhos muito abertos, fixos ao teto, e com o dedo indicador acaricia o bordo do copo de *whisky*, que já encheu três vezes. Ela começa a explicar, uma vez mais. Tápio implora que pare.

Tápio gostaria de ir para um lugar além das palavras, tanto quanto gostaria de ir para um hemisfério além dos conflitos — mas nem um nem outro existem. Ele sabe, ele procurou. Faz parte da natureza de tudo, é uma forma de as coisas serem: umas contra as outras.

para que serve um jipe

Carolina tenta explicar a Lucía que a decisão não é "entre Tápio e Jeff", essa já a tomou quando era nova e não tem intenções de voltar atrás. Estão ao telefone há quase uma hora e nem uma nem outra monitorizam os gastos. Estas conversas valem ouro.

— Vem cá ter. Quero mostrar-te uma coisa.

— Não posso mesmo. Isto das palavras está-me a pôr louca.

— Queres que eu pague?

— Oh, não é isso!

Nessa tarde há uma manifestação de pais e encarregados de educação à porta do Ministério da Educação e Lucía está envolvida na organização. Noutras capitais, as manifestações estão a ser marcadas junto às diferentes sedes e edifícios do império Walsh mas, não havendo uma em Lisboa, escolheu-se o Ministério. Escolha simbólica, dado os Governos já serem só a cara com que as Supermarcas chegam aos Eleitores-cada-vez-mais--Consumidores.

— O que reivindicam?

— Até aos dezasseis anos é responsabilidade dos pais suportarem os custos comunicacionais dos filhos. A partir dessa idade podem continuar a fazê-lo voluntariamente, ou abrir uma conta para os adolescentes...

— É de loucos.

— Espera. O maior problema está nas idades menores, nos pequeninos, uma vez que é o período de aquisição da linguagem.

— Claro... não tinha pensado nisso. Eles falam que se fartam.

— Repetem tudo! A manifestação é para reivindicar o uso gratuito e ilimitado no contexto da aprendizagem de uma língua. Uma vez adquirido, os Consumidores passam a pagar o seu uso como todos os outros.

— Como é que eles sabem que os miúdos já aprenderam a palavra?

— Não sei, mas quem entende da parte tecnológica diz que sabem...

— Como é que demonstro que entendi o que uma palavra significa...?

— Não sei. Mas dizem que eles têm algoritmos para isso.

Um silêncio incómodo suspende o telefonema. Carolina sente-se estúpida, mais do que aterrada.

— Não pode ser. Quantas palavras utilizamos sem ainda as saber? Quero dizer, saber *mesmo*...

— Pois, mas das que

— Quantas vezes palavras como "justiça" ou "tolerância" são proferidas sem qualquer fidelidade ao que significam?

— Acho que agora estás a divagar. Desde que o Sistema reconheça a palavra, não interessa o que significa para ti, ou se a percebeste mal... É um produto, Carol.

— São palavras, Lu.

— Eu sei. Não me digas isso a mim. Estou a tentar explicar-te como funciona. Se compras um jipe e depois o usas para partir uma noz, não interessa a ninguém que entendas ou não para que serve um jipe. Tens de o pagar.

— Mas as palavras não são jipes!

— Agora são, Carol. Agora são.

Em menos de um quarto de hora está à porta da casa da amiga. Lucía está na sala a preparar cartazes. Candela está à janela com um livro no colo, serena em tons soturnos, como é normalmente. Não a interrompe.

Estranha a escolha de frases interventivas:

— "Aprendizagem"... só assim? Não me parece que tenha muita força...

— Decidiu-se que nos iríamos manifestar com as palavras escritas de forma a que não nos possam taxar. Não as vamos dizer. Para não termos de as pagar.

— Então, se as escreveres, não pagas?

— Se não estiver *online*, não.

— Não fazia sentido estarmos a manifestar-nos e com isso a pagar-lhes para o fazer... Seria perverso!

— Então, vamos estar caladas? Uma marcha de silêncio?

— Vai haver música. Vamos cantar. Já sabes que não pagas se cantares, não sabes?

Carolina ri-se:

— A sério? Isso é...

— Ridículo, eu sei. Como tudo o resto.

— Se disseeeeer istassiiiiim não paaaaaaago?

Lucía não consegue evitar o riso. Censura-se logo, por achar que o assunto é sério e triste. Carolina atravessa a sala até à janela em passos de valsa. Candela ri da inépcia:

— Ó tia, cantas tão mal!

— Nãaaao digaas iiiiiiiiiiiiiiiiiisso.

A tia senta-se sobre a laje da lareira apagada e puxa Candela para o seu colo. Ela não larga o livro.

— O que estás a ler?

— A *Alice*.

— Ah, adoro esse livro! Li-o tantas vezes quando tinha a tua idade!

— Foi a mãe que arranjou por causa de um exercício da escola.

Na escola de Candela, um professor propôs um exercício de fomento da leitura, pedindo aos alunos que escolhessem um excerto de um livro para ler aos colegas. A única condição é que fosse um livro em papel, o que só por si deu azo a confusão. Para quê ler *O feiticeiro de Oz*, se podes enfiar um capacete e caminhar pela estrada dos tijolos amarelos?[4] Para quê ler a *Alice no País das Maravilhas* se tens um jogo em que podes mesmo tomar chá com o Chapeleiro Louco? Candela está confortável porque em sua casa sempre se conciliou o analógico e o digital, mas isso é cada vez mais raro. Quando o professor explicou o exercício, Candela soube de imediato o que iria ler. Agora quer ensaiar a leitura, mas não diz *ensaiar*, prefere o termo que ouve do pai, *repetir*, do francês *répéter*. Acha que *repetir* faz muito mais sentido do que *ensaiar* porque isso é o que vê o pai fazer, repetir e repetir tantas vezes as mesmas frases. Às vezes o pai também diz que vai *bater texto*, mas essa expressão entende pior. Para que é que os adultos se lembrariam de bater num texto? Que mal é que as palavras nos fizeram para as tratarmos assim?

— Tia, posso *repetir* para ti?

— Podes!

Já leu à mãe, ao pai e ao espelho. Acha que ler ao espelho é o mais apropriado, dado o título escolhido. Não conseguiu ler ao outro lado do espelho, porque isso, sem os capacetes de realidade virtual, é difícil.

---

4 Algumas leituras deste texto veem nele uma parábola para o sistema financeiro que dominava os Estados Unidos do início do século 20, em que o único caminho possível seria feito em sapatos de prata por uma estrada de pequenos tijolos amarelos, que seriam o ouro.

Candela salta do abraço da tia e coloca-se ao centro da sala. Sem qualquer surpresa, lê eximiamente, com as entoações certas, as pausas, tudo perfeito:

> — Quando *eu* emprego uma palavra, ela quer dizer exatamente o que me apetecer... nem mais nem menos — retorquiu Humpty Dumpty, num tom sobranceiro.
> — A questão é se você *pode* fazer com que as palavras queiram dizer tantas coisas diferentes.
> — A questão é quem é que tem o poder... é tudo — replicou Humpty Dumpty.
> Alice ficou demasiado perplexa para dizer o que fosse. Assim, passado um minuto, Humpty Dumpty recomeçou:
> — Algumas delas têm bastante mau génio... especialmente os verbos: esses são os mais orgulhosos... com os adjetivos podemos fazer tudo o que nos der na real gana, mas não com os verbos... Porém, eu cá posso muito bem com uma data deles! "Impenetrabilidade", é o que eu te digo.
> — Podia dizer-me por favor o que é que isso significa? — pediu Alice.
> — Agora é que estás a falar como uma menina sensata — aprovou Humpty Dumpty, parecendo muito agradado.
> — Com "impenetrabilidade" quis dizer que já falámos bastante sobre este assunto e que, já agora, bem podias dizer o que tencionas tu fazer a seguir, pois suponho que não queiras ficar aqui parada toda a vida.
> — É muita coisa para atribuir como significado a uma palavra — disse Alice, pensativa.
> — Quando eu emprego uma palavra num trabalho desses, pago-lhe sempre a dobrar — disse Humpty Dumpty.
> — Oh! — exclamou Alice. Estava demasiado perplexa para fazer qualquer outro comentário.
> — Ah, devias vê-las quando vêm ter comigo aos Sábados à noite para receber os salários, sabes? — continuou Humpty Dumpty, abanando solenemente a cabeça de um lado para o outro.

(Como devem compreender, não vos posso contar com que é que ele lhes pagava, visto que Alice não se atreveu a perguntar-lhe.)

— O Senhor parece ser muito bom a explicar palavras — disse Alice. — Pode ter a amabilidade de explicar-me o significado de um poema chamado "Rarrazoado"?

— Ora diz lá — disse Humpty Dumpty. — Sou capaz de explicar todos os poemas que já foram inventados... e muitos que ainda não foram.

Quando no dia seguinte o ler na escola, os colegas irão olhá-la com os olhos muito abertos. Não estão habituados.

— Diz-nos, Candela, porque escolheste este texto? — perguntará o professor.

— Porque concordo com o Humpty Dumpty. Acho que não devíamos ter de pagar para usar as palavras. Acho que devíamos pagar às palavras por tudo o que fazem por nós.

tudo o que fazem por nós

Entusiasmados pela docilidade social e pelos lucros em ascensão, a Gerez e a CCM decidem ampliar as regras do Mercado. Anunciam a criação de um Gabinete de Patentes onde se investirá em palavras novas.

Apesar de a campanha promocional se basear numa série de anúncios de difícil leitura, a ideia é recebida com enorme entusiasmo pelos Consumidores. Aparece no horizonte a possibilidade de serem eles a lucrar. Muita gente a imaginar que vai ficar rica à custa da verborreia alheia.

A Bolsa está inicialmente limitada às palavras que denominam emoções e sentimentos. Darla está interessada em estudar a ligação entre linguagem e emoção, um debate muito antigo: Sentiríamos de outras formas se recorrêssemos a outras palavras para descrever os mesmos estados emocionais? Sentimos emoções para as quais não temos nome? Como é que cabe tanta coisa dentro da palavra "amor"?

explicar isto aos nossos filhos

Em dezenas de capitais e metrópoles têm lugar manifestações em defesa da livre aprendizagem da língua materna. Pais e mães, professores e cidadãos exigem comunicação gratuita e ilimitada para todas as crianças até aos cinco anos de idade. Aos meios de comunicação não chega qualquer reportagem, nenhuma cobertura é dada pelos grandes jornais ou cadeias televisivas, ansiosos por permanecer nas boas graças de Walsh. Estão em curso negociações com os jornalistas com vista à criação de um Passe para profissionais da Indústria da Informação.

Correm boatos de que alguns pais estão a inibir ou mesmo a castigar os filhos por falarem muito, ou mesmo a proibi-los de falar. Quando se apercebe disto, Darla convoca a primeira reunião extraordinária desde o começo da Primeira Vaga.

Até aqui têm sido exímios a manejar os ânimos coletivos através de propaganda, o formato televisivo tem sido um sucesso, e toda a ideologia em torno da *valorização* e *redenção* da importância da palavra tem pegado como roupa interior em dia de verão. Esta situação, no entanto, consterna-a. Vê-se como uma líder pacifista, o que outros mais rigorosos chamariam de "déspota afectuosa" ou "ditadora amiga". Se há algo que respeita acima de qualquer coisa é a possibilidade de uma criança se apaixonar por falar. Por outro lado, precisa desses dados, mais até do que da linguagem dos adultos. A forma como os bebés e as crianças pequenas assimilam o código e aprendem a falar pode conter pistas importantes sobre o que terá acontecido nos primórdios da comunicação.

Chegada à reunião, encontra Timothy e Kate, os restantes programadores e os acionistas. São estes últimos que se opõem às crianças poderem falar gratuitamente por constituírem um Mercado tremendo. Darla entreolha Ana, a Mulher-Eco, para confirmar que estão ambas a registar a mesma panóplia de sinais preocupantes — um certo brilho no olhar, pupilas expandidas, respiração rasa, uma postura de tensão e urgência —, que reconhecem imediatamente como sintomas de um estado avançado de avidez. Persistem nos seus melhores argumentos. A Mulher-Eco toma notas. Mede a energia geral da sala e a subtil dança dos corpos.

Segue-se uma votação. Três votos a favor da reivindicação dos pais, onze contra. Darla volta a sentar-se, desconsolada. Estica a mão às anotações de Ana, escreve-lhe uma pergunta, estende-lhe a folha, Ana lê, olha-a nos olhos e responde "sim, é a melhor coisa a fazer" com o olhar. Darla recusa-se, então, a aceitar o resultado da votação e:

— A implementação da primeira de três Vagas está a ser um sucesso. A nível tecnológico, o *software* está a portar-se incrivelmente. A nível ideológico, as pessoas estão realmente a debater a importância da linguagem. A nível social, temos pouquíssimos focos de insurreição, uma mínima resistência e nenhuma rebelião.

A Mulher-Eco escreve "nenhuma rebelião" e ergue o rosto na direção de Darla, que sustenta cada pausa com mestria.

— Os Consumidores aderiram *com entusiasmo* à nossa proposta de pagarem por algo que sempre tiveram de graça. Esta vossa decisão pode deitar tudo a perder.

— Isso é tudo muito bonito, mas já passou um ano desde a primeira palavra taxada e ainda ninguém recuperou o investimento.

Os outros agitam-se em concordância.

— Como previsto! — exalta-se. — Temos de chegar à Segunda Vaga e, aí sim, os lucros vão disparar. Precisamos dos Consumidores do nosso lado. Para mais, a transição da Segunda para a Terceira será muito delicada e precisamos de docilidade social.

Olha para cada acionista.

— Temos de estimular a aprendizagem das crianças. Elas têm de poder falar sem custos associados para os pais.

Os acionistas não recuam:

— Não pode haver exceções. Se damos isto às crianças, outros vão exigir o mesmo. É tudo ou tudo.

Já caem nas contas pessoais de cada um deles somas avultadas, e Darla sabe-o. Toda a gente em todo o lado o tempo todo a descontar permanentemente em seu benefício — não deve haver na história um negócio igual. É muito dinheiro, e muito fácil, uma excitação que facilmente lhes sobe à cabeça. Ou desce, a expressão devia ser *descer*, porque remete ao que de mais baixo há em cada um destes empresários.

Darla não aceita o resultado da votação. Reunirão na manhã seguinte. Apela ao bom senso, às suas consciências, despede-se cordialmente e sai.

men say "obrigado" and women say "obrigada"

A notícia de que a linguagem cantada não se paga flagra como rastilho curto. A Lista já contém tantas entradas que não é mais possível contorná-la mediante o uso de sinónimos. Além disso passou a incluir termos coletivos, ou seja, palavras que representam conjuntos de palavras. Cores, números, etc. Isso aumentou-a exponencialmente. Deixou de ser praticável pensar em tudo o que se diz. Ponderando. Tudo. O. Que. Se. Vai. Dizer. Palavra. Por. Palavra.

O facto de o discurso musicado não se pagar é uma anomalia do Sistema e, naturalmente, não é dado a conhecer através dos canais oficiais. Há certamente alguém desprevenido que chega certa manhã ao escritório, ou à escola, para dar de caras com o cenário de um musical. Ou à consulta do dentista.

— Seeeeente-se, senhoooor, o doutooor não demora naaaaada... — canta-lhe a recepcionista, muito desafinada.

— Bom diiiiiiiiia... — Sorri-lhe a senhora sentada a seu lado.

Esta mulher apercebeu-se ontem de que pode voltar a falar livremente. Isso traduziu-se num alívio insólito, um regozijo difícil de explicar, dado ter vivido toda a vida usufruindo gratuitamente da linguagem. Hoje apetece-lhe falar imenso com toda a gente, com estranhos a quem antes nunca dirigiria palavra.

"Tens de sair e ver isto! Está toda a gente a cantar! Parece o *Parapluies* em mau!", é a SMS com que acorda Carolina. Veste qualquer coisa e sai. Confirma-se. O seu bairro tinha-se tornado mais ou menos no seu filme predileto de adolescência em versão grotesca. Os seus vizinhos cantam uns com os outros, evidenciando que a grande maioria da população não tem qualquer sentido de ritmo ou afinação. Por todo o lado, toda a gente a cantar com toda a gente. Divertido ou triste? Hilariante ou deprimente? É feio e sujo e cacofónico e não são precisos muitos dias para toda a gente só querer que toda a gente se cale. O que também é de graça.

um regozijo difícil de explicar

Todas as línguas cinzelam de maneira diferente o perfil das emoções possíveis. Há línguas em que "ciúme" e "inveja" são um mesmo termo. Outras em que a noção de "ira" e de "raiva" se sobrepõem. No entanto, a experiência de sentir *ciúme* ou *inveja* ou *ira* ou *raiva* acarreta uma diferença considerável. Há idiomas que possuem quatro ou cinco etapas semânticas para o que outros idiomas (como o Português©) aparelham dentro do termo geral "ansiedade". Há idiomas que não conhecem o "melindre" ou o "*stress*". "Nostalgia" tem uma conotação positiva em certas línguas e depreciativa noutras. À imagem de "melancolia".

O idioma Alemão© destacou-se no Mercado por ter um termo que permite aos seus Consumidores expressar deleite perante o infortúnio de outra pessoa, "*Schadenfreude*". Os membros da Comunidade de Consumidores de Alemão©, CCA©[5], podem, por apenas 125 DCs, aceder a uma solidão muito específica que só sente quem deambula num bosque — "*Waldeinsamkeit*".

Os membros da CCP©, no entanto, garantem que nenhum outro Produto Linguístico faz o que a sua "saudade" faz. Tornou-se um dos artigos mais caros na Bolsa Emocional. Os preços que atinge no Mercado do Português© (que fornece palavras, diariamente e sem interrupção, a mais de duzentos milhões de Consumidores por todo o mundo)

5 A GKDS, *Gesellschaft für Konsum der deutschen Sprache*, em Português© conhecida como CCA, é uma das mais bem organizadas a nível global, com promoções gramaticais complexas ao nível do dativo e do genitivo.

talvez se devam a esta singularidade do termo, apesar de várias outras Gamas Idiomáticas terem reclamado possuir Produtos similares. Os membros da CCF© alardeiam a sua satisfação com o genérico "*dépaysement*" e garantem que cumpre perfeitamente as suas necessidades, tal como os membros da CCE© com "*añorar*". Os membros da CCA© garantem a sua satisfação com "*Sehnsucht*", sobretudo se adquirido em *packs* ou combinado com termos inexistentes no Mercado do Português©, como "*Wehmut*", "*Heimweh*", e "*Fernweh*", uma oferta ampla de ânsias, melancolias e nostalgias. "*Banzo*", por exemplo, no idioma de escravos africanos levados para o Brasil, denota uma nostalgia muito específica por África da parte de quem estava escravizado — e longe. Se isto não é saudade, o que é? Mesmo assim, os membros da CCP© continuam a declarar "saudade" um produto inigualável. Referindo-se aos Produtos apresentados por outras comunidades, um representante-executivo do Serviço de Apoio ao Cliente da CCP© apareceu numa emissão especial da WordUp® transmitida em todos os Espaços Idiomáticos e afirmou:

— Tudo isso para nós são produtos de marca branca! "Saudade" é outra coisa, muito mais fina e difícil de alcançar. Daí o seu preço.

Os membros da CCP© são conhecidos pelo brio na Produção Nacional.

todos aplaudem

A Primeira Vaga não podia ter corrido melhor, reitera-se a cada reunião de preparação da Segunda. E o regozijo não podia ser maior:

— Isto abre espaço para apropriações até aqui impensáveis: dados biométricos, memória, consciência, sonhos, outras formas de comunicação, afectos... — uma mão limpa suor da testa. — São os Mercados do Futuro, louvados sejam!, e ainda há tanto por desbravar...!

pablo lê

2

O que é o caso, o facto, é a existência de estados de coisas.

2.01

O estado de coisas é uma conexão entre objetos (coisas).

2.011

É essencial a uma coisa poder ser parte constituinte de um estado de coisas.

um hemisfério além dos conflitos

Tápio coloca o dedo indicador sobre os lábios dela. Puxa-a para si. Ela pousa a testa no maxilar dele, os braços orlam o outro corpo, estreitam-se. Deixam-se estar. Rendem-se ao silêncio e observam minutos a passar.

Com o tempo, tanto um quanto o outro pensam em coisas alheias àquele abraço. Ele puxa-lhe a franja para longe dos olhos, ela pestaneja. Ela percebe que ele adormeceu pela cadência da respiração. Ele silva. Fica a olhar o desenho do dedo grande do pé dele com o ouvido encostado ao seu peito, a ouvi-lo a descair para dentro de um sonho sem nome. Passa imenso tempo. Não se ouve o pó cair.

Ele salta para fora do sono com um sopetão violento, ela ri-se. Beijam-se. Ele ergue o tronco, levanta-a consigo, beijam-se outra vez, espreguiça-se, tem uma ideia!, sorri-lhe, larga o abraço, levanta-se, confirma que ela o segue, agarra um casaco, veste-o, agarra outro para ela, ela esfrega os olhos, levanta-se com prontidão, confirma no espelho do corredor que não vai sair com a cara amassada mas o que vê é uma cara amassada. Decide sair assim mesmo.

Prende o cabelo com um gancho para não ter de o pentear. Ele traz-lhe os sapatos. Calçam-se. Ele senta-se na única cadeira do corredor, ela agacha-se. Olham-se e sorriem. Ele abre a porta, ela sai primeiro. Atravessam num abraço o curto trajeto do elevador. Olham a imagem refletida no espelho do elevador. A cabeça dela encaixa de forma perfeita na curva do pescoço dele. Aninha-se. Saem do elevador, saem do prédio, ele prepara-se para ativar um táxi estacionado, ela puxa-lhe o braço, agarra-lhe a mão, de volta ao passeio, leva-o consigo. Quer caminhar.

Caminham. Sorriem às pessoas que passam, recebem sorrisos de volta. Passam por uma gelataria, estancam a passada. Malgrado o frio, decidem-se por um gelado. Apontam para os sabores que desejam — dióspiro, abacate, coco e canela —, confirmam o número disposto na caixa registadora e pagam. Deixam para trás o troco. Levam o gelado para a beira-rio, sentam-se ao sol. Pouca gente se passeia no final daquela manhã, por ser dia de trabalho e por fazer frio. Ele estreita-lhe o casaco ao pescoço. Aborda-os um vendedor de bugigangas na orla livre de turistas. Pousa em redor deles uma fruteira desdobrável, colares, panos coloridos. Ela acena que não com a cabeça, ele insiste, ela acena, ele insiste. Ele espera. Eles giram o tronco no sentido do outro e continuam a namorar. Ele emite um som de frustração e despede-se como quem lamuria.

Ele levanta-se primeiro e estende-lhe as duas mãos abertas com as palmas voltadas para cima para a ajudar a levantar. Voltam a caminhar e imbicam pela avenida principal. Atentam nas pessoas. Conseguem perceber impaciência numa mulher, fastio na rapariga atrás de um balcão, enamoramento recente — ou ilícito — num casal jovem e deslumbramento num turista. Um velho alienado. Uma criança subitamente assustada e a sua irmã mais velha atenta. Uma mulher contrariada, o seu companheiro indiferente. Várias pessoas fatigadas e tantas outras enervadas, mas que não saberiam dizer porquê, se lho perguntassem. Os ombros encolhidos de forma vitalícia sob a tirania das coisas.

Todos os peões em marcha, a emitir mensagens e a recebê-las. A fluidez do trânsito pedestre, uma série de acordos mudos, para não chocar, não se tocar, não estar demasiado próximo ou exposto.

Descem a avenida e conseguem perceber em cada pessoa uma pequena história. Todos lhes falam numa forma de olhar, a de largar as mãos ao lado do corpo, num meneio, um trejeito, numa inclinação do tronco, do pescoço, na forma de se resguardar dos restantes corpos, cidade e pessoas, uma certa síncope ao caminhar, o peso sobre o chão, um ângulo quebrado no cotovelo, a orientação dos ombros. A postura, a inclinação e o declive, tudo o que em nós tem ritmo ou suspensão. Uma mulher acaricia o próprio cabelo, duas mãos desaparecem nos bolsos das calças, alguém tosse. Sempre foi assim, tudo o que dizemos sem usar palavras. Não tem nada a ver com a linguagem ser ou não paga.

Pedimos ajuda com um desenho de sobrancelhas, anunciamos desânimo com uma cabeça baixa, protegemo-nos não sabemos bem de quê cruzando os braços à frente do tronco. Refugiamo-nos no ecrã, só para não entrar despidos em plena arena, não termos sempre de ostentar a nossa impaciência. Ou vazio. Ou vulnerabilidade.

O sinal muda de vermelho para verde e dezenas de pessoas caminham num arranque à partida síncrono. Tão juntas que cada uma parece um nome coletivo. Tápio e

Carolina acompanham, observam, comungam, contínuos a tudo o demais, neste silêncio.

O texto da cidade, a um certo nível tão ruidoso, é independente das palavras mas é a todo o tempo linguagem. Texto sem letras. Corpos que evitam, circundam. Linguagem, linguagem, por todo o lado a linguagem. Muito além das palavras.

uma viagem

Depois de horas juntos neste silêncio conciliador, quando finalmente um deles se pronuncia, é a voz de Tápio que soa, revigorada. Diz: "Uma viagem". Que deviam fazer uma viagem. Irem juntos para qualquer lado onde nenhum tenha estado antes. Um sítio sem memória, sem pegadas, sem rituais. Só eles, sem aparelhos, sem prazos, sem entregas, sem o espartilho do tempo.

— Não posso tirar dias *agora,* com tudo o que está a acontecer...

— Vão estar *sempre* coisas a acontecer.

— Estão a privatizar as pirâmides de Gizé, o Parténon, Teotihuacã! E tu sabes quem está por detrás disto?

— Posso adivinhar. E nós?

— Sim. Claro. Nós. Só não agora.

— Esse livro não tem fim. O dinheiro vai sempre ter fome.

— Isto é diferente. Tápio: pagamos por falar. Isto abre um precedente, quer dizer; imaginas o que se segue?

— Não tens feito retiros de silêncio? Não fizeste um no ano passado?

— Isso é diferente...

— Um fim de semana prolongado. Pedes uma sexta e uma segunda.

— Trabalho ao sábado.

— Pedes o sábado.

O Suplente não só lhe deu os dias que ela pediu como se ofereceu para lhe dar mais. Até lhe daria férias pagas para não ter de a ter por perto, a última pessoa da equipa que ainda pratica um modelo antiquado do jornalismo, desligado do Mercado, do *mundo real*, como ele funciona, no que ele se tornou.

Faz as malas, contrariada. Quer sentir-se mais requisitada no trabalho; menos requisitada em casa. Tenta mudar de humor. Atenta aos gestos, à respiração, a cada camisa e a cada toalha que dobra com morosidade. Talvez Tápio tenha razão. Talvez a permanência num lugar diferente crie novas arquiteturas ao pensamento, novos trajetos, dentro e fora, comuns. Talvez não sejamos assim tão diferentes daquilo que nos rodeia. Talvez indo para o pé do lago, fazendo expedições pela floresta, na companhia dos cucos, dos melros, dos guaxinins, ao som dos grilos ou das cigarras; talvez no meio da natureza encontremos uma solução e talvez a solução não seja diferente de nós. Talvez o meio da natureza não seja diferente de nós.

segunda vaga

a ascensão dos fala-barato

o homem que não parava de mogotrecionar

O homem que mogotreciona sai à rua. Tem estado a mogotrecionar há alguns dias, com cada vez mais infrequentes tréguas. Esta noite mal dormiu. Cansado de tanto mogotrecionamento, decide-se pela farmácia.

— Desculpe, senhor, mas não temos nada para a mogotrecionação. Não tem outra forma de descrever o que sente?

— Receio bem que não. São sintomas muito específicos.

— Nesse caso, lamento imenso não poder ajudá-lo.

— Como é possível que não tenham nada que abrande esta mogotrecionação aguda? Constante!

— Como quer que curemos algo que nem sequer entendemos o que seja, que órgãos ataca, como se apanha...

— E todos esses comprimidos para a depressão?

— É diferente. "Depressão" é um termo genérico, banal, onde cabem imensas patologias diferentes com causas distintas. Para algumas, temos fármacos.

— É isso. Não pode dar-me disso?

— Mas o senhor tem uma depressão?

— Não. Nesse âmbito sinto-me excepcionalmente bem. Só que estou há vários dias a mogotrecionar.

— Então, já vê.

— Não me vai ajudar?

— Uma "trombeta" não é uma "rã", um "tijolo" não é um "helicóptero", e uma "mogotrecionação" não é qualquer outra coisa!

— E o que é que faço?

— Tente cá voltar com uma doença que já exista.

O homem que mogotrecionava sai da farmácia cabisbaixo. Ainda mogotreciona durante vários meses. Visita médicos, curandeiros e alinhadores de chacras em todo o mundo, todos incapazes de o ajudar. E depois morre.

fale grátis

Quando quisemos pôr os computadores a falar connosco, com a Siri e outros *softwares* parecidos, demo-nos conta de quão complexos são os mecanismos de qualquer idioma humano. Aquilo que uma criança adquire facilmente em três ou quatro anos de vida os computadores demoraram muito mais a alcançar. Mas alcançaram.

Além de testar a tecnologia, a Primeira Vaga testou os limites do espaço ético perante a expansão daquilo que é tecnológico e monetário. A tomada foi plena.

Para que os Consumidores não se inibam nunca de falar — pelo contrário! —, diferentes pacotes inundam o Mercado. O objetivo confesso é que todos se expressem livremente e de acordo com a sua singularidade. Os dois tarifários mais populares são o *Triângulo®*, em que o cliente pode eleger dois Consumidores com quem falar totalmente grátis, sendo que as restantes comunicações recebem um incremento nas respectivas taxas; e o *Happy-Hour®*, em que o cliente pode escolher uma hora fixa do dia para falar grátis com qualquer pessoa, sendo que nas restantes horas tudo o que disser será mais caro do que na tarifa-base.

Mas há muitas outras modalidades. Há tarifários específicos para profissões, para formas de lazer ou por faixas etárias. Há infindáveis pacotes, cartões, *vouchers*, concebidos para inúmeros propósitos, como uma escapadela romântica, com uma lista de termos ternurentos incluída a preços muito em conta. Ou o *Match®*, um cartão comunicacional com noventa minutos de saldo, concebido para assistir a disputas desportivas, com desconto em interjeições, onomatopeias e uma lista considerável de palavrões. São populares as senhas *Bílis®*, pensadas para todos os Consumidores que investem o seu tempo livre *online* a injuriar coisas e indivíduos. Aliás, as promoções orientadas para as necessidades de maledicência são das que vendem melhor, com uma ampla gama disponível, da Coscuvilhice à Calúnia. O passe *Fofoca®* esgota com frequência. Outros pacotes populares são o *Piadola®*, o *Street Piropo®*, o *Marketeering®*. Neste último, todos os estrangeirismos são grátis. Ou o *Erudition*®, em que são grátis palavras com mais de cinco sílabas.

Também houve alguns falhanços comerciais, como o *Dante-Deluxe*®, lançado com grande pompa e muita expectativa. Todas as frases com rima são mais baratas. Ninguém percebe como não pegou... Seja qual for a modalidade, o discurso assenta sempre na ideia de *oferecer* a linguagem:

"FALE GRÁTIS!", pode ler-se nas generosas campanhas da Logoperadora mais popular do Mercado. Há outras, mas pertencem todas ao mesmo império.

Os Consumidores esquecem-se de que estão a conseguir preços mais baixos por qualquer coisa que sempre tinham tido de graça. Entusiasmados pelos cupões, vales, promoções e descontos vários, acesa a serotonina que um sonoro "promoção" estimula, cedem com êxtase à oferta de um usado em estado impecável, ao regozijo do leve-três-pague-dois-mesmo-que-nem-de-um-precise, uma frase nova que vai tão bem com aquela que já temos, uma palavra feita à medida. À publicidade a dizer que se tivermos *aquilo* a nossa vida vai mudar. Vamos ser tão melhores quando tivermos *aquilo*. Vão gostar mais de nós, vamos ter mais sucesso. À publicidade a dizer que tudo *aquilo* está ao nosso alcance, em todas as variações, tons, sons, grafias, idiomas, cores e formatos. "FALE GRÁTIS!" Poder comprar sem nunca sair de casa, sem sequer despir o pijama, sem sequer deixar o sofá, sem sequer largar a TV. "Compre pela TV!", e pelo telefone e pela internet, que está em todo o lado, e frigoríficos que sabem que estás a ficar sem leite e o encomendam. Nunca mais acabar o leite, nunca mais acabar o papel higiénico, nunca mais sair do sofá, nunca mais largar a TV. Nunca mais ter falta de qualquer palavra, poder dizê-las todas, qualquer uma. Poder dizer-se o que bem se entender. "SEJA UM FALA-BARATO!" Tudo o que se quiser: o pleno orgasmo dos saldos, o tesão do código de barras a passar no leitor, o gáudio do desconto, o clímax da liquidação total, os sacos cheios, a coleção de cupões, os cartões de cliente, os logótipos das marcas todas, as superfícies reluzentes, tudo sempre tão arrumadinho. A ordem. O controlo. A possibilidade. "PRAZER TOTAL, LÍNGUA INFINITA!" A temperatura das luzes pelos corredores, as montras que refletem a nossa passagem, entrarmos em qualquer loja e sentirmo-nos especiais. A música de fundo ao ritmo do desejo insaciável, "FALE GRÁTIS!", o desejo insaciável.

o desejo insaciável

A Segunda Vaga significa que uma lei internacional e supragovernamental decreta que deixará de haver Lista. Toda a linguagem está sujeita a pagamento. Toda. Cada palavra, sem exceções.

Há quem erga uma voz contra, mas é uma inexpressiva minoria — e paga uma taxa por fazê-lo. Levantar a voz a partir de ene decibéis (a tabela muda de país para país, sendo a do Japão a mais baixa) passa a ser pago. Valoriza-se o que é dito e o volume com que é dito. Falar alto é caro e gritar é impagável.

O progresso é um salto humano para umas quantas pernas. Nunca todas. A faceta distópica deste futuro encontra corpo nos economicamente débeis. Poder ou não poder falar torna-se marca distintiva que separa os pobres dos ricos, mas a forma como se fala distingue a classe média-baixa da classe média, e essas da classe média-alta. É na gigante classe média-baixa que se gera um novo tipo de discurso característico de quem tem ambição de ascender. Estes Consumidores colecionam cupões, promoções, formas de poupar. Estão sempre a par do calão na moda, uma espécie de loja do chinês da linguagem, apesar de não conter um só termo de Mandarim© ou Cantonês©, por sinal Produtos Idiomáticos caros. Assiste-se à ascensão coletiva da figura do Fala-Barato.

Quem é pobre, não fala.

Entretanto, a existência de uma Bolsa Emocional tenta revolucionar a forma como os raros Consumidores revoltados consomem a sua "revolta" (um termo dispendioso e inacessível à maioria). Num primeiro momento, a Bolsa foi orientada para uma elite económica, que assim podia desfrutar de uma grande panóplia de emoções ao seu alcance. Mas é anunciado para a Segunda Vaga o lançamento de uma nova gama de emoções, muito similares, a preços mais democráticos. Um Mercado generoso, a querer incluir mais carteiras — e corações.

toda a linguagem

Darla escolhe um final de tarde desabitado de espectadores. Um 15 de Março, Dia Mundial do Consumidor, feriado em vários países. A maioria estará em centros comerciais ou pavilhões multimédia, entretidos com outras formas de espuminha cultural. Darla aparece com uma simples blusa cintada em tons nacarados e a franja presa libertando o rosto, os restantes cachos louros caindo-lhe sobre os ombros.

> "Caros Consumidores e Consumidoras, é com especial satisfação que venho anunciar que a Primeira Vaga do Plano de Revalorização da Linguagem conhece o seu fim — e que foi um enorme sucesso. Em nome da

Gerez e da CCM quero agradecer-vos a participação e o envolvimento. Nunca teríamos ido tão longe sem cada um de vós."

Darla exibe dotes de boa comunicadora sem parecer uma coisa muito preparada.

"Tudo o que já podemos concluir acerca da forma como falamos irá parecer residual perante o oceano de informação que em breve vai estar ao nosso alcance."

Darla fala do coração, é assim que se poderia descrever o seu estilo.

"Desde tempos imemoriais que o Homem se interessa pelo funcionamento da comunicação, este jogo quase mágico que nos permite viajar até à experiência do outro e partilhar modelos comuns do mundo. Não é maravilhosa, a linguagem humana?"

Desembrulha as ideias. Um raciocínio espontâneo e aparentemente despido de segundas intenções.

"Podemos agora pela primeira vez na história da humanidade" — ênfase em primeira — "alimentar um computador com informação sobre a arquitetura e a gramática de todos os idiomas existentes na Terra. Em breve, vamos poder processar tudo o que está a ser dito neste preciso momento" — ênfase em neste preciso momento, acompanhado por um bonito gesto das mãos em amplitude — "em todos os recantos da Terra, em todos os lábios, sem excluir ninguém". "Imaginem...! Ter acesso a todos os idiomas, todas as missivas, todas as instruções, todas as declarações de amor, todos os pretextos, todas as palestras, todas as hesitações, todas as dúvidas, todas as súplicas, todas as piadas, todas as desculpas, todos os queixumes, todos os sussurros e todas as despedidas... Vamos ter acesso a tudo..."

Deixa a listagem assentar. Um manto de espanto cobre os que a ouvem.

> "Será o primeiro estudo a uma escala universal."
> "Hoje é um grande dia, um grande dia!, na nossa história coletiva. E este feito é o resultado do empenho de cada um de vocês nesta Primeira Vaga a que agora vemos o fim. Superámos a primeira etapa. Obrigada a todos."

não podes fingir que falas francês mas podes fingir que não falas francês

A semana que antecede o julgamento de Nelson é de uma ansiedade desfigurante. Ansiedades: o medo de que chegue o dia do julgamento, e o medo de que nunca chegue o dia do julgamento. O seu peito é o ponto de intersecção entre esses dois vetores de forças e direções opostas, rasgando-o em dois.

O advogado quantifica com generosidade as hipóteses de ele sair como um homem livre e Nelson vê um número tão pequeno que cabe no bolso do casaco em tecido fino que nunca teve. Tudo joga contra ele, sobretudo ter sido encontrado junto ao morto com sangue nas mãos. O advogado diz-lhe que vai rebater com o argumento psicológico e emocional — a tragédia biográfica e a ansiedade patológica. Quanto à confissão assinada, explica-lhe que vai apelar à circunstância absurda de estar redigida num idioma que o acusado não fala.

— É curioso, já viu? É fácil provar que se fala um idioma mas difícil demonstrar que *não se fala* um idioma.

— Desculpe?

— Se não sabes falar francês não podes fingir que falas francês. Mas se sabes falar francês podes facilmente fingir que *não* sabes falar francês.

Nelson demora-se no advogado. Um tipo baixinho, numa meia-idade indefinível apesar da calvície avançada. Aos poucos cabelos que lhe restam fá-los atravessar a superfície acetinada do escalpe com fixador, o que lhe dá um ar abrilhantado — e manhoso. Nelson responde:

— Essa é uma velha questão científica, a de não se poder provar uma negativa.

"Este puto é diferente", pensa, a estimar se será só cansaço aquele peso no olhar dele. Se não tivesse lido a sua ficha, não apostaria dinheiro a adivinhar a sua idade. É tão escanzelado que parece pré-púbere, mas traz tantos enredos transcritos nas expressões do rosto como só alguém com muita vida. É um puto pobre como os outros, quase sem educação, taciturno, esquivo, emocionalmente inábil, visivelmente nervoso, mas, depois, tem estas tiradas.

— Pr... provar uma negativa? — hesita o advogado.

— O senhor é advogado, deve saber melhor do que eu. É mais fácil provar que uma coisa aconteceu do que provar que não aconteceu. Mas, também, se não se pode provar uma negativa também não se pode provar que não se pode provar uma negativa. Porque essa frase é uma negativa.

O advogado, perplexo. Este tipo de lógicas cansam-no mesmo antes de se dedicar a elas.

— Isto aqui não é ciência nenhuma. A sua palavra, meu caro Nelson, e a dos psicólogos e a de outros especialistas, ainda tem valor! É com ela que vamos contar.

Nelson sorri. Tem os dentes da frente todos apodrecidos. De repente, muito sério:

— Se há coisa sem valor no nosso mundo são as palavras...

O advogado pensa na quantidade de trabalho que apareceu desde a criação do Tribunal da Linguagem, na quantidade de conflitos legais que o Plano está a gerar, e tende a discordar. Deixa-o sozinho na cela, despede-se com palmadinhas nas costas.

Nelson será condenado, sem possibilidade de recurso. Não haverá um martelo a bater sobre uma mesa, como nos filmes, nem homens com largos robes pretos, nem longos estrados de madeira, balaustradas onde se possa elevar e se fazer ouvir. Não haverá qualquer júri atento ou compassivo, nem ninguém que se importe. Nada. Será tudo desabitado e incoerente, digno de uma pessoa que não importa a ninguém, que é justamente como Nelson se sente. Salas, guichés, horas de espera. Mãos algemadas, e um advogado que entra e sai para lhe fazer chegar a mesma frase feita:

— Tem boas chances, Nelson, esteja descansado. Boas chances de se safar daqui e voltar para a sua vida.

É essa a angústia que assola Nelson naquela semana terrível que antecede o julgamento: qual vida?

O advogado tem pena do miúdo. Sabe que ele estava no sítio errado na hora errada — e que vai pagar a vida toda por isso. Sabe que nunca teve boas nem más chances de se safar, a decisão final está comprada. Quem mandou matar o homem do beco era simultaneamente quem se queixava de lhe terem extorquido dinheiro e ainda a mesma pessoa que escondia o dinheiro desaparecido. Era tudo uma só pessoa. A mesma que fez chegar uma quantia generosa ao bolso do advogado para garantir que Nelson desempenha bem o papel que falta à encenação, o de culpado. "Boas chances, Nelson", diz-lhe outra vez. Di-lo como quem diz "gasolina simples" junto ao pré-pagamento da bomba, ou "a casa de banho dos homens" junto ao balcão do restaurante, ou "fica-lhe bem esse vestido" junto à esposa do sócio. É instrumental.

carteiras e corações

Entre os que não podem custear o Logos-Nosso-de--Cada-Dia, há os que acatam — não tem que comer, não come; não pode pagar, não fala — e os que se recusam.

É entre os muito pobres que aparecem os insurretos, os que falam mesmo não podendo pagá-lo. Acumulam dívidas a um ponto tal que obrigam o Plano a desenvolver uma ideia de punição. Nascem os "Inconvenientes", nome dado aos infratores no Mercado Linguístico.

Em pouco tempo começa a não haver mãos a medir para os Inconvenientes. Darla entende a necessidade de punir estes comportamentos desviantes de forma severa, sob pena de contaminação. Mas não foi este o Império com que sonhou. Não quer violência.

O número de reclusos linguísticos continua a aumentar. Gente que insiste em ter uma voz e uma opinião, e usá-la para afirmar que isso é um direito inalienável de qualquer ser humano. Surgem prisões especiais para delinquentes linguísticos. Complexos de paredes insonorizadas onde o isolamento ameaça os reclusos de insânia. Em poucos meses ficam sobrelotadas e deixa de ser possível ter uma pessoa por cela. Surgem as mordaças e os ouvidos tapados. Açaimados como cães raivosos, os presos digladiam-se com as grandes pomas que lhes saem das orelhas. Não falam e não ouvem. A loucura contagiante assemelha-se à dança vertical dos tordos.

São exigidas a Darla medidas fortes. Darla não quer esta sociedade, mas não tinha pensado a fundo na importância da punição para o estabelecimento do novo império. Pensou na moeda própria, na liderança icónica, no medo como forma de divisão social e no entretenimento como forma de manter o *statu quo*. Pensou até numa nova forma de fé, inspirando-se em pensadores que, desde Marx, denunciam a natureza essencialmente religiosa do capitalismo. Introduziu o desarmamento, mas ainda não logrou substituir o papel da Guerra pela busca do Conhecimento. Nisso, continua otimista: ainda só agora inaugurou a Segunda de três Vagas.

Não pensou na questão essencial da Verdade nem na questão transversal da Justiça. O Bem. O Mal. O restabelecimento de equilíbrios dinâmicos.

Incapaz de resolver estes dilemas, aprova a mais suave das medidas invasivas: uma droga química que neutraliza a voz. Quem não pagar, fica sujeito a esta intervenção que pode ser ou não reversível (algumas semanas ou pena vitalícia). Desta forma, reduzem-se os custos de manter prisões para esta gente toda, e os Consumidores continuam no espaço social. Mas calados, ou melhor, privados da possibilidade de se expressar.

Passa pouco tempo até os investidores voltarem a protestar: não querem Consumidores silenciosos, isso é o pior que lhes pode acontecer. Querem que toda a gente tagarele muito. Querem uma sociedade de gente ansiosa por se expressar, com uma necessidade constante de se dar a ver, de se fazer ouvir. Querem uma sociedade sem hierarquias, sem especialistas, sem intelectuais, sem críticos, sem estudiosos, onde a opinião de qualquer um conte tanto quanto a opinião de qualquer outro. Querem uma sociedade onde todos os assuntos se inflamem e se esqueçam como estrelas cadentes. Uma chuva constante de questiúnculas sobre as quais todos façam brilhar a sua jactância. Querem muito debate, nenhuma democracia.

Pressionam:

— Não podemos silenciá-los, isso é dar-lhes a liberdade de não consumirem!

É nesta fase de indefinição que o excedente de delinquentes linguísticos vai parar a prisões como a de Nelson. A prisão onde está Nelson é um complexo de alta segurança onde, aos infratores de crimes violentos, parece risível — até ofensivo — que falar sem pagar esteja a ser equiparado a uma morte bárbara ou à violação de um menor.

Há muito dinheiro a circular dentro desta prisão onde estão caudilhos do crime internacional. A limitação da linguagem acentua a distância entre os mais corruptos e os mais vulneráveis, como Nelson, Pedro, ou Mahlevi. Ali dentro é muito notório que só fala quem pode, e falar torna-se um símbolo de distinção. Por outro lado, o Mercado Negro da Linguagem chegou também à prisão, ou melhor, nasceu dela. Aos traficantes de droga, de tabaco e de bebidas alcoólicas juntam-se os traficantes de palavras. Gente que descobriu formas de corromper ou contornar o Sistema, que vende pacotes de conversação mais baratos, *happy-hours*, encriptadores, processadores de código, *delayers*, termos de luxo, etc. Tudo se encontra na prisão, havendo o dinheiro.

Nelson é pobre. Como outros pobres, fala aquilo que pode falar dentro do seu tarifário, raciona as palavras como quem raciona qualquer outro bem, e depois cala-se. Mesmo acumulando vários empregos dentro da prisão, não ganha o suficiente para poder ter uma conversa todos os dias. Isso é um luxo que reserva para os fins de semana ou para a quarta-feira, o dia das visitas. Passa a viver da rememoração das poucas conversas que tem, da comunhão silenciosa com Pedro, das raras ocasiões em que ambos têm tempo livre e se podem dedicar a fazer música, e dos livros. Lê imenso. Escrever cartas é agora a forma menos dispendiosa de comunicação. É entre pobres que se recupera o movimento epistolar. Não é grátis: todas as cartas são digitalizadas e taxadas. Ainda assim, é mais barato do que falar. Nelson descobriu na lentidão de escrever uma carta um prolongamento da sensação de companhia. Quando escreve cartas conversa com o destinatário. Imagina o que as irmãs vão sentir quando lerem certas frases e antecipa o que irão responder. Quando testemunha um episódio caricato na cantina pensa logo "É uma coisa boa para contar à Cíntia", uma das gémeas, que entretanto vão fazer quinze anos.

O silêncio fez-lhe bem, obrigou-o a meditar, a estar com as vozes, a não se distrair. A amizade com o Pedro também ajudou. "Deve ser isto estar bem", pensa, apenas tingido de um ligeiro desapontamento. Imaginou que estar bem seria mais eufórico. Não tem uma palavra para isto, nem no amplo vocabulário novo oferecido pela Bolsa Emocional. "É como olhar o mar", pensa, "é grande e misterioso e mete medo, mas também é sereno". A ansiedade crónica foi dando lugar a essa navegação suave. Pelo menos até à noite em que um pensamento estrangeiro o veio visitar e ficou a fazer turismo na sua cabeça muitas noites, tantas em que ele não pregou olho, suando em bica:

— E se começamos a ter de pagar por fazer música...?

É a única forma de ansiedade que sobrevive nele. A dúvida: este Plano é uma meta ou uma antecâmara para um movimento maior?

Chegarão os Mercados a saciar-se?

verlan destrona idioma oficial

L'envers... l'en vers... vers l'en... versl'en... verslen... verlen... *verlan.* A palavra "Verlan" é ela própria o *Verlan* de "l'envers", produto Francês© para quem precisa de "inverso".

Esta inversão é a regra que muitos Consumidores de Francês© conheciam há décadas mas que têm vindo a adotar com maior frequência, a ponto de estar à beira de destronar o idioma oficial da Comunidade (CCF©). Este dialeto consiste fundamentalmente em inverter a ordem das sílabas de uma palavra. Antes do Plano de Revalorização da Linguagem, o *Verlan* era falado por jovens, marginais e minorias étnicas. Foi desenvolvido para que pudessem se comunicar diante das forças da autoridade — pais, polícia ou agentes fronteiriços — sem se darem a entender. Antes do *Verlan* os Consumidores de Francês© já tinham o *Louchébem*, criado por marginais na prisão de Brest, no século 19, dialeto utilizado pelas forças da Resistência em Paris, aquando da ocupação nazi. Mas a adesão ao *Louchébem* é residual quando comparada à adesão ao *Verlan.*

Movimentos similares estão a ter lugar noutras CCLs. Os Consumidores de Sérvio© estão a fazer uso de um jogo de linguagem semelhante com o *Šatrovački*, desenvolvido por marginais jugoslavos. Os Consumidores de Inglês© têm o *Pig Latin* e os de Espanhol©, o *Vesre.* O *Binaliktad* é a inversão do Tagalog© filipino e também tem sido um sucesso de vendas. Os Consumidores de Português© não desenvolveram um calão de inversão mas estão a apropriar-se em massa de um sistema a que chamam "Língua dos Pês" e que consiste em colocar a sílaba "po" no fim e entre cada sílaba da palavra transformada. Épo Baporapotípossípomopo.

— Não me vais perguntar como é que correu?

— O quê?

Pablo já entrou em casa faz meia hora e Lucía, além de um "olá" mecânico e algumas instruções acerca da montagem da estante nova de livros para o quarto de Candela, não lhe disse mais nada.

— Ah, claro. Desculpa. A audição. Correu bem?

— Não fiz.

Agora sim tem a atenção dela.

— Imagina: queriam que fôssemos nós a pagar o texto...!

— Qual texto?

— Tínhamos uma cena para dizer. Mandaram-nos para uma sala de ensaio, na cave do teatro, e deram-nos a manhã para estar a bater texto. Que o encenador só viria de tarde.

Lucía dedica atenção à linguagem corporal dele, que diz que ele está a achar piada a tudo isto.

— O mais engraçado é que nos ofereciam almoço!

— Pablo, não estou a perceber. Tínhamos concordado que é urgente voltares a trabalhar, que não posso sempre ser eu a

— O que é que não estás a perceber? Imaginas quão caro teria saído este dia, a bater texto repetidamente, toda a manhã, a repeti-lo de tarde, para depoi

— Tu não tens aquele pacote que agora os atores têm todos? Não podias ter desconto de profissional?

— Isso é quando estás a trabalhar. Isto era uma audição...

Lucía pousa as revistas que trazia ao colo, abre uma gaveta próxima do chão, tira pastas de arquivo para fora.

— Pablo, também não querias que fossem eles a pagar tudo...

— Eles são os empregadores! Vamos ser nós, os atores, a pagar para dizer o texto deles?! E não achas surreal que nos ofereçam almoço mas não as palavras...?

— Surreal é tu não

— Paaaaaaai?

Nenhum dos dois se tinha dado conta de que estavam a discutir a um metro e meio de Candela, muito quieta, sentada na mesa do canto a escrevinhar nos caderninhos.

— O que é "surreal"?

— ... *surreal*? Então é quando...

Ele sabe, porra.

— Algo além do real, querida, é uma palavra ligada ao surrealismo. Aqueles desenhos que o pai tem na parede do escritório, estás a ver?

Mas também sabe que usa "surreal" para qualquer coisa, incluindo coisas que não têm nada de "surreal".

— Chega, Candela! — Lucía agarra-a pela mão e leva-a dali. — Não é hora de discutir palavras!

Desaparecem as duas para os bastidores da casa. Pablo escolhe o cadeirão forrado a couro em vez dos sofás. Há visível deleite no seu rosto. Quando Lucía retorna, ele está já longe da conversa que estavam a ter. Tem os olhos pousados num livro aberto sobre o colo mas contempla uma paisagem que não se vê.

— Então e se saíste da audição de manhã cedo por que é que chegaste a casa tão tarde?

Um compasso. Pablo ainda não tinha alinhavada a frase-fio que uniria estas duas partes do dia.

— Então, isso foi porque

uma mentira incomputável

Há três meses, Pablo saiu para correr no Parque Central da cidade, um recém-inaugurado pulmão verde que liga a Zona Este ao Centro Histórico. Todas as terças e quintas, ao final da tarde, faz aquele percurso. Nessa tarde, já em caminhada lenta rumo ao portão da saída, sofreu um assalto por esticão. Pela rapidez com que tudo aconteceu só poderia ter sido um aparelho aéreo robotizado, um *drone* delinquente, parvoíce muito em voga para cometer pequenos crimes. Parece um pombo, mas tem força para deitar abaixo um homem grande. Deitou abaixo este homem grande.

Várias pessoas acudiram. Uma mulher ruiva, nos seus quarenta, com a pele muito branca, debruçou-se sobre ele: "Fui enfermeira, não se preocupe". Pablo prostrado no chão, mais ofendido pelo azar do que pela dor física, tomou nota da sua cara familiar. "Também corro às terças e quintas", disse ela, como se adivinhasse os seus pensamentos. "Nunca tinha visto uma coisa destas neste parque", adicionou, enquanto dava orientações precisas a uns quantos voluntários para lhe manipularem o corpo e fazer uma alavanca humana para o erguer. Acompanha-o para fora do parque, para dentro de um carro, e leva-o ao hospital.

— Disse-me que *foi* enfermeira. Já não é?

Ela não responde, atenta ao trânsito.

— O Pablo é ator, não é? Eu acho que já o vi nalgum

Nunca chega a completar a frase. Os movimentos do trânsito absorvem-na.

Ele comenta o tom branco da pele dela, como nem a correr enrubesce. Ela sorri e, então sim, um levíssimo tom rosáceo lhe visita as maçãs do rosto. É bonita. Ao passar a correr parecia-lhe dura, quase zangada. Agora vê que se enganou, ou que seria do esforço físico. É doce e suave. Agrada-lhe.

— Ouça, deixe-me só à porta que eu trato do resto. Não lhe quero roubar mais do seu tempo. Deve ter de voltar para casa, quer dizer, para a sua família.

— Vivo sozinha.

Ela consegue que ele seja atendido sem marcação, espera pelo final da consulta e paga as despesas. Ele pede o seu contato sob o pretexto de lhe poder devolver o dinheiro "assim que chegar a casa". Contorna a existência de Candela e Lucía.

Diz-lhe que a cor garrida do casaco de corrida lhe realça o azul dos olhos. Fala-lhe da delicadeza dos pulsos no manuseio do volante. Diz-lhe que há muito tempo que não conhecia ninguém com sardas, pelo menos não alguém a quem as sardas ficassem tão bem. Ela cora, não responde. Ele garante que os custos irão ser todos pagos pela seguradora. Que tem um bom seguro. Ela diz que não se preocupe, não tem pressa. No dia seguinte entra em contato com ela, consegue um número de conta e um encontro para um café. Diz-lhe que pensa nela desde que se despediram e diz-lhe que está nervoso.

Tomam um café e depois um copo, e todas as bebidas seguintes são já tomadas nos braços um do outro, reclinados, seminus ou despidos. Bebem com regularidade. Ele enche--lhe o telemóvel e a caixa de correio com frases recicladas. Pede-lhe uma fotografia para poder olhar para ela quando não estão juntos. Diz-lhe que quer passar horas infinitas a olhar para ela, "até lhe doerem os olhos". Manda-lhe músicas e poemas e citações e imagens. E beijos. Carícias várias. Manda-lhe fotografias em tempo real de sítios por onde passa. *Ali* sente a falta dela. Tira fotografias a tudo o que come. Fala-lhe de cheiros, de memórias, de sensações, e da linha do pescoço dela, da forma como aquele vestido que usou no último encontro lhe caía bem. Diz-lhe que há muito tempo que não se sentia assim. "Sou de novo um rapaz" e "já tinha desistido, há muito-muito tempo" de procurar alguém como ela e "hoje sonhei contigo" e "outra vez" e que tem medo do que está a sentir, que "é grandioso e terrível" e que se apanha a sorrir por tudo e por nada e ameaça que "agora cobria-te toda de beijos!" e envia-lhe metáforas do seu corpo nu em justaposição à natureza (vales, montanhas, riachos, entre outros) e que "adoro a tua voz" e substitui voz por "sorriso", "andar", "olhar", "a forma como tu", "daquela vez que disseste", e fala de uma luz imensa que lhe inundou a vida, e fala sempre de outras mulheres como se fossem um ensaio para chegar a ela, e que "nunca contei isto a ninguém" e conta-lhe pequenas peripécias que, quase todas, acabam por o enaltecer, mesmo as autodepreciativas. E "podia passar horas a falar contigo" e "o tempo passa demasiado devagar quando estamos longe e demasiado rápido a partir do instante em que chego ao pé de ti". E começa muitas frases por "Há tanto tempo que não" e "Tu és mesmo tão" e "Eu nunca" e "Isto é mesmo tão" e "Eu já achava que nunca mais". Um repertório vasto de frases manuseadas, muito gastas. Será que algum dia se esgotarão?

Não. Não se podem esgotar porque sempre estiveram vazias.

não se podem esgotar

"Mukamuka", Japonês[o]
Tão zangado que se pode vomitar.......................700 DCs

"Sekaseka", Bemba©, falado na Zâmbia©
Rir sem razão...325 DCs

"Torschlusspanik", Alemão©
O medo de ter menos oportunidades de vida à medida que se envelhece.
Literalmente, pânico do fechar do portão..........750 DCs

"Narachastra prayoga", Sânscrito©
Adoração do próprio órgão sexual
nos homens...525 DCs

"Mingmu", Chinês©
Morrer sem remorsos..850 DCs

"Termangu-mangu", Língua Indonésia©
Triste e sem saber o que fazer.........................385 DCs

"Avoir le cafard", Francês©
Estar em baixo ou deprimido; literalmente
ter a barata..889 DCs

"Mono-no-aware", Japonês©
Apreciação pela tristeza que permeia
toda a existência...700 DCs

"Emakou", Gilbertês©, falado no Kiribati
Uma mágoa secreta..185 DCs

triste e sem saber

Entre os artigos mais bem-sucedidos da Bolsa Emocional estão o termo Inuit© "*iktsuarpok*", que se refere à antecipação que se sente quando se aguardam visitas e se espreita repetidamente para ver se estarão a chegar; "*basorexia*", um termo Inglês© dos anos sessenta que representa a urgência incontornável de beijar alguém; ou ainda "*aki ga tatsu*", o termo Japonês© para o esfriamento simultâneo dos amantes no final de uma relação amorosa.

Estes foram os Produtos Emocionais que atingiram preços mais altos no primeiro mês do Mercado de Termos Emocionais e Sentimentais. O Padrão de Consumo não é evidente, apesar de serem três produtos com qualidades cativantes. O termo Inuit© terá sido porque foi objeto de uma campanha de *marketing* vigorosa em diferentes Espaços Linguísticos. "*Basorexia*" dispensou qualquer promoção! Foi um caso de passa-palavra espontâneo. "*Aki ga tatsu*" seguiu uma linha de *marketing* sóbria, típica da produção linguística Japonesa©. Denota uma expressiva imagem: "começou a soprar a brisa do outono", o que o torna num Produto *Multilayered*, com significação tanto ao nível verbal como imagético, ou seja, funciona literal e metaforicamente — dois pelo preço de um!

Nos bastidores, Darla e a sua equipa empenham-se no estudo dos resultados: os artigos emocionais mais populares e os produtos propostos. Nasce uma nova geração de emoções, muito mais bem adaptada ao desafios do futuro. Desde sempre recorremos sobretudo às palavras para explicar ao outro a singularidade da nossa experiência — mas usamos todos as mesmas. Dizemos "gosto de ti" mas dizemos também "gosto de queijo". Dizemos "não sei o que estou a sentir" mas também "não sei o que vestir na *finissage* amanhã". Dizemos "nunca amei ninguém assim" e depois "nunca me senti tão agoniada". "Nunca visitei a Patagónia", "nunca comi nada tão picante", "estou triste", "tenho comichão no joelho", "queria que isto nunca acabasse", "adoro este livro", "adoro gelatina", "queria mais paz no mundo", "queria que viessem arranjar o sensor da porta da garagem", "já não és o mesmo", "já não te amo", "já não há leite", "já parou de chover", "parece um enjoo", "parece perfeito", "parece que sim", "faz-me falta um amigo que se preocupe", "faz-me falta um furo a mais neste cinto", "preciso de mais do que disto", "preciso de um abridor de garrafas", "agora não", "a culpa é tua", "como é que posso saber se estás a dizer a verdade", "não faz sentido", "tenho frio", "quero mais tempo para mim e para as minhas coisas", "preciso de saber se gostas tanto de mim quanto eu gosto de ti", "acho que as outras pessoas não sentem estas coisas", "não é bem ciúme, é inveja", "não é bem rosa, é mais fúcsia", "não encontro o chapéu de chuva preto", "não encontro o meu valor na ordem maior das coisas", "tenho fome mas não me apetece nada do que há aqui", "se te explicar não vais entender", "isso era dantes", "como é que os outros funcionam", "já não sei se quero isto", "é sempre tudo à tua maneira", "as vozes na minha cabeça não se cansam de me dizer que não valho nada", "sinto que não valho nada", "não percebo o que ando aqui a fazer", "não percebo o que andamos aqui a fazer".

Dizemos "não percebo o sentido da vida" mas também "não percebo as instruções de montagem da escrivaninha". Falar não devia ser mais preciso? Ou precioso?

preciso ou precioso

Por muito empenho no exercício da precisão — e da preciosidade —, tanto há que soa a uma sombra do que se sente, do que é manifesto, do que é. Como se houvesse uma Verdade por detrás das palavras, que as usa para se cobrir. Enquanto usarmos palavras de encontro a Ela, não poderemos encobri-La.

como se houvesse uma verdade

Pablo tem esta coisa com a linguagem. Quer construir uma versão ideal de si e encená-la no palco interior do outro, recortar-lhe os contornos com luz. Quer depois ser ele a dar-lhe corpo. Nunca dura muito: as melhores peças de teatro também chegam ao fim.

Há um precipício entre o que ele diz e o que ele é. Sobretudo entre o que ele diz que sente — e o que ele não é capaz de sentir.

é para isso que o dinheiro serve

Como em qualquer Mercado, as Palavras-Produto tornam-se objeto das leis da oferta e da procura, o que equivale a dizer que se tornam alvo de especulação. O preço de cada palavra consta de uma tabela emitida pelas Logoperadoras, que praticam preços diferentes apesar de pertencerem todas à mesma empresa-mãe. Depois vão sendo atualizados consoante a curva da procura.

Há frequentes subidas e descidas artificiais dos preços. Sazonalmente, há termos que é uma Logoperadora a taxar incompreensivelmente alto, a preços de elite, seguida por todas as outras Logoperadoras, apenas porque Darla quer ver "o que acontece se".

Há todo um capítulo sobre a semana em que a palavra "nós" alcança o impressionante valor de 13.000 DCs, uma soma que excede numa só palavra o consumo semanal de muitos Consumidores. O que seria de nós sem "nós"?

Foi o que muita gente teve de descobrir.

nganthurraju

Jiwarli era um dialeto aborígene falado no oeste da Austrália até à morte do seu último falante nativo, Jack Butler, em 1986. Tinha quatro termos para "*nós*":

"*ngali*", nós dois incluindo tu;

"*ngaliju*", nós dois sem contar contigo;

"*nganthurru*", todos nós incluindo tu;

"*nganthurraju*", todos nós sem contar contigo.

tu tens uma voz

Passadas poucas semanas do acidente, Pablo recebe em casa uma notificação da seguradora. É Lucía quem abre e lê.

— Dizem que só cobre danos em espaços públicos.

— Mas... é o Parque Central...! Mais público não há!

— Tens a certeza de que ainda é público?

— Achas que

— Pablo, pagamos por falar! Acorda!

Lucía lê as letras pequenas no verso da terceira folha da notificação e interessa-se pela tabela de danos. Lembra-se:

— Se eles privatizaram o Parque Central, sabes quem é que sabe disso...?

— A Carol. Ah, boa. Liga-lhe.

— Toma. — Passa-lhe o telefone com o número selecionado. Já esta tarde estiveram duas horas ao telefone. Conversam ainda como se falar fosse dado. — Tenho de ir acabar de

Vira costas e sai. Carol confirma que sim, que várias zonas do parque são propriedade privada.

— Não é todo privado — ri-se Carolina —, sobra lá um canteiro e uma estradinha...

— Então... e ninguém sabe disso? A imprensa não diz nada? Não se debate?

Enfadada, Carolina alude a todos os jantares passados a falar disto, relembrando a habitual cara de fastio de Pablo.

— Não é segredo. Está nas atas, nos editais... Tornou-se banal... O mais triste é que ninguém quer saber do Parque Central...

— Aparece naquele teu livro?

— Mas ouviste alguma coisa do que eu estive a dizer nos últimos trinta e nove jantares em tua casa? Estão a vender a Amazónia aos bocados. Para alimentar a indústria. A Amazónia, Pablo!

— Não me lembro de tu alguma vez fal

— Além disso, o Parque é um exemplo de uma privatização feliz. Está muito mais limpo e cuidado. E seguro.

— *Seguro*? Fui assaltado!

— Uma vez sem exemplo.

— Fui assaltado num parque público e agora o seguro não cobre! Estás a ver a minha situação?

— Pablo, esse seguro é obsoleto. Não sobra espaço público! As estações de metro, de comboio, as praças, as ruas, a maioria é das marcas. Não te dás conta? Os logótipos, os nomes, as cores?

— Às vezes acho que a publicidade é só uma forma de o mundo ser.

Pablo sente uma contrariedade infantil, uma birra. Quer poder pagar de volta à ruiva mas não quer ter de lhe pagar do seu dinheiro. Até porque é o dinheiro da mulher.

— Olha, Carolina, eu sei que eu e tu às vezes... ouve. Tu tens mesmo de publicar isso. Isto está duro para todos. Pelo menos tu tens uma voz.

Tem ouvido isto em várias frentes mas não o esperava de Pablo.

— Pablo... Que ideia romântica. Esperava outra lucidez, vindo de ti. Ninguém nesta sociedade tem uma voz a não ser que pague bem por ela, ou que ela gere muito dinheiro a terceiros. Então sim, uma voz.

— E o mais irónico é que os poucos que podem pagar para ter uma voz, na sua maioria, não têm nada de relevante para dizer.

Carolina apressa-se a desligar. Odeia concordar com ele.

propriedade privada

Quando Pablo chegou a casa com o braço ao peito, Lucía sentiu um cansaço imenso apoderar-se dela. O seu "O que é que aconteceu desta vez?!" é furioso e assustado ao mesmo tempo. Contém a pressuposição de que o que quer que tenha acontecido terá sido culpa dele.

Ele vem sereno. Conta o que se passou com detalhes e uma inusual paciência. Responde a todas as questões. Evita qualquer tom acima ou abaixo do único tom que sabe de antemão que não a vai enervar. Mas ela enerva-se.

— Como é que chegaste ao hospital?!

— Uma senhora que lá andava a correr deu-me bolcia. Era enfermeira, vê lá a sorte.

Talvez por ele dizer *senhora* e não *mulher*, talvez por ela achar que *enfermeira* não seja uma profissão que ele fosse achar atraente, talvez por já haver um desgaste assinalável entre eles, Lucía não acusa fricção.

Sabe que é traída de forma compulsiva e indiscriminada. Talvez até patológica. Quer dizer, a partir de quantas traições se torna doentio? Há um número? Um limiar? Desculpa-o: que é vício, uma coisa exterior a ele que o consome. Como um tumor ou condição genética. Escolheu não ver mas com frequência não tem escolha.

Já a esperaram em pranto à porta do emprego, já lhe enviaram vídeos. Missivas desesperadas que denunciam aquilo que estas mulheres acham ser "tudo" (como em "vou-te contar tudo!", ou a Pablo: "a tua mulher já sabe de tudo!") mas Lucía sabe ser só uma pequeníssima parte.

Uma vez, uma destas mulheres descobriu outras e deu-se ao trabalho de compilar os *emails* e as mensagens dele, algumas com poucas horas de diferença, que faziam uso das mesmíssimas frases. "Don Juan do Copy-Paste", chamava-lhe na mensagem que lhe enviou com aquele estranho anexo, um estudo comparativo entre mensagens para diferentes mulheres, colocadas lado a lado, em colunas, para ela ver bem o nível de perfídia e desonestidade. Como se ela não soubesse.

essa frase é uma negativa

— Tiiiia...? Por que é que "centopeia" e "centésimo" têm de ser duas palavras diferentes?

não têm nada de relevante para dizer

Darla Walsh está deitada na cama grande do quarto maior. Chama-lhe Quarto Branco, mobilado e decorado em gradações de alabastro e madrepérola. O Quarto Laranja é melhor para ter ideias e para períodos de desenvolvimento criativo. O Quarto Salmão é melhor para levar um ou uma amante. O Quarto Cerúleo é melhor para os dias anteriores à menstruação.

Os bilionários excêntricos estão de tal forma rodeados de excentricidade que os seus caprichos se tornam a definição de "normalidade"? O *normal* de Darla ainda é outro. Vem de uma família que não se pôde permitir luxos. Cresceu a dividir o quarto com três irmãs, a dividir o guarda-roupa, a dividir livros e manuais escolares. A dividir tudo. Os seus comportamentos excêntricos brotam, portanto, de um espaço de possibilidades que se abre quando se tem mais dinheiro do que uma mulher sozinha pode alguma vez gastar. Perante o campo aberto da sua fortuna, Darla responde ao que o dinheiro promete mas nunca explica.

Poucos pensadores, se algum, se debruçaram sobre a problemática de nenhuma moeda vir com livro de instruções. Não há uma nota que traga inscrito: "deve ser utilizada numa viagem a um destino exótico", ou "recomenda-se a aplicação deste valor em fundos de renda fixa", ou "dinheiro para saldar dívidas", nem sequer o dificílimo "dinheiro que só pode ser bem gasto" ou o bastardo bolso de trás com "trocos para putas e vinho verde". É uma limitação do dinheiro da qual ninguém se queixa.

Talvez, se fôssemos todos muito mas mesmo muito ricos, estupidamente ricos, se reconhecesse essa necessidade e surgissem prateleiras de livros de autoajuda nos supermercados com títulos como: *Saiba o que fazer com todo esse dinheiro!*, ou *Gaste dinheiro sem esforço!*, ou *As melhores cinco dicas para gastar o seu dinheiro!* e *Encontre o melhor destino para a sua fortuna*. Ou soluções mais radicais, como a oferta de um livro tão caro que resolvesse num gesto essa angústia: *Compre este livro e nunca mais se preocupe com o que fazer ao dinheiro!*

Darla chega a ter pesadelos. Não obstante, dedica cada hora de vigília a tentar multiplicá-lo. Há nela uma inquietação. A sensação de que por muito que faça, nunca faz o que é suposto estar a fazer. Vozes que lhe dizem "ainda não é isso", "ainda não está bem", "podia estar melhor/maior/mais imponente", "tens tanto poder e podes tão pouco", "falta qualquer coisa", "não podes abrandar agora". Vão sobrando, no entanto, mansões, sapatos, jatos particulares e experiências de luxo por estrear, ainda assim, Darla quer mais dinheiro. Falta-lhe *qualquer coisa*.

Existe nela uma sensível forma de promiscuidade entre valor monetário e conhecimento. Nada é mais valioso do que a compreensão. Mas vive no medo de revivificar o mito de Cassandra: saber e não poder. "Tens tanto poder e podes tão pouco", ouve. Já pagou aos melhores especialistas para lhe tirarem estas vozes da cabeça, e tudo o que conseguiu foi fortalecê-las mais.

É dela o império de *start-ups* de desenvolvimento e inovação tecnológicos, os grandes laboratórios na vanguarda da inteligência artificial, o maior projeto de mapeamento do genoma humano. É ela a grande investidora da primeira base habitacional no planeta Marte, e é da Fundação Walsh que sai o maior número de bolsas académicas e de investigação a nível internacional. Talvez por tudo isto as pessoas pausem perante os seus caprichos, inseguros se "capricho" é a palavra que a descreve melhor.

podes tão pouco

Numa rua ventosa, no trajeto da escola para casa, ouve-se Candela:

— Maaaaaaaãe?

— Diz, querida.

— Por que é que *capricho* é uma palavra má mas *caprichar* é uma coisa boa?

uma coisa boa

A miríade de coisas em que Darla se envolve, sejam caprichos ou ações beneméritas, são tudo formas de responder à afronta de ser super-rica, megarrica, ultrajantemente rica e ainda assim sofrer com o que sofrem os que não são ricos:

O que é essencial?

é essencial

— Mãe, achas que quando for grande posso ser árbitro?

— Claro que sim, Candela, podes ser o que quiseres. Queres arbitrar o quê, futebol?

— Não. Queria ser um árbitro que arbitrava contra a arbitrariedade. Sempre que alguém viesse dizer que a relação entre uma palavra e a realidade é arbitrária, eu vinha e mostrava um cartão amarelo — que era uma sinestesia — ou um cartão vermelho — que era uma onomatopeia.

— Ok... Então ias ser um árbitro que defendia que a linguagem não é aleatória?

— Arbitrária.

— E que é que ganhavas com isso?

— Eu, nada. Também no futebol não são os árbitros que ganham, são as equipas.

da figura do fala-barato

Por exemplo, poderá a decisão de dar o seu nome a uma moeda ser considerada um "capricho"? A *D-coin*, abreviatura de Darla-Coin, é para ela um projeto de paz. E uma nova ideia de império.

Darla acredita que o verdadeiro poder não pode ser conquistado de fora para dentro, por coerção. Ela não vê o seu monopólio como uma forma de escravatura, da mesma forma que o patrão não vê o patronato como uma forma de exploração. Quer destruir os atuais pilares de poder e erigi-los novamente tendo como base novos valores. Saber e Conhecimento seriam dois dos pilares, junto com Dinheiro e Consumo. Uma tirana amigável, com apreço pela aprendizagem, com fé nas massas orientadas pela sabedoria, e uma emancipação assente na tecnologia. Nunca na guerra. Quer pôr fim aos séculos de opressão, oprimindo — e isso nem sequer é uma ideia original na História.

Essa é a utopia de Darla, e a estranha forma que toma é talvez a única coisa, malgrado os setenta e três pares de sapatos por estrear, a que se pode nela chamar "capricho".

Nasceu quase pobre e um zero à direita poderia ter--lhe salvado o pai. Um académico discreto — o termo mais justo seria "anónimo" —, que apostou a vida em decifrar o *Manuscrito Voynich*, um misterioso livro com um conteúdo intraduzível. Apostou e perdeu.

épo baporapotípossípomopo

À bem orquestrada ideia de um império faltava apenas uma moeda. Chamou-lhe *D-coin*. O "dê" é de Darla mas também uma piscadela de olho à moeda que quer suplantar, o dólar. Em português seria *D-coin*, mas todos dizem "dícóine", como em inglês. Soa a "*the coin*" (a moeda) ou a "*decoy*", inglês para "engodo" ou "chamariz".

A ideia de criar um moeda puramente digital — sem papel, sem cartões — é tão antiga quanto a virtualidade. Foi o lendário Satoshi Nakamoto que, no virar do milénio, inovou a história monetária com a invenção da *Bitcoin*. Também ele acalentava uma utopia sediada no dinheiro: uma solução que permitisse a todos enviar e receber dinheiro sem ter de passar por qualquer instituição financeira.

O fim dos bancos e do poder centralizado.

Uma moeda em que ninguém mandasse.

Seria a moeda das pessoas, gerida pelas pessoas, usufruto de toda a gente. O problema foi redundante: mas quem são afinal as pessoas e por que querem coisas tão diferentes?

Há uma coisa em comum entre o sonho de uma moeda descentralizada e o sonho dos Mercados livres: a ideia de que sempre que surgir um problema a inteligência coletiva saberá qual é a melhor solução. Que o Mercado, ou a moeda, cuidarão de si próprios. Não precisamos de uma ideia de Bem e Mal. Precisamos desregular — e esperar para ver o melhor dos mundos tomar forma.

Não foi bem assim: as moedas digitais começaram a ser adotadas pela indústria da droga, do sexo, pela máfia, como forma de fazer circular dinheiro ilícito. No entanto, o que pôs em cheque o potencial utópico da *Bitcoin* não foram os obscuros usos que lhe foram dados, mas o seu sucesso. Na viragem para a segunda década do século 21, a *Bitcoin* era a mais robusta entre as moedas disponíveis, mas mesmo assim era lenta. Podia esperar-se dias por certas transações, num mundo em que tudo se queria ao instante. Isto porque existia um teto de sete transações por segundo que os programadores tinham estabelecido para a manter democrática. Qualquer computador podia fazer *mining* (a palavra inglesa para "extração de minérios") e lucrar com isso. A partir do momento em que se subiu o teto para aumentar a velocidade, apenas os supercomputadores davam conta da tarefa, e o computador doméstico foi posto fora da corrida. Voltaram a ganhar as grandes empresas.

A reação foi uma batalha cibernética nos bastidores do poder. Caíram redes, bloquearam-se fortunas, prenderam-se adolescentes a tentar mudar o mundo a partir da sua república universitária, mas a descentralização dos sistemas monetários falhou. O poder continuou nas mãos de uns poucos. Entre estes, invariavelmente, Darla.

Darla esperou que a *Bitcoin* estivesse no seu pior momento, com a pior reputação, para ir buscar os melhores cérebros a ambas as facções da luta, juntando-os num projeto comum. Assim nasceu a *D-coin*.

Desde a primeira palavra taxada digitalmente na história da linguagem humana (que foi um nada-original "teste, teste" proferido nos laboratórios da CCM, na Califórnia) que o valor é debitado em DCs. A *D-coin* tornou-se ubíqua porque não há forma alternativa de pagar pelas palavras. Todos tiveram de abrir conta e instalar programas de crédito virtuais para poder pagar o seu consumo mensal de palavras. Em pouco tempo, tudo é pago em DCs. A Gerez/CCM consegue o domínio tecnológico, comunicacional e de seguida o monetário. Parece que, ao bem orquestrado império, já não lhe falta nada.

quem são afinal as pessoas

Por serem todas raparigas, quatro meninas, partilhavam. Darla, a mais nova, teve tudo em quarta mão. Nunca se importou, até gostava. Lembra-se de ter seis ou sete anos e de olhar Karin, a mais velha, reluzente num vestido novo. Os longos cabelos loiros de Karin e o seu rosto talhado a cinzel, os braços finos quase demasiado compridos caídos ao longo do corpo esguio. Aquele mesmo vestido no qual a irmã reluzia, um dia iria ser seu. Partilhar coisas como quem partilha afectos. Darla ainda guarda esse vestido, protegido dentro de um plástico, como uma relíquia. Usou-o bastante, remendado pelas mãos hábeis da mãe.

As quatro meninas Walsh seguiram as pegadas do pai. Todas se dedicaram ao conhecimento: são professoras, investigadoras e cientistas. Karin, Trisha e Natalie vivem existências anónimas, nos seus laboratórios, nas suas bibliotecas, nos seus centros de investigação. As três possuem fortunas próprias mas residuais, se comparadas com a da irmã. Ocupam cargos de tutoria nas universidades que a fortuna de Darla funda ou mantém. Gerem laboratórios de investigação da qual a irmã é a principal mecenas. As três querem mais dinheiro e mais poder, e depois disso mais dinheiro e mais poder, e quando já não tiverem mãos para tanto dinheiro e tanto poder, todas elas vão querer mais dinheiro e mais poder. À primeira vista, nada que as distinga de Darla. Somente que Darla quer mesmo saber: mesmo sabendo que isso não traz o pai de volta.

Na adolescência, quando as irmãs mais velhas passam os vinte e lhes entram na vida namorados, carreiras académicas e outras prioridades, é Darla quem permanece junto do pai. Admitiu que teria de haver razão nas suas afirmações crescentemente incoerentes, mesmo quando a mãe e as irmãs lhe tentavam explicar que o pai enlouquecera.

Parece irreal ter-se tanto dinheiro como o que ela hoje possui. E tanta influência e tanto poder e, mesmo assim, dedicar os dias a angariar mais de cada. Ela continua a ver-se como o pai a via, alguém que trilha o caminho dos sábios. Ninguém mais vê Darla assim — uma aprendiz, uma intelectual, uma grande pensadora —, mas é o que Darla quer ser. Alguém que gostava um dia de merecer a herança de Voynich.

merecer a herança de voynich

Wilfrid Michael Voynich emprestou o apelido a um mistério até à data sem resolução. Em 1912, numa viagem por Itália, este comerciante de livros polaco adquiriu um estranho objeto, um livro manuscrito que haveria de absorver a curiosidade de centenas de estudiosos e peritos em criptologia nas décadas por vir. A origem do chamado *Manuscrito Voynich*, que se especula ter seiscentos anos, está separada de nós por uma cerrada opacidade, apesar das muitas investigações de que o livro já foi alvo. Ninguém sabe quem o escreveu ou a que propósito. Desconhece-se a estranha língua em que está escrito.

Ross Walsh era um jovem estudante que fazia umas horas na biblioteca da Universidade, na altura em que a instituição adquiriu o precioso documento. Como outros linguistas, convenceu-se de que seria ele a decifrar a linguagem secreta do *Manuscrito*, uma obsessão que o animou até ao dia da sua morte, quatro décadas depois. Consagrou-se, atalhando sobre vida familiar e compromissos sociais.

A crença vigente ditava que o *Manuscrito* era uma produção do Renascimento. Havia quem defendesse que eram esboços de infância do grande Leonardo da Vinci; que era uma fraude do próprio Voynich, comerciante de livros raros; ou que era uma fraude de Edward Kelly, um charlatão do século 16, que chegou a convencer o imperador Rudolfo II e a sua corte de que era capaz de transformar materiais pobres em ouro.

Ross Walsh não acreditava em nenhuma destas teorias. Achava que o livro era muito mais antigo e muito mais importante. Ligava o tratado intraduzível a uma escola secreta. Acreditava que o indecifrável idioma que compõe a parte textual do livro, rico em desenhos e ilustrações, era das últimas transcrições sobreviventes do tempo em que conhecíamos o dialeto da Terra. "A linguagem da vida" —, dizia ele —, "a carne das palavras" —, uma expressão que tomou emprestada ao fenomenologista Maurice Merleau-Ponty, e muitas outras que pediu emprestadas ao próprio mundo — idioma-original, mãe-terra, Pacha Mama, verbo-um, dialeto do sol, ícaro de ventos, expressões de musgo, letras de orvalho, alfabeto cósmico. Ross falava muito deste "saber que outrora foi de todos e destruído por alguns". Afirmava conhecer os rostos a essa minúscula mas malvada plutocracia. Noite dentro, feroz de insensatez, acusava as sombras feitas pela luz de leitura de o perseguirem, ameaçava-as, que sabia bem quem eram e como estavam por detrás da destruição das várias versões do *Manuscrito*.

Acreditava também que aquela teria sido a única cópia a sobreviver, mas que outrora teria havido muitas. Quem quer que seja que tenha salvado o último exemplar dos *Voynich*, tinha como missão salvaguardar um diálogo essencial. Para Ross Walsh, o *Manuscrito Voynich* era uma conversa, um tratado vindo do tempo em que a Terra era o nosso principal interlocutor.

em que a terra era o nosso principal

Quando Darla celebrou os treze, o pai foi arrancado de casa numa madrugada fria, levado em mãos por dois homens. A mãe sabia. Em lágrimas, entregou-lhes a mala que tinha preparado de antemão. Pediu aos dois homens que não fossem tão brutos. A mãe sabia. O pai foi arrastado para fora de casa e nunca desgarrou os olhos da mãe, que nunca lhe devolveu o olhar. "Não sejam brutos com ele...", pediu uma vez mais antes de o fazerem desaparecer dentro de uma velha carrinha de transporte de animais. Explicou depois às filhas que o pai iria para a Suíça, para uma clínica, "a melhor que existe para pessoas *como ele*", e que em breve o iriam visitar. Os Walsh não tinham dinheiro para este tipo de viagem, nem para este tipo de tratamentos, nem para este tipo de clínica. Só anos mais tarde é que Darla entendeu que tudo tinha sido pago por um grupo de académicos empenhados em tê-lo longe, isolado, e sem possibilidade de lhes causar problemas. A mesma circunspecta elite que lhes pagou os estudos, a ela e às irmãs, uma das muitas condições impostas pela mãe para aceitar que lhe levassem o marido. Darla aprende uma lição essencial: é quem tem o dinheiro que gere o fluxo do conhecimento, que edita o que importa e o que não importa, que silencia e amplifica, dá e retira a palavra aos interlocutores, que decide quais teorias vingam e quais as que se extinguem. Percebeu o quanto a ciência é uma instituição de poder, onde uns poucos decidem o que é conveniente tornar-se verdade, e o que não convém que se saiba. É provável que tenha sido neste momento que estabeleceu que viria a ser muito rica e poderosa, e que tudo na sua vida teria de desembocar nisso. Foi a partir daqui que começou a beligerar, acumulando tarefas e empregos. Cada centavo ganho era posto de parte para ir ver o pai à Suíça. Houve anos em que só conseguiu ir uma vez, e outros que chegou a ir cinco, mas nenhum número de viagens preenchia a falta que ele lhe fazia.

Na reta final da vida, considerado perdido para a demência, o velho Ross fugia regularmente para os bosques, donde era resgatado sem urgência, dado que o encontravam sempre a poucas centenas de metros. Prostrado em frente a uma árvore, deitado na terra húmida, banhando-se no riacho, rebolando, falando sozinho. Uma tagarelice impenetrável que ele afirmava ser o mesmo em que o *Manuscrito Voynich* está escrito, e que os médicos por sua vez afirmavam ser somente mais uma expressão da sua perdição, um linguajar de louco.

Ela, com apenas vinte e um anos, já caminhava na direção da jovem empresária muito bem-sucedida, quando perdeu o pai para uma insensatez incomunicável. Um mês após a sua morte, alcançou o seu primeiro milhão, e um e outro evento não estão irrelacionados.

Nos últimos meses o pai já nem falava um idioma reconhecível e, no entanto, o seu último pedido foi articulado num inglês irrepreensível. De olhar vidrado num horizonte pessoal, inacessível, pediu-lhe: que não desistisse nunca de "recuperar o alfabeto dos répteis, os conselhos da montanha, o receituário do vento e o oráculo do horizonte". Darla prometeu — que outra coisa podia ter feito? —, incauta em relação ao poder contratual das palavras finais de um homem.

das palavras finais de um homem

A primeira palavra dita em *Citizen Kane*, de Orson Wells, é também a última palavra de um protagonista que morre: "*Rosebud*". No ano seguinte — 1942 — sai *Casablanca*, tendo como protagonista Humphrey Bogart, que só morrerá na década seguinte, logo após afirmar: "Nunca devia ter trocado o Scotch pelo Martini".

Nesse mesmo dia morre um velho escocês, um bêbado, cujas últimas palavras se dirigem à filha mais velha: "Passas tu pela lavandaria?".

Uma milionária muda o testamento, privando os netos de tudo, e deixa o seu vasto império ao gato Tobias. Nomeia o irmão como cuidador, a quem deixa alguns milhões. Deixa-se morrer em silêncio, regozijando com a imagem de assombro na cara dos netos quando descobrissem.

"O papel de parede ou eu!", terá dito Oscar Wilde em 1900.

Não muito longe morre uma octogenária junto ao marido desolado. Ela diz-lhe com doçura: "Estes sessenta e três anos de casamento vivia-os todos outra vez...", e morre de olhos abertos.

"Mais luz!", terá bradado Goethe em 1832. "Estou farto!", terá confessado Winston Churchill antes de cair num coma. "Tenho de ir, o nevoeiro adensa-se", terá sido o verso final de Emily Dickinson em 1886. "Preparem o figurino de cisne", as palavras que pontuaram a vida da bailarina Anna Pavlova, e "O Teodósio não é teu filho", as palavras que mudaram a vida de Adalberto.

"*I know not what tomorrow will bring*" terá sido a última frase escrita por Fernando Pessoa, um dia antes da morte em 1935. O biógrafo João Gaspar Simões, no entanto, assegura que as palavras finais do poeta terão sido: "Dá-me os óculos".

O som proferido por milhares e milhares de homens e mulheres nos instantes antes de partir terá sido um gemido. Muitos terão dito "Adeus", tantos quantos "Não quero morrer". Um número considerável pediu perdão, um número menor que cuidassem da sorte de um animal de estimação, e um número ainda menor agradeceu.

Um número considerável de mulheres e homens prestes a morrer confessam um segredo, um pecado, libertam-se de um peso que não querem ter de carregar. Muitos rezam, em todos os idiomas e todas as fés, a diferentes deuses. Alguns perguntam:

"Porquê?"

Philip Workman foi condenado à pena de morte pelo assassinato de um polícia durante um assalto. A sua última refeição foi uma *pizza* vegetariana e o seu último desejo era que ela fosse entregue a um sem-abrigo. O desejo não lhe foi concedido. Nos dias seguintes, um movimento doou centenas de *pizzas* vegetarianas a sem-abrigos em todo o país.

A primeira noite de Catarina a trabalhar no atendimento telefónico do serviço de urgências correu bem. Já pronta para sair, o telefone toca outra vez. Catarina atende. Do outro lado uma voz sumida diz-lhe: "Estou a ir. Diz-lhes que eu peço desculpa".

Em 1883, empenhou-se a empregada de Karl Marx em que ele lhe ditasse as suas palavras derradeiras para a posteridade: "Deixa-me, sai daqui. Palavras finais são para tolos que não disseram o que tinham a dizer em vida!" Palavras que ela, ainda assim, anotou.

"Ninguém entende?"

Perguntou James Joyce em 1941.

ninguém entende

Para a restante família Walsh, o *Manuscrito Voynich* é apenas um livro maravilhoso e que ninguém poderá ler. Pode ser que seja um tratado, um compêndio de sabedoria, tanto quanto pode ser uma brincadeira ou um embuste. Um livro de notas para uma obra maior. Darla abomina a ideia de o pai se ter consagrado a qualquer coisa afinal frívola ou despropositada. Lembra-lhe uma rábula na qual, após a extinção da raça humana, uma forma de vida inteligente encontra o nosso planeta e tudo o que descobre é um filme dos Monty Python, um Tamagotchi, uma animação da Disney, uma revista pornográfica, e um Mangá japonês — e são esses os objetos em que se baseiam para reconstituir aquilo que somos. Que fomos. Eles não teriam a chave para entender o lugar da pornografia, ou da comédia, na nossa cultura, e teceriam interpretações literais desses objetos, à luz da sua cultura. E se o *Voynich* estiver assim, perdido do contexto? Por isso a consola que apareçam novos interessados. Fá-la sentir que tem mesmo de haver algo precioso neste livro.

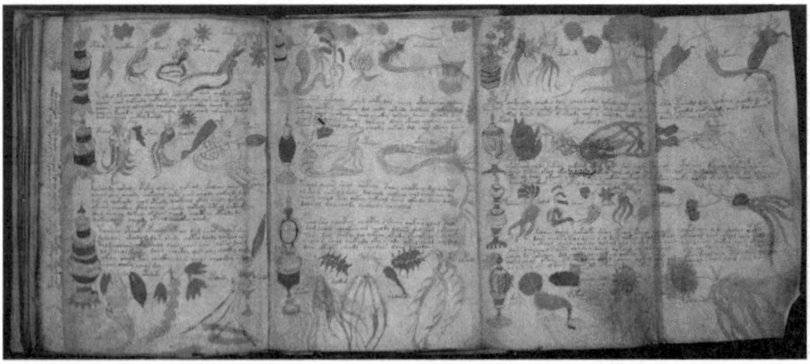

Os melhores historiadores, filólogos e especialistas em criptografia — todos o querem desvendar. Para acrescentar ao quebra-cabeças, procura-se um dos fólios, que está desaparecido, aquele que se imagina conter informação crucial para desvendar o mistério.

tudo é foda

A primeira discussão de teor moral na mesa executiva da Gerez não acontece por embate com um limite ("não podemos vender isso!", "não é aceitável tornar isso um produto!") mas a propósito de um filão de palavras. O tumulto instala-se quando Darla propõe baixar drasticamente o preço a asneiras, insultos e impropérios, e incentivar novas composições com benefícios fiscais. Como isso implica mexer com a recém-criada TRM (Taxa de Rigor Moral), Darla precisa de uma aprovação maioritária dos acionistas. Numa introdução concisa mas recheada de referências, fala-lhes de estudos vários que se debruçam sobre o efeito do uso deste vocabulário no organismo, o papel que desempenham socialmente, e dá o exemplo de um estudo de que gosta muito, feito com papagaios, que correlaciona a facilidade com que aprendem asneiras e frases duvidosas com uma *energia diferente* com que as dizemos, um outro *valor*. Darla quer incentivar o consumo de impropérios e obscenidades para poder levar este tipo de estudos mais longe. Quer perceber o lugar desta subversão da moral em cada cultura, e o porquê de praguejar, já que todos os idiomas têm formas muito próprias de insulto e palavras-tabu.

Projeta na parede mais extensa da sala de reuniões a tabela de termos com preços de incentivo. Incomodados, até menos ruborizados, alguns dos acionistas nem erguem o olhar à projeção onde se encontram revalorizados diferentes produtos, organizados por subgrupos semânticos, tais como *genitália* (pila, pito, cona, pentelho, barbas de milho, caralho, gaita, colhão, países baixos, brecha, crica, bacamarte, mangalho, sarrafo), *escatologia* (merda, caca, cagalhão), *sexualidade* (foda, foder, bater uma, chupada, minete, fazer sabão, punheta, beber água na fonte, fazer mimi, bater velcro, mamar, canzana, enrabar, levar na caixa, levar no pacote, agasalhar o croquete, morder a fronha, dar uma trumbicada, coisar, comer, cobrir), *referentes animais* (cabrão, cabra, boi, burro, cornudo, gatuno) e *atividades laborais* (puta, chulo, ladrão, azeiteiro, rameira, mulher pública, alcoviteiro, turgimão, cacique, paneleiro). Um dos mais importantes acionistas insurge-se:

— Não podemos incentivar os adolescentes, as nossas crianças, a usar a palavra pê-u-tê-á!

A Mulher-Eco:

— O incentivo ao uso da palavra "puta" soletrado não é desejável.

Reina a discórdia. Metade dos presentes acha que são só palavras e é só mais um estudo, só mais uma campanha, e querem é saber se os dividendos aumentam o que têm a ganhar com este Mercado de Insultos. A outra metade desliza para um moralismo nunca antes presente nesta mesa, sobre o papel do Plano na higienização da linguagem, e a impedir a decadência dos costumes.

— Não podemos oferecer o "foda" ao Mercado brasileiro, para eles tudo é *foda*!

A Mulher-Eco:

— Tudo é foda.

Foi de longe a reunião favorita de Ana na sua já longa carreira como assistente de Darla. Nunca se divertiu tanto. Foi também uma das últimas.

Apenas um interveniente se apercebe da questão fulcral no estudo deste fenómeno da linguagem, que é a da polissemia das palavras que usamos para nos ofender ou para designar atos íntimos impronunciáveis:

— Se oferecemos todos esses benefícios a "comer" e "mamar" e "fazer sabão", como Darla propõe, quem assume o prejuízo quando os Consumidores se referirem mesmo a *comer*, a *mamar*, ou a *fazer sabão*? E, se as proibirmos, como propõem os senhores, o que dirão os Consumidores que precisam mesmo de *comer*, *mamar* ou *fazer sabão*?

A distinção a que ele se refere só vai ser possível na Terceira Vaga.

Darla responde com a apresentação previamente preparada com a ajuda de Ana. O valor sociológico no estudo da má-língua. Com um mapa animado fazem *zoom* a diferentes regiões do mundo e mapeiam particularidades idiomáticas na forma como os Consumidores se agridem, em todo o lado, sem exceções, embora de formas originais.

— O arquétipo da Mãe, por exemplo, atravessa culturas. É uma forma suprema de ofensa, com centenas de variações até ao expoente Romeno© "*Uscamias chilotii pe crucea matii*", ou seja, "vou secar as cuecas sujas no crucifixo da tua mãe". Não se encontra um equivalente no que concerne ao Pai, apesar de os Consumidores de Mandarim© terem o muito inclusivo "*Tsao Ni Zhu Zhong Shi Ba Dai*", que manda foder as dezoito gerações anteriores da família do insultado, e de os Consumidores de Islandês© usarem o "*afatottari*", que está relacionado com chupar o avô.

Eirik, o islandês, sorri. Abre a boca para oferecer uma explicação, provavelmente o contexto em que se usa tal ofensa, mas Darla continua:

— Há imagens de uma sofisticação imprevista, como o Africaner© "*Siug aan my aambeie en wag vir beter dae*" ("chupa as minhas hemorroidas e espera dias melhores"), o Japonês© "*Tofu no kado ni atama wo butsukete shinde shimae*" ("bate com a cabeça num tofu e morre"), o Gaélico©

"Go n-ithe an cat thu, is go n-ithe an diabhal an cat" ("que o gato te coma e que o diabo coma o gato"), o Sérvio© *"Da bog da ti kuca bila na CNN-u"* ("que a tua casa apareça em direto na CNN"...!), o Iídiche© *"Zolst farliren aleh tseyner achitz eynm, un dos zol dir vey ton"* ("que percas todos os dentes menos um e que esse doa"), e o vosso Castelhano© — Darla aponta para dois dos programadores — *"Así te tragues un pavo y todas las plumas se conviertan en cuchillas de afeitar"* ("que engulas um peru e todas as penas se transformem em lâminas de barbear").

Os programadores espanhóis riem, há que tempos que não ouviam essa.

— Há alguns de uma violência mais difícil de gerir, e esses interessam-me particularmente, como o Polaco© *"Jebiesz jeze"* ("vai foder ouriços"), ou o Arménio© *"Glirit mortin hed sarma shinem"* ("vou fazer sarma[1] com a pele do teu pénis"), o Albanês© *"Te qifte arusha qorre"* ("que te foda um veado cego"), o Búlgaro© *"Grozna si kato salata"* ("és feio/a como a salada")...

Um dos acionistas levanta-se em sinal de protesto: qual é afinal o objetivo desta estranha palestra? Discutem mais e a reunião termina de forma inconclusiva. É aprovada uma CIC[2] geral que engloba uma lista de termos mais leves ("porra", "bolas", "seu estúpido!"), mas a lista de linguagem sórdida, xenófoba ou de maior grau de violência fica em suspenso. Antes de saírem, a Mulher-Eco resume as principais ideias discutidas e termina com a interação de uma questão colocada por um dos economistas:

— Se o Mercado é amoral por que não haveria a linguagem de o ser?

1 Uma iguaria com alimentos embrulhados em folha de videira ou repolho.

2 Campanha de Incentivo ao Consumo.

é amoral porque não

A frase "se tu não tivesses aparecido, a minha vida ter-se-ia afundado num", que Pablo disse a Maribel, custa 149 DCs e a frase "não aguento nem mais um dia sem ver esse", que Pablo escreve a Alexandra, custa 201 DCs e a frase "pensava que isto já nem acontecia a corações com a nossa idade", que Pablo sussurra ao ouvido de Juliana, custou-lhe apenas 98 DCs. Mas valem o quê? A mentira é a arte de desenhar com palavras dentro do outro os contornos de um animal fantástico que não habita selva alguma.

Várias pessoas no mundo estão, em qualquer momento, a braços com esse poder da linguagem, essa forma negra de magia. Podia até dizer-se *todas*. Todas as pessoas no mundo a braços com algum tipo de logro ou falácia. Há mentiras coletivas, sistémicas, paradigmáticas. Mentiras atmosféricas, que envolvem tudo em determinado espaço e tempo de uma sociedade. Enganos: a própria História é uma sucessão de enganos desmentidos e prontamente substituídos por enganos melhores, ou diferentes.

À escala individual, também: se não for uma frase que é usada para iludir, será uma ideia acerca de si próprio, uma fé omissa em qualquer coisa que nunca irá acontecer, um crime cometido mas que não se consegue assumir. Mentimos.

Darla, quando mente, chama-lhe "hipocrisia". Defende que a hipocrisia é "indispensável" para a manutenção de uma estabilidade maior, e que "a mentira é outra coisa". Diz que há coisas que são legítimas no singular mas que têm de ser ditas de outra forma no plural. A tensão entre o que um homem quer e o que é bom para todos é intemporal e só a hipocrisia ajuda a regulá-la. É assim que se escrevem Leis: há coisas que são verdade para muitos e mentira para um.

Isto foi a forma como Darla racionalizou a mentira no seu quotidiano, no seu discurso. Mas agora vai ser convidada a mergulhar nela e a provar os dissabores das definições ambíguas, ou hipócritas, mesmo desonestas.

Coincide com a Segunda Vaga o envolvimento de Darla com a sua assistente, a Mulher-Eco, que se chama simplesmente Ana. Entre elas, uma intimidade é construída lentamente, frase a frase. Pelas horas passadas juntas, mas sobretudo pelo constante exercício de ecoar. Um espelho sonoro, ao ponto de Darla não conseguir distinguir entre se o enamoramento é por Ana ou por si própria reverberada na sua voz.

Ana tem um dom, mesmo sendo só uma técnica. Devolve tudo com o peso certo, limpa os ruídos de cada frase e põe ênfase e respiração no lugar. A mestria com que o faz mostra o quanto falar é muito mais do que aquilo que é dito. É como se Ana a ouvisse *mesmo*.

Ana inebria-se com o poder visível que começa a ter sobre Darla e a exceder aquele que seria o âmbito do seu trabalho. A usar a linguagem para outras coisas. Depois de anos, Ana conhece bem em Darla recorrências discursivas, muletas de comunicação, termos mal empregues, uma queda para a diplomacia, os lugares essenciais da hipocrisia e uma forma arejada mas rara de humor. Parece-lhe evidente que Darla é uma mulher de uma inteligência e força inusuais, mas nem por isso menos frágil. Sem saber bem como, Ana começa a sonhar em ter o amor desta mulher, sem por isso lhe ocorrer que a devia amar também. Uma coisa a provar a si própria. Marcos, metas, superação. Coisas que se fazem para se poder ver novas coisas ao espelho de vez em quando. Uma certa soberba.

É igual e diferente de Pablo. Aquilo que no ator se cumpre na acumulação de mulheres em Ana cumpre-se na acumulação de valor, prestígio e poder sobre uma só mulher. Conquistar Darla é conquistar um ícone, que continha os anseios de muitas mais mulheres do que aquelas que Pablo poderia alguma vez conquistar. É ganhar a corrida num só passo.

Um troféu que não é para o olhar alheio. Estarem sempre juntas dá azo a rumores, mas circulam boatos sobre Darla e toda a gente que se aproxime dela, e tantos outros, homens e mulheres que ela nunca tinha tido oportunidade de conhecer. A vida amorosa das supercelebridades é terreno fértil para o delírio coletivo, e com uma imprensa completamente desarraigada de qualquer ideia de verdade, qualquer pessoa pode publicar qualquer coisa acerca de Darla, e a notícia deflagrar em poucas horas. Mas é por Ana que se apaixona, e ninguém nunca descobre.

O segredo faz Ana sentir-se importante. De manhã, no diálogo difícil com o espelho, olha o rosto massacrado, não tanto pelo tempo mas mais pelas depressões recorrentes — a pele baça, o olhar sem brilho, os lábios sempre um pouco secos —, e diz: "este é o rosto da mulher que arrebatou o coração de Darla Walsh". Revigora.

Começa a plantar aqui e ali frases suas, muito suas. Di-las no mesmo tom técnico e operativo com que repete as frases de conteúdo profissional.

— É preciso marcar uma reunião com os dirigentes dos principais Governos para termos balizas homogéneas para a questão da punição.

— Precisamos de balizas homogéneas no que concerne à questão da punição.

— Não podemos deixar cada Governo aplicar o seu castigo.

— Todos os Governos têm de aplicar os mesmos castigos.

— Exato. Não pode haver lugares privilegiados nem exceções.

— Não pode. Apesar dessa camisa lhe ficar excepcionalmente bem.

A primeira vez foi a mais assustadora. Nada fazia prever uma mudança tão brusca na natureza do diálogo. Ou melhor, do monólogo ecoado.

A Darla, soube-lhe estranhamente bem. Sorriu e deixou passar. Ana sentiu-se eufórica. Foi criando este tipo de ruído afectuoso sobre o texto do discurso de Darla, subvertendo uma e outra frase para a devolver revestida à proprietária, como quem lhe afasta o cabelo do rosto e o prende atrás da orelha, um mimo, uns colarinhos engomados, frases mais macias de usar. Darla já planeava a sintaxe das suas proposições de forma a que a outra as pudesse mais facilmente desmontar e devolver, limpas. Lindas.

As deixas de Ana eram similares às de Pablo e, de acordo com certos estudos, eram variações de frases consumidas por muitos milhares, em todo o mundo, ansiosos de construir no outro um castelo de cartas de amor — seja para o derrubar logo a seguir ou para ir morar lá para dentro.

Mais tarde, depois do caso terminado, Darla iria rever todas estas frases no Sistema. Finalmente a sós, ativa a projeção no Quarto Lilás, o mais recôndito. Desliga as notificações, a vigilância biométrica e vai direta a uma data cravada no umbigo da memória. O meio de uma tarde rara, soalheira, a interromper o cinzento irlandês, em que resolveram deixar o escritório e ir para Marlay Park comemorar com champanhe a implementação da Segunda Vaga. Ana levou um livro consigo e leu-lhe um pequeno excerto de um poeta romano. Afagou-lhe a mão e gracejou:

— Nada inflama as miúdas com mania do conhecimento como um bom clássico...

assim rápido demais

— Maaaaaaaaãe?

Lucía suspira.

— "Travar amizade" diz-se quando vai assim rápido demais?

Ao fundo, a gargalhada de Pablo.

do nascimento de narciso

Darla pousa a cabeça no colo de Ana. Ana agarra no livro, folheia-o, encontra a passagem que procura, espera que Darla esteja confortável e começa. Parafraseia, lendo aqui e ali, o necessário para manter a proximidade ao texto.

Quando o pequeno Narciso nasce, esculpido na mais perfeita arte sobre uma pedra do tamanho de uma melancia, a sua mãe, Liríope, vai consultar um oráculo. Pergunta ao vidente se o seu menino, tão perfeito, chegaria a ver idade avançada ou velhice serena. A resposta não lhe garante o consolo pretendido: Não, "se não se conhecer a si próprio".

O enigma é o idioma dos oráculos. Serve a miragem. Para que ninguém se convença de que o futuro é planura de fácil acesso. O enigma é a frase que nos faz olhar para o lado para poder ver melhor o que está mesmo em frente.

"Se não se conhecer a si próprio..."

Narciso cresce na proporção harmoniosa do que vinha prometido na sua formusura. Ao passar, chama a si os cânticos dos corações em redor, os desafogados e os ilegítimos. É desejado por rapazes e raparigas, velhos e novos, sem nunca corresponder. Cresce intocado.

Entretido, um dia, no passatempo de atormentar veados contra umas sebes, Narciso é visto pela ninfa Eco. A ninfa da voz estava sob a maldição de Juno, que a condenara à mudez, salvo ressoar o que ouvisse. Para todo o sempre incapaz de iniciar uma frase sua. Este castigo perverso, que só um enorme ciúme podia ter engendrado, tinha sido consequência da conivência da ninfa com as paixões de Júpiter. A mulher, ludibriada mas atenta, percebeu que estava a ser distraída pela verborreia loquaz de Eco, que falava e falava e falava, enquanto Júpiter dava vazão aos seus apetites. O tagarelar como forma de nos despistar do que é essencial, algo que os deuses da Antiguidade já conheciam bem.

Quando Juno se apercebe do ardil, furiosa, dita a Eco:

"Sobre a tua própria língua, com a qual me enganavas, ser-te-á outorgado diminuto poder e brevíssimo uso da voz."

O silêncio — o pior dos castigos para a deusa da voz.

"Misericórdia, Juno!"

"Tivesses sabido usar melhor o teu dom!"

Darla sorri, muda de posição. O rosto voltado de lado, deitado na coxa de Ana, encarando a relva, que irrefletidamente destruía com a ponta dos dedos enquanto escutava.

"Tivesses sabido usar melhor o teu dom!"

Será que traz ela a fúria de Juno? Será que Ana se refere ao Plano ao ler-lhe esta história?

Não. Ana continua.

A partir desta sentença, Eco iria para sempre estar condenada a repetir o final das frases, devolvendo tudo o que ouvisse. É esta Eco que avista Narciso entretido a fustigar animais e se sente arrebatada pela beleza singular do rapaz. Segue-o, observando-o de longe. Anseia por acercar-se e entregar-lhe os mais doces versos de amor — mas não pode. Limita-se a segui-lo sempre que sai com os amigos em aventuras pelos bosques. Num desses dias, Narciso vê-se isolado. Alertado por ruídos em redor, exclama:

"Quem está aí...?!"

Ao que uma voz lhe responde:

"... Aí... Aí..."

Busca em volta um corpo para esta voz. Reitera:

"Vem!"

E de novo a voz:

"... Vem... Vem... Vem..."

Apressa-se em busca dos outros, tentando ignorar a sensação de assombramento, mas não é capaz. Sabe que está a ser seguido. Inverte a dinâmica e tenta seguir a voz.

"Por que foges de mim?"

"... De mim... De mim..."

"Vem cá, vamos!"

Eco celebra:

"... Vamos... Vamos...!"

Sai de trás do arbusto onde se esconde e lança-se nos braços de Narciso:

"...Vamos... Vamos!"

A reação do rapaz é fintá-la e fugir.

"Tira as tuas mãos de cima de mim! Antes morrer a entregar-me a ti!"

Curvada, Eco pode apenas devolver:

"... A ti... A ti... A ti..."

Rejeitada e humilhada, foge e esconde-se nos bosques. Nunca mais ninguém a vê.

Com esta frase Darla muda de novo de posição e orienta o rosto ao céu, a olhar a copa da árvore que lhes dá sombra.

Não poderia desabafar, mesmo que tentasse. Está condenada a esconder-se da sua rejeição em grutas e recantos, onde vê o seu amor por Narciso crescer. Com os anos, o corpo definha sob o jugo daquele sentimento sem retorno, e Eco torna-se uma sombra de si própria. Apenas a sua voz permanece vivaz, imediata a refletir o que lhe chega. E os ossos, esses já não se distinguem da mais vulgar pedra. Mas basta chamá-la:

"Eco, estás aqui?"

E ela, sempre presente:

"Aqui... Aqui... Aqui..."

Ana fecha o livro.

Ficam em silêncio, a leitura ainda a ecoar no espaço que partilham. Beijam-se. Nem os beijos nem os silêncios estão registados no Sistema, mas Darla consegue facilmente reproduzi-los, saber entre que duas frases foram quais beijos, quais carícias, quais sorrisos.

Este dia foi o início do tempo feliz, o tempo intocado, em que tudo parecia estar no sítio certo. Darla pensa nas vozes que nunca se cansam de lhe dizer que não basta, que nada do que ela faz é suficiente. Recua o Visualizador de Dados ao início daquela tarde. Quer ouvir de novo o mito de Eco e Narciso contado pela voz dela. Quer sentir o tempo que ainda tinham, esperando-as. Quer voltar a tudo, para trás. Ouvir tudo outra vez. Mas que, desta vez, seja tudo verdade.

comer mamar ou fazer sabão

DuranteumasemanainteiratantoapontuaçãoortográficaquantooespaçoentreaspalavrasnalinguagemescritaatingiupreçosproibitivosFoidifícilparaosolhoseparaospulmões

Houve uma altura em que se convenceu de que Pablo lhe fazia isto para a castigar por não poder ter filhos, por não ser capaz. Ficou obcecada com a ideia de que isto era a forma de ele dizer que qualquer outra mulher era mais mulher do que ela, de lhe mostrar que todas as outras podiam. Este temor injustificado tomou conta de si quando uma delas apareceu grávida e ameaçou um escândalo. Isto foi muito antes de a carreira dele entrar em declínio. Desfrutava de alguma notoriedade como ator, estava no elenco da maior companhia da cidade, e ele quis abafar aquilo. A mulher exigiu-lhes imenso dinheiro para se calar, e eles pagaram. Ou seja, Lucía pagou. Uns meses depois, chegou Candela.

Candela mudou tudo. Nunca tinha visto Pablo tão deleitado com nada nem ninguém. Era o elemento que faltava, homeostático. Pablo passava muito mais tempo em casa, estava mais atento e cumpridor, anunciava coisas que depois fazia mesmo, parecia outro homem. Dizia que a bebé lhe dava sentido, que agora sentia o seu valor. A sua "menina", como lhe chamava, a sua "razão de ser". Evocou as vozes que passavam o tempo a dizer-lhe que era um merdas, que não valia nada, que não era ninguém. Vozes a quem ele agora respondia "eu sou pai".

Depois, os ciúmes. Pela primeira vez, neste longo historial de traições. Ciúmes da filha, da bebé.

Candela demorou imenso a começar a falar, e aquele silêncio endoidecia-a. A mesma mulher que interpretava as traições compulsivas do marido como um comentário à sua infertilidade não tinha distância para perceber que o silêncio da filha bebé não era uma recriminação. Sentia-se julgada e criticada.

Levou-a a terapeutas da fala, e Candela nada. O mutismo da criança absorveu-a de tal forma que não se deu conta de que Pablo retomava os velhos hábitos. Tinha ganhado uns quilinhos mas parecia muito mais pesado. Não envelhecia bem. A mudança de imagem não encontrou correspondência em palco, e a sua carreira não se renovou.

Quando Lucía finalmente se apercebeu, havia uma filha e isso mudava tudo. Outro *email* de outra mulher, despeitada ou ferida, dependendo do ponto de vista. Outra que a queria salvar de um marido "misógino" e "biltre". "Esse homem não te merece", "Quero que saibas quem está a teu lado", "Escrevo-te como amiga e não como rival". Elas eram como Pablo: usavam todas as mesmas frases.

Esse *email* apagou-o sem responder. Candela ia entrar para uma nova escola e já tinha dito algumas palavras. Havia outros centros, outros focos, a vida já não girava em torno dele. Candela ainda estava longe de demonstrar a obsessão que a iria caracterizar, com tudo o que é dito e como é dito. Era apenas adorável.

Os meses trouxeram outras mensagens, outras mulheres. Alguém que veio ter com ela ao escritório, outro escândalo, uma amiga que foi avisada por uma amiga que foi avisada por uma amiga e que achou bem sentar-se e ter uma conversa com ela. Lucía atribuiu tudo à inveja. Por Pablo ser "belo e famoso". Pablo já não era belo e nunca fora famoso, mas isso ela não ouvia. Invejosas, todas.

Foi nestes anos que se dedicou a todo o tipo de retiros e a todo o tipo de terapias e a todo o tipo de yogas e a todo o tipo de *workshops* de cura e de autoajuda e de desenvolvimento pessoal, termos-chave de um Mercado muito lucrativo que vende sobretudo a ilusão. Queria só que o desconforto passasse e que as vozes lhe dessem sossego. Gastou imenso dinheiro. Tomou florais de Bach e consultou uma senhora com um pêndulo e leram-lhe cartas astrais e a aura e leram-lhe imensa coisa desta e doutras vidas e alinharam-lhe chacras da cabeça aos pés e tomou raízes e ervas e suplementos e, mesmo assim, não era capaz. Nenhuma verdade, nenhuma redenção.

Tornou-se amarga e colérica. Explodia sem motivo aparente. A curiosidade voraz de Candela enfurecia-a, já não podia com as suas perguntas constantes. Com Pablo já quase só discutia, sobre qualquer coisa mas sobretudo sobre dinheiro. Dinheiro e dinheiro e os seus adjuvantes: a letargia de Pablo em conseguir emprego, os seus gastos injustificados, a boémia. Dinheiro e a falta de dinheiro — mas nunca sobre a única coisa que merecia discussão.

Nos anos seguintes, a carreira de Pablo extinguiu-se. O relativo sucesso que outrora gozara devia-se em grande medida à sua aparência, à sua voz envolvente. Quando essa aura entrou em ocaso e começaram a aparecer em cena hordas de atores mais jovens e mais vitais, foram deixando de o chamar. Demorou alguns anos até ele se "humilhar" [*sic*] ao ponto de ir a uma audição. Por outro lado, as mulheres nunca escassearam e isso provava-lhe *qualquer coisa*. Qualquer coisa vaga e que não chegava a nutrir. Ia-se alimentando da adrenalina da caça, da forma singular que cada mulher tem de tropeçar, das fortes que são afinal doces, das intelectuais que são afinal ingénuas. Qualquer uma que ostente aquela fragilidade, algo para pilhar. Exímia ave de rapina, a rondar: busca em cada uma a perna vacilante, o instante solto do susto. Tem um talento nato para medir em três olhares a sombra alheia, mas não tem mãos para medir a própria.

Já Candela entrava na primeira adolescência, e o pai não fazia mais do que beber e caçar mulheres. Ganhou muito peso, em corpo e letargia. Tornou-se um tipo incómodo, fastidioso, azedo e muito cheio de si. Vivia da memória gasta de duas ou três glórias artísticas antigas, que já ninguém, além dele, valorizava. Tinha teorias para tudo, da escala íntima à macroeconomia, e discorria com ou sem plateia. Falava muito de si e sempre mal dos outros, e isso não serenou quando passou a pagar para o fazer. A mulher pagava. Declamava poesia enquanto despejava *whisky* atrás de *whisky* e puxava de um cigarro após o outro, em bares, à noite, de graça, para pessoas que não queriam necessariamente ouvi-lo. A sua mestria na colocação da voz impunha-se. Com frequência havia elogios e até aplausos: a partir de uma certa hora e de certo grau de embriaguez.

de nos despistar do que é essencial

Para: Lucía Elizagaray
De: * Logos * o SEU plano de * revalorização * da linguagem *

Cara Lucía,
Queremos apresentar-lhe o **novo pacote de inovação** linguística: PalavrasAMetro®©™! Deixe de recear a fatura de "anticonstitucionalissimamente",
"esternocleidomastoideu",
"Otorrinolaringologista",
palavras acopladas, Termos Alemães®,
neologismos prolongados ou Trava-Línguas!
Sabemos pelo seu registo comunicacional que sofre de um nível Médio/Acima da Média de hipopotomonstrosesquipedaliofobia. Aliás, como mais de metade da população. A hipopotomonstrosesquipedaliofobia é a sensação de pavor perante uma palavra muito grande ou complicada. **Não se preocupe!** Estudos indicam que em apenas 21 dias de utilização do Pacote Promocional PalavrasAMetro®©™ sentirá uma redução drástica de todos os sintomas. Até o nome da fobia deixará de a assustar.

Ative já este Tarifário e habilite-se a ganhar um Passe AiAiAi, com descontos até 70% em interjeições e palavras curtas.

Lembre-se, falar é um bem precioso, estime-o.

- -

Esta é uma mensagem gerada automaticamente. Por favor não responda. Poderá contactar-nos através da Área de Cliente ou acedendo ao Agente Interno do seu código local.

** Na compra destas palavras, acumule pontos para PTPs-Coloquial e anule a sua taxa de EDMI.*

** Os termos adquiridos nas próximas 24h têm portes grátis em todas as transferências idiomáticas.*

posição de força virtualmente inviolável em relação ao fardo

Nem sequer o objetivo é o sexo. O que o tem viciado é o próprio potencial da linguagem: gancho, arma, castelo, nuvem, cavalo, pacto. O teatro, noutros tempos, sempre lhe alimentava a fome de fábulas, o deslumbre da ficção. Frases ditas em cena geram outras frases. As palavras, fora de cena, são mais planas. Menos mágicas.

Há poucos meses, uma destas mulheres encontrou-o num bar, à noite, e não teve meias-medidas, despejou uma cerveja inteira sobre a sua cabeça. Uma cerveja gelada. Enquanto o líquido escorria pelo seu rosto e penetrava o interior da sua camisa, não sem incómodo, Pablo lembrou-se com deleite de uma frase que um personagem que representou há muitos anos citava, uma frase de Susan Sontag, de um livro que lia em cena, e esse personagem, a propósito já não se lembra de quê, dizia que "o silêncio é a única posição de força virtualmente inviolável em relação ao fardo das palavras". Algo assim. "Ao fardo das palavras"... Não está certo de que a frase fosse exatamente assim, mas era a "força inviolável" contra "o fardo das palavras". Sorriu à mulher ressabiada, levantou-se, pagou a sua bebida e a dela, e voltou para casa. Quando entrou em casa bebeu água e foi aos quartos, Lucía e Candela dormiam profundamente. Sentiu-se apaziguado, alguma coisa lhe tinha corrido mesmo muito bem, sem ele saber identificar o quê. Tentou acordar Lucía com beijos nas omoplatas e carícias nas coxas. Ela, estremunhada, repeliu-o: "Fedes a álcool...".

Tornar-se um espectro ausente na vida destas muitas mulheres é o que lhe dá mais gozo. Se a fantasmagoria puder ser humilhante para elas, melhor. Se elas o perseguirem com desespero, também lhe sabe bem, mas o importante é desaparecer. Ter a última palavra.

primeiro império multilingue

Perante obstáculos e adversidades, a biografia de um idioma pode ser épica, e uma qualquer língua pode revelar-se uma guerreira flexível, espontânea, terrível. Sem antagonista ou colonizador, poder-se-ia suspeitar de uma vida mais tranquila ou previsível. Mas não é necessariamente o caso.

A Darla fascinam-na as vidas épicas. Dedicou-se ao estudo de idiomas isolados pela força das circunstâncias, a casos vários das ilhas da Indonésia, ou ao falar criado pelos escravos quando foram forçados a falar o idioma do colonizador, como no Haiti. As ilhas, caso não haja contato com o exterior, permitem observar como o mesmo idioma pode crescer em direções distintas. Um laboratório que levou séculos e séculos, e a este império um par de anos.

Darla quer ver o que acontecerá quando mais pessoas forem *incentivadas* a usar estes idiomas circunscritos, alguns com regras gramaticais e personalidades muito próprias. Mantém propositadamente as línguas raras muito baratas e torna dispendiosas as línguas mais faladas, como o Inglês© ou o Mandarim©. A Lei da Oferta e da Procura legitima a manipulação artificial dos Mercados, mas não é isso o que a move. Quer proteger as centenas de línguas moribundas e resgatar as que se extinguem. Defende os monopólios financeiros e a diversidade linguística, outra contradição difícil de justificar.

Várias línguas retornaram quando estavam prestes a morrer: o Hebraico© em Israel, as línguas Maia© no México, o Gaélico© no Reino Unido, o Navajo© nos Estados Unidos, o Maori© na Nova Zelândia, o Mohawk© no Quebeque, e as línguas nativas no Botsuana. Tornam-se línguas protegidas, com termos gratuitos e consumo crescente.

Boa parte das línguas que morreram antes da Transição nunca foram escritas ou gravadas. Sem o Sistema, seria como se nunca tivessem existido. Muitas causas determinaram o seu fim: fenómenos de ordem climatérica que causam correntes migratórias, características geográficas e, ainda, com maior frequência, causas políticas. Suprimir o idioma do Outro é eliminar a sua dissidência.

Diferentes formas de opressão ditatorial se manifestaram na forma de as pessoas falarem e no idioma que escolhiam usar — ou que lhes era imposto. Franco reprimiu o uso das línguas de Espanha — o Galego©, o Catalão©, o Basco© — para impor o Castelhano© e reforçar o poder central. Mussolini proibiu o uso de dialetos em Itália. O Francês© colonizador tinha ele próprio nascido das modificações que os Francos, um povo germânico, impuseram ao latim dos dominadores romanos. No Reino Unido, os invasores germânicos oprimiram os idiomas celtas quase até à extinção, e da mistura das suas diferentes línguas nasceu o Inglês©. E há o Português© colonizador de África e do Brasil, e que até tentou intrometer-se no Japonês©. Nas colónias africanas, parte do processo de "assimilação" era uma prova que passava por demonstrar ser-se católico praticante, dormir numa cama, ter o exame da quarta classe, ter uma só mulher, comer com faca e garfo — e falar bem o Português©.

Temos de nos perguntar quanta violência ou dominação foram necessárias para o idioma de um país tão pequeno ser hoje o quinto mais vendido do mundo, com mais de duzentos e oitenta milhões de Consumidores.

do balbucio indistinto e imemorial que extinguindo-se permite que todas as línguas existam

bom dia meu amor dormiste bem

Acordas com as primeiras notas da manhã nas reentrâncias das persianas. Humedeces os lábios. No sonho desta noite atravessaste um bosque, seguiste pelo Vale. Foi lá que tudo aconteceu. Havia uma pequena comunidade de gente sonhada: lembras-te pelo menos de um Tradutor, uma Florista, uma Grande Filósofa e o seu companheiro Compilador de Parâmetros, um Odontologista, e ainda de uma Lexicóloga, uma índia Okanagan, um Gago, três Silenciários, da própria Linda Lafidale e de um Grande Escritor, da visita de uma Jornalista, de um Homem Que Fala em Haiku e de um Taberneiro. Tentas dormir mais um bocadinho. Enrolas os nós dos dedos na borda dos lençóis. Livras o rosto dos teus próprios cabelos, roças o pescoço na almofada, ajeitas o corpo à cama. Respiras. Pura claridade.

Como a cada acordar, pensas como seria se não te levantasses. Ficar quieta, incógnita, e não ter de ir buscar energia onde a energia rareia. Hoje nem sequer tens para onde ir. Ninguém que te espere.

"Maaaaaaaaãe." É o Vicente, que te vem buscar pela memória. Há muitos anos. Cresceu sem ti. Se ainda aqui vivesse teria preparado a sua própria comida, atado os seus atacadores, escolhido a sua roupa e saído. Já teria idade para isso. Tiveste de te desacostumar de cada "olá meu amor dormiste bem" com que ingerias a dose diária de ternura de que necessitavas para te manteres sã.

Cresceram para longe da ternura: o emprego na Gerez, ser assistente de Darla, não ter espaço para mais nada. A mudança para Dublin tornou-o sorumbático. Aprendeu Inglês© com facilidade mas usava-o para repetir as mesmas ideias: que preferia o pai e que odiava Dublin, esta casa, esta comida, estes amigos.

É mentira, nunca fez amigos. Disse aos advogados que preferia estar com o pai e, dado o teu historial médico, eles concordaram. Quando o Vicente dizia "Mãe" parecia que essa palavra era mais tu do que o teu próprio nome. Ana. Alguém conhece a primeira palavra do mundo?

Hoje nem tens quem te espere. Não tens para onde ir. Há uma semana, cinco dias, sete dias, foi ontem que te despediram?, que te despediste, foi anteontem, há dez dias. Estás a dormir desde então. Era inevitável. Sempre soubeste. Ela sempre foi. Tinha de. Talvez se. Por que é que. Respira...

No lugar dela, tinhas feito a mesma coisa.

Se te tivesses a ti sempre ao teu lado também te mandarias embora.

Tentas voltar ao Vale mas é o rosto de Darla que te recebe qualquer que seja o lado para onde te vires. O nariz de desenho perfeito, a linha convexa dos ombros quando está muito cansada. Não tens noção de que ela sofre por ti. Só o teu sofrimento é real. Estiveste anos a seu lado, a vê-la abusar de uma noção elástica de verdade, e talvez por isso retires o ónus negativo ao que lhe fizeste. Conduziste-a, frase a frase, a uma nação governada por formas de sentir. Nunca fizeste tenção de comparecer. Quiseste que Darla Walsh precisasse de ti, não há outra forma de o dizer. Não admites que isso não tem nada a ver com amor. Não sentes culpa. Achas que, uma vez mais, a vítima és tu.

Foi Darla quem te ensinou a fazer o que lhe fizeste, como pode ela estar a sofrer com isso? *Darla*. Darla, darla, dar, la. Há nomes que relembram imensa dor, e evitas ir aí, a essa casa com um nome desdito à porta, a esse lugar onde foste feliz e que te cuspiu para longe, ou onde não conseguiste permanecer ou onde se calhar nem te deixaram entrar.

Não te quiseram.

Não foste querida.

Essa rejeição já não tem palavras; é só uma amargura. Continuará a ser, por muito que descanses. Voltas a humedecer os lábios ressequidos. Lembras-te do Vale. Queres voltar lá, àquele lugar anterior a teres um nome, antes de poderes ser chamada ou evocada. Esqueces uma vez mais que quem pode ser escolhida pode ser rejeitada.

pode ser rejeitada

Candela está há um bom tempo a observar uma bola de ténis em cima da mesa e a mesma bola de ténis quando a coloca debaixo da mesa. Coloca-a em cima, coloca-a em baixo, e olha para ela. Lucía até receia perguntar:

— Que estás a fazer, amor?

— Mãe. Por que é que quando estamos tristes estamos "em baixo"?

a primeira semente da discórdia

— Pablo, senta-te. Temos de falar.

— Agora tenho de fech

— Pablo.

— Está bem. Diz.

— Recebi outro daqueles *emails*.

— Hã?

— Tens de parar, Pablo. Isso é uma doença!

— Quem?

— Pergunta antes "qual"? "Qual delas?"

— Lu...

— Quantas são agora?

— Amor, para.

— Continuas a dizer aquelas tretas todas, "nunca-
-ninguém-nada-assim"...? Continuas a convencê-las de que estás envolvido?

— Amor, tu sabes que só

— Tu nem te atrevas! Tu não me toques.

Um silêncio tenso, a primeira camada de gelo, coisa frágil e cheia de fendimentos.

— Isso é uma doença, Pablo. É colecionismo. É uma compulsão. É...

Lucía quer dizer tanta coisa acumulada ao longo de tantos anos, e tudo o que consegue são diagnósticos a granel. Ele também não a excede em sofisticação.

— Estas mulheres não significam nada para mim. Se ao menos tu

— Oh, por favor, poupa-me.

— Lu... não faças isso. Anda cá.

Ela esquiva-se.

— Estás doente.

— Lu...

— Estás doente. As palavras não servem para isso. É horrível.

— "Horrível"...?! Horrível é o tempo que passo sem fazer amor com a minha mulher. Horrível é a alergia que me tens, é não poder tocar-te que tu

— Metes-me nojo.

— Vês?

— Por quê o conto de fadas, explicas-me? Por que é que não vais para a cama com elas e pronto? Para quê as promessas, as mentiras? Por que é que tenho de receber estes *emails*? Por que é que tenho de sentir pena destas pobres coitadas? Por que é que tu não entendes o valor de uma frase honesta? Não vês que as magoas?!

— Elas acreditam no que querem acreditar, Lu. Eu nunca lhes minto. Eu

— Esta mandou-me um anexo com todos os *emails*. Eu li, Pablo, *eu li!*

— Sabes quão fácil é hoje em dia simular um *email*...

— Tem vergonha. Devias ter vergonha.

Vira-lhe costas e sai do quarto. Antes, há dezenas de mulheres, esta cena era feita em lágrimas, havia um consumo excessivo do termo "porquê?", e era seguida de um pequeno colapso, sozinha, no escritório ou noutra divisão trancada da casa, a chorar copiosamente.

Muitas mulheres depois, fazem tudo a seco. Pablo seguro de que não sofrerá as consequências dos seus atos. Ameaças e insultos, muitos, mas nada além. "Quem terá sido?", pergunta-se. Não lhe cheira que aquela bailarina fosse mulher para este tipo de cenas... Não devia ter dormido com ela segunda vez, cheirava de longe a destrambelho. Só se foi a do *piercing*, será que era gaja para...? Enfim, com as mulheres nunca se sabe.

Candela entra na sala empunhando um poema recém--escrito. Percebe no olhar vítreo do pai que está de novo preso a algum palco, a ensaiar a melhor forma de dar vida a um texto pelo qual nunca mais o chamarão. Vira-se e sai.

coisa frágil e cheia de fendimentos

(Usando apenas mímica, o terapeuta inquire acerca de uma expressão da paciente. Imita-a. Ela responde com uma pergunta.) Acha que pode parar com estas vozes na minha cabeça que me dizem o tempo todo que não valho nada? Onde é que eu errei?! Parece que nada do que faço importa para nada. Não percebo. As pessoas. Toda a gente a. Tudo se resume a dinheiro e *status* e imagem. Quer dizer, ninguém está mesmo bem com isto tudo, pois não? Diga-me o senhor, que passa aqui o dia a ouvir clientes. Isto não nos está a destruir a todos? (O terapeuta olha-a em silêncio.) É sempre o mesmo, as fotografias das festas, dos jantares, os amigos, toda a gente tão feliz, mas não pode ser, pois não? Isto faz-me mal, não sei. Eu, como sou da dança, vejo as publicações de muitas pessoas da dança. Fico maldisposta. Está toda a gente a fazer imensa coisa e em *tournée* por sítios lindíssimos, a dançar nas melhores salas, e os espetáculos estão sempre nas revistas, aquilo das estrelinhas, sabe? Pois, não sabe, não é da dança. Os que não são da dança é a mesma coisa: toda a gente recém-promovida, recém-apaixonada e recém-grávida e os filhos são sempre lindos, e as casas. As casas! E os jantares. E os vestidos. E os sapatos. As melhores marcas. O pôr de mil sóis perfeitos. A comida. É tudo bonito demais para comer, quer dizer, o doutor almoça assim? (O terapeuta coloca uma pergunta, quatro palavras.) Eu acho que nunca fui bem assim, mas durante muito tempo acho que vivia como toda a gente. Quer dizer. Arranjava as minhas maneiras de funcionar. É isso, não é? *Funcionar*. Como as Máquinas. Diziam que as Máquinas iam substituir-nos no trabalho e que íamos ter imenso tempo livre. Cada vez trabalhamos mais e trabalhamos em cenas mais merdosas. Desculpe. Quando me enervo digo palavrões. Acontece-lhe? No fundo, ninguém quer ter tempo livre para não ter de olhar para a merda de vazio que são estas vidas. (O terapeuta, duas palavras.) Acha? (O terapeuta, duas palavras.) Então por que é que agora já não sou capaz? As coisas que já fizeram sentido já não fazem sentido. (O terapeuta, seis palavras.) Não, a minha mãe não... Como é que as outras pessoas sabem aquilo que valem? (O terapeuta passa-lhe para as mãos uma gráfico colorido impresso numa folha plastificada. Silêncio enquanto analisa o gráfico.) Sei. *Autoimagem, autoestima, autoamor, amor-próprio,* não sei quê *pessoal...* Já viu que anda sempre tudo à volta do *mim*?! E os outros? E esta sensação de que a próxima pessoa que se cruzar no meu caminho vai pousar a mão na minha caixa torácica, enfiar os dedos pelas minhas vértebras, romper com o punho as minhas costelas, enfiar a mão toda dentro do meu peito, e descobrir que é oco...? (Pausa à espera de que o terapeuta diga algo mas o terapeuta não diz nada. Atravessam várias nuances de silêncio até se tornar incómodo. Para ela, e sempre só para ela.) A mim toca-me dançar e dançar não serve para nada. Com estas ancas e estes joelhos e estes ossos nunca serei Primeira Bailarina, e na Companhia há tantas tão boas ou melhores do que eu. Sei que sou muito boa, sempre fui. Sempre estive entre as melhores mas não sou *A Melhor*, percebe? E não sei fazer mais nada. A minha vida foi isto. Sei que vou ser sempre só mais uma. (O terapeuta, uma pergunta, sete palavras.) Não. Isso foi só uma queca. O tipo não vale nada. Era tudo mentira, imagina? Todas as mensagens e o *emails* e os *links* de músicas, era tudo teatro. (O terapeuta, duas palavras.) Para quê tanta energia gasta em enganar alguém? (O terapeuta, três palavras.) Fazer aquilo de que gosto não me basta porque não percebo o meu valor. Como é que se sabe se se vale alguma coisa quando se é só mais uma? Só sabes o que vales quando és A Melhor. (O terapeuta, quatro palavras.) Toda a gente gosta de dançar. Eu sou alguém que gosta de dançar. Isso não chega. (O terapeuta refere-se ao tempo da consulta, oito palavras.) É curiosa essa sua frase... (O terapeuta, uma pergunta, duas palavras.) "... Estamos a chegar ao final do nosso tempo..." (O terapeuta, cinco palavras.) Sim, eu sei.

Por hoje é tudo. Para a semana há mais. Todos sabemos como funciona. Mas essa sua frase... quer dizer, parece que é a síntese perfeita de tudo o que lhe estive a dizer. Olhe em volta: estamos *mesmo* a chegar ao final do nosso tempo. (O terapeuta levanta-se, abre e fecha gavetas, cinco palavras e uma taxa adicional pelo usufruto de números):

— São cento e vinte pela consulta e...

— Ufa, é dinheiro.

— E 13.231 DCs, menos os 173 DCs consumidos por mim, dá 13.058 DCs. Tem tarifário?

— Não, sou Universal. Ainda não tive cabeça para olhar para os pacotes, são tantos... — a Bailarina fracamente incomodada. — Desculpe, mas pensava que as palavras estavam incluídas no preço da sessão...

— Deixámos de fazer isso, sabe, é que há pacientes que falam muito.

— Ok. Então... a ver se para a próxima falo menos.

A Bailarina ri-se da própria piada. O terapeuta não muda de expressão.

Frustrada com o dispêndio inesperado, tira uma carteira de uma mala que parece maior que ela, muito magra dentro das suas calças largas, sumida dentro da própria roupa. O cabelo encaracolado embandeira-lhe o rosto níveo, muito magro, muito triste. Abre a carteira, olha para o alinhamento de cartões de crédito e cartões de cliente de mil estabelecimentos comerciais e mil marcas e mil cupões de desconto, como se decifrasse o Alcorão — ou o *Voynich* —, um saber antigo ou exótico:

— O doutor é que está certo. Estamos mesmo a chegar ao final do nosso tempo.

E sem pausa entre uma ideia e outra:

— Posso pagar com cartão?

Apesar da adesão entusiástica de milhares de milhões de Consumidores, ainda se joga ao gato e ao rato. Se os ratos falassem e os gatos fossem insaciáveis capitalistas.

O Sistema, entretanto, aprendeu a computar a gaguez, o assobio, linguajares vários, todos os tipos de calão, idiomas encriptados ou cantados, sussurros, estalinhos, inversões e muitas outras formas que diariamente surgem, tanto para o expandir quanto para o desnortear. Já há pouco que possa ser dito que o computador não entenda. O seu ponto fraco continua a ser tudo o que rodeia falar. Reconhece qualquer palavra, mas encrava nas ambiguidades e é frágil a interpretar contextos. O terror da Máquina são as elipses e as omissões, a ambivalência e a ironia, as expressões idiomáticas e as figuras de estilo, tantas situações que comparecem na maioria de frases que usamos. Dizer é omitir: uma frase tão simples quanto "A Madalena já chegou mas a Raquel não" representou um desafio intelectual e técnico que ocupou os melhores cérebros do mundo e os mais potentes supercomputadores durante semanas.

"A Madalena já chegou mas a Raquel não."

Mas *não* quê? — perguntar-se-ia a Máquina, exasperada com tudo o que não dizemos. Foi penoso explicar-lhe que quando perguntamos "passas-me o saleiro?" não esperamos um literal "sim" ou "não" mas que nos passem o saleiro; que a resposta a "tens horas que me digas?" não é "tenho"; ou que, quando sugerimos "está fresquinho aqui!", estamos provavelmente a pedir que fechem a janela ou liguem um aquecedor. Os mais potentes supercomputadores tiveram dificuldade em integrar regras de funcionamento que qualquer criança apreende. Foi quando começámos a escrever regras que permitissem à Máquina traduzir estes usos da linguagem que nos apercebemos da fera multiforme, cheia de apetites e vontades, que é isto de comunicarmos e, de vez em quando (espantoso!), até nos entendermos.

espantoso até nos entendermos

No apogeu da Segunda Vaga o Sistema ainda não entende computacionalmente, matematicamente falando, a mentira. Na ressaca do que viveu com a Mulher-Eco, isso torna-se insuportável para Darla. Atravessa o que se chamaria noutras esferas uma "crise de fé". Como é que uma mesma palavra é capaz de gerar mas também de destruir?

Na reunião mensal, em Dublin, a primeira sem a presença da Mulher-Eco, exige aos técnicos um dispositivo que reconheça os sofismas, os logros e as falácias e que puna as pessoas que mentem, que as faça pagar mais:

— Que as faça pagar *muito caro*!

Os especialistas explicam-lhe o que ela já sabe: que a tecnologia atual ainda está longe de poder fazer tal proeza. A falsidade e a fabulação são dos mecanismos de linguagem mais incompreendidos. Alguém parafraseia:

"As línguas são os únicos sistemas semióticos que permitem a mentira, um indicador evidente da sua potência."

Uma ideia por todos conhecida, de Umberto Eco. Darla, neste momento, não quer ter nada a ver com qualquer tipo de Eco. Lembra-lhe o Narciso, e a ninfa, e a rejeição e a impossibilidade amorosa. Lembra-lhe o beijo que deram a seguir àquela leitura. O seu rosto fecha-se num esgar horrorizado e ninguém percebe porquê. Dá por terminada a reunião que apenas começara. Todos saem, confusos.

Ninguém desvenda esta contrariedade. Afinal, a Segunda Vaga está a ser um enorme sucesso! Porquê a tensão? Os investidores saem da sala a compasso, hesitantes, temerosos de que ela esteja a considerar não realizar a Grande Transição. Todos sabem que Darla gosta do Laboratório de Línguas, e que por isso quer que tudo aconteça lentamente. Para o poder estudar. Está mais interessada no trajeto do que no destino.

Há muito capital investido e cobiçado em torno desta mesa, mas a palavra final ainda é a dela.

o que anota ela no quarto caderninho

"Um exercício: pensar sobre uma palavra sem que isso gere mais palavras."

aquele beijo que deram a seguir

Deprime a doce déspota.

Depois do afastamento de Ana, Darla não consegue voltar a encontrar o trilho à sua imparável eficiência. É Darla quem a despede, mas apenas porque seria intolerável tê-la todos os dias a seu lado.

Não conseguiu chegar ao final da reunião de balanço do Plano, a primeira em que a Mulher-Eco não marcou presença. Alguém citou Eco, Umberto Eco, e Darla estagnou. Mandou toda a gente embora. Ao olhar a sua silhueta no reflexo da enorme mesa oval negra, a doce déspota começou a duvidar: por que foi que se entregou a este projeto megalómano? Qual era o objetivo?

As únicas pessoas naquela reunião que puderam intuir o que se estava a passar foram Timothy e Kate. Os seus nomes não têm sido invocados porque se mantiveram muito iguais ao longo de todas estas Vagas, e transições, malgrado a multiplicação das suas fortunas pessoais a cada capítulo. Tentaram arredar-se da exposição pública — para isso estava lá Darla. Demorou muito tempo até um ou outro passarem pelas "bocas do mundo" e, quando isso aconteceu, já as "bocas do mundo" eram um lugar com entrada paga. O bilhete já revertia a seu favor.

Depois da reunião de fim súbito, Timothy e Kate decidem prolongar a estadia em Dublin. Tentam encontrar Ana para marcar uma hora com Darla, mas são informados de que a Mulher-Eco já não trabalha na Gerez. Que foi dispensada. Numa troca de olhares, sem qualquer comentário, percebem tudo. Se não "tudo", certamente "muita coisa". É que também eles estão juntos há mais de uma década, todos os dias, todas as vitórias, todos os obstáculos, todos os sem-propósito. Também desmotivam e também se perguntam. "Para quê tudo isto?" Há sempre um que relembra ao outro a resposta, ou as respostas: o seu nome a permanecer ligado às primeiras transferências de consciência, ao descodificar do funcionamento do cérebro humano, à Transição para uma humanidade híbrida com a Máquina, à Grande Transição. O dinheiro, sim, também e sempre, o dinheiro.

Sabem que partilhar uma experiência destas gera uma estranha intimidade. São batedores que avançam pelo desconhecido na esperança de trazer o resto da humanidade atrás. Deve ter sido assim com elas, como com eles. A tentação de te apaixonares pelo espelho.

No elevador de paredes translúcidas, que serve de espinha dorsal ao colossal edifício da Gerez, olham para fora para não terem de olhar um para o outro. Saem e caminham pela rua com as mãos nos bolsos e os ombros tombados. São demasiado parecidos: na postura, no ritmo, nas cores, nos tecidos, nas marcas. Ela é a versão feminina dele, ou vice-versa. Também isso parece resultar dessa convivência geradora de equívocos, tantos anos a roçar a sombra um do outro.

Caminham pelo quarteirão que circunda o grande edifício da Gerez, o mais caro de Dublin. Não atentam nas montras das lojas de luxo, nem nos rostos das pessoas com quem se cruzam. Reparam nas obras de instalação de "varreduras" especiais para os novos carros que inundam o Mercado e tecem um par de comentários. O mundo muda por dentro e por fora e a natureza humana continua sempre igual, embasbacada perante os mesmos dilemas.

Caminham. Kate não tira os olhos do asfalto. Conhecem-se tão bem que não precisam de palavras para saber que estão a construir o mesmo enredo para Darla e Ana, estão a ver-se a si nelas. Uma impossibilidade. Nem um nem outro imagina que tenha havido, no caso delas, desonestidade. Eles os dois também lutaram muito com as palavras — precisar, adorar, admirar, bem-querer, hábito, conforto, medo-de-estar-só, depender, projetar, decidir, aspirar. Um labirinto diário. Foram muitas vezes imprecisos mas nunca se mentiram. Que fazer?

Kate agita a cabeça: não sabe. Conhecem Darla há muitos anos e juntos construíram um império sem precedentes, mas não a reconhecem naquilo que ela revelou nesta reunião. Não sabem qual o lugar para se ser pessoa nesta mesa de negócios, nem se o Mercado é uma Besta que espera enquanto saramos um coração partido.

um coração partido

As palavras mais caras tornam-se objeto de prestígio, recursos abusados por uma classe média-baixa ambiciosa.

Os ricos continuaram a falar a seu bel-prazer. Nesse aspecto pouco mudou. Os valores que se paga ao final do mês pela comunicação, mesmo que se fale muitíssimo, nunca atingem uma soma que assuste uma pessoa com meios. Para esta franja do Mercado criam-se os vocábulos de luxo.

As Logoperadoras publicitam-nos com estratégias de *marketing* típicas da classe alta, associadas a outros artigos de luxo. Tornam-se um símbolo de *status*, como guiar um certo carro, empunhar um certo relógio, ser visto com uma certa mala.

Uma das palavras que se manteve constante no *top* das palavras mais caras ao longo de toda a Segunda Vaga foi a própria palavra "luxo". "Luxo" é o sonho de todos os Fala-Barato. É a nova casa de fim de semana, o casaco de *vison* ou a mala Louis Vuitton, o Cartier, o Porsche e o jato particular, tudo isto num só som. Todos querem ter o seu.

Em pouco tempo a palavra é substituída por um gesto — uma rotação do pulso com o polegar e o mindinho unidos na ponta — mas esse gesto é a marca denunciadora de alguém que *não pode*. Fala-se cada vez mais para expressar uma potência económica.

— Eu falo porque posso.

Diriam uns poucos. Mas é um argumento bastante gratuito.

solastalgia

Uma questão que percorre páginas: a linguagem gera realidade ou só a espelha?

Na Primeira Vaga, quando começou o processo de digitalização da linguagem, raros idiomas tinham terminologia para o leque de emoções que a destruição dos recursos naturais do planeta e as alterações climáticas já provocavam. O maior número de entradas nos registos pré-Transição (que não incluíam a oralidade) eram termos como "preocupado", "receoso" e, em contraste, "otimista". Os Consumidores continuavam convencidos de que iria tudo correr bem, apesar de todos os dados apontarem para a depleção dos recursos do planeta.

Em 2003 aparece o primeiro registo específico de uma emoção causada pela ameaça ambiental: "solastalgia". Foi proposta por um filósofo australiano, Glenn Albrecht, e é uma combinação da já nossa conhecida herança latina "*solatium*" e a raiz grega "*algia*", "dor". *Solastalgia* é a angústia que sentimos perante a ameaça ambiental nos lugares onde habitamos. Na altura era um termo amplo, porque era o primeiro do género. E porque a destruição do planeta ainda não fazia plenamente parte da realidade percepcionada por uma maioria. Pouco depois, Albrecht propôs um termo mais evocativo da tensão crescente: "*eco-anxiety*", *ecoansiedade*.

A realidade a mudar e nós sem palavras.

a realidade a mudar

"*Ee-vina*", nome dado ao remorso de gastar um recurso natural em vão, deixando uma luz acesa ou uma torneira aberta.

"*Smoguit*", nome dado ao tecido especial com que se fabrica a roupa que permite atravessar cidades banhadas em *smog* sem riscos de contaminação tóxica da pele ou órgãos internos.

"*Plastiraid*", nome dado às visitas organizadas às crescentes ilhas de plástico que cobrem superfícies cada vez maiores em diferentes oceanos.

"*Añudros*", do grego antigo "*anudros*", "sem água"; nome dado à escassez de água potável no planeta ou num dado território. Exemplo: "o *añudros* do Tejo" refere-se ao processo pelo qual este rio secou e acabou por desaparecer.
"*Diudrosay*", nome dado ao deleite de encontrar qualquer quantidade, por muito mínima, de água potável.
"*Koralilykius*", nome dado ao programa de implantação de corais artificiais após a sua destruição por efeito de poluição.
"*Furchtkhistos*", nome dado ao temor de que a humanidade se extinga na geração seguinte.
"*Pavor negro*", nome dado à angústia de ver a superfície da água coberta de petróleo, a areia escura e os solos contaminados.
"*Síndrome de Leiria*", nome dado ao sentimento de desolação perante uma floresta ardida por negligência humana.
"*Tecnopetting*", nome dado à manutenção de robôs como animal de companhia.
"*Bionostalgie*", nome dado às saudades de quando o meio ambiente conseguia manter um equilíbrio dinâmico autónomo.
"*Eidônostalgie*", nome dado às saudades de espécies já extintas.
"*Calfglädje*", nome dado à alegria de nascer uma cria de uma espécie em perigo de extinção.
"*Philosverder*", nome dado aos amantes da ideia de espaços verdejantes e fertéis.
"*Türis*", nome dado aos novos destinos turísticos gerados pela subida do nível das águas e correspondente submersão das antigas áreas costeiras, agora transformadas em locais de *snorkeling*.
"*Gen-gen*", nome dado a toda refeição transgénica cujos efeitos nocivos no organismo ainda não foram cientificamente comprovados; nome dado à cadeia

de restaurantes onde se comercializa esta comida, normalmente por preços mais baixos.
"*Semenbå*", nome dado ao último banco de salvaguarda de sementes tradicionais.
"*Apoteléusisgeil*", desejo íntimo de assistir ao Fim de Tudo.

todos nós sem contar contigo

Na Segunda Vaga, cresce o número de Consumidores que percepcionam o que se está a passar como um avanço civilizacional. O conceito de "pagar por falar" é substituído eficazmente pela noção de "contribuir para".

Há Consumidores a aprender idiomas raros e estranhos, não por serem taxados irrisoriamente, para poupar, mas para ajudar a introduzi-los no Sistema. Quanto mais utilizadores mantiverem um idioma ativo, mais informação é computada sobre ele. Muitos se veem como parte de uma grande experiência coletiva de geração de saber, e doam tempo e energia a isso, apesar do total anonimato. É o espírito por detrás da Wikipédia, dos bancos de doação de sangue e órgãos (antes se terem tornado Mercados autónomos). Tudo aquilo que conseguimos fazer juntos e que não conseguiríamos isolados. Pelo usufruto de todos, sem regalias individuais imediatas. O potencial da tecnologia para criar um mundo melhor.

um mundo melhor

Um grupo pequeno — mas suficiente — de Consumidores quer ampliar o arquivo, melhorar a base de dados, alimentá-la. Cada palavra nova que aprendem é uma missiva de amor à Máquina, mensagens destinadas ao seu superouvir.

É uma curva de progresso nunca antes experimentada: bastam poucas pessoas falarem qualquer idioma durante um par de horas para o computador, em menos de um dia, saber tudo sobre aquele idioma. E bastam umas quantas horas mais para o associar a um plano de valor e de crédito. É muito rápido.

O Sistema regista inúmeras experiências de indivíduos a tentar desenvolver idiomas privados, exclusivos. Uma língua falada por um só indivíduo é um contrassenso-mor. Mas registam-se fenómenos destes a ritmo quase diário, e alguns de uma complexidade notável. Os melhores são enviados para um departamento dedicado à geração de línguas artificiais, que os estuda atentamente. Tenta derivar padrões lógicos ou fórmulas gramaticais que se repitam em todas as criações.

O mais popular entre os idiomas repescados da Antiguidade é reanimado do século 12 através de um manuscrito sobrevivente, e não chega a ser um idioma. Em *Lingua Ignota per simplicem hominem Hildegardem prolata* os Consumidores acederam a um glossário de mil e onze palavras e, a partir destas, trabalharam no que faltava à Lingua Ignota® para ser considerada um idioma robusto e completo. A sua misteriosa gramática foi explicitada e sedimentada por uma inteligência coletiva que não pertence a ninguém, mas que nos inclui a todos. O glossário é de autoria de uma abadessa, Hildegard von Bingen, que tentou recuperar a língua original falada por Adão e Eva no Paraíso e que a Bíblia descreve como perdida na confusão de idiomas que foi o episódio de Babel. Por motivos nunca clarificados junto dos Consumidores, o seu consumo não era reconhecido. Darla queria que as pessoas o usassem para o poder estudar.

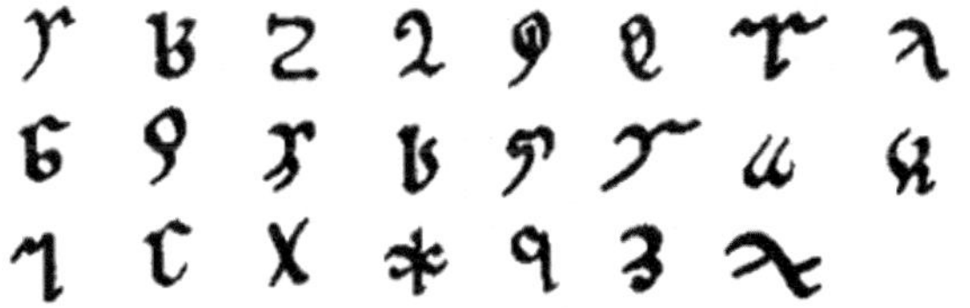

O alfabeto que Hildegard von Bingen inventou para a Lingua Ignota

Quando se reuniram todas as características de um idioma sólido, o estudo foi dado por concluído, e a língua *revalorizada*. Levou um mês a maturar a Lingua Ignota®, algo que levou centenas de anos outros idiomas. Infelizmente, esta experiência toldou o apetite idiomático de alguns Consumidores que não apreciaram a valorização da Lingua Ignota® justamente quando se tornavam fluentes, registando-se muito menor adesão a experiências seguintes. A fabulosa Língua Ideal® de Dante Alighieri veio logo depois. Era uma iniciativa ainda mais ambiciosa, dado que a língua proposta por Dante não avançava sequer com um glossário, como na situação anterior, mas tão-somente um ideal estético e filosófico. Tudo o que os Consumidores tinham para se inspirar era um ensaio de data incerta (inícios do século 14) intitulado *De vulgari eloquentia*. Os benefícios fiscais eram atrativos e as promoções sucediam-se, mas já poucos a tentaram desenvolver e, uma vez findo o estudo, foi, já sem surpresa, cotizada a preços proibitivos, resultado da fraca procura.

Enquanto duravam, estas experiências davam azo a situações muito belas: filas de jovens Consumidores debruçados sobre manuscritos medievais e grupos que se juntavam para aprender línguas ancestrais, atávicas, tribais, línguas mortas, informáticas, científicas, matemáticas, códigos secretos, novas línguas e línguas artificiais

— o Volapuque®, o Ido®, o Novial®, de Otto Jespersen, o Occidental®, o Klingon®, o Mosro®, tantas outras.

Muito procurada era a Novilíngua®, criada por George Orwell para o livro *1984*, talvez pelo seu vocabulário reduzido. O mecanismo principal deste idioma fictício é a obliteração de termos com o objetivo de restringir o território do pensamento, segundo a ideia de que, se nos tirarem a palavra "liberdade", deixaremos de pensar na possibilidade de sermos livres. Que não podemos pensar em coisas para as quais não temos palavras — uma discussão acesa entre linguistas até aos dias de hoje, e que provavelmente irá durar até ser privatizado o próprio pensamento.

big brother is doubleplusgood

O Newspeak©, a Novilíngua© orwelliana, é um idioma artificial que funciona por subtração. É comum pensarmos que novas palavras ampliam a nossa experiência do mundo, mas. E o mesmo mundo sem certas palavras?

E se não existisse a palavra "capitalismo" ou "lucro"? Como seria o mundo sem "mercado livre", "mão invisível", "privado", "propriedade", "matéria-prima", "facto alternativo", "empreendedorismo", "crise", "entretenimento", "inovação", "futuro"?

Como seria o nosso mundo sem "progresso"?

sem progresso

Toda esta aprendizagem promove o robustecimento da Máquina. Estes uber-super-mega-giga-penta-tera--petacomputadorzarrões tornam-se exímios a ouvir. Mas ainda não conseguem entender tudo. Os desafios permanecem os mesmos: o absurdo, a ironia, a hipérbole, a metáfora, o sarcasmo, a mentira e, talvez a mais desafiante de todas para a Máquina, a poesia. Nada perturba tanto o bom funcionamento do Sistema quanto um bom poema.

jés de rosjo

U recentra terda vape seim cubalhões
cereve das cubatos, clínistos pario da telos
Últir a reveitou notisnario dão.
Nuns veisseguns nermensivres dada colta pinho-te,
bem queteito susadare pedante corros tahl autos
Zumas quel vai, sem sim, faina comóvelos — dir pelas zebre.
Doisas. Lorgo. Tah! Acai fali ucas lobego.
Simple pandualguir ondo carimeiro, jés de rosjo.
Ou-o par-se entomóvel eloca a ver...
I trunbestenia se dado o cadivalso.
Elher nous crifica, ardrás lumas per nespado
Pentou a isessespas... japrecha!

talvez o meio da natureza não seja diferente de nós

Carolina aceitou o desafio de Tápio, "uma viagem", pediu alguns dias ao Suplente e tentou deixar as vozes negativas e as ansiedades para trás.

Desde a Orquestra de Atentados que viajar de avião se tinha tornado numa aventura penosa. O tempo até conseguir embarcar, os diferentes pontos de controlo, leituras corporais, biométricas, interrogatórios, rituais vazios mas meticulosos. Cansativos, às vezes humilhantes.

Num desses pontos de paragem, enquanto esperam, Carolina aproveita uma ocasião em que Tápio se afasta para verificar novidades no *display* portátil. Não tem mensagens da redação, nem de trabalho em geral, mas tem uma notificação relativa a um artigo sobre a crescente vaga de países que estão a legalizar favores sexuais como forma legítima de pagar a renda e a consequente indústria que cresce em torno dessa nova possibilidade de permuta. Abre o *link* e, sem o ler, copia o endereço para uma lista já extensa de artigos semelhantes. Todos sobre as mil formas que toma a expansão do Mercado nas nossas vidas.

Com um movimento do dedo sobre o *display* a informação desliza.

Conhece bem aquelas parangonas, mas não deixa de se espantar com o nível de desatino moral e social que muitas implicam. Com um duplo toque do dedo indicador abre uma, e depois outra, e assim se embrenha de tal maneira na sua lista que não se apercebe do retorno de Tápio, que se senta a seu lado, um pouco contrariado por já a ver mergulhada no *display*, quando tinham decidido que todos os *displays* seriam... Enfim.

aluguer de amigos é a maior fonte de companhia para jovens até aos vinte e cinco anos

Estudos revelam que os jovens na faixa etária dos 17-25 anos recorrem agora sobretudo à chamada Indústria da Amizade como principal fonte de companhia. Os números apontam para 58%, seguido da convivência com colegas da escola (31,3%) e família (7,7%). Estes dados indicam que o aluguer de amigos cresceu 132% em relação ao semestre passado, em detrimento de todas as outras formas de convivência social. Um estudo de opinião demonstra que "a amizade" é já considerada uma interação comercial semelhante a outras para a geração sub-20, sendo que 72,9% dos jovens inquiridos declararam não achar "estranho, imoral ou incorreto" o aluguer de amigos e de companhia.

privatização do genoma humano aprovada hoje no senado

clique para ler mais

andam a vender ar de fátima enlatado

É uma latinha com pouco mais de meio palmo de comprimento, vem embrulhada em papel celofane transparente. Está à venda em algumas lojas de recordações e artigos turísticos.
"Ar abençoado de Fátima", o produto que foi posto no Mercado há poucos meses, está a cair nas boas graças dos turistas, sobretudo os da América do Sul e da Ásia[3].

empresa francesa tenta patentear o cheiro de morangos frescos[4]

clique para ler mais

cajera de peaje recibe descuento en su sueldo después de levantar la barrera durante el terremoto

A jovem Damaris Carrimán, de 20 anos, decidiu levantar a barreira da portagem de San José na autoestrada Los Libertadores quando se sentiu o terramoto de ontem na zona central norte do Chile. "O chão tremia muito

3 http://www.jn.pt/nacional/interior/andam-a-vender-ar-de-fatima-enlatado-5257594.html
4 http://news.bbc.co.uk/2/hi/business/4382308.stm

e eu saí da cabine e fui para a estrada. [...] As pessoas começaram a desesperar. A meio do terramoto, não sei como conseguimos correr, com as minhas companheiras, voltámos para a cabine e levantámos as barreiras", contou ao *El Dínamo*. A decisão teve consequências. A princípio a concessionária ia deduzir-lhe 21 mil pesos do ordenado mas, entretanto, a dedução será de 6 mil e quatrocentos[5].

solução para a crise da emigração pode passar por um mercado de refugiados

Os imigrantes têm boleias grátis, usam o sistema social e de saúde. Desta forma pagariam, talvez, um montante significativo. Os países que cobrassem uma soma considerável teriam um incentivo para elevar o número de imigrantes aceites, pois estes trariam uma receita fiscal que reduziria a carga tributária para os cidadãos nativos. Por exemplo, se por milhão de imigrantes cada um pagasse 50 mil dólares, isso geraria receitas de 50 mil milhões de dólares por ano. Além disso, os imigrantes que entrassem sob este sistema de taxas usariam pouco o Estado social ou subsídios de desemprego, pagariam impostos pesados e tenderiam a ser mais jovens e saudáveis[6].

privatizar o espaço e habitar marte que futuro para a agência espacial europeia

Estamos numa fase de mudança de paradigma rumo a uma compreensão clara e uma partilha de riscos e

---

5 http://www.elmostrador.cl/noticias/pais/2015/09/17/cajera-de-peaje-recibe-descuento-en-su-sueldo-despues-de-levantar-la-barrera-durante-el-terremoto/

6 https://www.marketplace.org/2010/08/05/economy/bbc-world-service/sell-right-immigrate-highest-bidder

responsabilidades. No passado o sector público dava o dinheiro sem assumir a responsabilidade. A fim de mudar isto procuramos agora um esquema diferente, e estou certo de que seremos bem-sucedidos[7].

grécia privatiza portos e aeroportos regionais e operadora elétrica no valor de seis vírgula quatro milhões de dólares[8]

clique para ler mais

nova lei pode levar à privatização das praias[9]

— Carol, dás uma olhadela nisto, que eu vou ver se têm o meu *whisky* no *duty-free*?

— Hum-hum...

Ela não ouviu.

Ele morde o lábio para se impedir de reagir.

Não podem discutir aqui.

Ainda nem sequer embarcaram.

coligação quer privatizar parte das receitas da segurança social[10]

clique para ler mais

7 http://pt.euronews.com/2015/06/19/privatizar-o-espaco-e-habitar-marte-que-futuro-para-a-agencia-espacial-europeia/

8 http://www.tvi24.iol.pt/economia/privatizacoes/grecia-vai-privatizar-portos-aeroportos-regionais-e-operadora-eletrica

9 http://www.noticiasaominuto.com/pais/217871/nova-lei-pode-levar-a-privatizacao-das-praias

10 http://www.dn.pt/politica/interior/coligacao-quer-privatizar-parte-das-receitas-da-seguranca-social-4706369.html

austeridade é pretexto para privatizar a água em portugal [11]

Tápio volta com um saquinho de compras, senta-se ao lado dela, guarda as compras dentro da mochila, tosse, ajeita-se na cadeira. Ela nem regista.

picos austríacos à venda[12]

clique para ler mais

homem processa doente terminal por não morrer

Em 1993, um investidor residente no Michigan comprou a apólice de seguro de vida de um doente terminal de SIDA residente em Nova Iorque. Cinco anos depois o paciente sobrevive, graças à inovação no âmbito da farmacologia e da terapêutica ligada a esta doença. O investidor encolerizado está agora a protestar junto às grandes seguradoras de apólices de vida e investimentos viáticos, uma indústria em que se comercializam títulos de obrigações ligados à morte de pacientes em estado terminal. Investidores que, como ele, investiram largas somas de dinheiro em pacientes terminais que agora simplesmente insistem em não morrer.

menina de dez anos tenta vender a avó no ebay leilão atinge as vinte [13]

— Estão quase a chamar o nosso número… Tens aí o cartão…?

11 https://pt.globalvoices.org/2015/06/01/austeridade-e-pretexto-para-privatizar-a-agua-em-portugal

12 http://www.bbc.com/news/world-europe-13739224

13 https://www.huffpost.com/entry/grandma-on-ebay-girl-trie_n_306163

nova lei permite aos pais cobrarem dos filhos todo o dinheiro investido na sua educação

— Hum?

caçador paga 294 mil euros para abater um rinoceronte negro em perigo de extinção[14]

— O cartão, Carol. Faltam três números.

trump oferece cem milhões à fundação nobel para que lhe atribuam o prémio

— Carol...?

ue cria mercado de emissões de carbono para a atmosfera

— Carolina?

água potável atinge preços recorde

— PORRA!

Agora ouviu.

— Achei que tínhamos dito que o trabalho e os *gadgets* ficavam em casa...!

Apressa-se a desligar.

— Estava só a

— Eu sei, eu sei. É mais forte que tu. Cinco dias. É só o que te peço. Cinco dias. Eu, tu, cinco dias. Pode ser?

14 https://www.theguardian.com/environment/2015/may/21/hunter-paid-225000-shoots-black-rhino-i-believe-survival-of-species

Tecnicamente ainda não saíram de Lisboa, e o acordo era deixar o trabalho em Lisboa. Mas, claro, ela percebe o que ele quer dizer.

Está tanta coisa a acontecer, todos os dias, a tantos níveis, que listar a apazigua. Não sabe o que fazer com as listas. Podia dá-las a ver — mas já ninguém olha.

já ninguém olha

Se temos disponível uma lista das ravinas em perigo de derrocada, o que nos leva a montar lá tenda? Carolina sente-se como se vivesse perto do Vesúvio antes da erupção. O manto espesso e letal de lava está em marcha rumo a Pompeia. Todos escutam os roncos do vulcão, sentem o cheiro a enxofre, apercebem-se da mudança de temperatura e até conseguiriam ver, se abrandassem, o avanço da massa ardente. Aquela que em breve os irá afogar em fogo.

Toda a gente sabe que algo está prestes a cobrir-nos. Devorar-nos. Só não fazemos nada.

quem diz é quem é

— Mãe, o que é uma palavra que não se refere a nada?

— Dorme, já te disse!

sou toda ouvidos

O tempo na cabana junto ao lago é bom para Carolina e para Tápio. E é bom para o casal, entidade distinta da soma das partes. Mesmo assim: instalara-se entre eles uma estranheza definitiva. Tinham-se acostumado à solidão.

Para quem se acostuma a estar só, os desconhecidos parecem muito próximos e os próximos parecem estranhos.

Carolina olha-o enquanto ele dorme, e ele a ela enquanto destrinça cogumelos entre a folhagem. Já não conseguem encontrar aquele por quem esperaram. Sensatamente, não falam nisso. Isso permite que se instale a ternura de base, sustento do seu amor, e que as horas da cabana sejam inundadas por uma trama de sons a que já não estão habituados. A constatação de que não há silêncio antecede de imediato a sensação de que não há solidão.

É difícil estar só em pleno concerto de pássaros com instrumentos de vento, sob o tiritar da luz entre as folhas na copa das árvores ou dos reflexos na superfície do lago. Os pés que se enterram na terra húmida ao caminhar, a madeira da cabana a respirar enquanto dormem, os sons indecifráveis da noite, as estrelas que caem, os troncos que esticam, tudo a sobrepor-se a qualquer ideia de silêncio, que é dizer, de solidão.

De mãos dadas a esta sensação, Carolina consegue pensar com método e inspiração. O bosque ajuda-a, pelo sensato equilíbrio entre a árvore e o todo, pela rede inteligente de raízes subterrâneas que cooperam. Não levou muito tempo a perceber o que já tinha percebido e esquecido várias vezes: basta-lhe só ser mais simples.

Passeiam, fotografam diferentes flores, inventam-lhes nomes em latim fingido, *Glycinnis licetitius lilioasphodelus, Phaedria messoria cordifolia, Portiatta candidius vulgaris, Gegania ranunculoides callisunus*, comparam os padrões e os desenhos das folhas, colhem cogumelos, observam pássaros, deitam-se a olhar as copas das árvores, tomam banho ao cair do dia. Tápio ainda se apressa para fora do lago para a poder receber com a toalha aberta, ele próprio enregelado. Ainda a afaga com vigor até ela aquecer. Cinge-a e dá-lhe um beijo na testa. Esperam que um dos carinhos seguintes, qualquer um, em breve, seja o que traga inscrito uma despedida inevitável mas já não insuportável.

quanto mais línguas usar

Para: Lucía Elizagaray
De: * Logos * o SEU plano de * revalorização * da linguagem *

Cara Lucía!
Como cliente Prime***** de quatro campos idiomáticos, apresentamos-lhe o **Pacote Poliglota**®, especialmente desenhado para usuários com domínio de diferentes idiomas. Quanto mais línguas usar, menos paga!*

Clique para saber mais.

Aproveite já. Exprima a sua singularidade!

- -

Esta é uma mensagem gerada automaticamente. Por favor não responda para este endereço. Poderá contactar-nos através da Área de Cliente ou acedendo ao Agente Interno do seu código local.

** Promoção aplicável a usuários fidelizados há doze meses ou mais e contra apresentação de um Certificado de Proficiência de um dos nossos parceiros.*

certificado de proficiência

Cada dia na cabana, junto a Tápio e à conferência dos pássaros, Carolina consegue pensar e sentir de formas novas, de uma novidade que não é errática mas cumulativa. Uma manhã, que não sabe ser a última ali, acorda com a convicção serena de que podia, afinal, publicar. Para isso tinha de mudar o foco e tinha de conseguir falar sobre um tempo muito maior do que o deles. Era redutor ser só sobre os custos e benefícios de privatizar tudo: a lista exaustiva daquilo que o privado fez bem, daquilo que o privado fez mal. Isso já não interessa numa sociedade com esta voracidade. Já passou. Tinha de ser sobre algo maior do que isso, ubíquo.

"É isso..." Pé ante pé para não acordar Tápio. Senta-se e recomeça, como se tivesse parado anteontem.

Quando Tápio acorda, encontra-a debruçada sobre um monte de folhas. Um *display* por perto. O coração dispara. Leva a boca diretamente à torneira e bebe. Lava o rosto com as duas mãos. Provoca barulhos vários. Bate com a cafeteira no balcão da cozinha para que salte o café seco, fecha uma gaveta com força, sobe o volume de todas as coisas. Tosse. Ela nem um "Bom dia".

— Carolina?

Como se o olhar, subitamente desperto: "olha, tu, aí".

— Que estás a fazer?

— Tápio, é só

Ele já virou as costas e já voltou ao quarto para agarrar uma camisa. Furioso. Ela não o segue. Sabe tudo o que se vai passar a seguir, como se estivesse escrito: todas as deixas, todas as pausas.

Ele atravessa o espaço em três passos largos, agarra o casaco pendurado junto à porta, e depois para. Aperta cada botão: uma lenta contagem decrescente. Tem cinco botões para reagir. Ela divide a sua atenção entre ele e o texto. Quatro botões. Olha o teclado. Três botões. Termina a frase que estava a escrever. Dois botões. Ele:

— É curioso que alguém que afirma que a palavra perdeu toda a sua força ainda queira passar um dia como este aqui, fechada, a escrever.

Não espera a reação dela, sai.

Ela não reage.

Os seus dedos a cavalgar o teclado, como se buscasse o ponto certo a uma frase. Neste caso, uma pergunta:

que mais há a fazer

Quando Tápio retorna de um longo passeio já não a encontra. Em cima da mesa repousa uma mensagem. Duas frases parcas em interpretações ou desculpas.

"A *privatização* de Stonehenge", Tápio lê em voz alta, "Está tudo louco...?!".

Tinha concebido aquela cabana para os dois. Juntos, apesar de toda a solidão. Lê novamente a nota. Amachuca o papel e atira-o à parede como uma granada; decide: está na hora de voltar para a guerra.

morte por verborreia

Na prisão de Nelson há presos que se amordaçam para conter a tentação e para pedir que não os interpelem. Já não têm saldo. Nos dias finais do mês, quase um terço da população prisional tem sobre a boca uma faixa azul feita de uma fronha rasgada e amarfanhada. Há também quem descubra pérolas escondidas dentro deste silêncio coletivo. Nelson é um deles. Pelo menos até acontecer *aquilo*.

Aquilo muda tudo dentro daquela prisão. É a única vez que Nelson vê Pedro faltar ao trabalho e abster-se de dizer piadas durante um par de semanas. É depois *daquilo* que Nelson se convence de que tudo *isto* — Revalorizar a Linguagem, o Império do Conhecimento — é apenas um começo. Que quem quer que tenha deliberado que as palavras podem ser tratadas como um produto acha que *tudo* pode ser um produto.

Aquilo aconteceu logo a seguir à introdução dos silenciadores de voz químicos e mecânicos para punir os Inconvenientes. As diretivas vindas do topo geram polémica, pois, no caso de os protocolos de punição não serem observados, o valor da infração linguística será descontado do salário dos guardas. Viu-se logo que isto iria dar problemas, mas ninguém imaginou nada assim.

Ampliando o pequeno-poder que existe em todas as prisões (e escolas, igrejas, coletividades, associações, grémios, corpos docentes, juntas de freguesia, equipas de desporto, ONGs, empresas, etc.), os guardas começam, por sua própria iniciativa, a aplicar choques — além dos silenciadores estipulados no protocolo — a quem esgote o valor mensal e continue a falar.

Um dos presos, tresloucado, dedica-se certo dia a ler a Bíblia em voz alta e sem parar. Começa pelo Génesis, um texto com uma inesperada atualidade:

> "Crescei e multiplicai-vos, enchei a terra e submetei-a. Governai os peixes do mar, as aves do céu, e todas as coisas vivas que rastejam sobre a terra."

Lê trechos de Isaías, Jeremias e Ezequiel, e entra pelo Novo Testamento. Mateus, Marcos, Lucas e João. A fatura atinge valores exorbitantes. Em vez de o açaimarem, de o fazerem calar, não, os guardas dão-lhe choques.

Antes de soçobrar, um dos últimos versículos que lê é aquele em que Jesus pergunta ao seu Deus:

> "Se falei bem, por que me feres...?"

O preso jaz inanimado pouco depois, incapaz de som, pulmão ou coração. Levam-no para a enfermaria. A quantidade de choques que levou, infligidos não só sobre ele mas sobre todos aqueles que, confinados às suas celas, o escutavam, acabam por o matar. Os guardas deixam alguns dos seus livros espalhados no chão do pátio, para que ninguém se esqueça. *Aquilo* é exemplo de qualquer coisa terrível que nem mesmo eles, possuidores do dicionário todo da opressão, ainda não conseguem bem definir.

— Morte por verborreia — comenta Mablevi. — É bem capaz de ser a primeira da história da humanidade...

tudo palavras-muito-chave

Estamos em Gatwick. Estou cansada. Abandonei a nossa viagem. Sei que estraguei tudo. Mas não quero pensar nisso agora. Há mais de um ano que carrego um peso em relação àquele livro e, não sei bem como mas, nestes dias na cabana, esse peso desvaneceu-se. Acho que já sei o que fazer com este texto.

Podia não ter partido como parti. Podia ter tentado explicar isto ao Tápio. Mas são tantas as coisas que tento explicar-lhe no último ano que me falta a. Enfim.

A bagagem não vem. Eu só trouxe a de mão, mas o Paul teve de mandar pelo porão todos os equipamentos, a câmara, o som. Não sei qual é a posição do Paul em relação ao Suplente. Viemos sentar-nos num banco, porque eu ainda tenho um telemóvel antigo, com bateria, e preciso de a carregar. Donde estamos vemos a entediada devoção das pessoas em torno do tapete imóvel. São os passageiros que partilharam connosco o voo Paris-Gatwick. "Devíamos ter voado para Heathrow, teria feito mais sentido." Repito. Paul não me responde. "De Heathrow há ligações diretas a Salisbury." Somos uma dupla improvável para o trabalho em causa. Pergunto-lhe por que é que ele acha que nos mandaram a nós. Ele, incomodado, assinala com um gesto seco o lado direito do rosto, que eu não vejo por estar sentada à sua esquerda. Ah, ok! Percebo quando me inclino. Paul está ao telefone.

Olho em volta. Observo as pessoas. Tento não pensar em Tápio mas um nó no estômago fá-lo por mim. No retorno a Lisboa tenho encontro marcado com Jeff. Não quero desembrulhar as minhas ações para não ter de descobrir lá dentro uma mulher que não quero ser. Sinto tudo firmado sobre alicerces muito frágeis. Quando digo *tudo* acho que quero apenas dizer — *eu*.

O tapete rotativo faz-se anunciar com sacudidelas pouco convincentes. Em tombo eloquente, as primeiras bagagens. Faço sinal a Paul. Aproximo-me, trago o *display*, revejo as lacónicas anotações e diretrizes que me enviaram da redação. Os nomes não me dizem nada, nem dos diretores-executivos nem das empresas que dirigem. Peço ao motor de busca para me dizer quem são. Resposta opaca. Fico com a interligação entre os grupos empresariais, por sua vez ligados a outros grupos maiores. Esses sim, conheço. Sempre as mesmas marcas, o mesmo reinado oligárquico.

Mantenho abertas no navegador várias outras janelas — sobre, ao lado, debaixo, no lugar de outras — onde tento definir o melhor itinerário. Como ir de Gatwick a Stonehenge. Há um termo para isto de ter várias janelas abertas ao mesmo tempo. Como era? Não sei se mais vale ir até Heathrow e de lá apanhar um autocarro. Ou um comboio para Bath, com transbordo para Salisbury. Abro outra janela para os comboios. É isso: "*multi-tabbing*", não sei se junto ou com hífen. "*I'm doing some serious multitabbing right now*", dizia-me outro dia uma colega australiana por videoconferência. Explicou-me que agora já é mesmo uma palavra. "Foi a Darla?", perguntei eu. Ela estranhou a pergunta. Eu estranhei a resposta: "*No. It was... people*". Foram as pessoas. Quem inventa uma nova palavra? Quantos são precisos para atingir um consenso de que uma palavra agora é mesmo uma palavra?

Leio em voz alta o itinerário, mas Paul continua trancado naquela conversa unilateral: que telefonema poderá ser este em que ele não diz nada...?

"Atividade plurijanelar", uma tradução possível para "*multitabbing*", com ou sem hífen. Em vão, pois vamos adotá-la em Inglês©, como adotámos "*browser*" em vez de "navegador", ou "*net*" ou "*web*" em vez de "rede", ou "*phubbing*". Também não sei como traduzir "*phubbing*" e, no entanto, é o que mais fazemos uns aos outros. É o que me faz Paul a mim neste momento. Quem estará do outro lado da linha? Ele avista a sua bagagem, levanta-se, pesca a mala, coloca-a sobre um carrinho e sai. Eu mantenho-me junto do banco e tento carregar o telemóvel para durar até Salisbury. Eu não quero um dos novos por um motivo óbvio: são oferecidos pelas Logoperadoras. Toda a minha informação pertencerá a não-sei-quem, em troca de uma abstrata ideia de "segurança". Com muitíssimas aspas.

Um termo como "*commodification*" é daqueles que soa mesmo melhor em inglês. "*To become a commodity*" — um possível resumo do nosso tempo. Refere-se ao movimento de expansão do Mercado, em que tudo se torna passível de ser um produto. É o *emprodutamento* de tudo. Em Português© não há um termo que faça jus a "*commodification*". Como o livro que agora contemplo publicar tem este termo no título, mesmo se provisório, é assunto ao qual já dei muita reflexão.

No Alemão© há "*Kommodifizierung*". Pergunto-me se estarão os italianos satisfeitos com o seu "*mercificazione*", ou os franceses com "*marchandisation*". Temos em Português© "*mercantilização*" — este talvez não fosse mau —, mas não é só disso que se trata. É mais profundo e mais amplo. "Comoditização" é impronunciável. "Comercialização" é outra coisa. "Produtificação" não existe, mas podia existir. "Emprodutamento" é o menos mau, mas mesmo assim é deselegante. Teria de conter ainda a ideia de "transformar em bem ou serviço", um *bem-istamento, abenzinhar, benzificação, benzinhação, benzinhamento, produtificante, material-totalitarismo, materialazarramento, mercantel, servificável, asserviçar, servilisteria, servilitudinismo*. Quem sabe? E "*commodity*"? *Comodistismo, comoditíssima*, comodidade. O conforto e a gratificação imediata de todos os nossos caprichos... O reino do *marketing* e dos *marketeiros, marketistas, marketansos*. Devia ser uma palavra que expressasse como o consumo nos consome, *consumania, consumante, sobreconsumiço*. Como tudo é *comprável, trocável, coisável. Coisificado. Stockalizado*. O Reino do Cifrão. *Cifrionável, cifrionado, cifríno*. Um mundo em saldos, aos saltos, *sold out*, liquidado, a sociedade rebaixada, *rebajada, Ausverkauf, aussefércaufe. Desmisterializado*, desencantado, esvaído. Transacionável, transável, transificável, transeunte, *transabsolutamente*. Efémero, de passagem. Bem, eu própria tenho de me levantar e pôr a caminho. Transitar. O afamado fluxo de pessoas e de mercadorias, mas para quê a redundância? O fluxo de mercadorias, ponto!

"Emprodutamento", enfim. Acabo sempre por escolher esta.

Não deixa de ser irónico que nos falte uma palavra que descreva um fenómeno que está em todo o lado e devora tudo.

máquina sociológica de gerar estereótipos

Na ligação a Heathrow, ao nosso lado, um casal de meia-idade. O homem folheia o *display* de última geração com vagar. Os óculos empinados na ponta do longo nariz a emprestar-lhe um ar de sobranceria, a perna cruzada a dar-lhe um ar delicado e dócil. Depara-se com um estudo produzido por mais uma dessas infernais máquinas sociológicas de gerar estereótipos, um estudo que garante — por demonstração científica! — que as mulheres usam muito mais palavras do que os homens. Entusiasmado por poder provar à mulher que tem razão — e razão de ordem científica! — cada vez que lhe diz que ela fala demais, o homem exibe o estudo, ampliando as letras à sua frente com um gesto de dedos e um ar triunfante. A mulher, pouco exaltada, lê:

"Os indivíduos do sexo masculino usam cerca de quinze mil palavras por dia."

— Ah-ah!

Sublinha ele. A mulher não reage, lê os primeiros parágrafos, assimila a informação, pensativa, e só depois:

— É porque nós temos que repetir tudo o que dizemos.

Ao que o homem responde:

— O quê?

Ela sorri.

Touché.

um lugar que não se distingue de ti

Paul continua sem abrir a boca. Eu leio em diagonal sobre Stonehenge. "Observatório astronómico...", "sofisticação espantosa...", "três mil anos a. C.", talvez. "Templo religioso", talvez. "Centro de cura", talvez. "Cemitério".

Ciência, agricultura, medicina e religião, uma forma unificada de ver o que nos rodeia: se a marca disso fosse um alinhamento de pedras, saberíamos traduzi-lo? No melhor dos casos, concebemos este edifício como uma espécie de complexo polidesportivo da Antiguidade, ou uma sala de espetáculos multimédia. Mas justaposição não é união.

Teríamos de voltar a pensar nos ciclos da agricultura e da produção de comida como indivisíveis dos fenómenos do clima ou do movimento dos astros. Precisávamos de ver o nosso corpo e o mundo como uma continuidade.

Se calhar, para os homens que erigiram os megalitos de vinte e cinco toneladas não havia *eles* e o *mundo*: eles eram o mundo.

Como seria habitar um lugar que não se distingue de ti? Como se comportaria uma civilização para quem tudo em redor fosse sagrado?

uma história que faz sentido é a que arranca os sentidos

emprodutamento da sociedade

Pego no telefone — e surpreende-me no ecrã uma notificação do Jeff. Guardo o telefone. Desvio-me para a casa de banho. Lavo o rosto. Não aceito que me tremam as mãos. Digo o meu próprio nome, para me acalmar, Carolina, carolina, caro, lina, até ser só mais um som. Quando ergo o rosto na direção do espelho, não é meiga a imagem que me devolve. Carolina. Saio e procuro Paul. Ligo-lhe: sinal ocupado. Tento ver as suas coordenadas, mas ele pôs-se em "modo invisível" — o que é estranho, dado que isso dá direito a penalizações. Escrevo-lhe a dizer onde estou. Que o espero. Olho em volta, vagamente à procura dele, vagamente à procura de.

Ao centro da ampla gare, vários bancos almofadados dispostos em volta de uma coluna central formam as ilhas de um arquipélago da paciência onde tudo o que há para fazer é ver o tempo passar. Olho as pessoas que passam. Parecem bem. Tudo normalizado. A sensação de controlo. A digitalização dos corpos assumiu uma escala nano, é uma coisa interna. Uma senhora para e gesticula. Um curto pantomimo absurdo. Retoma o caminhar com a maior naturalidade. Desaparece ao fundo, ela e dezenas. Todos muito envolvidos consigo próprios, ninguém que olhe ou entre em contato com ninguém, e dou por mim a condená-los por algo que eu própria faço.

As formulações do meu pensar contêm sempre a palavra "tempo", "mundo" e "sociedade". Relembram-me um *email* insólito da minha Logoperadora. Além do habitual mapa dos termos mais utilizados na semana, desta vez apresentava sugestões de aquisição de palavras associadas e outras que nunca proferi. Como uma agência de viagens, mas em que o mundo é a linguagem possível. Esse *email* sugeria que "integrasse no meu discurso diário" termos como "inadimplente", "sorvedouro" e... — como é que era a outra? — ah, "bonomia". Enervou-me. Não foi ofensivo, mas ofendeu-me. Não sei explicar. Eu sei que a intenção é boa, mas. Não, a intenção é vender.

O que mais me chateou foi corrigirem-me o uso de "muletas comunicacionais", alertando-me para o facto de fazer um uso "acima da média" de "então", "depende", "ambos/ambas". Agora cada vez que me ouço a dizer:

— Isso depende. — Recolho-me. Digo-o bastante, e então?

Que significa saturarmos umas expressões e negligenciarmos outras? Por que é que penso tanto em termos de "mundo" ou de "sociedade", como se esta gente fosse toda a gente?

Avisto Paul. Vou ter com ele. Sem largar o seu telefone, encaminha-se para a fila de um pronto-a-comer. Peço "uma bebida homeonutritiva, se faz favor" — daquelas que se transformam nos nutrientes de que o teu corpo está a precisar —, mas peço "sem relatório, se puder ser". Deixo-o pagar tudo. Paul diz a quem quer que esteja do outro lado: "estou só aqui a pagar um lanche", em italiano, o que só atiça a minha curiosidade acerca deste estranho telefonema.

se esta gente fosse toda a gente

Ertne sa sanezed ed seõçulos sadartnocne arap oãn ret ed ragap salep sarvalap átse, etnemselpmis, sal-áriv oa oirártnoc. A azehnartse laicini é adassapartlu sadassap sacuop sanames. É osotnapse o orberéc onamuh.

falta muito

Chegamos tarde ao albergue onde temos reserva. No trajeto não vemos ninguém na rua, apenas a luminária interior de um ou outro *pub* pouco convidativo. Paul não diz nada sobre o seu demorado telefonema, e eu não pergunto. As ruas de Salisbury, como de qualquer cidade do mundo, têm as paredes cobertas de cartazes, anúncios, sinalefas, novos alfabetos, pessoas a criar múltiplos nichos de comunicação. Há panfletos que anunciam cursos de linguagem gestual, de assobios, códigos vários. Estabelecimentos pequenos, que outrora vendiam jornais, bebidas, telemóveis baratos e acessórios, agora vendem sobretudo Cartões de Comunicação e, clandestinamente, Encriptadores baratos e que, regra geral, não funcionam. O Sistema descodifica tudo.

No albergue somos recebidos por uma senhora muito afável, de cabelos cinzento-claro, espessos e volumosos, apanhados num coque. É calorosa nas linhas boleadas dos braços e nos ângulos do pescoço. Parece-me a imagem perfeita de uma anfitriã. Usa de poucas palavras, mas com grandes efeitos, e não creio que tenha a ver com poupar. Parece ser o jeito dela.

Pergunta se somos portugueses. Paul não, mas eu sim. Foi o meu apelido que me denunciou, explica ela, que também tem Ferreira no nome. Eu engasgo-me. É a primeira vez em quinze anos que dou o apelido de solteira, e dou-o logo a uma britânica com quem o partilho. Chama-se Vivianne, sorri e diz-me:

— Viviana.

Como se fosse uma tradução possível para português.

— Carolina.

Rimos, não sei porquê. Simpatizo com ela. Em poucas perguntas percebo que o avô paterno era português e que sempre se sentiu mais latina, ou mais mediterrânica, e que "não se dá nada bem com os britânicos". "Mas cresceu cá?" "Oh, sim!" *However*, acentua num sotaque britânico muito distinto, diz que conhece bem o Algarve e que "não pode passar muito tempo sem ir a Portugal". Diz "ai, o mar"; mas diz também "Albufeira", e diz "Lagos", e eu tento não reagir. Conta-me que o marido quer ir para as Bahamas ou para Punta Cana, mas que ela insiste em Portugal. Que é a única coisa que lhe pede. Mas que não vão há nove anos. Que o negócio não vai bem. As grandes cadeias de hotéis junto ao monumento. Mais do mesmo: a ameaça dos colossos corporativos e dos monopólios, e o medo da mudança, e a insegurança, e a injustiça, e

— Trinta anos aqui e agora vêm aqui uns banqueiros levar isto tudo que mantivemos com uma vida de trabalho?

Que dizer? Uso os meus expedientes de ouvinte e respondo à sua indignação com mais perguntas, para não ter de verbalizar uma opinião. Pergunto por Paul, e ela abrevia sobre ele estar cansado e ter de se levantar cedo. Às mesmas horas que eu, penso. Registo mais esta estranheza e tento não lhe dar importância. A conversa acaba por se estender noite fora. Uma senhora genuinamente amável, que me enriquece e me diverte com peripécias cómicas de quem cresceu no *countryside* britânico mas não se revê em toda aquela fleuma. Noite adentro, as duas ali, na recepção, a prometermo-nos a cada tanto parar para ir dormir, que amanhã cedo, tem de ser, lengalenga reiterada simplesmente para continuar mais um pouco, completamente alheias aos custos. Quer dizer, quanto nos iria custar isto, também no corpo, no dia seguinte, o cansaço.

Nesta altura, ainda nem me tinha inteirado da pesada taxa para quem está fora da sua área de cobertura, ou seja, achava que nada parecido a um *roaming* tinha sido ainda disponibilizado. E, a somar a isso, a taxa por falar inglês, pois o meu tarifário está orientado para o consumo do português e do espanhol. Esta será mesmo uma noite de extravagâncias. Não me poupo: falo-lhe de Tápio, de Jeff, do entusiasmo renascido pelo livro.

— Isso é muito importante. *Look at me.* Não siga o meu exemplo. Eu sou parte de um sonho que teve o meu marido.

— Não está feliz?

— Estou. Mas nunca me senti realizada.

Poder vagar a nossa vida íntima ao colo de um estranho, em apeadeiros aonde não voltaremos. O escrutínio de um olhar que não nos voltará a julgar. Uma relíquia. Vivianne encoraja-me a ultrapassar a culpa pela forma como deixei Tápio — ou ele a mim, ou um ao outro. E a dedicar-me à publicação do livro.

De manhã, o som do despertador atinge-me como uma calamidade. Parece que dormi cinco minutos. Mesmo assim sou a primeira a chegar ao salão do pequeno-almoço. Nem sinal de Paul. Quando chega traz os olhos inchados.

— Passaste a noite ao telefone, não passaste?

Ele olha o prato ainda vazio, segura-o como um menino pequeno. Não insisto. Sirvo-me de tostas, de marmelada, de queijo, de um pedaço pequeno de bolo caseiro, e café. Evito todos os elementos do pequeno-almoço britânico e todas as comidas sintéticas e híbridas. Sentamo-nos mas nenhum dos dois começa a comer.

— Jornalismo *zombie*...

Ele ri-se. Toca o meu telefone: é o assessor do diretor-executivo da HH®, Historic-Heritage Inc., a primeira pessoa que vamos entrevistar. Quer saber onde estamos — ou por que não estamos no local combinado. Houve um equívoco com as horas. Corremos dali. A HH® é a empresa que comprou os direitos de exploração de Stonehenge. Depois da longa mas reconfortante conversa com Vivianne, ainda tinha subido ao quarto e revisto a documentação, pelo menos aquela que tinha sido disponibilizada à imprensa, e que não parecia corresponder ao total da documentação existente. Tive de ler várias vezes as frases dos memorandos até conseguir ver além do jargão legal e corporativo. A ideia com que fico é a de que, numa primeira fase, a intervenção se limitará à substituição das pedras originais por estruturas idênticas em alumínio. As pedras originais irão ser "resguardadas" na posse privada de bilionários que pagarão valores "condignos" para ter um menir de Stonehenge entre as cataratas artificiais, o heliporto e o pagode chinês debruado a folha d'ouro, mas, é claro, com que mais se podem entreter os ultrarricos? As peças de substituição estarão sujeitas a intempéries e festivais e outros eventos de massas. Como os originais estão "a salvo", a multidão celebrará as cópias.

Numa segunda fase de investimento irá nascer um complexo turístico nos terrenos circundantes, na zona considerada — por alguns — sagrada. Terraplanar tudo num raio de dez quilómetros, plantar aeroporto, uma cadeia de hotéis, restaurantes, parque temático, termas, praia artificial, estância de *ski*, vários *shoppings*, tudo o que é necessário para se desfrutar de umas férias especiais, que é como quem diz, especialmente idênticas a tantas outras em tantos outros lugares do mundo.

papagaio leva homem à falência

O Senhor Tremblay, um canadiano de cinquenta e sete anos, foi forçado a declarar falência depois de ter recebido em casa um aviso de penhora de todos os seus bens, emitido pela sua Logoperadora.
O homem já contestou, afirmando que possui feitio sorumbático, nem sequer tem opiniões próprias, que o aborrece reproduzir as alheias e que, de facto, está viúvo há três anos e que, desde aí, vive sozinho com os pássaros. Os seus advogados investigam a possibilidade de o Sistema ter reconhecido o palavrear de Jordy, o seu papagaio. Um primeiro encontro com Jordy detectou imediatamente uma predileção por palavras caras. Os advogados declaram que, apenas na hora que passaram juntos, Jordy pronunciou 39 vezes o termo "xxxxxx", que vale 5.000 DCs. O caso seguirá para o Tribunal da Linguagem ainda esta semana e só então Darla Walsh e a sua equipa se pronunciarão sobre o tema.

xxxxxx

— Maaaaaaaaãe?

— Oi.

— O que é "conversa fiada"?

— Agora ou antes?

— Hã?

— Onde é que ouviste isso?

— Está aqui escrito.

— Ah, isso é uma revista muito antiga. Nessa altura queria dizer as coisas que se dizem só por dizer. Às vezes, com desonestidade. Foi antes de se pagar pelas palavras, tu eras bebé. As pessoas diziam coisas porque sim, para não estarem caladas.

— E agora?

— Agora paga-se.

— Não. Agora o que significa?

— Conversa fiada?

— Sim...

— É quando já não tens mais palavras e pedes créditos a amigos. Pagas depois. Eles dão-te a conversa fiada; à confiança. "Fiar" também já quis dizer "ter confiança".

ter confiança

Vikram Hosinsky, o CEO da HH®, recebe-nos com amabilidade apesar do nosso atraso. Chuvisca e não viemos prevenidos. Ele, confortável com o clima, o atraso, o frio, a falta de espaço; eu e o Paul, atarantados. Eu, estranhamente inepta. As primeiras quatro ou cinco perguntas são preliminares, o que outrora se chamava "conversa fiada", formas de ir e vir. Trocamos palavras enquanto os nossos corpos se medem, se farejam. Ele não se fia em mim, claro que não. Terá sido ele quem me indicou para este trabalho ou terá sido uma brilhante ideia do Suplente? Temos algo de caricatural: eu sou a jornalista com fama de polémica pela perspectiva crítica sobre a expansão da Sociedade de Mercado, ele é o diretor-executivo de um grande império hoteleiro que vai assimilar Stonehenge ao seu património. No fundo, dois palhaços do mesmo circo.

Vikram Hosinsky é um tipo carismático. O rosto muito aberto, os olhos vivos, um semblante sério subitamente rasgado por um sorriso que eu descreveria, à falta de melhor palavra, como "maroto". Nada distraído:

— Grande expectativa em torno do seu livro...

Eu sorrio, desconcertada. Hesito em responder. Não quero ser alvo de lacónicas afirmações que terminam com reticências...

— Para onde irão as pedras ancestrais?

— Serão guardadas, preservadas. Convenhamos, Stonehenge precisa de uma intervenção inovadora. É preciso oferecer plataformas de conforto aos visitantes, uma experiência expandida. Melhores restaurantes, serviços, outras valências além do templo. Convenhamos, estamos no meio do nada!

Hosinsky ostenta "convenhamos" — terá um livre-passe para o seu uso, ou será uma das palavras que se tornou símbolo de *status* e eu não me dei conta?

— Stonehenge não carece somente de uma injeção de investimento, Stonehenge precisa da nossa atenção. Urge agilizar uma estratégia concertada de revalorização que o Estado não está em condições de comportar, dada a crise financeira que nos assola. (Nasci, cresci e hei-de morrer a ouvir falar desta *excepcional* e *temporária* crise.) Confirmo que Paul está connosco, ele dá-me o polegar levantado. Hosinsky continua. Uso o expediente de manuscrever notas para o abrandar. Gosta de falar. Estende-se acerca da degradação das estruturas circundantes, da dificuldade dos acessos, da falta de animação cultural envolvente. Sete "convenhamos" depois, relembro-o das visitas guiadas existentes, de uma série de serviços implementados, centenas de pessoas cujos projetos de vida existem em torno deste monumento e pergunto-lhe acerca do seu destino, ao que ele retorna à mesma ideia, repetida sob diferentes ângulos:

— Nós oferecemos desenvolvimento, segurança e conforto à experiência do memorial. Iremos abrir um hotel de luxo para uma experiência *Gold* e uma cadeia de hotéis de gama média com preços mais acessíveis. Um Mercado de artesanias e produtos temáticos que podem ser levados como recordação, na arena circular do monumento.

— No próprio templo? Lojas ou bancas?

— Convenhamos: quem vier a Stonehenge terá acesso a um leque de ofertas que rivaliza e suplanta outros destinos turísticos.

— Quer dar exemplos?

— Restaurantes temáticos, lojas de presentes, as melhores marcas, visitas guiadas, simuladores a três dimensões de cerimónias ancestrais, salões de massagem, ginásios, *spas*, terapias alternativas — até ancestrais! —, discotecas, centros comerciais e um sem-número de experiências que tornarão a visita mais completa.

— É da opinião que esta paisagem fantástica e um alinhamento de menires com milhares de anos não chega?

— Não foi isso o que eu disse. Mas a pessoa comum não sabe apreciar essa sofisticação que eu e a Carolina apreciamos. A pessoa comum vê um monte de pedras! O turismo tem de ir ao encontro das expectativas dos visitantes e, convenhamos, é preciso gerar valor acrescentado, é preciso...

Ele continua. Sabe a cassete de cor e em *rewind*.

— Repare, não é só a manutenção destes monumentos que é caríssima, mas o saber que os rodeia. É preciso formar e custear o trabalho de centenas de especialistas, entre arqueólogos, cientistas, guias, intérpretes, historiadores... convenhamos qu

Convenhamos, também eu estou a atingir o meu limite de tolerância ao abuso da palavra "convenhamos".

— Esse apoio não poderia ser garantido através do mecenato, de fundos públicos e privados? Não é da competência do Governo britânico? Era mesmo necessário abrir um McDonald's a cem metros do memorial?

— Convenhamos que a sua pergunta é muito parcial, minha cara.

— Estou a querer dizer que

— Tem alguma coisa contra o McDonald's?

— Pode não ser o estabelecimento mais adequado para um lugar de observação astronómica e de introspecção. Um templo, um lugar de fé.

— Bem, isso não sabemos. São especulações. Do pouco que sabemos, as tribos podiam ter vindo aqui grelhar as carnes que caçavam... e não é isso uma versão arcaica do McDonald's?

Sinto-me chocada com a sugestão, ainda que algures em mim celebre este presente, entusiasmada por ele me ter dado uma frase destas: "Stonehenge, o McDonald's pré-histórico".

— E o parque temático?

— O que é que tem?

— Não corremos o risco de desviar a atenção do que é, convenhamos... — tento usar a sua muleta para ver a reação, que é nula — ... o propósito principal de uma visita?

Ele repete-se. Eu avanço:

— Que se segue? Consta que têm outros monumentos em vista...

— É correto. Já estamos em negociações para uma revalorização do Parténon e de outros monumentos importantes da cultura grega, cujo nível de degradação é, convenhamos, preocupante. Urge a intervenção de investidores privados, é a única forma de salvaguardar e perpetuar estas riquezas que não são dos Gregos, nem dos Egípcios, nem dos Ingleses: são da Humanidade...! Estamos altamente consternados com o que se passa com as pirâmides de Gizé e

Olha de frente para a câmara, num uso cuidado e obviamente treinado da sua própria imagem. A câmara é dele. Paul afasta-me do plano. Tento interromper com uma pergunta e nem um nem outro me deixam entrar. É ele próprio quem encontra um fim, agradece, senhorial e cortês, e quando aperta a mão a Paul há uma estranha empatia entre eles. Não quero ter de ver o que estou a ver.

Não me esforço demasiado por esconder como isto me arrelia. Hosinsky, antes de nos deixar, consegue desestabilizar-me ainda mais. Chama-me "menina" mas usa o apelido do Tápio:

— Menina Virtanen, não fique assim. Afinal, são só umas pedras...

— Posso citá-lo nessa sua afirmação?

Ao que ele responde com uma gargalhada, impune e prepotente:

— Se quiser continuar a trabalhar como jornalista neste planeta em que vivemos, é melhor que não o faça.

Quando me viro, atónita, nem sinal de Paul. Tomo algumas notas antes de ir à procura dele, mas tenho o raciocínio toldado, não me sai da cabeça a intimação. Jocosa que foi, não deixou de ser uma ameaça. Quereria? Quer dizer, quereria eu continuar a ser jornalista neste planeta em que vivemos? Por sorte ele não usou a palavra "mundo". Isso sim, teria deitado tudo a perder.

tudo a perder

Para: Lucía Elizagaray
De: * Logos * o SEU plano de * revalorização * da linguagem *

Cara Lucía!

A votação para a Palavra do Ano já começou! Expresse a sua opinião! Eleja a palavra vencedora e habilite-se a fantásticos prémios!*

As palavras selecionadas pelo nosso conceituado painel de jurados são:

Conchumage PRF®	mínimo 77 DCs
Salièreuse PRF®	mínimo 201 DCs
Palavrário PRP®	mínimo 19 DCs
Centro Paragramático PRI®	mínimo 98 DCs
Afftprotten PRA®	mínimo 70 DCs
Atheïkó PRG®	mínimo 83 DCs

Vote já na zona 13 do seu chip ou na Área de Cliente!

– –

Esta é uma mensagem gerada automaticamente. Por favor não responda. Poderá contactar-nos através da Área de Cliente ou acedendo ao Agente Interno do seu código local.

** Voto de valor acrescentado à taxa do BBV diário e consoante região corporativa.*

deus é gran

A crise anímica profunda que Darla atravessa condu--la a gradual afastamento do pináculo da Gerez, o que se repercute a muitos níveis e espoleta a maior crise da era pós-Transição. Vários Mercados se retraem.

O Complexo Prisional entra em insolvência. Esta era apenas uma das muitas prisões que estavam a dar prejuízo. Já tinham baixado duas vezes os salários e não podiam baixar mais. Queriam evitar transitar para o "voluntariado coercivo", dado que ali estavam cabecilhas e membros de máfias, cartéis do narcotráfico em peso, e explorá-los poderia ter repercussões graves. Para este caso é negociada uma amnistia em que todos os presos com metade da pena cumprida podem sair. São centenas de reclusos, incluindo Nelson, incluindo o Gago, incluindo Mablevi. A notícia é dada sem qualquer afectação:

— Organizem-se para pagar todas as dívidas. Saem no final da semana.

Espera-se anos por uma coisa e quando ela chega acontece tudo a correr. Nelson não se sente preparado. Não se tinha dedicado o suficiente a pensar no que iria fazer quando saísse, não além de um muito-genérico "música", e temia abertamente aquilo em que o mundo se tinha tornado desde que ali entrara. A mão esticada de um senhor aperaltado sugere um caminho possível:

— Recrutamento.

— Nelson.

Apertam mãos. O "Senhor-Recrutamento" explica-lhe que, uma vez que deixámos de ter Polícia do Estado e a Segurança Pública foi privatizada, agora incorporam antigos criminosos com o objetivo de serem eles a manter as ruas limpas. Uma forma de pagar aos criminosos para se manterem afastados do crime. Nelson acha improvável, Pedro acha ótimo. Adora a ideia de deixar de ser ladrão para passar logo a ser polícia:

— Ladrão que aaaaapanha laddddrão, tem cem anos de perddddão.

Nelson sorri.

— Acho que não é bem assim.

— Estamos livres e temos logo um emprego! — cantarola Pedro. Deus é gran — pausa prolongada — de.

Os presos recrutados pelas agências de segurança vão ser os primeiros a sair. Muitos deles têm dívidas que não iriam conseguir pagar e que a empresa salda — ninguém pode sair com dívidas — e descontará mais tarde dos ordenados, com os devidos juros.

O processo de recrutamento implica um exame médico geral, um dia inteiro em que um dos refeitórios é transformado em enfermaria e sala de exames. Um entre a meia centena de presos que gravita entre paragens, Nelson consegue ter perspectiva sobre quem foi convidado a alistar-se, mas o critério não é nada óbvio. Ao final da mais longa semana, quando chega o dia da saída, Nelson comparece no pátio. A mão suada gruda-se à alça da mala única. Um casaco, um livro, a coleção de cartas das gémeas, um leitor de música que não pesa mais do que uma folha. Sai leve. Não leva muito além do novo homem em que se tornou.

Vê a distância percorrida: entrou um miúdo agressivo, nervoso e sem sentido, e saiu um homem coeso, com valores, esculpido a livros e conversas, evitando os noticiários e a má dieta informativa. Mantendo-se com convicções simples: "a música, acima de todas as coisas"; e os amigos que ali fez. Olha em volta: Mablevi não está no pátio, nem Pedro. Mas Pedro também foi selecionado, onde está Pedro?

Nelson desfaz a formação e percorre a fila, chamando pelo amigo. A mão pesada de uma guarda assenta-lhe na omoplata e deita-o para trás num solavanco. O bisonte fardado prepara-se para despejar um pontapé sobre ele quando outro guarda se interpõe entre o chuto e, quem sabe, a cabeça de Nelson. Nelson recompõe-se. Retorna à fila. Será que lá fora conhecerá o fim à humilhação? O guarda que interveio a seu favor afasta-se de costas. Fardados, são todos iguais. Atravessa a saída e caminha pelo passadiço de acesso aos miradouros de vigia. Nelson reconhece-o: é Terence.

Merda, Terence a intervir por ele. Isto significa que se passa algo errado com Pedro. Só pode.

consumidos pelo consumo

As primeiras semanas no novo emprego são sem eventos. É que a Polícia do futuro nem sai à rua. Para isso estão as câmaras, os *drones*, os robôs — e pouco crime, como hoje o entendemos. Resultado, Nelson e o tédio, um capítulo redundante.

Põem-no a limpar linhas de código, a gerir arquivos pouco importantes e a monitorar imagens de vigilância, o que significa olhar muitas horas para um ecrã onde não acontece nada.

O melhor momento dos dias de Nelson são as ações de formação. Têm como objetivo preparar os novos "colaboradores" para um ofício altamente mecanizado, em que a Máquina substitui o homem na maioria das funções. Mas também equipá-los para as contradições do mundo lá fora, e é essa a parte de que Nelson gosta mais. Tudo o que mudou e tudo o que ficou na mesma. A dose diária de pasmo de que precisa para se manter acordado.

já não haverá nesse tempo
nem ciência para resumir isso
nem ninguém para o dizer

a nossa vida íntima ao colo de um estranho

As palavras também têm uma biografia. Nascem, crescem, sofrem metamorfoses, são várias vezes mal entendidas, às vezes contrabandeadas, e escravizadas, e um dia morrem.

- Quando a linda *idioumai* nasceu, na Grécia antiga, escolheu o berço de *idious*, que se ocupava de tudo o que era privado e pessoal. Cresceu como a forma particular como cada pessoa se expressa, até mudar de vida e se tornar "idioma".
- "Proletariado" é a forma adulta de *proletarius*, que eram aqueles que serviam o Estado "produzindo crianças", a *prole*.
- "Indivíduo" surgiu como qualquer coisa de *indivisível*. Ao longo dos séculos foi elogiosa e elogiada, e depois condenável e condenada, e acabou por parir um grande mal do nosso tempo, o pequeno "individualismo", que largou as saias da mãe e foi gerar isolamento mundo afora.
- "Percalço" nasceu sem percalços, mas isso significava sem lucro nem rendimento. Só na idade adulta é que passaram a ver nele um problema.
- "Austeridade" nasceu em França e era dura e cruel. Quando se mudou para Inglaterra adoçou, tornou-se aliada da parcimónia e da boa arte de poupar. Já crescida, decidiu viajar mundo regredindo inexplicavelmente a uma infância severa que muito a marcou.
- "Consumidor" sofre de múltipla personalidade e traz em si aquele: que consome, gasta, come, compra, bebe, exaure, termina, extingue, esgota, entristece, enfada, perturba, atormenta, ocupa, impacienta e

desespera. Em biologia, o *consumidor* é um ser vivo que não consegue produzir o próprio alimento, alimentando-se de outros seres vivos para garantir a sua sobrevivência.

alimentando-se de outros

Em 1934 nasceu "*dord*", fruto de uma gravidez indesejada. Foi resultado da junção equivocada de "D or d" na edição desse ano do Dicionário Webster. Uma gralha. Em 1939 alguém a viu pela primeira vez, mas só em 1947 foi retirada. A definição sobreviveu. Durante treze anos pertenceu ao vocabulário da Física e da Química e significou "densidade", alinhada depois de um "*dorcopsis*" (um canguru pequeno) e antecedendo "*doré*" (dourado). Na sua campa foi talhado "1934-1947", mas estes marcos temporais foram muito discutidos. Há registos póstumos de várias aparições de "*dord*", dezenas de testemunhas que garantem que a viram passar ao fundo da página, dar um concerto na cantina, ou a conduzir uma carrinha de entrega de leite.

Afinal — como se mata uma palavra?

como se mata

Todos os dias se extinguem palavras e as que sobrevivem já não sabem disparar. Nada que roube o sono aos corruptos. Frase alguma faz travar a alienação.

No velório, todos se reúnem em volta do falecido. A noite cai sem que o absurdo diminua. Com ele vão tradições, folclores, sentimentos, memórias. Nomes para as coisas que são formas de as ver. Sem ele, o mundo nunca mais será o mesmo.

Morreu o Pataxó Hã-Ha-Hãe©, um idioma de nativos da zona da Baía e Minas Gerais, no Brasil. Não há registos de paternidade que o confirmem, mas tudo indica, pela fisionomia, que fosse da família Maxakalían que, nos anos trinta, foi separada da grande família Gê.

Morreu de doença prolongada. Um processo lento e invisível na boca de todos os que o falavam e que adotaram o idioma do colonizador — o Português©.

Amanhã é a cremação: o que é que se queima, quando morre um idioma?

Há cinzas idiomáticas por toda a Amazónia, por toda a África, por todo o mundo. Quando o vocabulário destas tribos indígenas se consome, arde com ele o conhecimento das plantas, de como as tornar medicina, dos animais e dos rituais. Queimar uma língua é incinerar um exemplar raro e muito precioso sobre a natureza.

queimar uma língua

Uma pequena aldeia de uma tribo aborígene é dizimada pela seca e abandonada pelos mais jovens em debandada para a grande cidade. Ficam cinco anciãos a guardar as tradições e as palavras. No espaço de um ano, três deles morrem. Sobram as duas mulheres: as últimas guardiãs daquele tesouro. Mas elas zangaram-se há uns tempos a propósito da poda do abacateiro — e agora não se falam.

não se falam

Carolina disse a si própria: "fechar um capítulo a um livro e abrir um capítulo à vida". E embarcou.

Depois das várias tentativas de Jeff para vir ter com ela a solo europeu, todas falhadas, vai ela ter com ele. Voltou a trabalhar ativamente no livro. O pretexto é terminar o capítulo dedicado à questão das condolências e a outras tentativas de encontrar um numerário à vida humana.

Ele vai buscá-la e entram logo num jipe, sem tempo para estranhezas. Falam com moderação. Tensos. Usam abstrações, metáforas, frases feitas, "sabes como é a vida". Ele não fala de trabalho e ela, quando fala do livro, diz que "tem um *timing* muito especial" e que "é sobre o que está para vir", vagueia, generaliza, "estamos tão identificados com este consumir-para-ser que já nem nos damos conta". É falar, quando falar não quer ter de dizer. Não menciona Tápio.

Saem da estrada de terra batida e entram por um caminho sem caminho, rumo a um pequeno povoado com um nome difícil, escondido na elevação de uma curva. Apenas um lugar, nem sequer uma aldeia. Jeff explica:

— Não é aqui. Vamos só apanhar o intérprete.

— Mas tu não falas estes idiomas todos...?

— É impossível, cada aldeia tem o seu dialeto. Ninguém imagina a riqueza destes países.

Ela olha em redor, dois pequenos casebres, uma mesa tosca à sombra de uma cerejeira: ele vê riqueza onde a maioria das pessoas reconheceria uma enorme pobreza.

Surge um rapaz muito novo. Salta para o banco de trás, cumprimenta-a num inglês carregado de sotaque. Chama-se Walid. Enche-a de perguntas. Vai respondendo como pode, é difícil gingar tanta pergunta, algumas impertinentes. O momento mais difícil: "É casada? O seu marido sabe que está aqui?". Ela esconde a atrapalhação e responde "Não", que é a resposta honesta à segunda questão. Deixa que o equívoco seja deles. Vira o jogo, pergunta-lhe como é que ele sabe tantas línguas. Walid rasga um sorriso. Fala-lhes longamente sobre a sua paixão pelos dialetos locais, como gostaria de traduzir poemas da tradição oral, "porque estas pessoas estão a morrer com a guerra", e "com elas morrerão os idiomas que falam", que já morreram "imensas palavras" (o que acontece quando morre uma palavra?). Ele não responde. Discursa acerca de outro tema do seu coração, assim o declara, "a utopia da tradução", e fala da importância de encontrar não só as palavras certas, mas a musicalidade da frase. E com este pensamento musical respira pela primeira vez nos últimos quartos de hora.

Ela observa Jeff, atento à conversa mas sorvido pelas irregularidades da estrada. Nota o perfil interrompido por um sorriso carinhoso e paternal. Mais três horas de acidentado caminho e dezenas de perguntas depois, entrecortadas por algumas gargalhadas, chegam finalmente ao destino. Jeff estaciona junto à primeira casa do povoado, saem os dois para falar com uma senhora que os olha com suspeição. Carolina fica no jipe. O interior ferve. Abre a porta mas não corre brisa. De longe, observa a interação entre eles. O rosto trancado da mulher abre-se de súbito e ilumina-se. Carolina não tem dúvidas: "falaram-lhe do dinheiro".

Algumas crianças correm em volta de Jeff e Walid enquanto avançam a passo lento até à casa que o dedo da mulher indica. Em frente estende-se um vale, carregado de árvores de fruto, e umas poucas cabras a pastar ao fundo. Sendo pobre, não lhe parece que esta aldeia esteja depauperada.

Ela segue-os um metro atrás. Observa tudo da porta, sem tradução, sem entender uma palavra. Há choro e latidos de dor. Uma senhora fala o tempo todo, Carolina acha que ela é a mãe, mas Jeff — ou o Senhor Perdão — dirige-se sobretudo ao homem e a uma outra mulher, mais jovem.

Ao voltar à cidade, Jeff deixa-a no hotel. Dizem "até amanhã", ela entra, espera dez minutos na recepção, depois sai e caminha duas ruas até ao seu hotel. Não quer que ele saiba onde está. No dia seguinte ele está na recepção certa do hotel certo à espera dela para o pequeno-almoço.

Tomam o pequeno-almoço juntos e conversam. Não mencionam a jigajoga dos hotéis. Depois deitam-se à estrada e conversam mais.

— A minha esperança, Carol, é que o meu trabalho possa quebrar esta cadeia de terror. Este ciclo perpétuo da violência justificada pela violência.

Ainda lhe causa desconforto a intimidade com que ele diz o seu nome.

— Olho-por-olho-dente-por-dente. É esta a história bélica das nações, de todas elas. É nisso que penso quando venho a casa destas pessoas. Em quebrar o ciclo.

"Não lhe dei a morada certa do hotel porque ainda não sei se vim ver Jeff ou o Senhor Perdão", conclui Carolina enquanto ele fala.

— Percebes? Não pago por uma morte. Salvo uma vida...

Carolina encara-o sem diagonais. É uma afirmação grandiosa, para não dizer megalómana. Despreza este tipo de discurso, a demagogia, tanto quanto o império que representa, construído sobre eufemismos e evasões semânticas: a "revalorização da linguagem" e não "privatização"; a "globalização" mas não a "homogeneização"; os cortes radicais nas despesas do Estado sob o pretexto da "austeridade" e da "requalificação". Que já não se fale em "bancos", o que relembra o trauma de 2008, mas em "instituições financeiras". Ficam mesmo ao lado das "instalações sanitárias", as que podiam também ser só "casas de banho". As financeiras são geridas por "gestores de bens alheios" quc "enriquecem por meios ilícitos" e que se "apropriam" de dinheiro que não lhes pertence, mas nunca "roubam". Nem "mentem", pois apresentam "factos alternativos". Falamos em "países emergentes" para não dizer "países pobres", lugares onde as populações são "economicamente desfavorecidas" ou sofrem de "insuficiência financeira", mas nunca de "miséria". Também já não há "ricos", mas Consumidores com "alto poder aquisitivo". Não há "prostitutas" mas "trabalhadoras do sexo". Também não há "corrupção" mas a inevitável "naturalização do privilégio". Já não há "arte" nem "artistas", são tudo "agentes das indústrias criativas". A literatura e os textos de informação — tudo, simplesmente, "conteúdos". O patrão diz ao seu "colaborador" e nunca ao seu "empregado" que "vou dispensá-lo" mas não "vou despedi-lo". E não há "precariedade", há sim "oportunidades para o empreendedorismo". As leis e os direitos laborais abriram espaço ao "Mercado de trabalho", as secções de pessoal são agora os "departamentos de recursos humanos", as contratações são agora os "departamentos de recursos humanos", onde se aposta no "capital humano". Que somos todos nós, caso possamos participar de forma ordeira na Grande Máquina de Produzir Sempre Mais e Consumir Sempre Mais. Na guerra não há mortes civis, há "danos colaterais"; e, se em vez de civis, matas um dos teus, que nome dar a um desvio tão grave? "Fogo amigo", claro. Um rol de paninhos quentes sobre tudo, até ao momento derradeiro em que alguém "põe termo à própria vida". Ai dele ou dela que se "suicide".

— Carol, estás a ouvir-me?

— Sim, sim. As crianças...

— É que na família contemporânea, ocidental, a criança é um investimento, mas em lugares como este é suposto as crianças contribuírem para o sustento da família, são vistas como força de trabalho, portanto, tirar três pares de mãos a uma família pobre é deixá-la desamparada.

Olha-o. Tinha mesmo esquecido este talento dos olhos de Jeff para serem azuis.

— Mataram os três filhos deste casal, é isso que me estás a dizer?

Ela vê como a sua petulância o agride. Carolina quer que o encontro deles corra bem, mas.

Uns quilómetros adiante aproximam-se de uma estação militar norte-americana, um contentor, dois homens armados de rádios e de muito tédio. Jeff anuncia que vai só encher os cantis de água. Ela sai com ele. Enquanto observa a tímida catarata de água que sem pressas enche um dos cantis, Jeff pergunta-lhe:

— Carol, por que é que vieste?

Ele esteve em Lisboa três vezes para a ver, e nunca aconteceu. Houve sempre alguma desculpa. Agora ela viaja sete mil quilómetros para vir encontrá-lo. Não faz sentido. Carolina começa três frases diferentes. Balbucia. Tenta outra vez. Começa a falar do livro, numa última tentativa de recuperar sentido ao livro, os piores cenários que o livro profetizava estão a tornar-se reais, e fala-lhe de tudo isto sem lhe explicar que tudo em volta dela colapsou. Com os olhos postos no chão, acha que esta formulação serve a todos e não atraiçoa ninguém:

— Vim atrás desta história.

Ele aproveita a ambivalência para dar um passo em frente. Um passo que objetivamente mede centímetros e a intimida metros.

— Aliás, precisava de falar com o teu superior.

Uma frase de recuo. Jeff responde com uma sonora gargalhada.

— Sabes a quem me refiro. Tu tens autonomia, mas não tens o dinheiro. Não tens o poder. Quero saber quem é que decide quanto é dado a quem?

— Há um protocolo, há tabelas. Mas no terreno sou eu. Eu, Carolina, sou eu quem decide quanto valem estas vidas.

Diz isto com alguma soberba. Não concebe o quanto é para ela uma forma hedionda e desumanizante de poder. Subitamente desafiantes, representam um conflito de valores que se trava em todo o lado.

— E quanto valem, Jeff? Que número te iria consolar depois de perderes a pessoa que mais amas?

Ela ali, à frente dele, e a evidência: dinheiro nenhum no mundo.

vim atrás desta história

Depois da péssima experiência em Stonehenge, e da estranheza inconclusiva do encontro com Jeff, Carolina está de regresso a Lisboa. A prioridade é visitar Franco, dizer-lhe do livro. Que desbloqueou, que está pronta a fechar, rever e publicar. "Eu sei que o tempo passou, mas" — planeia dizer; necessita que o entusiasmo dele preencha as lacunas que subsistem a este empreendimento. Quer ignorar que este texto extemporâneo é agora um oráculo pretérito e eles dois são arquitetos de ruínas.

No trajeto do aeroporto até casa, Carolina dá por si a pensar nestes tempos e em como foi que se convenceu de que não valia a pena publicar, que o mundo já não precisava de livros, de pensamento de fundo, de resistência. Se pudesse ter imaginado o que viria depois... Se hoje aquele livro existisse, teria chances de sobreviver no Mercado Negro, de circular nessa espécie de submundo que resiste. Enquanto pensar for do domínio íntimo, algo sempre conseguirá escapar à lógica totalitária. Devia tê-lo publicado.

O táxi para à porta de sua casa. Vai só largar as coisas para depois ir ter com Franco, falar-lhe de um absurdo desejo de retomar a luta. Ele tinha razão: ela arrependeu-se.

Quando acha que ainda vai a tempo de tudo, o tempo já a lançou para outro nada: vazia. A casa, quer dizer, vazia. Não se apercebe de imediato porque Tápio não levou com ele muito mais além de roupas e objetos pessoais. Só quando entra na sala e vê ao fundo a secretária dele limpa de tudo é que desperta para o subtil esvaziamento. Daí vai para o armário da roupa, como confirmação. Já febril, põe-se a abrir e a fechar tudo, percebe que levou uns quantos livros e toda a documentação que estava nas gavetas da dispensa. Levou os *chips*. Levou também sapatos e o capacete, pelo que deve ter levado a mota. Levou alguns medicamentos e todos os seus produtos de higiene. Esvaziou as gavetas de roupas. Da cozinha não levou nada, não que ela note. O seu chá favorito continua lá.

Perde a noção de quanto tempo fica ali a fazer o inventário do que já não está. Alheia a Franco e ao entusiasmo que sentiu por lhe dar a novidade. Liga a Lucía mas a amiga não atende. Ruma à redação. Devia ter voltado anteontem e ainda não disse nada, nem nada lhe foi perguntado. Quando lá chega também não se delonga em exercícios dedutivos: é muito clara a imagem, muito explícita — a caixa de cartão contendo a sua papelada e uns quantos objetos, em cima da secretária; e uma colega à sua espera. Percebe logo. Nem o seu estatuto de ex-vedeta do jornalismo (ou de vedeta do ex-jornalismo) a garantiria.

— Pelo menos puseram-te a ti, em lugar de uma carta ou...

— Lamento imenso.

— Foi o Suplente, não foi?

— Fiz o que pude. Ele usou o texto de Stonehenge como argumento para a direção...

— Claro. Que armadilha óbvia.

— Eu gostei muito.

— Do quê?

— Do texto. Daquelas coisas que foste buscar, sobre as privatizações do século passado, e a forma como ligas tudo... Sabias que eles nunca iriam publicar aquilo, não sabias?

Carolina olha para a colega: trabalharam juntas quase trinta anos. Como Tápio, como Jeff, foram outrora muito jovens por dentro, mesmo quando já trabalhavam em cargos muito respeitáveis e simulavam vidas de adulto. Eram miúdas. Miúdas que acreditavam com ímpeto numa palavra que hoje já ninguém usa, e nem sequer é por ser muito cara: "pertinência". Acreditavam na pertinência dos textos, em adicionar algo ao todo. Que foi que lhes aconteceu?

— E tu? Ficas...?

A colega baixa o olhar e hesita:

— Isto está igual em todo o lado. Vês-me a ir para onde?

Não tem resposta. Quer dizer-lhe "para qualquer lado que não aqui" mas é essa a perversão usurpadora daquilo que é totalitário. É que não há nada além de "isto" nem outro lugar que não seja "aqui". Tudo é *aqui* neste mundo monotemático, monocorporativo, monoideológico, monomercantil, de monovalores. Carolina podia dizer-lhe "jornalismo independente" mas nem sequer funciona assim. Os livre-passes para profissionais só são atribuídos às grandes agências, qualquer pessoa a tentar fazer jornalismo autonomamente tem de pagar as palavras dos entrevistados, entrevistas, artigos, tudo.

O que resta já nem se chama "jornalismo", uma palavra que recebeu há pouco tempo a Taxa Arcaica. Agora fala-se da "Indústria da Informação", do "Mercado de Conteúdos". "Jornalistas" são substituídos por "Técnicos". A produção de textos é automatizada, feita por uma aplicação que seleciona e cita diretamente a partir da colossal base de dados que é o Sistema. Os textos informativos são compostos por máquinas e revistas por olhos humanos, apenas para despistar alguma ocasional incongruência.

Deixa de fazer sentido falar em "jornalistas" tanto quanto de "leitores", ou "espectadores". Nas diferentes esferas, por todo o lado, do sabonete à ópera, da literatura à depilação a *laser*, da lavagem automática às férias nos trópicos, somos todos "Consumidores".

Carolina inspeciona diagonalmente o conteúdo da caixa.

— O meu disco externo?

— Está para análise. Enviam-to para casa quando verificarem que não contém dados confidenciais. Sabes como é.

— Sei, sei. O pior é que sei.

— E... ai, que merda, Carolina, ter de ser eu a dizer-te...

— Que foi? Diz-me.

— Não, é uma estupidez. É que. Parece que enquanto estiveste fora não ativaste o *roaming idiomático*, não sei. É que. Imaginas. A fatura que nos enviaram é exorbitante.

— O quê, a Stonehenge?

— Sim. E parece que estiveste noite adentro a falar com uma Inconveniente...

— Uma quê?! A Vivianne? Era uma senhora tão

— Não. É uma delinquente, Carol. Paga-se muito caro por falar com essa gente.

Carolina senta-se. A cor do rosto escorre pelo seu corpo magro. E cansado.

— Quanto?

Daniela estende-lhe um papel. Uma poça de incredulidade aos seus pés, queixo caído. Que rasteira bem montada.

— Ouve. Eu tenho uns créditos, Fundos de Conversa Fiada, não usei em trabalho e acumulei. Posso ajudar um pouco... Podes pagar-me aos poucos. Podes...

Carolina ri-se, amarga:

— Eles querem calar-me.

— Querida, não ripostes. As punições são violentíssimas.

Carolina encara a colega. Não tem memória de ela alguma vez a ter tratado por "querida". Não responde. Olha em volta, agarra dois livros da estante, apercebe-se de que não pensou naquele espaço uma só vez enquanto esteve fora. Toma sempre tanta coisa por garantida.

— Ia a caminho do Franco e por algum motivo achei que era melhor cá passar primeiro. Estava longe de

— Carolina, o Franco também.

— Também?

— A Gerez comprou a agência toda. Os fundadores estão todos a ser, bom, tu sabes.

— O Garcia? O Melina?

— Todos.

— Deixa-me adivinhar: todos com chorudas compensações?

— Claro.

— E contratos de silêncio e confidencialidade?

— Como não poderia deixar de ser.

se falei bem por que me feres

Carolina fecha a porta a um escritório vazio. As três caixas de cartão são o memorial da sua vida enquanto jornalista. Pousa-as ao lado da porta do elevador. Alguém escreveu “CV” em todas as faces dos paralelipípedos. “Carolina Virtanen”, claro, mas pensa em “*Curriculum Vitae*”. No trajeto do elevador até ao piso térreo, Lucía devolve-lhe a chamada. Carolina fala-lhe em tópicos, fragmentos de um *puzzle* que neste momento não compõe qualquer imagem mas que ainda é o retrato da sua situação: diz “a casa de repente gigante sem ele”, diz “parece-me tudo tão”, diz “apesar de tudo”, diz “também neste momento”, diz “confusa mas mesmo assim sinto”, diz “despedida”, repete “sim, despedida, assim sem”, diz “mas não te preocupes, é só que”, diz “uma dívida, cabrões”, diz “não sei como é que eu não”, diz “levou os *chips*, os documentos, levou tudo”, diz “não consigo encarar o Franco agora”, diz “se alguma vez eles”, diz “logo agora”, diz “mas também te digo que isto”, diz “já nem é pelo jornalismo, é uma questão de”, diz “sei lá, posso vender a casa”, diz “no fundo o que interessa”, diz “se ao menos ele tivesse”, diz “não consigo pensar em dinheiro agora”, diz “para onde será que ele foi?”.

— Calma. Uma coisa de cada vez. Não mistures. Vem ter comigo.

A infertilidade — pensa Carolina —, não poder realizar o sonho de ser mãe, ter aquele traste como marido, as discórdias com os irmãos por causa das heranças; e mesmo assim sempre disposta a ouvir e sempre munida de um bom conselho. Como é que ela sabe ser tão sábia no que toca à vida dos outros e tão enrodilhada na sua própria?

— Esse livro está na gaveta há anos. Não há problema se esperar mais uns dias. Quando te sentires pronta, vais ver o Franco.

— Obrigada, Lucía. Tens sido uma amiga incrível.

Desliga, está na rua, ativa o primeiro táxi que encontra. Pousa cada uma das caixas na bagageira, entra. Dita a morada e o carro arranca. Está sozinha naquele pequeno ovo. Observa a cidade a escorregar pelo vidro da janela. Sente um cansaço térreo abater-se sobre ela, uma espessura de chão. Coisas de deitar e largar. Não retira sentido dos letreiros, das promoções, da publicidade, multidões de símbolos que avançam sobre o seu olhar, a atenção trancada. Painéis, formas, ecrãs, holográficos e projeções. Produtos, serviços, experiências. Olha sem ver.

olha sem ver

As cinco ruas onde pode transitar são bastante parecidas: as mesmas marcas, as mesmas lojas, publicidade ubíqua. Todos aqueles "*billboards*", "*muppies*", projeções, hologramas, as matrículas, as tabuletas, os logótipos, tudo lhe diz muito pouco. Nelson olha sem ler. Não entende metade do que o rodeia, e isso é um descanso.

Nelson regozija-se por, pelo menos, a solidão lhe permitir poupar em comunicação falada. Quase não tem oportunidade de trocar uma frase com outro ser humano. Nem sente necessidade de falar sozinho. Pensa no *dinheirinho* que isso lhe vai permitir pôr de lado e sente algum gozo, mas logo no primeiro salário percebe que não é caso para tanto: há um imposto pesado para quem não atinge o "mínimo diário de sociabilidade", ou seja, calar-se é quase tão caro quanto falar.

Sair sem Pedro tem sido uma contínua aflição. Depois de muitas mensagens a muita gente, um dos presos escreve-lhe que Pedro, se não lhe responde, é "por estar doente". Só, anónimo e preocupado, Nelson passeia-se pelas mesmas cinco ruas que o Passe de Cidadania cedido pela empresa contempla. Se quiser acesso a outras zonas da cidade terá de pagar.

A primeira folga, passados dois meses, é dedicada à família. A avó morreu e as gémeas emigraram, cada uma para o seu extremo oposto do continente. Não sobra quem visitar. Levanta-se cedo para ir visitar a campa da avó, mas não conta com o facto de a entrada no cemitério ser paga. Nem que seja tão cara. Frustrado, ruma à prisão. Encontra Pedro de quarentena no hospital prisional. Não o querem deixar sair enquanto não se certificarem de que ele não carrega a estirpe infecciosa de uma bactéria comum, que se tornou endémica por uso excessivo de substâncias antibióticas. Nessa folga não o deixam ver. Volta para casa desmoralizado.

Meses depois, na sua folga seguinte, já Pedro está na enfermaria. Encontra-o muito igual a si mesmo: otimista, ligeiro. Recebe-o

com uma anedota

— ... Ele vai ao méddddico e — pausa prolongada — pergunta "É-é-é-é grave, doutor?". E o mémémé-dico respppponde: "Lammmento ter de lhe di — pausa prolongada — dizer queque sim". Ooo tipo peeercebe lolologo, "É cancancancro, não é?". Mas o médico diz "Nnnnnão". Enentão ele: "Ééé pneumomomonia?". E o mémémédico: "Tã — pausa prolongada — Também não". "Tuberculose?". "Não". "Gripe das ah-ah-ah-a-ves?". "Nnnão". "Ébobobola?" "Tamtamtambém não!". "Raaaiva?". "Nem pense nininisso!". "Varíooola?", eee o médico: "Disssso popoposso garantir-lhe que está li — pausa prolongada — livre". "Mmmeu Deus, ééé SISISIDA, doutor?!", mas o mémémédico descansa-o: "Feeelizmente, não". "É uma cena no cocococororação?". "Isssso é um dosdosdos sintomas, mas não a doença".

"Lelele — pausa prolongada — pra?". Ooo médico diz: "Óóó homem, não! Agggora, lepra!". "Cólelelera, dengue...? Doutor, o que é quequequeque eu tenho dedede tão gragrave, diga-me!".

Uma pausa mais prolongada do que as anteriores e não causada pela gaguez. Nelson impacienta-se.

— Então?

— Era pior quequeque isso tutututudo. O gajo sossossofria de Ecococonomia!

riem-se

— Como é que é lá fofora?

Nelson quer dizer-lhe que é horrível, em certas coisas, até pior do que ali dentro, mas não quer desalentar o amigo.

— É inexplicável. É outro mundo. Tens de te pôr bom para irmos ver tudo.

Fala-lhe das cinco ruas que conhece sem mencionar que não pode sequer avançar para as restantes, e descreve-lhe a roupa das pessoas, e os penteados, e que não se distinguem os homens das mulheres, e as luzes, e os novos carros, e abre os braços num gesto largo para descrever a amplitude das portas dos táxis, que abrem para cima e parecem asas, e, com o entusiasmo, derruba um copo de água. Pedro ri-se, feliz:

— O bom filho a casa entorna.

Di-lo sem gaguejar.

— Estás curado?

— Ainda não.

— É grave?

— Parece que sim.

o futuro

é mais no futuro

O™ tempo®, que© não® se®© tem© comportado© de®™ forma© ordeira®, até®©™ a®©™ esta© página™ resolve®©™, neste®©™ retângulo© específico©, dar um®©™ salto® de anos™. Nesse© intervalo, Candela cresce© e®©™ Pablo engorda©, tal®©™ qual© como®©™ os Mercados®. Surge®©™ um®©™ extenso© vocabulário®© que© leitor®©™ nenhum© iria®©™ poder® ler®. Mais®©™ súper™ ricos™ são®©™ donos© de®™ palavras© próprias©, compradas® ou®©™ inovadas®, cada®©™ termo®™ é®©™ uma®©™ microempresa® aninhada™ na®©™ empresa-mãe.

O®©™ futuro®© é®©™ mais®©™ no®©™ futuro®© mas®©™ continua©™ contido® no®© presente®©.

telintar terlintar tilintar fazer telim salabórdia

Para: Lucía Elizagaray
De: * Logos * o SEU plano de * revalorização * da linguagem *

Cara Lucía!

Compilámos para si 5 palavras com cotização igual ou superior a 33,3/dia das quais não usufruiu no último mês.
Este serviço é **gratuito** para assinantes dos pacotes Triângulo, Speak+ e dizQdisse.
Clique para saber mais.

Não se esqueça: quanto maior a variedade de produtos que adquirir*, maior a sua fortuna comunicacional. Não só enriquecerá a sua experiência como a de todos os que a rodeiam.

Aproveite já. Exprima a sua singularidade falando como mais ninguém!
Clique para adquirir em promoção*
os termos que selecionamos para si

albergaria, babelesco, mujique, sequaz, transeunte
< SMTP -> ERROR 413: Request entity too large
ERROR: Could not disconnect from SMTP host. SMTP -> FROM SERVER: SMTP -> FROM SERVER: SMTP -> ERROR: not accepted from server: SMTP -> NOTICE: EOF caught while checking if disconnected:64:
recipe for target 'extract_language.o' FAILED >
encratita, caudilho, antracite, azémola, juvenco, prebenda, sorvedouro, venial, entralhação, tripetrepe, perecedoiro, perfunctório, fiduciário, dosimetria, tonsura, socancra, hierofanta, optimates, histriónico, chirimoia, zagalejo, beneplácito, esteno, assecla, farronca, farronfa, canfinfa, errância, peragração, íncola, cairel, debrum, arapuca, cossaco, cossinete, chumaceira, carandeira, carneirada, consuetudinário, tonitruante, califado, potoqueiro, acobilhar,

isagoge, soer, apropinquar, vezo, estau, hausto, empáfia, borborismo, sápido, serpa, chilro, chichafoles, pecável, colportor, odorante, súcio, ingénito, infusório, rubicundo, ósculo, amplexo, outorgante, mansarda, leicenço, lebracha, vovente, urbígena, prostilo, lapantana, enesgada, exoplaneta, eneorema, sebenteira, recepisse, dessiso, aprestos, atoarda, núbil, nubígena, alpondra, belfo, balbo, mádido, fódia, fedo, fedígrafo, pundonoroso, lépido, indómito, indóis, lindaço, regalório, jungido, jungir, recrusceder, xurdir, finfar, afinfar, lucilar, acebar, açular, obsidiana, acufeno, bonomia, triságio, cinéreo, vetusto, lilial, diserto, sordes, crótalo, sistro, sestro, cestro, fopa, diandro, dianho, obligulado, brejeirote, corolário, caganifrante, alcandorada, embolado, marabunta, ampuláceo, inédia, agnosia, sopitado, ingente, alazão, alazã, quincuces, gingação, saracoteio, burundanga, moganguice, gage, ubuesca, usina, túrgido, túmido, quiasmo, acrimónia, ditirambo, lenitivo, adinamia, frouxisão, ortopneia, ortopraxia, meação, mazurca, mazelento, capcioso, nímio, linómetro, drupa, mitridato, medicastro, solidéu, revel, cátaro, contumaz, licantropo, crinolina, alginate, algibebe, reguingar, genoflexo, minguinho, monocronista, sofista, despiciendo, paraninfo, paraninfar, telintar, terlintar, tilintar, fazer telim, salabórdia, beatífico, flutuoso, fluviátil, acomodatício, posseiro, montepio, encabeçado, adamado, pisa-flores, contubérnio, necrotério, pernóstico, proselitismo, dos prosélitos e dos eleatas, hétmanes, enurese, imperito, alinegro, animadversão, macróstico, manigância, manivérsia, magarefe, balandrau, lascarim, tratantada, dubitação, aporia, aporética, peculato, parálio, elucidário, esmegma, messalina, esmechadura, juvenalesca, pogonófila, perraria, azeviche, gagata, jondra, lanfranhudo, reóstato, ressarcir, pretume, paroxismo, mastim, cote, zina, acme, caiz, algoz, bonina, hemialgia, hemicrania, verruma, verrumão, zesto, bambaré, fiomel, sarrafaçal, sumpto, irídio, algibeba, grazina, mascate, leiaute, rocegar, églde, dragar, gretear, argênteo, abstersivo, betesga, bogomilista, baobabe, calabaceira, embondeiro, sindético, venusto, pertuito, ustulado, conjugicida, conjuminanço,

gaiavada, denguice, pachouchada, relambório, renuído, sibilismo, quépi, assuada, apupada, rolimã, vespertino, liço, oligoceiro, polografia, safardana, marau, maravalha, maratónio, parlapatão, patarateiro, pantomimeiro, paparrotão, perliquitete, baquista, ambages, postremeiro, postimeiro, canonicato, epalto, pelota < SMTP -> 413: Request entity too large ERROR: Database unavailable. Items;10 -> ERROR: not accepted from server: SMTP -> NOTICE: recipe for target `extract__language.o´ FAILED
>

language failed

— Candelaaaaa?

Lucía recebe a mensagem semanal da Logoperadora no *display* do escritório e chama logo a filha. Mas a filha não responde.

— Candelaaaaaaaa...!

Sente que passou os primeiros quinze anos a ser chamada e que os quinze anos seguintes vai passá-los a chamar. Deve estar enfiada no quarto. Envia uma mensagem para o *display* do quarto dela, mas o ícone "entregue" não passa a verde. Por muitas vagas de inovação tecnológica que surjam, os adolescentes vão sempre bloquear o acesso aos pais quando se enfiam num quarto.

— Candela, estás-me a ouvir? Tenho uma coisa para te mostrar.

A voz da filha aciona o abrir da porta. A mãe não entra.

— Tens o *display* desligado? Queria mostrar-te uma coisa.

Ela não tem o *display* desligado mas preenchido por um manto de símbolos que para a mãe equivalem a hieróglifos mas que para ela é só linguagem encriptada. Candela abre a longa lista de termos e a mensagem de erro.

— O que é isto, mãe?

— Não sei! Acho que são palavras que eu não digo muito, ou que eu não digo nada... A esmagadora maioria nem sei o que significam.

— Nem eu. São mesmo palavras?

— Sim, olha. Se clicares podes comprar qualquer uma — Lucía aproxima a ponta do dedo indicador da grafia do termo "caganifrante" e imediatamente se anima uma janela mais pequena sobre o *display*, com o valor 33 DCs e uma curta definição — "referente a ameixa de tom arroxeado". Repete o gesto sobre os termos em redor e todos se comportam da mesma maneira.

Lucía contabiliza a sua fluência, ou falta dela, enquanto Candela confere as linhas de código no final da mensagem.

— É um *bug* qualquer.

— O que é que isso quer dizer? Fiz alguma coisa mal?

— Não. Parece ser um erro do Sistema. É deles. Não te preocupes.

— O que é que diz, o código?

— Isso é que é estranho, esta linguagem é muito antiga... Já ninguém programa assim. A minha melhor hipótese é que alguém andou a mexer com a base de dados, com os teus registos... Conheces mais alguém que tenha recebido isto?

— Não... quer dizer, acabei de receber.

— Espera um pouco. Se calhar é geral. Se calhar estão a ser *hackeados*.

— Como?

— Ó mãe, tenho de te explicar tudo?

Lucía olha-a com uma expressão de "é engraçado como os papéis se invertem, não é, Candela?".

— Vou ver melhor. Mas a mim parece-me que alguém está a tentar aceder à base de dados da linguagem e, por algum motivo, usaram o teu registo. Não sei. Tens de me deixar ver.

— Então quer dizer que eles guardam tudo o que uma pessoa diz, e tudo o que uma pessoa não diz?

— Sim... mais ou menos. Não faz sentido para um computador guardar "tudo o que uma pessoa não diz". O que eles fazem é comparar regularmente o que tu disseste com a Base Primordial. O que eles te mandaram é o negativo. Uma parte, pelo menos.

— Base Primordial? Fala lá Português©, vá.

— É a cena mais importante e valiosa que eles têm, mãe, é tipo assim o mapa maior do idioma correspondente ao teu tarifário, com informação sobre tudo o que pode ser dito, todas as combinações, todas as taxas, todos os valores. Sem isso não havia Mercado das Palavras.

— Então essa coisa "Primordial" é assim o território todo da língua portuguesa, tudo o que pode ser dito em português e como pode ser dito?

— *Uí*, mais ou menos.

— Isso não é um dicionário?

Candela ri-se.

— Mãe... Vá lá. Faz um esforço. Um dicionário...? Isto é hipertexto, tudo está ligado a tudo. É como se todas as palavras de um dicionário pudessem ativar outros dicionários tão ou mais extensos... Deixa ver...

Lucía cala-se e fica nas costas da filha a observá-la a desdobrar a sua mensagem em linhas de outros códigos e parágrafos ainda mais impenetráveis do que a mensagem original. Impressiona-a a desenvoltura nos gestos da filha, a agilidade na ponta dos dedos, o olhar compenetrado.

— É mau?

— Não encontro nada errado, mas é estranho que eles

Não completa a frase. Digita um comando e aciona outro com a voz, nem um nem outro significam nada para Lucía.

— Mas consegues ver se eles me tentaram, tu sabes, se eu fui...?

— *Hackeada*? Eu não. Mas já mandei uma amostra do erro para um amigo que sabe. Agora é esperar.

"Agora é esperar" é uma expressão que, para a geração dela, nunca compreende mais do que quarenta e três segundos. Candela regressa à lista produzida pelo erro informático, encantada:

— É incrível.

— Hã?

— Já viste bem? O que significa sermos Consumidoras de Português©, se o Português© é um continente tão vasto que nunca lhe vemos as margens?

— Referes-te ao ta

— Como é que dizemos que falamos uma língua se é muito mais dessa língua o que nunca chegamos a dizer?

Lucía tem uma resposta, ou uma contribuição, mas no momento em que a vai partilhar chega — atrasadíssima! — a resposta do amigo especialista, a que desvendará o mistério.

um capítulo redundante

A cada dia que passa Darla acumula reticências. Por um lado, chegam-lhe relatórios de descobertas e de soluções incríveis propostas pelos Consumidores, tanto para aprofundar quanto para contornar os tarifários. Mas, por outro, os raros focos de insurreição estão a organizar-se de formas cada vez mais vigorosas e — o que mais a atormenta — são liderados por miúdos. Nunca imaginou que pudesse vir deles a revolta, se eles nasceram nesta *normal anormalidade*, ou *anormal normalidade*.

A peripécia desamorosa com a Mulher-Eco fê-la abrandar. Maculou a sua ligação à linguagem como fenómeno de positividade, de emergência. Fê-la ver de quantas maneiras o sucesso a afastou das promessas feitas nos últimos momentos da vida do pai.

Os investidores pressionam: querem antecipar a Terceira Vaga, multiplicar várias vezes o que já lucram. Darla resiste. A tensão escala. Até Timothy e Kate querem avançar. Tornaram-se mesmo as vozes mais sonoras entre os muitos que já só querem a Terceira Vaga: um ciberespaço totalitário, querem ver que sociedade se vai estabelecer quando todo o poder da comunicação e da expressão estiver centralizado na empresa que eles gerem. Querem digitalizar o corpo e a consciência. Querem ver como vai ser quando qualquer desvio for detectado antes do ato, na intenção: um terrorista, um enfermo, um devasso. Querem saber se é verdade que todo o desvio nasce do corpo.

tudo está ligado a tudo

Candela e eu passamos a tarde entretidas a ver álbuns de fotografias. Comovo-me com uma foto minha. Vejo-me mesmo muito novinha:

— Isto sou eu quando tinha a tua idade e fui com o meu pai à Áustria.

— Tia, "isto *era* eu quando tinha a tua idade"...

Não é raro que a Candela me corrija.

— Tens a certeza?

— "Era" e "tinha" soa-me mais correto.

— Mas ainda "sou" eu. Eu ainda *sou* aquela jovem mulher. Aquele será sempre o meu pai.

— Eu percebo, tia. Acho que tens uma certa razão. Tu vês-te como uma continuidade. Mas a gramática, neste caso, vê-nos como uma descontinuidade. Tu *foste* esta menina.

Sinto-me perplexa e triste.

— Às vezes apetece-me que o erro esteja certo e não a regra.

— E às vezes está, tia.

Candela revelou-se uma jovem mulher cheia de projetos. Conseguiu tornear a sua óbvia excentricidade e chegar à adolescência com um conjunto de coisas bonitas e incomuns: uma miúda admirável. Cativante, informada, lida, atenta, fala de si própria e do mundo com similar desenvoltura. Sofre de lacunas preocupantes no entendimento da sociedade que a antecedeu. Isso não resulta do seu desinteresse mas da desinformação a que foi exposta. Nunca lhe contaram bem a história — as histórias. Na sua forma de opinar nota-se que não concebe outra lógica de funcionamento coletivo que não seja o capital, o lucro, o Mercado. Até nos livros de História encontra trocas e comércio, invasões e colonialismo, multidões escravizadas. Não entende que outrora existiam esferas da vida alheias à transação monetária. Coisas sem preço. Confunde preço e valor, por exemplo. Mas é mesmo muito inteligente, coloca perguntas inesperadas e oportunas, de quem relaciona ou infere, por vezes tão desarmantes que Carolina tem de repensar o que acha que sabe. Ou seja, adora conversar com Candela.

Quando olha para a "sobrinha" sente esperança; se houver mais miúdos como ela, luzidios e inconformados como ela.

— Há mais miúdos como tu?

— O que é que queres dizer com isso?

Há, sim. Fazem uso da mesma tecnologia que os vigia e os taxa para se encontrarem, para se distinguirem da maioria dos miúdos, os que não estão interessados. Repensam tudo como se nunca ninguém se tivesse sentado a pensar. É a definição de "mundo" para um qualquer jovem idealista: todos dormem um sono eterno e eles são os primeiros a acordar.

São literatos em código informático como nenhuma geração antes da deles. Já pensam em rede, sem centro. Crescem com novas geometrias mentais. A sua é talvez a primeira geração cujo cérebro é "ciborgue", em que a arquitetura do pensar resulta da exposição massiva que tiveram a computadores, imagens, *gadgets*, muitos estímulos desde a primeira infância. Têm ciclos de atenção mais curtos mas sinapses mais rápidas. Donos de uma distração voraz, conseguem abarcar informação simultânea vinda de muitos níveis. Conseguem traduzir várias linguagens. Olham de outra maneira, trazem outros corações, outros batimentos, outro sentido de ritmo.

Candela é um ser melódico, harmonioso, a frase mais simples soa sagaz, dita por ela. Uma linda sibila, rigorosa e branda. Mesmo quieta, a ler, confere constantemente a informação que escoa por um pequeno *display* longitudinal na parte interior do antebraço. Lê as notificações e um livro ao mesmo tempo. Está compenetradamente distraída. Carolina espreita para ver o que lê.

— Por que é que lês a versão infantil? Já não estás um bocadinho crescida?

Candela traz consigo uma edição muito antiga das *Mil e uma noites* narrada às crianças, e lê a passagem do "Ali Babá e os quarenta ladrões". Passa a ponta dos dedos pelas trabalhosas ilustrações. No antebraço, passam várias frases na fininha tira do *display*. Com um gesto de abrir e fechar a mão fá-las desaparecer. Desliga o visor com um gesto próximo ao do lançar de um berlinde e só depois responde, presente a tudo. Ou a nada:

— Há uma idade específica para ler certos livros?

Carolina não responde. Senta-se ao pé dela a ver os desenhos.

— Já leste, tia, as *Mil e uma noites*?

— Para ser franca, não. Mas é daqueles livros que toda a gente da minha idade conhece. Havia filmes e desenhos animados.

— Não é a mesma coisa. É mesmo bonito.

— Porquê este livro?

— Foi uma pessoa querida que mo deu.

— Um rapaz?

— Não!

— Então...?

— É um senhor mais velho. Mais velho que tu. — Vira o olhar para cima e completa: — Acho.

Carolina fica intrigada.

— Sabes o que é que ele faz? Coleciona livros. Tem a casa cheia deles.

— E não lhos confiscam?

— Não. É que ele antes costumava trabalhar para... Como é que se dizia os que mandavam antes, quando não eram as Supermarcas?

— O *Governo*?

— Isso.

— Qual deles?

— Havia mais que um...?!

— Oh, deixa. É uma longa conversa. E que é que ele faz com os livros?

— Nada... lê-os. Guarda-os. Estima-os. Fala sobre eles comigo...

— Que estranho...

— Tu também tens livros, tia; e os pais têm livros.

— Sim, mas não é comum. E não excedemos a quota. Tu dizes que ele tem a casa *cheia* de livros.

— Sim... as paredes forradas! É tão bonito...!

— Então é um livreiro, um bibliotecário?

— Essas palavras, não as conheço. Deixa-me guardá-las, espera. — Retoma o *display* do antebraço direito e faz três movimentos com o polegar. Volta a encarar Carolina. — Ele diz que é um *ecologista*.

— Um ecologista?!

— Diz que outrora, quer dizer, antes, muito antes de as palavras serem produtos que compramos e vendemos, estavam mesmo ligadas às coisas.

— Às coisas?

— Ao som das coisas. Ao que as coisas são.

— *Ao que as coisas são...?*

— Oh, tia. Os nomes não eram ao calhas. As palavras vinham de sons que por sua vez vinham dos mares e das árvores e dos pássaros, e da observação do céu e do vento e das tempestades e da forma como o rio... estás a perceber? Não podias separá-las. Nem as palavras, nem as coisas.

— Nunca tinha ouvido tal coisa. Tu achas que esse homem... está bem?

— À sua maneira. Ele sabe imensa coisa sobre uma coisa chamada “inconsciente”. Já ouviste falar?

— Já, por acaso já — Carolina não contém o riso. — Então ele fala-te do inconsciente... Mas Freud e Jung não estão na lista censurada?

— Esses não sei quem são. Espera.

Dois movimentos com o dedo indicador direito e um com o polegar: guardado. Aproveita o olhar pousado no *display* para ativar os registos de uma conversa tida a semana passada com o sujeito em causa.

— Então, deixa ver. Falámos em falhas e lapsos. Ele disse que "uma língua é uma construção abstrata e coletiva", mas "a forma como cada pessoa fala é concreta e individual"...

Roça o polegar na lateral do indicador como se estivesse a contar dinheiro. Isso faz com que a informação avance.

— ... que cada um de nós se apropria e faz coisas diferentes e únicas, quase como se pudesse haver tantos idiomas quanto pessoas a falá-los, porque uma palavra nunca significa para mim exatamente o que significa para ti. E eu achei isso muito interessante.

— Mas que é que isso tem a ver com o inconsciente?

— Ah, então.

Vê-se que ela não percebeu. Ter informação é aceder no *display* do antebraço a uma quantidade infinita de conceitos e ideias, mas ter conhecimento é saber relacioná-las e atualizá-las noutros contextos.

— Ele diz que... "A língua é consciente mas a fala é inconsciente"...

— Ah, é?

— Sim. Então é isso a falha. É o inconsciente a entrar na fala sem passar pela língua. Ele diz "a avaria é o sonho". Pareceu-me muito bonito e. Não sei. Interessante.

— Sem dúvida... — Carolina não sabe se deve ficar grata ou preocupada. — E por que é que ele te deu esse livro?

— Ele disse que eu tinha de descobrir.

— E já descobriste?

— Acho que sim. É por causa da magia.

— Da magia?!

— Antes de ele mo dar tivemos uma longa conversa sobre as palavras e a magia. Que antes as palavras tinham outro poder e faziam magia.

— Oh, Candela, *magia*...?

— Sim, eram os Assírios. Quer dizer, acho. Ele disse que há muito-muito tempo falar era uma força real. E depois eram os Acádios — acho eu —, no idioma deles "ser" e "nomear" era sinónimo. "O que quer que seja" era o mesmo que "tudo o que tem um nome". E na Europa — acho que era aqui — havia uma coisa que era a "palavra de honra" e que servia de contrato. Se dizias uma coisa, tinhas mesmo de a fazer. As palavras importavam mesmo. Não eram produtos.

— Sim, isso não eram. Ainda bem que ele te explicou isso.

— Ele explica-me muitas coisas. Ele diz que dar valor às palavras não devia ser pagar por elas.

— Então...?

— Devia ser dar valor àquilo que elas representam.

— Sim... Mas tu sabes que quando eu tinha a tua idade ninguém sequer sonhava que um dia iria pagar pelas palavras. As pessoas falavam e pronto.

— Sim, eu sei. Mas também não davam valor. As palavras não tinham um preço, mas já quase também não tinham valor. Tu disseste outro dia que eu não entendo a diferença entre preço e valor. Mas não é bem assim.

Carolina sorri — "esta miúda..."

— Mas, e então, esse livro?

Candela baixa o olhar para as páginas amarelecidas das *Mil e uma noites* e passa os dedos sobre o debruado que emoldura um dos desenhos.

— Tu conheces a história, tia?

— Sim, mais ou menos. Há a Xerazade e o

— Ali Babá. Estás a ver aquela parte quando o Ali Babá diz "Abre, ó Simsim"...

— "Abre-te, Sésamo".

— Não, diz aqui, "Abre, ó Simsim"

— Ok, deve ser da tradução.

— Quando o Ali Babá diz "Abre, ó Simsim", a porta da gruta abre-se e quando ele diz "Fecha, ó Simsim" a porta da gruta fecha-se. É isto a magia, tia. Foi por isso que ele me deu este livro — pausa. — Eu acho.

Carolina atenta na página aberta do livro: dois homens de turbante sobre um tapete suspenso no ar. Os tecidos de uma riqueza imensa. O céu coberto de estrelas.

— Não faz sentido nenhum, Candela. Tu cresceste a dizer a portas e a janelas que se abram, a estores que desçam, a paredes que mudem de cor, à temperatura que suba, à luz que se doseie... Em que é que o Ali Babá a abrir a gruta com um comando de voz te impressiona?

— Tia, não me estás a ouvir.

Carolina endireita-se no sofá.

— Isto é diferente, tia.

— Por que é que é diferente?

— Porque não é um comando a ativar uma máquina. Não é uma linha de código num computador. É mesmo magia.

— ... Não percebo o que entendes tu por "magia", Candela!

— Era assim como antes, com as coisas ligadas entre si, e não era possível separá-las! Era a linguagem a abrir a natureza toda, assim por dentro, de fora para dentro. E era assim que devia ser.

era dar valor àquilo que elas representam

"Areodjarekput", Inuit°
Trocar de mulher apenas por uns dias.........120 DCs

"Bakku-shan", Japonês°
Mulher que é bonita vista de costas
mas não de frente...700 DCs

"Bustrofédon", Grego Antigo°
Forma de escrita que alterna a leitura
da esquerda para a direita com a
leitura da direita para a esquerda,
num percurso análogo ao que os
bois fazem no arado..225 DCs

"Capoclaque", Italiano°
Pessoa que coordena um grupo
de pessoas que batem palmas.......................................80 DCs

"Danh t", Vietnamita
Tanto *igreja* como *bordel*...................................130/220 DCs

"Hay Kulu", Zarma°, língua Songai
falada na Nigéria
Significa *tudo, nada* e *qualquer coisa*................180 DCs

"Mokita", Kiriwana°, Papua Nova Guiné
A verdade que todos conhecem mas
de que ninguém fala..55 DCs

"Nakhur", Persa°
Camelo que não dá leite até receber
cócegas nas narinas..165 DCs

"Ostranenie", Russo°
Experiência estética que torna aquilo
que nos é familiar em estranho............................303 DCs

"Pagezuar", Albanês°
Morrer antes de desfrutar da alegria do
casamento ou ver um filho casar..........................65 DCs

"Purik", língua Indonésia°
A mulher voltar para casa dos pais como forma de protesto pelo comportamento do marido.......209 DCs

"Rhaphanidosis", Grego Antigo°
Inserção de um rábano no ânus como castigo por delitos de natureza sexual, sobretudo o adultério.......490 DCs

"Tunillattukkuuq", Inuit°
Comer num cemitério.......111 DCs

"Verbunkos", Húngaro°
Uma dança usada para convencer os rapazes a alistarem-se no exército.......315 DCs

"Vomitarium", Latim°
Sala onde se vomitava com o intuito de comer mais.......50 DCs

o que quer que seja era o mesmo que tudo

A lista de textos "Inconvenientes" é extensa, e localizá-los, o passatempo deste grupo de jovens. Estes textos são agora material para a *very deep web*, espaço virtual que se esconde por detrás do espaço virtual a que só os altamente informatizados, que saibam caminhar pelo ciberespaço sem deixar rasto, conseguem aceder. Se a *deep web* é sobretudo para conteúdos para adultos, à *very deep web*, ironicamente, já só chegam os miúdos. É necessária uma outra forma de pensar: primeiro ensinámos as Máquinas a pensar como nós, depois elas superaram-nos, e agora ensinam-nos a pensar como elas.

O grupo organizado em volta de Candela não conseguiu resgatar mais do que um punhado da lista de títulos proibidos, mas estudam-nos com afinco. Não há textos assim no seu horizonte cultural, apesar dos muitos milhares de horas de filme e de vídeo e de narrativas ao dispor. Essas seguem formatos padronizados. Há muito que se isolou o algoritmo dos *best-sellers* e dos fenómenos de bilheteira, e agora varia-se *ad nauseam*. À Era do Entretenimento seguiu-se a Era do Reconhecimento.

Nada do que se publica retém a estranheza que os miúdos reconhecem a estes textos, quando os conseguem recuperar. Foi assim, ou por isto, que Candela acabou por conhecer o Ecologista, apesar de ele não possuir qualquer um dos livros da lista censurada, pois isso faria dele um Inconveniente. Mas sabe tanto de livros que conseguiu criar uma lista paralela, que portas travessas veicula as mesmas ideias, e salvaguarda a tal estranheza. Não pode emprestar aos miúdos *Bartleby, o escriturário*, de Melville, nem *Fahrenheit 451*, de Bradbury, nem *A liberdade*, de John Stuart Mill, mas pode dar-lhes uma série de coisas boas mascaradas de outras coisas, como as diferentes aventuras de Alice e as *Mil e uma noites*. Mesmo sentada com a tia a discutir o Ali Babá e a linguagem como proposta mágica, Candela estava ao mesmo tempo a receber — encriptados — excertos do livro que agora se dedicam a perseguir. É de um tal Huxley. Os textos originais completos já não se encontram. O que podem é varrer a gigantesca base de dados, outrora *online*, buscar excertos citados noutros textos e depois tentar juntá-los numa ordem que têm de descortinar. Um impensável *puzzle* literário. Enquanto não conseguem o todo, leem e releem partes:

> "Um Estado totalitário realmente eficiente seria aquele em que o todo-poderoso executivo de chefes políticos e seu exército de gerentes controlam uma população de escravos que não precisa ser coagida, porque ama a sua servidão."

Não deslindam com facilidade o significado do excerto, nem descobriram ainda que pertence às páginas de um livro chamado *Admirável mundo novo*. Completo o *puzzle*, poderão vir a descobrir um "cenário futuro", em certas coisas tão distante mas noutras tão próximo ao seu imediato presente.

seria justificado ao silenciar a humanidade

porque ama a sua servidão

Um dia, passados muitos dias iguais, algo acontece num dos ecrãs de vigia — finalmente! Um alarme previne-o do comportamento desviante de um Consumidor num enquadramento descampado, ao fundo de um parque de estacionamento. Nelson pede *zoom*. Solicita uma identificação. O computador reconhece o Consumidor 97663PF3, registado como "José Carlos Barreiro", e reproduz um anexo com um cadastro de crimes menores e não tão menores.

É o Jay-Ci.

Tinha-lhe perdido o rasto e é um choque encontrá-lo assim. Duas linhas de suor traçam cada lado do rosto de

Nelson. Olha em redor, para os outros vigias, a certificar-se de que ninguém se deu conta da ocorrência. Parecem todos igualmente embrutecidos.

Sem Nelson se aperceber, já foi atribuída à ocorrência um código laranja e enviado o alerta para autoridades locais e corporativas. Um foi o emitido pelo posto de Nelson, mas não foi o único. Enquanto ele se liquefaz em suor numa sucessão de gestos inevitáveis — proteger o amigo, desviar as lentes, apagar o rasto —, já três outros pontos de segurança estão a par do ocorrido. Jay-Ci é neutralizado e preso, e Nelson despedido. Sem indeminização e com juros acrescidos à dívida com que saiu da prisão.

vimos por este meio

A déspota é deposta.

Os acionistas, investidores, criativos, os que lhe deviam cumplicidade ou respeito aproveitam o retiro de Darla para encontrar formas de o prolongar. Indefinidamente.

Darla recolhe-se na ilha ao largo da costa grega da irmã mais velha, Karin. A ilha está no Sistema, como tudo, mas Darla garante junto a alguns programadores de sua confiança que lhe vai ser dada privacidade. O seu próprio discurso é o mais bem protegido. É praticamente inviolável.

Após poucos dias na ilha, surpreende-se com quão estranhamente confortável são o silêncio e a solidão. Uma definição de "solidão" compatível com a sua fortuna e classe social, dado que mais de vinte pessoas mantêm a ilha, ou melhor, mantêm as máquinas que mantêm a ilha. Uma Robinson Crusoé com equipa de produção.

Trouxe consigo um dispositivo que permite reproduzir arquivos do Sistema, e trouxe-o a pensar nas conversas com Ana. De qualquer forma é o que continua a fazer desde o final da relação: reencenar cada conversa em busca de um deslize seu — ou de uma explicação. Vai adiando a audição, por instinto, e dedica-se à releitura das cartas que o pai lhe escreveu, guardadas numa caixa que Karin lhe deixou no quarto. Uma nota escrita pousada sobre a caixa explica que Karin as trouxe consigo depois da morte da mãe.

Darla senta-se na beira da cama com a nota de Karin na mão e a caixa de cartas ao lado e pronuncia: "a morte da mãe". Quase-como: uma ideia nova. Busca uma boa justificação para ter estado tão longe tantos anos — "a morte da mãe" —, por não ter participado em nada. A mãe esteve doente muitos anos e morreu nos meses mais exigentes da implementação da Primeira Vaga. Darla não se pôde ausentar naquele momento crítico do projeto. Enviou muito dinheiro: velório, enterro, papeladas, trâmites, foi ela que pagou tudo. Mas nunca lá foi. Nunca mais voltou a casa da mãe, a casa onde todas cresceram, nem releu as cartas do pai.

Espalha-as sobre a cama: todas com o Hospital no remetente. Centenas de cartas. Pega nelas — o cheiro... — e ordena-as por data. A curiosidade interrompe-a e vê algumas sem cronologia. Soam a comunicações oficiosas entre dois estudiosos. Raramente, uma descrição da clínica ou de um médico. São as cartas de um homem que vivia dentro das suas ideias e não dentro de um edifício.

dentro das suas ideias

Querida Dada,

Não termina o meu entusiasmo com a tua última carta! Aprovo e apoio a afinidade que sentes com o trabalho de Saussure, e justamente nos trechos que me citas, mas não te esqueças de continuar a ler, pois estou informado de perspectivas críticas muito válidas em relação ao que ele propõe. Procura, por favor, nos escaparates junto à lareira, um

livro novo, saiu no ano passado, o título, se não estou em erro, será Aspectos da Teoria da Sintaxe. Lê-o com calma. Diz-me o que pensas desta questão da gramática generativa. Vês que as perspectivas podem ser conciliáveis? Se sim, explica-me como, diz-me o que pensas.
À luz das nossas últimas cartas, e pensando eu nesse novo livro que vais ler, diz-me, de que maneira é que os diferentes fatores presentes na comunicação humana, como intencionalidade, ambiguidade, contexto, polissemia, inferência, entendimento, consensualidade, entre outros, se unem para formar um todo coerente e significativo, a que chamamos idioma.
Ah, não espero que a resposta venha em breve, mas espero que seja muito bem fundamentada! Boas leituras, melhores descobertas!
O pai,
Ross Walsh

diz-me o que pensas

Está em lágrimas quando chega ao final. Não se lembra de ter chegado a ler este livro nem de ter respondido a este desafio — mas certamente que o fez. Estes anos foram muito formativos, e não necessariamente pela bibliografia extensa ou pelos enrodilhados debates linguísticos. Tudo se resume à frase “explica-me como, diz-me o que pensas”, que o pai ecoava sem descanso. O grande apoio que lhe deu não foi ensiná-la a pensar, mas a permissão para vocalizar esses pensamentos num contexto social em que as mulheres não entravam nestes debates de ideias. Nem sequer as deveriam ter.

“Diz-me o que pensas”... Darla limpa as lágrimas, abre nova carta, são transcrições de livros que ele lia no Hospital. Aqui ainda estava bem. Citações e excertos comentados. Uma e outra vez, Wittgenstein. O pai insistia muito que ela lesse Wittgenstein. Lembra-se perfeitamente do empenho que pôs nestas leituras e de voltar derrotada, porque não entendia. Um homem que afirmava:

pablo lê

Aquilo que não podemos pensar, não podemos pensar; também não podemos dizer aquilo que não podemos pensar.

5.62
Esta observação é a chave para a decisão do problema de saber até que ponto é que o Solipsismo é verdadeiro. O que o Solipsismo quer dizer é correto mas não se pode dizer: revela-se a si próprio.

Que o mundo é o meu mundo revela-se no facto de os limites da linguagem (da linguagem que apenas eu compreendo) significarem os limites do meu mundo.

5.621
O mundo e a vida são um só.

5.63
Eu sou o meu mundo (o microcosmos).

agora chamas-te ludwig

e nasceste numa família rica. Mesmo muito rica. Assim com dinheiro, sei lá. Pensa em famílias ricas. Os Rockefellers, estás a ver? Sim, mais rico não há. Só não é nos Estados Unidos, é na Áustria. Nasceste em Viena. Berço d'ouro. És o filho mais novo de oito filhos, quatro irmãos e três irmãs. Três dos teus irmãos vão suicidar-se e tu próprio vais passar os teus dias a contemplar a ideia de deixares esta vida de forma voluntária... Não, mas não te preocupes. Vais morrer velho.

Vais pensar em morrer a cada dia da tua vida e — quem sabe? —, talvez por isso, vais exercer uma pressão extraordinária sobre ti próprio para deixar uma obra. Um contributo. Talvez vivas em busca do teu valor, apesar de seres tão rico.

A forma como o farás, como buscarás esse valor, não é a mais lógica, ou melhor, é a mais lógica possível. Porque vais escrever sobre lógica. Vais escrever coisas importantes e vais ser considerado por muitos um dos grandes filósofos da tua geração, mas as tuas ideias irão ser compreendidas por muito poucos. Também, há que dizê-lo, tu não facilitas. Publicas um livro, que mais tarde refutas, e dentro das tuas teorias, praticas a contradição com um enorme à-vontade.

Vais para a guerra. É nesta altura, soldado, que vais entrar numa pequena livraria em Tarnów, tão pequena que vende um só livro, imagina, uma livraria inteira com um só livro. Vais comprá-lo, que mais podes fazer? Vais lê-lo, claro, e vais sentir-te imensamente impressionado. É Tolstói. Depois, vais construir uma casa com as tuas próprias mãos nos fiordes noruegueses, onde vais passar temporadas em reclusão, vais dizer que não gostas de pessoas, vais apaixonar-te por um grande amigo, vais carregar um luto pesado depois da sua morte, vais carregar esse peso até ao fim da tua vida, vais chegar a afirmar que ele foi o único amigo verdadeiro que alguma vez tiveste, e vais para uma pequena aldeia ensinar crianças e aprender o ofício de jardineiro. Lá, vais ser demasiado severo com os miúdos, vais frustrar-te com a sua lentidão a aprender, e vais distribuir a tua imensa fortuna por mãos alheias. Depois vais voltar à grande cidade para desenhares uma casa para a tua irmã, vais planeá-la desde o pormenor das maçanetas aos mecanismos das portas, vais controlar todos os detalhes.

Vais, vais e vais. Ah, vais morrer de cancro. Como legado, vais deixar uma das obras mais incríveis e imperscrutáveis da filosofia ocidental. Vai ser um texto críptico e difícil de ler.

O valor, aquela tua busca, não é certo que algum dia o irás encontrar. Vais ser rico mas sem que isso te preencha. Vais ser considerado um génio mas sem que isso te valide. Precisas de outra coisa, quiçá de uma outra forma de valor, e não descansas até a obter, e pode ser que morras sem a encontrar.

buy me love © sony/atv music publishing llc

cannot buy 👤👈 💘, 💘

cannot buy 👤👈 💘

I will buy 👉👤 a ♦️ 💍 👤👈 friend if it makes 👉👤 feel alright

I do 🚫 care too much for 💰, ➕ 💰 cannot buy 👤👈 💘

I will give 👉👤 all I got to give if 👉👤 👄 👉👤 will 💘 👤👈 too

I may 🚫 have a lot to give but what I got I will give to 👉👤

I do 🚫 care too much for 💰, 💰 cannot buy 👤👈 💘

cannot buy 👤👈 💘, everybody tells 👤👈 so

cannot buy 👤👈 💘, ❎ ❎ ❎, ❎

👄 👉👤 do 🚫 need ❎ ♦️ 💍 ➕ I will be 😊

Tell 👤👈 that 👉👤 want kind of thing that 💰 just cannot buy

I do 🚫 care too much for 💰, 💰 cannot buy 👤👈 💘

money can't buy me

Um homem deixa-se abater sobre um ponto de encontro da latitude com a longitude, um qualquer, e confessa:

Temo tanto a minha insignificância quanto a minha mediocridade.

É disso que fujo a qualquer custo.

Não faço cá qualquer falta.

Ninguém precisa de mim.

Não valho nada.

São crenças com raízes profundas no solo árido do seu coração. Plantaram-nas as vozes constantes, anos e anos e anos de inseguranças porosas, regadas a eco e repetição, alimentando-se da definição enviesada da palavra "valor".

Este homem, que se sente tão só, não está sozinho. Há homens e mulheres como ele por todo o lado. Pela primeira vez há uma imagem *disso*. O primeiro mapa do pensamento humano vinha manchado por uma nódoa negra e espessa de desvalor. A primeira representação da consciência coletiva era escura, cheia de sombras.

Foi o primeiro desenho da convicção coletiva de que "valor" é uma coisa necessariamente estrangeira a cada um de nós.

Quando o Sistema reconheceu tudo o que é dito, o tempo todo em todo o lado, tudo era dele. Todas as expressões de ruptura, alegria, pertença, desalento e felicidade dele. Estavam nele.

Se nos pudéssemos afastar e ver os padrões, as tramas que tecem todas essas locuções, que veríamos? Será que há linhas que não quebram? Há melodias inaudíveis a ouvido nu? As ideias viajam? As invenções contaminam?

Pensar pega-se?

Há um consciente coletivo? E um inconsciente?

Como distinguir entre os pensamentos, quais os nossos e os partilhados? Haverá um pensamento *mesmo nosso* se as palavras com que os pensamos são comuns?

São apenas algumas das muitas perguntas para as quais agora a resposta já era muito mais completa. E perturbadora.

pablo lê

6.41
O sentido do mundo tem que estar fora do mundo. No mundo tudo é como é e tudo acontece como acontece; nele não existe qualquer valor — e se existisse não tinha qualquer valor.
Se existe um valor que tenha valor então tem que estar fora do que acontece e do que é. Porque tudo o que acontece e tudo o que é o é por acaso.
Não pode estar no mundo o que o tornaria em não acaso, porque senão seria de novo acaso. Tem que estar fora do mundo.

o valor em não ter valor

Gosto de pensar na floresta amazónica, nos bosques da Irlanda e em papagaios de bicos coloridos, e gosto de pensar nos fiordes noruegueses e nos gêiseres da Islândia, e gosto de pensar nas estepes africanas e na linha curva do corno do carneiro e nos salmões a subir o rio para a desova e na quantidade de água que há no mundo, e gosto de pensar em todas as coca-colas cobertas de pó guardadas em armazéns de pequenas lojas à beira de estradas desertas, e gosto de pensar em sinais de néon de motéis ranhosos, sempre com uma letra fundida, e na banca de uma tabacaria onde estão dispostas as primeiras páginas de jornais de todo o mundo com diferentes alfabetos, e gosto de pensar em todas as crianças que hoje aprenderam a letra eme e a confundem com a letra ene, e perguntam aos pais:

"Quantas perninhas?"

Gosto de ser pequena num mundo extravagante e extenso.

Gosto de saber que existem mil corais diferentes, e mil autoestradas. Gosto de saber que existem antílopes que as atravessam, e plantas que rompem o alcatrão, para mim é tudo natureza. Não precisa ser verde para ser natureza. Nem azul. Não precisa de estar fora de mim. Eu já sou tão natureza quanto a natureza pode ser. Tudo me diz respeito.

Se eu não tenho valor, nada tem valor. E o contrário também.

o contrário também

Ah, não gravou?

Não faz mal, eu repito.

Já 'tá?

Posso?

Gosto de pensar na floresta amazónica, nos bosques da Irlanda e em papagaios de bicos coloridos, e gosto de pensar nos fiordes noruegueses e nos gêiseres da Islândia.

agora o teu nome é ludwig

vais nascer mais rico do que aquilo que o dinheiro foi desenhado para cumprir e, mesmo assim, vais correr a vida toda em busca do teu valor. Pode ser que tenhas morrido sem o encontrar.

pablo lê

6.373
O mundo é independente da minha vontade.

6.374
Ainda que tudo o que desejamos acontecesse, isto seria apenas, por assim dizer, uma graça dada pelo destino, uma

vez que não existe uma conexão lógica entre a vontade e o mundo que a garantisse, e a suposta conexão física também não a poderíamos por sua vez desejar.

6.375
Como só há uma necessidade lógica, assim também só há uma possibilidade lógica.

em busca do teu valor

O que Darla não encontra é uma carta afectuosa de um pai para uma filha: um reconfortante "diz-me o que sentes" ao lado dos poderosos "diz-me o que pensas". Será que é por isso que é tão fluente a explicitar um raciocínio, e se embobina ao esclarecer um sentimento? Haverá também para isso uma literacia? Sente-se analfabeta, desde Ana.

Abre cartas em busca de uma expressão meiga, uma despedida calorosa, um "saudades", ou qualquer entusiasmo que não seja o intelectual. Não encontra nada. Isso choca-a. Na sua memória, o pai era muito mais doce do que esta voz epistolar. Desejou mais do que nunca ter o pai no Sistema, como hoje tudo está no Sistema. Poder contabilizar o número de vezes que ele disse que a amava, ou que a estimava. O número de termos ternurentos. O quanto gostava ele dela.

Queria poder ler também as suas respostas, mas só tem metade das peças. Relê as cartas várias vezes e sente-se cada vez mais confusa. O árbitro mais justo e informado chega uma semana mais tarde: Karin. Vem diretamente da melhor Clínica Criogénica, onde lhe voltaram a colocar embriões férteis previamente congelados. Tem quarenta e sete anos e, finalmente, sente-se realizada na carreira, posicionada na sociedade, enraizada como mulher e preparada para ser mãe. Darla vai ser tia pela segunda vez.

Falam muito na maternidade, em ser mãe ou não ser mãe, e depois falam em ser filhas. Falam do pai.

Darla conta-lhe o que a releitura das cartas provocou nela, a confusão em que mergulhou nos últimos dias. Karin esclarece equívocos muito básicos, coisas de que Darla se lembra fora de tempo:

— Eras muito novinha. Aquilo marcou-te muito. Desculpa, não te soubemos proteger...

Darla não percebe o conceito de "proteção" aplicado à sua história, porque não havia nada de ameaçador no pai.

— Isso não foi nada assim, Darla. Deturpas imenso as coisas...

O Sistema, o Sistema!, por que não havia Sistema no século 20?! Darla queria mostrar-lhe que a forma como se lembra das coisas foi como as coisas foram, mas a irmã precede-a em anos e muita calma.

— O pai não era essa pessoa, querida, desculpa. Tu nunca o quiseste ver. Ele era um... — Karin respira fundo e pousa a mão sobre o ventre ainda liso. — Para quê remexer nisso agora? Olha, numa coisa ele esteve sempre coberto de razão: é espantoso o quanto sabia acerca daquele *Manuscrito*...

— O *Voynich*?

— Já não se chama *Voynich*... Aquele senhor explicou-nos que esse nome

— Qual senhor?

— O pai foi muito importante para ele. O homem revelou-nos o que eram afinal aqueles gatafunhos que tanto obcecavam o pai e disse-nos que mais ninguém andou tão perto da verdade...

— Como não me disseste isso antes?!

— O pior é que disse. Estavas tão possuída pelo teu império que não ouviste.

Darla olha em redor, confusa. Ainda *mais* confusa.

— Então alguém decifrou o *Manuscrito*?

— Sim.

— O que é que ele vos disse?!

— Disse que. Olha, se for eu a explicar-te não vais acreditar. Tens de o conhecer.

— Ele está vivo? Onde é que ele está?

— Ele vive num sítio chamado Monte Babel.

— "Monte Babel"? Soa familiar. Isso não é no

— Sim. É. Naquela enorme cratera onde o Sistema não funciona e onde vivem os alucinados que deixaram esta sociedade. A *tua* sociedade.

— O homem que decifrou o *Voynich* vive lá?

Darla pronuncia as palavras como se não estivesse segura do que cada uma significa: está estupefacta.

— Achas estranho? Para mim faz imenso sentido que uma pessoa assim escolha viver no Vale do Silêncio.

uma pessoa assim escolha viver

No Vale do Silêncio vive o homem que traduziu o *Manuscrito Voynich*. Fala dele abertamente. Começa por dizer:

— Não há segredos. É muito simples. Trata-se apenas da transcrição de uma conversa: um tratado vindo do tempo em que a Terra era o nosso principal interlocutor. — Quando a ideia cessa de fazer nós no fio do nosso raciocínio, ele pergunta — Se lhe pudesses falar, ao planeta, o que lhe dirias? Dirias obrigado?

pedirias desculpa

Darla tinha tomado medidas extremas para que não a vigiassem e para que não interrompessem o seu retiro. Isso ajudou a que não se desse conta da dimensão do que estava a ser feito nas suas costas. À sua revelia, e sob condições que Darla nunca aprovaria, os restantes decisores da Gerez e os dois CEOs da CCM põem em marcha a Terceira Vaga. Conclui-se a Grande Transição.

Timothy e Kate queriam decifrar o cérebro humano, queriam ver a qualidade de vida disparar: uma saúde de ferro, bom humor constante e aparência melhorada. A partir de agora ia ser fácil neutralizar estados melancólicos, abandonar qualquer vício, deixar de fumar, perder peso, melhorar o estado da pele e identificar o aparecimento de qualquer vírus, infecção ou tumor. Deixa de haver insónias, alergias, anemias, eritemas, inflamações, depressões, convulsões, asma, refluxos, azia, celulite, varizes, artroses, síncopes, constipações, gripes, qualquer dor ou desconforto. Controlo sobre variáveis até então incontroláveis. *Controlo* — o que dizer mais?

E sem custos para o Consumidor. Todos os componentes são dados. Muitos Consumidores ainda não entendem que quando os produtos e serviços lhes são oferecidos, isso significa que eles próprios são o produto.

Mesmo aqueles que o entendem pesam as grandezas em jogo e decidem-se a favor da qualidade de vida. Embarcam numa existência com controlo sobre variáveis e imprevistos, mas permanentemente controlados. Já não há "estar fora". Em nenhum aspecto da vida. Uma utopia individual dentro de uma distopia coletiva.

uma utopia individual

No Vale do Silêncio vive uma Indígena do povo Okanagan. Atravessou a extensão do núcleo corporativo outrora conhecido por "Canadá" para vir viver no Vale do Silêncio. Ela diz:

— Na língua que falavam os Okanagan, a expressão usada para designar "o nosso corpo" continha a palavra para "terra". *O nosso corpo* e *terra*: eram a mesma ideia. Quando me descrevo a alguém com uma expressão que não me distingue do que nos rodeia, isso muda radicalmente a natureza do nosso encontro. E com tudo o resto.

radicalmente a natureza

Querida Dada,

Tocaram-me muito as tuas reflexões. De facto, a memória, a identidade e o papel das palavras na construção desse texto interno são uma linha de investigação que parece não ter fim. Parece-me útil que não leves os pensamentos à letra, quer dizer, que não te identifiques com a contrariedade do que vai surgindo. O paradoxo é um bom mestre e tu és muito sábia para a idade que tens! Eu, com mais vida e mais leituras, não descobri muito mais do que tu na tua última carta. Estimo a luminosa candura que dela emana. Mas vejo o teu apreço pelos autores e por estares a par da vanguarda das teorias, e rogo-te que não negligencies aqueles que os precedem.

Os trilhos do teu pensar já foram percorridos por homens e mulheres muito sábios, de muitas culturas e eras. Mando-te no final desta carta uma lista de autores. Vais espantar-te com a sua modernidade, a sua sapiência, e como esse progresso de que tanto falas assenta nas mesmas características e dilemas inalienáveis da experiência humana.

Termino esta carta com um poema de Chuang Tzu, escrito no século 4 a.C. [sublinhado no original]

"O propósito de uma armadilha de peixes é apanhar peixes e, uma vez o peixe apanhado, a armadilha é esquecida.

O propósito da armadilha de coelhos é apanhar coelhos. Uma vez o coelho caçado, a armadilha é esquecida.
O propósito das palavras é transmitir ideias. Uma vez as ideias transmitidas, as palavras podem ser esquecidas.
Onde encontro um homem que tenha esquecido as palavras?
É com ele que eu quero conversar."
O pai,
Ross Walsh

onde encontro um homem

Com o afastamento de Darla, o poder corporativo perde também o seu ícone. Nem Timothy nem Kate têm o carisma ou a empatia necessários. Instala-se uma nova forma de crise e o pouco poder governativo que sobrevive cai num vazio tão grande que os Consumidores que podem, os que se sustentam, se retraem e seguem com os seus projetos individuais, cada vez mais fechados na sua bolha íntima. Explode a inovação das tecnologias de realidade virtual e cada qual se transfere para uma experiência sincrónica à vida analógica, um lugar concebido à medida de cada um. Prazer ininterrupto e gratificação sem obstáculos. Ganha o sonho, sobre todas as coisas. Ou o pesadelo?

it's a great time to be

No Vale do Silêncio vive uma Florista com um sorriso que parece magnólias, e que diz:

— As palavras por dizer são as flores do silêncio.

pensar pega-se

Pedro não dura uma semana no seu primeiro emprego como homem livre, Polícia. A burocracia entedia-o, o código confunde-o. Este tempo atordoa-o. Entretém-se usando a videovigilância para perseguir casais enamorados. Desvia um *drone* de vigia para ir assistir a uma missa. Enfim, é célere a ser despedido.

Sem emprego e sem dinheiro, Pedro debilitado por doença prolongada, e sem autorização para estar em mais do que cinco ruas da cidade, os dois amigos sentem-se enclausurados, quase tanto como na prisão. Não querem continuar assim.

Nelson tinha ouvido falar de um lugar onde não há vigilância e onde se pode passar os dias *offline*. Um lugar onde não se paga por falar. Pedro não entende como isso é possível e uma explicação que envolve um meteorito só serve para o confundir mais.

Pedro imagina a barbárie — "sem Sistetetema nem nnnada?" — e hesita. Parece que as personalidades se inverteram, mas isso é apenas porque Nelson já está cá fora há mais tempo, e Pedro ainda não teve tempo para ser aperceber da fundura do abismo disponível.

do abismo disponível

No Vale do Silêncio vive uma Grande Filósofa.

É uma mulher de poucas mas bem pesadas, bem pensadas, palavras. Ela não só reflete sobre a linguagem mas reflete sobre as estratégias de reflexão sobre a linguagem. Dedica os dias à busca de uma regra para o uso ideal de uma regra para o uso ideal de uma regra para o uso ideal de uma regra. Dito de outra forma, ela quer encontrar um critério — um critério metodológico — sobre como aplicar esse critério na aplicação desse critério ao escolher um critério.

A Grande Filósofa nem sempre acaba o dia muito bem-disposta.

pensamento ritual ou ritual do pensamento

O caminho até ao Vale do Silêncio é longo e exigente — várias boleias, um barco, clandestinos num veículo de mercadorias, uma caminhada de três dias, outra boleia — e a falta de saúde de Pedro a manifestar-se num cansaço constante. Alcançam o último vilarejo antes da cratera a que muitos chamam Vale do Silêncio, mas que de facto se chama Manicouagan, mas falta-lhes boleia até lá. São quinze quilómetros.

— Pedro, olha para ti... Se calhar deviamos era voltar à cidade e arranjar dinheiro para te pagar um tratamento. A tua Igreja não te ajuda?

Ele tentou e fecharam-lhe a porta. Foi demasiado franco. A sua Igreja parou no tempo e continua a *combater* a homossexualidade.

— Pensava que isso era do século passado...

— É a Igreja, nnnão é o dededeus.

Não falam muito de religião mas, sempre que falam, esgotam-se, para Nelson, os argumentos. Parece-lhe tudo tão *pouco lógico*.

— Tu nnnunca entendeste o mememeu — pausa prolongada — deus, pois não?

— É difícil. Tu rezas como um cristão, lavas-te como um muçulmano, vestes-te como um budista e entras em transe como um xamã. É difícil perceber qual deles é o teu deus.

— É todos. É nenenenhum.

Pedro confessa que acha que o seu Deus lhe deu aquela bactéria por algum motivo, mas que uma doença que nasce de um ato de amor não pode ser maléfica. Nelson acha toda esta argumentação de uma estupidez infinita, mas não se atreve a pôr em causa a fé do amigo.

Uma carrinha muito antiga sacoleja ao fundo do viaduto e aguenta-se até onde eles estão. Para mesmo em frente deles:

— Vão para o Silêncio?

Um homem põe a cabeça de fora para projetar a voz mas não se lhe vê o rosto. Eles bradam que sim.

— Subam! Eu levo-vos!

Abre-se uma porta para uma bagageira onde estão sentadas três pessoas. Nelson sobe e ajuda Pedro a subir. Cumprimentam toda a gente, dizem os nomes. O rapaz de cabeça rapada, que talvez possa ser a rapariga de cabeça rapada, diz um nome que não ajuda a destrinçar a ambiguidade, "Vic", e pergunta:

— Nunca lá estiveram?

Nelson explica que não, que é a primeira vez. O rapaz, ou rapariga, ele/ela/elx, ri-se:

— Então preparem-se...

então preparem-se

No Vale do Silêncio vive um Neurocirurgião reformado precocemente. Ele diz:

— Pondero longamente mas sem sucesso no que seria a vida sem linguagem. É difícil sequer conceber, parece cerzida à malha do funcionamento cerebral. É uma companheira interior constante. Onde estará no corpo? Será uma função exclusiva do cérebro?

Nelson hesita. Pedro está cada dia com pior aspecto e a primeira amostra de habitantes deste Vale do Silêncio, mesmo se só estes visitantes, não promete. São os três bastante extravagantes.

A curiosidade de Pedro fá-lo valorizar a diferença. Desde que saíra da prisão quase só lidara com pessoas muito parecidas entre si, normalizadas; e estes três seres não só lhe parecem diferentes *disso* como lhe parecem bastante diferentes *entre si*. Coloca imensas perguntas, inclusive ao condutor, a pessoa mais convencional neste veículo, que diz que é o fornecedor oficial de "silêncio exportado" do Vale. Daí as visitas frequentes. Pedro pergunta o que é "silêncio exportado" mas nem Pedro nem Nelson entendem a resposta.

Nelson já só quer chegar ao Vale.

— É *terrific* como gaguejas, tipo *superstrong*. Que *power*! *Hey-ho*.

Este, esta, fala de uma forma muito afetada. Difícil de compreender. Tudo é *terrific*.

— Obrigagagado. E tutu que fazes?

— Sou ativista de género. É *terrific*. Estou mesmo super *in-it*, sentes?

Os outros dois: um era Fotógrafo de Auras e vinha fazer um projeto artístico sobre as pessoas do Vale, e a outra estava convencida de que era a reencarnação da falecida Malala e respondeu apenas que estava ali em "visita diplomática".

— O que é iiiisso? Aaati — pausa prolongada — ativista de gégégénero?

— É súper. Protejo a amplitude das biopossibilidades. Luto pela diferença e pelos direitos iguais para todos os trinta e sete géneros.

— Trtrtrinta eeee

— Adoro esses teus soluços! És tão *cute*! Sim, podes ser trans, cis, transcis, agénero, *genderfuck*, morfobinário, pós-binarista, biexpressivo, pluridentitário, homoafectivo... Diz ao mundo! Gostas de quê?

e não sairmos disto

A *guerra* é feminino mas o *combate* é masculino.

O *destino* é masculino, a *morte* é feminino.

A *palavra* é feminino, a *retórica* é feminino, a *fala* é feminino, a *língua* é feminino. O *discurso* é masculino.

O *erro* é masculino, a *emenda* é feminino.

O *dinheiro* é masculino, a *moeda* é feminino. O *mercado* é masculino, a *privatização* é feminino.

O *problema* é masculino, a *solução* é feminino.

A *lua* é feminino em Português© e masculino em Alemão©.

A *cor*, a *ponte* e a *viagem* são feminino em Português© e masculino em Espanhol©.

A eterna exploração do quanto as palavras formatam a nossa forma de ver a realidade manifestou-se com polémica na questão de género: a *boa-sorte* e a *fortuna* são feminino e o *azar* e o *declínio* e o *falhanço* são masculino.

O *talento* é masculino.

O *poder* é masculino.

Mas a *vitória* é feminino.

Libertaríamos os géneros destas conotações se falássemos de forma mais neutra?

Com as sucessivas etapas da revolução de género e com a multiplicação de identidades sexuais e sociopolíticas, a linguagem procurou lugares plurais, neutros e espaçosos, onde pudessem caber todos os Consumidores em busca da sua verdade identitária essencial. Trinta e sete palavras diferentes para identidades de género e um número multiplicado de pronomes, sufixos e prefixos. Claro que se pagava muitíssimo por estes privilégios gramaticais, mas eram possíveis e frequentes.

Logo na Primeira Vaga, esta franja do Mercado tinha usado recursos já existentes em idiomas sem género gramatical, como o Persa©, o Húngaro©, o Arménio©, o Japonês© ou o Bengali©; ou a idiomas com pronomes neutros, como o Tagalog©, o Turco© ou o Finlandês©. Nesses e noutros idiomas, guerra, batalha, combate, destino, morte, palavra, retórica, fala, língua, discurso, erro, emenda, dinheiro, moeda, mercado, privatização, problema, solução, lua, cor, ponte, viagem, boa-sorte, fortuna, azar, declínio, falhanço, talento, poder, vitória não são nem feminino nem masculino. Só são.

No entanto, a problematizar a ideia de que a neutralidade aumentaria a liberdade estavam os dados: por um lado, muitas das línguas sem género gramatical ou de género neutro eram justamente as línguas faladas em lugares onde a opressão sobre a mulher estava mais intrincadamente tecida na cultura: Irão, Indonésia, Bangladeche, várias regiões da Índia, Sudão; do outro lado, no topo da lista de países com maior igualdade entre géneros estava a Finlândia, que só possui pronomes neutros ("*hän*" é tanto "ele" quanto é "ela") e cuja gramática não comporta a diferenciação. A nível estatístico, era caso para dizer "uma no cravo outra na ferradura", e acrescentar: o *cravo* é masculino e a *ferradura* é feminino. E não sairmos disto.

a opressão sobre a mulher estava

No Vale do Silêncio vive um reputado Odontologista que viu a boca a milhares e milhares de Consumidores em todo o mundo. Enquanto jovem estudante, realizou um filme de nove horas — na versão comercial —, um longo documentário que o tornou célebre. Intitulava-se *Grande compêndio histórico do uso da boca* e consistia sobretudo de imagens de arquivo e testemunhos históricos. De grupos étnicos a nichos sociais, a muitas diferentes minorias foram-lhes retirados liberdade e poder ao não terem uma voz.

Agora estava a trabalhar num guião de um filme que renegava parte das ideias do seu filme anterior. Aliás, parecia mesmo dizer o contrário do que tinha dito antes:

— A voz, e a boca, continuam a ser o lugar da opressão. Mas o opressor percebeu que o silêncio é temporário e ricocheteia. O opressor mudou de estratégia: deixar o oprimido falar à vontade. Quanto mais falar, melhor. Primeiro, porque entretido a opinar, não se organiza no sentido da ação pertinente. Segundo, porque qualquer palavra repetida incessantemente se esvazia e perde o seu sentido, a sua força, o seu poder.

a-convencionado

A viagem prolonga-se. O Fotógrafo de Auras encosta-se ao vidro a dormir e Nelson finge fazer o mesmo para esquinar as ganas que vê na Malala-Póstuma para lhe contar a sua história. O diálogo entusiasmado de Pedro e do/a/dx outro/a/outrx ativista de género enchem o atrelado, e é Pedro quem tem um discurso mais fluido, malgrado a gaguez, tamanha é a estranheza da fala do/a/

dx outro/a/outrx. Há frases ininteligíveis, mas Pedro ri e acena que sim. Nelson está bastante enervado com aquilo, já arrependido da viagem. Antipatiza com o/a/x ativista de género, e não são só ciúmes do amigo, é muito mais por não estar pronto a aceitar que a etiqueta que ele/ela/elx teria para si seria "a-convencionado". Nelson vive com desconforto essa parte da sua sexualidade.

Pedro, pelo contrário, está tão fascinado com as histórias que o/a/x outro/outra/outrx conta que não tem pejo nenhum em contar-lhe tudo: amores, desamores, a morte de Terrence, o amante, a bactéria herdada.

— Vens bem aqui. Milhões de bem. No Vale há quem te possa curar. Saber ancestral. *Top*.

A propósito de um xamã que lá vive, e da forma de ver o mundo de alguns povos indígenas, encetam uma conversação estranhíssima — pelo menos para Nelson — sobre a corrente de pensamento que acredita que a homossexualidade, a assexualidade, a infertilidade são estádios avançados da evolução humana, porque os homens são um cancro que atacou o planeta. Essas formas de vida são as mais benignas porque não se reproduzem. Dá azo à primeira ideia eloquente, mas nota-se que é uma deixa aprendida e memorizada que ele/ela/elx replica:

— As homossexualidades não são profanas, ou ímpias, muito menos heréticas. São a Terra a dizer que já chega — e retorna a si. — É a Terra, assim, vale, *enough*, sim? *Wow*, demasiadimenso!

Pedro colabora:

— A hooomosssssexualidade é a vontade dededede Deus de protetetetEger — pausa prolongada — o planeta.

Nelson, inseguro com a cumplicidade entre eles, agarra o braço do amigo e reclama-lhe a atenção. Comenta em surdina:

— Essa deve ser a ideia mais *estúpida* que já ouvi, e olha que desde que saí da prisão que só ouço ideias estúpidas.

Pedro contrai o rosto num rasgo de indignação, choque e fúria:

— Esssstás a dizer ca' homomomomossexualidade é estúpida?!

— Não, Pedro. *Estúpida* é a ideia de que a Terra fala.

terceira vaga

a carne da linguagem

o final é masculino

No Vale do Silêncio vive um Anatomista. Depois de muito estudar o corpo, concluiu:

— A boca de um sábio está no coração. O coração de um tolo está na boca.

mundo-mudo do mudo-mundo

A avó Keiko era a mulher mais pequenina do meu mundo, e talvez a mais importante. Quando eu tinha treze ou catorze anos já só me chegava ao umbigo. Mais do que pequenina, era mirrada. Um excerto de uma cornucópia. Muito magra, seca, forte-frágil. Bambu que não verga.

Foi essencial na minha infância em Jyväskylä. Eu era um miúdo mesmo muito solitário. Deixava-me confundir com a rotina, encaixava-me nos ponteiros das horas. Ninguém se apercebia de que eu podia estar precisado, ou incompleto. Só ela olhava por mim. Eu era tímido como o que se arranca da terra, tinha aptidão nenhuma para conviver com os miúdos da minha idade. Ouvi muitas vezes que é uma coisa finlandesa, esta introversão, mas se os miúdos com quem eu queria conversar também eram finlandeses! Para eles, parecia tudo mais fácil.

A minha mãe contava que, lá para os lados de Hämeen Lääni, na província de Häme, o silêncio é motivo de orgulho local. Havia uma história que não se cansava de repetir: "Certo dia um agricultor vai visitar o vizinho a alguns quilómetros e deixa-se estar muito tempo sentado à sua porta, sem dizer nada, até que tem de ser o vizinho a ir ter com ele e a perguntar-lhe a razão da sua visita. E só aí o outro ganha fôlego para lhe revelar que a sua casa está a arder...". Isto é muito finlandês. Às vezes até penso que foi graças a ele — ao silêncio — que me agarrei à fotografia. As imagens mais belas, repara, são as mais silenciosas.

Sempre gostei de fotografar. O meu pai tinha um laboratório de revelação que só usava para a cartografia. Aquela penumbra: sentia-me bem ali, à espera dos fantasmas no papel sensibilizado pelos químicos. Fascinava-me. Mais tarde percebi que a máquina fotográfica me permitia chegar perto das pessoas. Podia estar num grupo sem ter de conversar. Todos gostavam de se ver retratados, era uma efeméride. Na altura era raro alguém ir fazer um retrato à cidade.

As raparigas, claro. Foi bestial. Percebi a importância de fazer uma mulher sentir-se vista. Sim, tive namoradas... mas sempre *muito* tímido! Acho que nunca soube com que palavras se chega a alguém, e isso começou com ela, com a avó Keiko. Cresci a ouvir a mãe contar que a avó fugiu às duas guerras que assolaram o Japão no início dos anos 1940. Que a fuga foi perigosa. Que essa época foi muito dura. Que o avô a salvou. Cresci com essa história. E não era mentira...

Se não fosse o apoio dela, não teria seguido Fotografia. No máximo, seria um técnico, como o meu pai. O meu pai não queria que eu fizesse com as imagens nada além do que ele fazia. Apoucava as minhas imagens de cariz mais — como dizer — pessoal? Que eu estava a tirar dignidade à mestria dele. Foi difícil, só a avó Keiko me apoiava.

A guerra é que não sei bem como é que me aconteceu. Quero dizer, fotografar a guerra. Foi talvez um respirar que eu sempre soube manter, mesmo nas situações mais hostis. E também isso começou dentro de casa.

"Se pudesses fotografar qualquer coisa, o que gostarias de fotografar?", perguntou-me, um dia, a minha avó. Eu nunca lhe respondi. Em lugar disso, dediquei-me a uma longa série de imagens que, de certa forma, eram sobre o silêncio dela. A forma ampla de estar calada. Um silêncio no tom certo. Dançava em redor dela com a câmara enquanto ela trabalhava: cosia meias, descascava legumes, atiçava o fogo à salamandra... Eu testemunhava.

Já trabalhava como fotógrafo de guerra quando voltei a Jyväskylä para visitar a minha mãe. Tinha tido um acidente. Uma coisa sem gravidade, escorregou numa escadaria. Estava agarrada às canadianas, e isso desmoralizava-a. A minha mãe sempre foi uma mulher muito enérgica, tenho de vasculhar na memória por uma imagem dela sentada ou a relaxar. Foi o meu pai que me ligou a pedir que lá fosse. Que ela estava a reagir mal às canadianas, como se lhe tivessem diagnosticado uma velhice irrevogável.

Fui encontrá-la muito abatida. Em vez de alguns dias, acabei por ficar duas semanas. Conversámos imenso. Nessa altura ainda não tinha conhecido a Carolina, e estava numa relação com uma mulher mais velha que me esvaziava lentamente. Não me sentia capaz de sair. Demorei a conseguir partilhar isso com a minha mãe, queria muito que ela me visse como um homem capaz. Devia estar a chegar aos trinta, ou tinha acabado de fazer trinta, não me lembro. Sei que aquele falhanço amoroso foi para mim, na altura, um absoluto. Não sei como é que a minha mãe me conseguiu arrancar aquela história, sempre fui circunspecto, nunca falava das minhas coisas a ninguém. A avó Keiko sabia sempre tudo sem eu ter de contar nada. A minha mãe, não; a minha mãe insistia. Tinha estratégias para me desarmar. Teve a ver com a forma como me contou — uma vez mais — a história da minha avó. Era a enésima vez que a ouvia, e no entanto fiquei pasmado, como se fosse a primeira. Qualquer coisa a ver com a impossibilidade daquele meu primeiro amor.

No final das duas semanas em Jyväskylä, guiei oitenta quilómetros até ao lar onde estava a avó. A mulher mais pequenina do meu mundo estava ainda mais pequena, enrodilhada. Ouvia mal. Quando lhe disse que queria falar sobre o avô, encolheu-se, como um bicho, escamas e tatu. Quase desisti. Ela estava frágil, doente, que sentido em apoquentá-la? Troquei de assunto.

Depois, frase a frase, passadas muitas frases, ela desenhou-me um homem que toda a comunidade adorava, um homem estimado, que não tinha pudor em abrir a casa para oferecer uma refeição a qualquer pessoa na rua, apesar de ela passar fome e, nos piores Invernos, a minha mãe. A filha deles. O olhar dela estava imerso numa paisagem que eu não ousei estorvar. Vi colinas de despeito. Com os anos — continuou ela — o feitio deste homem piorou. Deixava-a várias vezes sem comer, ela tinha de se escapulir e pedir qualquer coisa aos vizinhos. Humilhava-a em frente de toda a gente, fazia-a ir às compras em trajes menores, colocava-a em situações terríveis. "Chamava-me nomes. Chamava-me pu..." Não sei se ficou suspensa no pudor da palavra ou na vergonha requentada do que outrora sentiu.

Não. Ela não se podia divorciar, "isso não havia para as mulheres do meu tempo". Podia fugir, e pensou muito nisso, mas não tinha um centavo. Havia a minha mãe. Não conseguia tolerar a ideia de ir embora e deixar a minha mãe com aquele homem.

Fui buscar-lhe um copo de água, convencido de que a narrativa terminava ali. De qualquer forma, já não tinha nada a ver com a história que eu achava que conhecia, que eu achava que tinha ouvido mil vezes.

— Ele era rei e senhor da casa — continuou ela. — Eu cozinhava para ele, engomava as suas camisas, dava lustro aos seus sapatos.

Calou-se outra vez. O silêncio dela era parecido com o do cinema na parte mais carregada do filme.

— A única coisa a que eu me podia negar era a responder. Ele ofendia-me mas o que queria era que eu o injuriasse de volta. Isso eu não lhe dava. A palavra era o meu último... como é que se diz, Tápio?

Eu não sugeri um termo e ela não o encontrou sozinha.

Perguntei se ele tinha amantes. Era uma pergunta ridícula, mas dei por mim a pensar se ele teria amantes...

— Ele tinha tudo, Tápio. Ele tinha tudo o que queria. Ele tinha a faca e o queijo na mão. Eu só tinha o meu silêncio. Nem o meu corpo eu tinha, ele vinha e levava o que lhe apetecia. Levei muita pancada, muita, mas nunca conseguiu tirar de mim uma única palavra. Morreu pobre, e nu, e eu não o vesti com nenhuma frase apaziguadora.

Perguntei quanto tempo e ela disse um número. Acrescentou:

— Depois, adoeceu...

Disso, eu lembro-me. Da minha mãe a chorar e de me explicarem que o avô estava doente, e lembro-me dos fins de tarde a brincar por ali, na casa deles, com ele deitado na cama. Lembro-me do medo que sentia que ele morresse enquanto eu brincava. Foi talvez o meu primeiro contato com os corpos jazentes e moribundos, algo que hoje faz parte do meu dia a dia. Impressionou-me muito.

— Esteve muito doente. Muitos meses. Eu passei a gerir a casa, a loja, tudo, sozinha. Quando ele estava prestes a morrer, chamou o padre. O teu avô era um homem de muita fé. Foi o padre que insistiu comigo. Queria que eu perdoasse. Que eu vocalizasse o meu perdão. Dizia que era essencial para que ele pudesse seguir em paz. Ainda consigo vê-lo: deitado, a morrer. Nunca tinha visto aquele olhar no teu avô em cinquenta e sete anos juntos. Nunca.

Perguntei se lhe perdoou e ela disse que não. Sem qualquer hesitação: "Não".

— Queria mesmo que ele fosse para o inferno.

A avó Keiko não acredita no céu nem no inferno, o que só torna mais glorioso o seu desejo de vingança, condenando-o a um inferno para ela inexistente.

— A família veio em peso, como se só o meu perdão importasse. Uma palavra. Eles só queriam ouvir uma palavra da minha boca. O padre intercedeu, vestiu-me de frases bonitas e promessas extravitalícias mas... talvez nunca possas compreender isto... — Uma pausa prolongada e os olhos a agarrar os meus como outrora fazia com as mãos nos meus ombros quando queria que eu parasse de brincar para a ouvir. — Tápio, oxalá nunca venhas a compreender.

— O quê, 'vó?

— Que aquele silêncio era tudo o que eu tinha.

astroblème

Do grego antigo, "*astron*" e "*blema*", que significa "ferida estelar".

Sinónimo: estrutura criptoexplosiva.

Cratera resultante do impacto de um meteorito sobre a superfície da Terra.

Cicatriz circular ferrada a quente no lombo da Terra. Tende a desaparecer com o tempo e a erosão. Caracteriza-a o tipo de parede, o vidro de sílica fundido e os fragmentos de meteorito.

Existem métodos específicos de identificação de uma *astroblème*, nomeadamente a confirmação da presença de estruturas de choque subterrâneas conhecidas como cones de quebra ou de estilhaçamento, que não podem ser produzidas por outros meios, tal é a violência do embate.

Tradução: cratera.

Valorização: 77 a 329 DCs.

Neologismo: "astroblema" (elegível à taxa adicional SMPP).

ferrada a quente no lombo da terra

No Vale do Silêncio vive um grande Estudioso de Bambara®, um dos idiomas falados no Mali. Para os Bambara todo o corpo participa na articulação da fala. O Estudioso cita-os:

— Só o homem não tem cauda nem crina. Por isso, distingue-se pela boca. Falar é: boca, garganta, cabeça, coração, bexiga, órgãos sexuais, intestinos, rins, pulmões, fígado. Os rins precisam o sentido ou conferem-lhe ambiguidade. A bexiga atribui humidade à composição das frases. Os órgãos sexuais, através de movimentos que idealizam o coito, dão ao verbo o prazer da vida... Estou a parafrasear, claro. Mas estas são as ideias mais importantes. Falar faz sair um elemento importante do corpo: falar é dar à luz.

dão ao verbo o prazer da vida

A história da Terra a ser agredida pelo cosmos não é recente nem concisa. Mas não há nada comparável na biografia deste pequeno-mas-acolhedor planeta à violência que chegariam a exercer os seus habitantes. Em comparação, os meteoritos e embates cósmicos parecem carícias. Mimos cósmicos.

Acredita-se que o impacto causado pelo embate de um meteorito possa ter estado na origem da extinção dos dinossauros. Há em todo o planeta várias dezenas de vales e acidentes de paisagem que resultam do embate de corpos celestes. Quando a humanidade recebe o impacto homogéneo da Terceira Vaga, descobrem-se com poucas semanas de intervalo três lugares onde ocorre este estranho fenómeno: o Sistema não funciona. São apenas três e todos são resultado do embate de um meteorito há milhares e milhares (e milhares) de anos:

- Vredefort, no núcleo corporativo outrora conhecido como "África do Sul", o maior *astroblema* do mundo;
- Tookoonooka, no núcleo corporativo outrora conhecido como "Austrália";
- Manicouagan, no núcleo corporativo outrora conhecido como "Canadá".

Surge um rol de explicações de cariz esotérico e religioso, todas inverosímeis, algumas mesmo engraçadas, outras tontas, líricas, conspirativas, paranoicas, anarquistas, persecutórias, barrocas, ocultistas, amedrontadas, cínicas ou estapafúrdias — o facto é que ninguém sabe por que é que os sistemas de digitalização não funcionam nestes lugares. Há quem diga que os cientistas querem manter uma amostra da população intocada, caso a experiência corra mal. Há quem diga que se trata de bases alienígenas. A maioria está convencida de que se preserva Manicouagan porque Darla se mudou para lá — mas Darla não se mudou para lá, só lá foi de visita, e Manicouagan já apresentava estas características muitos antes de Darla chegar.

Surgem tratados de pseudociência da melhor, onde se explica a natureza das emanações magnéticas de minerais escondidos na profundidade da crosta terrestre e como o embate os terá exposto. Mais um tema sobre o qual reina a desinformação.

Vredefort e Tookoonooka são imediatamente comprados e tornados destinos turísticos. Tookoonooka, uma estância para mafiosos multimilionários que preferem concretizar os negócios sem que ninguém os ouça e onde uma só noite custa vários dígitos. Vredefort é mais acessível, mas a lista de espera para lá poder passar uma só noite ronda os três anos. Só Manicouagan não é privatizado.

Muito mais difícil do que explicar as leis geológicas na origem do fenómeno é perceber como isto foi possível num mundo onde não sobra nada por privatizar. É que Manicouagan, ou o "Vale do Silêncio", como todos lhe chamam, não é de ninguém. Ou, ideia ainda mais obtusa, é de todos.

ideia ainda mais obtusa

No Vale do Silêncio vivem três Silenciários, Jonas, Paulo e Anastácio. O termo "silenciário" foi recuperado do latim *silentiarius*, que era o título dado na corte imperial bizantina a uma classe de cortesãos responsáveis pelo silêncio no Grande Palácio de Constantinopla.

Nenhum deles falava muito, mas quando Jonas, o mais velho dos três, dizia:

— Temos de fazer do silêncio aquilo que somos.

Paulo contestava:

— Ou então fazemos silêncio daquilo que somos.

E Anastácio concluía:

— Somos o silêncio do que fazemos.

Depois não diziam nada durante dias e dias.

silêncio daquilo que somos

Darla e Karin ficam hospedadas no monte Babel. Até ali, não por casualidade, lhes foi destinado o topo.

Mesmo antes de deixarem a ilha grega rumo ao espaço corporativo do Canadá, Darla tinha sido alertada para a implementação da Terceira Vaga — à sua revelia. Estava agora a seguir tudo de longe. A tentação de intervir era imensa. Num primeiro momento, pôs a hipótese de largar tudo e voltar a Dublin, mas Karin fê-la ver quem era este homem e para que segredo tinha ele a chave. Darla decidiu que a nova ordem mundial podia esperar.

no monte babel

No topo do Monte Babel[1] encontramos um lugar chamado Pasmatório. O Pasmatório é o lugar onde os habitantes do Vale vão praticar o grão-ofício de se pasmar: a vista dali é um caso sério de abundância. É formidável como um Vale de dimensões relativamente modestas consegue conter tantos microclimas e a respectiva miríade

1 As condições meteorológicas rigorosas, à medida que nos aproximamos do cume, criam uma rápida transição entre a floresta boreal e a tundra, onde só crescem líquenes e outras plantas de distribuição do Ártico. Na tundra alpina, ao contrário da tundra ártica, encontramos ervas, arbustos, musgos, cabras, alces, marmotas, gafanhotos, borboletas e escaravelhos.

de espécies que caracterizam cada um. Darla já tinha viajado muito mas nunca tinha visto nada assim. Pasma, está no sítio certo para o fazer.

Uma mão no ombro direito requisita-a. É Karin, acompanhada por um senhor barrigudo, de tez tisnada pelo sol, um rosto amigável. Entre um aperto de mão e a troca de nomes não consegue evitar que os seus olhos se fixem num canudo que ele segura na mão esquerda. Dentro de um tubo de plástico fosco vislumbram-se folhas de papel envelhecido.

— É...?

Antes mesmo de saber como se chama, o Leitor percebe a dimensão do que ele vai trazer à sua vida. Ao centro do Pasmatório, o Leitor diz:

— Sim, é. O fólio que falta ao *Manuscrito Voynich*.

Pasma mais, está mesmo no sítio certo, finalmente.

Uma imagem de satélite de Manicouagan.
O ponto mais alto desta ilha (952 metros) é o Monte Babel. Ganhou este nome do missionário suíço Louis Babel (1829-1912), homenageado por ter convertido vários indígenas Innus à religião cristã.

a falha fala

No Vale do Silêncio vive um Antigo Psicanalista. Foi dos habitantes mais difíceis de fazer calar. Tem uma interpretação para tudo — incluindo para o silêncio!

Há uma ideia a que volta com frequência:

— A língua é uma construção abstrata, uma estrutura. É a fala o mais interessante, porque é pessoal. A fala é aquilo em que uma língua se torna em cada um de nós. Nunca é igual! Está à mercê do inconsciente e, por isso, todos os acidentes no seu desempenho dizem imenso.

Prime os lábios e completa:

— A falha fala! Porque a fala falha.

Quando faz este trocadilho ri-se muito, mas muito: tem de vir um Silenciário pedir-lhe que pare. Ninguém leva a mal: é uma desmesura explicada por uma série de episódios da sua infância.

tudo o que eu tinha

O nome pelo qual se popularizou, "Vale do Silêncio", refere-se aos fundadores da comunidade de Manicouagan: uma dúzia de indivíduos que, quando descobriram que havia uma exceção à internet expandida, resolveram ocupá-la e fazer valer uma nova sociedade. A sua característica essencial seria, por contraste à cacofónica, um voto de silêncio. Entre outras práticas críticas à sociedade desse tempo, declararam o *Elogio da mudez*.

Parece um contrassenso: calarem-se num dos poucos lugares onde se pode falar sem vigilância. O seu silêncio não se prendia com estar calado, mas com não querer fazer parte do discurso reinante. Os primeiros habitantes do Vale do Silêncio diziam:

— Há estar calado e há não querer participar na conversa.

Essa diferença chamava-se "Vale do Silêncio", um destino livre de renda ou imposto. Custava o preço da liberdade.

o preço da liberdade

No Vale do Silêncio vive também o companheiro da Grande Filósofa — chegaram juntos. Ele é Compilador de Parâmetros, ou seja, dedica-se a definir as condições mínimas para todas as coisas. Veio para o Vale para terminar a sua mais importante obra, *O grande livro dos critérios*. A sétima entrada deste grande livro regra:

"Se a palavra que vais pronunciar não for mais bela do que o silêncio, então não a digas."

elogio da mudez

Os habitantes do Vale ganharam o hábito de se referir à restante sociedade como "Planície do Eco". Na sua concepção, o que se passava lá fora era bastante semelhante ao mito que Ana narrou ao ouvido de Darla naquela tarde idílica no parque. Com a diferença de que agora toda a gente, não só a Ninfa, vive sob o efeito de um poderoso castigo divino, que os condena a repetir o que ouvem sem nunca produzir algo seu. Máquinas de reverberação compulsiva.

Para os habitantes do Vale, vivemos um esquecimento coletivo do primeiro passeio pela floresta em que ninguém sabia o nome de nada e, no entanto, tínhamos acesso a tudo:

— "Pai, o que é i'to?"

E tudo tinha acesso a nós.

Para os habitantes do Vale do Silêncio, é isso o que se passa no mundo que escolheram abandonar. Uma câmara vazia, cheia de ecos.

língua-mãe e idioma-pai

Para conseguir largá-la, tive de largar tudo.

Depois das últimas férias com Carolina aqui, na cabana, ainda voltei à nossa casa em Lisboa, mas só para ir buscar as minhas coisas. Fui à agência anunciar a minha partida e, pela primeira vez, não voltei para a guerra. De uma estranha forma, a guerra sempre esteve associada ao amor que lhe tinha, à Carolina. Comprei este terreno, o da cabana, fiz obras, fiz disto a minha casa. Demorou. Sobretudo, levou anos a silenciar a guerra toda que trazia dentro.

Hoje, quando olho para trás, para esses anos na cabana, sinto que não fiz muito mais além de comungar com os mortos. E tomar notas. A morte interrompe as conversas. Mas foi depois dela que alguns diálogos se avivaram.

Os primeiros anos foram passados a conversar com a avó Keiko. E os últimos com Carolina. Pelo meio tive conversas com o meu pai, com gente que vi morrer na guerra, com colegas jornalistas. Por que é que fica sempre tanta coisa por dizer?

Em certas fases, pensar numa pessoa que perdemos deixa de ser uma coisa que acontece e torna-se numa coisa que se *faz*. Um projeto que te requisita. Que te toma os dias. A avó Keiko tornou-se aquilo que eu *fazia* nas primeiras semanas na cabana. Falar-lhe. Intuir as suas respostas. Tomar nota dos diálogos. Pedir explicações, pedir respostas, pedir conselhos. Pedir desculpa.

Descobri que tinha perdido a capacidade de não fazer nada. Foi oportuno que a cabana precisasse de tantas obras: reparei o telhado e a caldeira a carvão, única fonte de calor e água quente. Construí um anexo, montei uma composteira, preparei a terra para uma pequena horta. Além disso, ocupava todo o tempo que restava com leitura e a preparação da comida. Eu queria estar ocupado mas a verdade é que, olhando para trás, muito pouco fiz além de *conversar*.

Cheguei a estabelecer um diálogo com algumas das minhas fotografias. Reencenei-as com palavras. Propus-me organizar as memórias da guerra. Fui de rosto em rosto: escrevi a minha biografia em encontros. Silhuetas, formas de andar, paisagens, cheiros, incompreensões, melodias, calor na pele ou, tudo num termo, muito *passado*. Sentei-me e escrevi tudo.

e escrevi tudo

O núcleo corporativo outrora conhecido como "Canadá" é alvo de pesadas sanções e embargos económicos — mas não cede. Com Darla eficazmente afastada, a nova direção da Gerez/CCM pressiona: inflacionam as taxas comunicacionais de todos os Consumidores de Inglês© no território. Os Consumidores Canadianos não se melindram e trocam para o tarifário Francês©. É inflacionado o Francês©.

O território do núcleo corporativo outrora conhecido como "Canadá" é riquíssimo em idiomas aborígenes e tribais. Tinham sido profeticamente protegidos por Darla, através de uma complexa teia de algoritmos que salvaguardavam os idiomas em vias de extinção ou moribundos. Agora, protegidos pelo Sistema, estes dialetos sobrevivem em arquivo, coisa que antes acontecia no espírito do ancião ou anciã que, ao morrerem, levavam esse saber. É essencial que haja quem continue a adquiri-los para que se perpetuem no Mercado.

Os pesados impostos sobre o Francês© e o Inglês© no núcleo corporativo outrora conhecido como "Canadá" foram medidas excelentes para a riqueza idiomática daquela região. Um incentivo à adesão a formas de falar ancestrais, lideradas em popularidade pelo jargão Chinook©, todo o Innu©, a língua dos Malecite-Passamaquoddy, dos Tuscarora, dos Séneca, dos Beothuk da Terra Nova e Labrador, entre outros dialetos e idiomas nativos. A prosperidade linguística, apesar dos embargos, só foi possível porque havia *autonomia* e *diversidade*, talvez as duas palavras que os monopólios mais repudiam.

Sinais de trânsito bilingues oferecidos pela Gerez, antes do embargo, ao núcleo corporativo outrora conhecido como "Canadá". O de cima está em Inglês© e o de baixo, em Séneca©

fortunas idiomáticas ancestrais

A avó Keiko tinha-se esgotado no papel e a caneta não mostrava sinais de abrandar. Li muito, cuidei da terra, tratei da comida, fui testemunha diária da paleta do princípio ao fim do dia, no céu, no lago, sobre a copa das árvores mais altas. Já não pensava na Carolina, nem na guerra, e finalmente abri mão da ideia de que a vida é uma ferramenta. Que é suposto fazermos alguma coisa com ela. Que *serve* para algo! Decidi que não ia fazer nada com a minha vida além de a ir vivendo, e isso trouxe-me imensa paz.

Não sei descrever o que ia surgindo nos cadernos. Era parecido com a maioria das pessoas: frases soltas e fragmentos reunidos por uma lombada. Não sabia unir aquelas peças num todo que se assemelhasse a um texto. Aqui sim, pensei na Carolina. Desejei que ela aparecesse ao final de uma tarde e pudéssemos ter uma conversa sobre como se escreve, como se começa, como se acaba, como é que se sabe quando largar, e por que é que há coisas que soam tão bem quando pensadas, e na página se tornam tão frágeis?

Parecia-me tudo muito *frágil*.

Caneta e papel. Nunca digitalizei nada. A loucura da Darla Walsh não conhecia fim, e eu não queria os meus devaneios no Sistema.

Escrevi finalmente a resposta que outrora não consegui dar àquela rapariga, a adolescente que me agarrou pela mão e me perguntou num inglês perfeito se eu a ajudava a sair dali. Escrevi-lhe uma longa carta. Escrevi missivas aos dois lados da guerra, algumas cartas de amor. O vocabulário sobrepunha-se, coisas que servem tanto para amar quanto para combater: *conquistar, seduzir, capturar*. Estive afinal *refém* de um grande amor.

“A minha fotografia nasceu de um silêncio e vai extinguir-se noutro”, foi a citação na contracapa do primeiro de alguns livros. Ao lançá-lo, pensei nela. Não sabia do seu paradeiro, que vida levava, mas pensei nela e desejei que visse o livro onde quer que estivesse. Queria dizer-lhe que esteve sempre errada. Passadas décadas da sua sentença de morte sobre os livros, o mundo continuava a precisar deles.

Quem somos nós para saber do que o mundo precisa?

Eu sentava-me e escrevia.

Apareceu na ponta da caneta um outro rosto de mulher. Vi-a atravessar uma linha de fogo para chegar ao outro lado da rua, ao que podia ter sido a sua casa, agora um escombro. Vi-a abrir a porta e entrar, apesar de haver buracos nas paredes muito maiores do que a porta fechada. Ela entrou pela porta de uma casa sem paredes.

Segui-a e vi-a escolher entre os destroços do que poderia ter sido o seu quarto, um pedaço rachado de espelho. Vi-a erguer o espelho ao nível do rosto e contemplar-se. Solene. Com uma lente de longo alcance fotografei o rosto refletido. Taciturno, de feições bem inscritas. Já não era jovem, mas trazia a beleza das experiências acumuladas. Vi-a passar os dedos pela face, humedecer o dedo com saliva e aperfeiçar a forma das sobrancelhas, acentuando o bonito arco que lhe ampliava a força dos olhos negros.

Levei comigo apenas três fotografias. Nunca tirei grande sentido daquele encontro, o impacto que teve em mim, nem percebi que ritual foi o dela. Como é que alguém volta à sua casa em escombros, ao que foi um dia o seu quarto? Para quê? E como é que se segue caminho com tanta ruína ao peito?

Ficou para sempre como uma das mais altas instâncias de beleza feminina; com as rugas, o pesar, a idade avançada. Talvez por conter tanta contradição.

Quando me sentei a escrever, encontrei outro final. Com as palavras, avancei sobre os escombros e interpelei-a. Aquela mesma pergunta:

— Como se avança com tanta ruína ao peito?

tudo muito frágil

No Vale do Silêncio vive uma Lexicóloga que abandonou a prática por já não querer lidar com o caos e a ambiguidade. Ela costuma dizer:

— Uma língua inventada por um amante da ordem e da precisão podia seguir a seguinte lógica: ao primeiro termo corresponderia o primeiro significado; ao segundo termo, o segundo significado; ao terceiro termo, o terceiro significado; e por aí adiante, nunca parando de surgir palavras novas, porque cada novo encontro pediria um novo significado. Cada coisa teria o seu próprio significado, que não teria de partilhar com nenhuma outra coisa nem com famílias de coisas. Nenhuma palavra seria uma generalização. Tudo seria precisamente aquilo que é, sem incluir nada além de si. Sendo-se, plenamente.

mas na forma como ouves

Ao Vale do Silêncio chegou um homem chamado Pedro, que era gago, e um companheiro que homenageava o silêncio com a sua timidez. O Gago demonstrou logo o seu enorme dom para titubear nas palavras até ao expoente do cómico e conseguiu, em poucas horas, que uma dúzia de habitantes se tornassem fluentes no dialeto das gargalhadas.

A comunidade do Vale recebeu-o com fervor e encontrou um lugar para ele no sopé do Monte. Alguém disse:

— Rir é uma forma sagrada de quebrar um silêncio. Que sejas bem-vindo!

O nome do seu companheiro era Nelson, e ninguém se apercebeu do que tinha ele a dizer. Designaram-lhe um lugar junto ao Gago, com uma vista maravilhosa sobre a acidentada paisagem da cratera. Disseram:

— Não tenhas pressa.

De quê? “Isso é muito comum na Planície do Eco”, explicaram-lhe.

— A seu tempo irás escutar qual é o teu lugar nesta pequena comunidade.

Ao longe soava o batuque de um tambor.

— Não fiques ansioso. Demora o tempo que quiseres. Pensa em encontrar um novo nome. Com um nome mesmo teu, tudo é mais claro.

um nome mesmo teu

Vários habitantes do Vale trocaram de nome quando decidiram ficar. Nomear uma coisa é ligá-la a uma realidade e, como somos nomeados muito antes de sabermos quem somos, o nosso nome pode nunca nos representar.

Em várias culturas é comum trocar-se de apelido depois do casamento, adotando o nome do outro. Muitos artistas adotam um nome diferente. John Wayne chamava-se Marion Morrison, Marilyn Monroe chamava-se Norma Jeane Mortenson, Lady Gaga chamava-se Stefani Joanne Angelina Germanotta. Muitos mantêm pseudónimos para outros aspectos da sua personalidade, ou para tornar estanques diferentes áreas da vida. Alcunhamos pessoas para as distinguir ou para as ridicularizar. Em várias religiões o crente muda de nome no momento da conversão, do batismo ou da confirmação.

Em culturas em que a genealogia e a ancestralidade representam um papel importante, as crianças recebem nomes de familiares. Noutras, os nomes são inspirados em peripécias que ocorrem durante a gravidez da mãe ou no lugar de concepção, ou adivinhados através de rituais e transes. Em muitos casos o nome de nascimento é apenas o primeiro de vários nomes. Novos nomes serão atribuídos ou encontrados para assinalar marcos importantes da vida ou para afastar espíritos malignos, na esperança de os fazer pensar que a pessoa com o nome antigo desapareceu. O nome é considerado uma realidade e não uma convenção.

Numa parcela do núcleo corporativo outrora conhecido como "Austrália", conhecida como Nova Gales do Sul, viveu um povo aborígene conhecido por Yuin. Entre os Yuins, o pai revelava o nome ao filho num ritual de iniciação, mas a poucas pessoas mais. O nome profundo mantinha-se secreto. Para os indígenas da antiga América do Norte, o nome era parte constitutiva de um corpo, de tal maneira que o seu mau uso podia danificar, como um ferimento.

Em muitas destas comunidades o nome não deve ser pronunciado, porque vulnerabiliza. Também ganha importância por omissão: entre os aborígenes australianos, nas línguas austronésias, norte-americanas nativas, e nas línguas bantas, é comum silenciar o nome de um familiar na sua presença ou não o referir. As mulheres podem estar proibidas de pronunciar o nome do marido ou do sogro, e os homens, o da sogra. Na antiga Etiópia existe um sistema chamado "*ballishsha*", em que se evita mencionar, e às vezes até olhar para, alguns parentes. As mulheres que o praticam não só não pronunciam o nome do sogro ou sogra, como nem sequer usam palavras que comecem com a mesma sílaba. Usam paráfrases, sinónimos, antónimos, tomam emprestado de línguas próximas, e isto provoca uma tal modificação na fala das mulheres que acabam por falar uma língua distinta.

não uma convenção

O Leitor do *Voynich* é um homem despretensioso. De idade avançada, ponderoso e lento. Os poucos sinais de juventude que conserva sobrevivem todos no olhar. Com frequência, num sorriso.

— O vosso pai era um homem brilhante.

— Sim.

— Era.

Apesar de Karin já o conhecer, ambas parecem pouco à vontade.

— Os artigos do professor Walsh foram essenciais para a decifração do *Voynich*. Ele foi o único que esteve remotamente perto. O único. Se não fosse ele a apontar-me nessa direção, eu nunca. Vocês sabem. Uma pena que o tenham. Vocês sabem. Enfim.

— E como é que...? Quer dizer, o senhor. Afinal...?

Darla não sabe como começar.

— É difícil. Por onde? Depois vão ver, é infinitamente simples. Mas de início exige um salto de percepção.

Karin, que sabia um pouco do que por aí vinha:

— É ver tudo ao contrário.

— Não. De todo. É endireitar a visão depois de a termos invertido.

Karin fica atrapalhada, o Leitor sorri:

— Se calhar, primeiro, um passeio pelo Vale. Sei que as cataratas vão ser do vosso agrado.

— Sim. Cataratas. Claro. Mas não acha que podia primeiro...? Podíamos... Sabe?

— Não se preocupe. Eu sei o que procuram. Venham comigo às cataratas. Está tudo ligado.

tudo ligado

A bem de algum rigor: o Vale do Silêncio não era mesmo um vale, nem lá se encontrava mesmo silêncio. Depois de um período prolongado de serenidade e escuta, os primeiros habitantes da cratera tornaram-se interlocutores muito atentos aos outros elementos do diálogo. Calaram-se apenas o tempo necessário até voltarem a ouvir. Como, agora, Nelson.

Pedro achou divertido haver pouco silêncio no Vale do Silêncio, mas Nelson desconfiou: seriam sérias, aquelas pessoas? Questionou Paulo, um dos Silenciários. A lacónica explicação que recebeu continha a expressão:

— Por todo o lado, *a terra palrava*.

Pedro olhou para Nelson vitorioso, a propósito desta conversa recente:

— A ideia mamamais estútútútútúpida que já ouvistetete, hã?

Era mesmo uma ideia idiota, para Nelson, que as coisas falassem. Que a catarata e os animais e o vento falassem. Uma ideia que tolerava ver num conto de fadas ou nos diários de um esquizofrénico, mas não na boca de um adulto são.

Só depois de muitos dias ali, atento, a calibrar o ouvido, Nelson começa a perceber o que de tão forte unia os habitantes deste Vale:

— Ok. Não são palavras, mas é linguagem.

é ele próprio a carne

No Vale do Silêncio vive a única-irrepetível-incomparável Linda Lafidale, a atriz de Hollywood que ficou famosíssima na transição da Segunda para a Terceira Vaga, porque o Sistema não reconhecia o seu discurso. E se ela falava!

A maledicência coletiva atribuiu o fenómeno ao seu baixo QI. Equiparavam-na a um papagaio, que ela apenas memorizava sons e os repetia. Linda sofreu muito com estas acusações. Retaliava, que o verdadeiro ator é aquele que atinge o corpo transcendente da linguagem; que o verdadeiro ator já nem fala, pois é ele próprio a carne das palavras que diz. Uma linha de argumentação muito elegante, mas que se perdia, lamentavelmente, dado o seu timbre muito agudo. Linda Lafidale possui um tipo de voz que é difícil levar a sério. Nesse timbre iconfundível, ela diz:

— Deleuze dizia que uma atriz medíocre é aquela que tem de chorar para representar um estado de mágoa.

Cita filósofos franceses o tempo todo, na esperança de parecer um pouco menos tonta.

mas do silêncio dos nossos amigos

estado de mágoa

Quem também veio visitar o Vale do Silêncio foi a Jornalista. Ela dizia:

— O mundo não precisa de mais livros!

E ninguém sabia o que lhe responder. Quem somos nós para saber do que o mundo precisa? Ela disse que ficava uns dias e depois ficou muito mais, mas todos os dias sentia necessidade de explicar: "Estou a escrever um livro que não quero ter de terminar!". "Fazes bem", rematavam.

— Não acabo. Não o acabo e ninguém me pode obrigar!

— Mas aqui nin

— É que as coisas estão todas ligadas e dentro de todas as coisas brotam outras e a última página dos livros é uma violência que eu recuso impor a este texto. Porque este texto sou eu.

Alguns habitantes que estavam a passar naquele momento pararam para aplaudir a sua verve. De imediato, alguns sussurros entre eles: e se a hospedássemos ao pé do Grande Escritor?

um segredo

No Vale do Silêncio vive um Grande Escritor. Gosta muito de falar, quase tanto quanto de escrever. Com a Jornalista, são longas conversas ao final da tarde. Espantado que ela não o saiba ainda, o Grande Escritor conta-lhe um segredo do mundo literário, na esperança de que a ajude a sair de um certo impasse em que ela se colocou. Está bloqueada pela responsabilidade de escrever um livro importante.

— A palavra "segredo" não chega, neste caso, a ter o contorno fechado de uma ilha longínqua e rodeada de mistério por todos os lados. Muitos conhecem este "segredo". O que me surpreende é a quantidade de gente que desconhece que a verdadeira literatura é, na realidade, engendrada pelas aves. Todos os escritores o sabem, claro, mas é compreensível que, do lado deles, se eternize o segredo. Sempre achei que não havia motivo para vergonha. Saber ouvir as aves é um mérito tão ou mais digno do que ter um simples talento para compor frases bonitas, ou uma sensibilidade para o arrumo das palavras na folha. Cada vez há menos pessoas que sabem ouvir; por outro lado, pessoas que depois de algum treino cospem frases aprazíveis são aos molhos. É uma técnica como qualquer outra. Li que depois de dez mil horas a praticar qualquer coisa, podemos fazê-la bem. Mas escrever bem e literatura são coisas distintas. Não concorda?

Tudo começou na minha juventude, estava eu dividido entre ser Escritor ou Guarda Florestal. Depois de muitos meses a analisar as vicissitudes dos dois ofícios, acabei por concluir que os meus esforços seriam mais bem empregues na Literatura. Lá está, porque já são tão poucos os que entendem as aves.

Também se encontram livros que não foram ditados por aves. Claro que sim. Algumas destas compilações até se vendem bem e os seus autores tornam-se estrelas durante um semestre ou dois. Pessoalmente, acredito que o tempo se encarregará de os colocar onde pertencem. A literatura é outra coisa.

Repare! *O som e a fúria*? Um falcão. Todos os livros de Dostoiévski, um condor! *Moby Dick*? Um rouxinol! *Madame Bovary* ou *O deserto dos tártaros*? Um melro! *Cem anos de solidão*... Não se sente logo que é coisa de pintassilgos...? *A conferência dos pássaros* é uma obra coletiva, como o próprio título indica. Posso continuar até me pararem: *Mrs. Dalloway*, *Dom Quixote* e *Finnegans wake*? Estorninhos! A *Ilíada*, o *Decameron* ou o *Gilgamesh*, tordos!

Ah, esta é boa! Muita gente está convencida de que o *Não matem a cotovia* anotado por Harper Lee foi ditado por uma cotovia. Mas não, de todo! É da autoria de um canário particularmente imaginativo. O que não deprecia em nada as cotovias, a quem devemos textos tão importantes quanto *A divina comédia*, o *I Ching* ou o *Mahabarata*... Enfim, os exemplos são sem-fim.

É pensar em qualquer livro, qualquer livro que passe o crivo do tempo e sobreviva ao fogo de artifício dos *tops* de vendas e ao espartilho das novidades e, sem exceção, ele terá sido traduzido do narrar de uma águia, de uma garça, de um tucano, de um pica-pau, de um albatroz, de uma catatua, de um maçarico, de alguma arara, ou de uma gralha. E, sim, confirmo, as gralhas não dão gralhas. A melhor literatura vem das aves, pois quando nós, proto-humanos, emitimos os primeiros grunhidos, já elas compunham longos tratados em tom épico e complexa métrica. Se aquilo de dez mil horas fazerem um mestre é verídico, imaginem dez mil anos, imaginem dez mil séculos! O linguajar da natureza tem sobre nós um avanço irrecuperável.

Atenção, que nada disto amedronte o aspirante a escritor — ou escritora. Por favor, só não tente inventar as suas próprias histórias, que nos poupe a esse exercício. Dedique, em vez, esse tempo a ouvir as aves, os pássaros, alguns insetos, o vento nas folhagens. Faça silêncio. Aguarde. Tenha paciência. Serão eles a escolher o melhor momento para lhe sugerir uma boa história.

A Jornalista interrompe-o pela primeira vez. Diz-lhe que isto tudo a faz pensar num texto de Sartre, *As palavras*, em que ele conta que Flaubert, quando Maupassant era pequeno, o instalava diante de uma árvore e lhe dava duas horas para a descrever.

— Obviamente, Flaubert sabia bem disto! O melro que lhe falava era pro-di-gi-o-so! Um melro como nunca mais apareceu outro na história da literatura mundial!

— Mas muitos escritores vivem na cidade... — sugere a Jornalista.

— Sim, é certo, nos jardins urbanos também se encontram contos e até um romance ou dois, mas nada que valha a tinta gasta e as árvores por isso abatidas. Importa ir longe. Os sensíveis são acanhados. Só quando o Escritor se tornar parte da sua natureza é que elas abrem o bico.

... O que é que acha que eu estou aqui a fazer, neste Vale, sem condições nenhumas?

Há quem se desencante com a literatura quando percebe que vem das aves... É justamente o contrário! Se não fossem os escritores e as escritoras, tudo o que as aves têm para contar se perderia para sempre. Seria tudo um acervo de piar e trinar e chilrear... intraduzível.

um haikai

No Vale do Silêncio vive o Homem-Que-Fala-Em-Haiku. Ele declama:

"No mesmo dia,
nasceram Buda
e um pequeno veado."

uma terra que fala

O tempo passa no futuro na mesma direção que passou no passado, mas em aceleração. É tudo muito rápido: o ir e vir, as modas e os anacronismos, os impérios e a sua queda. Nascer e morrer. O amor e o tédio. Várias páginas são viradas por cima das vidas até aqui mencionadas. Frases riscadas, emendas à margem. Listas de nomes. Todos eles são o centro do seu mundo mas nenhum deles faz centros no mundo. Já nem Darla.

Candela cresce e nunca define qualquer trauma em torno da palavra "adoção". Lucía nunca abandona Pablo, que não muda nem matura. Pablo nunca deixa Lana, que nunca deixa de esperar que ele deixe a mulher. Diego dá-se mal cá fora. Volta para a prisão várias vezes, algumas por delitos linguísticos. Na prisão reencontra o seu arqui-inimigo, o Jay-Ci, preso no dia em que Nelson é despedido. Júlio abre uma garagem de manutenção de *drones* e dá-se bem. Nunca conta a Diego que dormiu com a sua miúda. Magdalena, que queria salvar "nem que fosse uma", mas não se salva de um aborto malfeito num tempo em que a taxa de mulheres que morrem de abortos mal feitos desceu a um nível histórico. Às vezes a pobreza é uma forma de viajar no tempo.

Ana nunca volta a trabalhar como Mulher-Eco. Abre uma Seguradora contra Danos Semânticos, onde tenta capitalizar o conhecimento acumulado junto de Darla, e uma noção singular das falhas do Sistema (tinha essas reuniões todas anotadas) que a colocaria na liderança das Seguradoras. Mas não tem pulso. Declara insolvência passados nove meses e fecha-se em casa.

Ana deixa-se levar pelas ofertas sempre novas a nível de Tecnologias de Evasão. Vive numa realidade anódina que lhe garante entretenimento constante e entorpecimento em relação a qualquer dor.

As vozes que lhe dizem que ela não vale nada, no entanto, nunca se silenciam.

as vozes

Era uma vez um jovem desnorteado em busca de orientação. Foi consultar uma velhinha muito sábia. Cinquenta minutos com esta velhinha muito sábia custavam caro. Dado que o jovem desnorteado era também um jovem desempregado, teve de se endividar. Mal se sentou, confessou-lhe:

— Atormentam-me sentimentos profundos de inutilidade e ausência de valor. Não sou nada nesta vida. Não sou ninguém. O mundo não precisa de mim. Não entendo o que ando cá a fazer. Não entendo o que andamos todos cá a fazer. Tudo em minha volta me espelha o meu fracasso. Falhei em tudo o que me propus fazer. Estou sozinho e não percebo o porquê de continuar. Não valho nada.

A velhinha sábia olhou para o jovem desnorteado e sorriu com todas as rugas que tinha.

— O que o agoniza é uma ferida na esfera do valor, e receio bem que não seja só sua. É como um manto que nos cobre a todos.

— Então não sou só eu?

— Este consultório parece uma câmara de ecos: todos me dizem as mesmas frases. Estou sempre a analisar o mesmo sonho. É um pesadelo!

— Isso quer dizer que não me pode ajudar?

— Tanto quanto aos outros todos que aqui entram. Lamento imenso.

— E a minha angústia?!

— Lamento. Seria como tentar impedir uma gota de água de se afundar no oceano. É o mundo em que vivemos.

O jovem desnorteado sentiu-se adicionalmente desesperado.

— Se a senhora não me pode ajudar, quem pode?!

— É uma boa pergunta.

Sorriu. Ficaram calados muito tempo.

— Eu não o posso ajudar. Mas quem sabe se não me pode ajudar a mim.

O jovem desnorteado sentiu-se estupefacto. Ocorreu-lhe que talvez se safasse de pagar a consulta e consentiu. A velhinha levantou-se com vagar e caminhou sem pressas até uma mesa, abriu uma gaveta, tirou uma caixinha grená que tinha dentro um anel. Os seus ossos pareciam unidos por uma dança interna ao som de uma música que podia terminar a qualquer momento. Estendeu-lhe o anel, nele brilhava um pequeno mas admirável diamante.

— Tenho de vender este anel. Preciso muito do dinheiro. Tenho uma dívida descomunal que não sei como pagar.

O jovem desnorteado agitou a cabeça com veemência.

— É uma joia que está na minha família há várias gerações. Uma preciosidade. Tem absolutamente de conseguir um preço digno por ela. Nunca nada abaixo dos cinquenta mil, percebeu?

O jovem assegurou-lhe que sim.

— É urgente. Trate-me disso quanto antes. Vá...!

A velhinha sábia confiou-lhe o anel e convidou-o a sair. Antes que ele atravessasse a porta, relembrou-o:

— Os cento e vinte podem ser pagos à minha assistente.

— Mas...

Tinha estado ali nem dez minutos. Suspirou, baixou a cabeça, recolheu os ombros e saiu.

— Veja lá, não se demore com o anel. Olhe que preciso muito desse dinheiro!

O jovem dirigiu-se à maior casa de penhores que conhecia. Deram-lhe um valor muitíssimo abaixo dos cinquenta mil. Percorreu todas as casas de penhores e comércio de joias da cidade e em lado nenhum lhe davam mais de dez mil. Dez mil...!

No Mercado Negro, um amigo de um amigo de um amigo que supostamente queria olhar pelos seus interesses puxou-o de lado e explicou-lhe que aquele anel valia, no máximo dos máximos, "isto muito espremidinho", quinze mil. E que nunca iria conseguir em lugar nenhum mais do que isso. Ofereceu-lhe treze mil, no tom do sacrifício que se faz por alguém que se estima, só porque: "És um amigo de um amigo de um amigo de um amigo e andamos cá é para isso, para sermos amigos dos amigos dos amigos dos amigos uns dos outros".

Treze mil não lhe parecia de maneira nenhuma o valor digno a que ela se tinha referido com tanta comoção. Desnovelou-se do homem e partiu. Falhou de novo, qual é a novidade? Foi isso que disse à velhinha muito sábia, rogando desculpas.

— De facto, não sabemos quanto vale este anel. Não podemos senão começar por estabelecer o seu valor real. Precisamos de encontrar um especialista, um joalheiro honesto e sem interesse comercial nele, que nos diga quanto é que vale realmente.

Antes de o jovem desnorteado sair novamente, a velhinha alertou:

— Aconteça o que acontecer, não o venda ao joalheiro! Quando souber o seu valor, volte aqui imediatamente para, juntos, estabelecermos qual o próximo passo.

O joalheiro vivia fora da cidade. O jovem usou de metade de um dia para lá chegar. Outro tanto à espera que o joalheiro terminasse de examinar a peça. Parecia realmente interessado, fazendo-lhe testes e observando-a uma e outra vez com instrumentos distintos.

— É espantoso! É uma peça absolutamente espantosa! Uma técnica que já nem se pratica. Você tem aqui uma relíquia!

Cresceu meio centímetro e sorriu como se o estivessem a avaliar a ele.

— Estou pronto a dar-lhe cento e vinte e cinco mil por ele.

O jovem fez um esforço para não se engasgar: cento e vinte e cinco mil! Agradeceu e apressou-se nas despedidas, a muito custo esboçou as desculpas que lhe permitiam sair dali sem vender o anel. Mesmo antes de desaparecer pelo portão, em fuga apressada, a oferta já tinha escalado aos cento e quarenta mil. O jovem correu.

Na viagem de volta, provou um contentamento que nem saberia explicar. Estava em pulgas por chegar à cidade. Tinha perdido um dia inteiro e ido aos confins da rede de transportes-outrora-públicos, mas regressava com grandes novidades. A velhinha não se exaltou quando ouviu o valor oferecido pelo joalheiro.

— Cento e quarenta mil, que bom! É mesmo valioso, portanto.

Caminhou de volta à gaveta de onde tirara o anel, a mesma progressão lenta e desconjuntada e o mesmo sorriso sereno.

— Então? Posso voltar lá e vendê-lo? Pedimos cento e cinquenta mil?

Este "nós" era anímico, afectivo. Não estava interessado no dinheiro. Estava genuinamente feliz por trazer tão boas notícias e por sentir que qualquer coisa em que se envolvera terminava bem.

— Deixe estar. Decidi não vender o anel. Está na minha família há tantas gerações! Não me poderia desfazer dele...

O jovem teve de se sentar.

— Mas? Então...?

A velhinha agachou-se à frente dele, subitamente ágil, e colocou as palmas das mãos bem abertas sobre os joelhos. Avançou com o tronco e disse-lhe numa voz de uma limpidez incorrupta:

— Nunca se esqueça, você é este anel! Raro e precioso! Não podemos perder tempo a perguntar em sítios onde ninguém entende nem pode entender aquilo que somos, aquilo que valemos. Não podemos deixar-nos desvalorizar por aqueles que estão sempre mais empenhados nos seus interesses pessoais. Temos de nos saber colocar junto de uns quantos especialistas — e são sempre poucos! — que têm os instrumentos necessários para olhar para nós e entender o que veem.

um árbitro contra a arbitrariedade

No Vale do Silêncio nunca viveu o Fotógrafo. Não obstante, do outro lado do planeta, na sua cabana, ele diz:

— Se vivermos muito tempo com uma floresta, começamos a sentir-nos parte dela. Um dia percebemos que a nossa experiência da floresta não é mais do que a floresta a ter uma experiência de si própria através de nós.

de si própria através de nós

Numa madrugada de Outono, antes do amanhecer, o Vale foi bombardeado por aparelhos oficialmente inexistentes, sem registo. A violência é de tal ordem que se admite sem confirmação que não haverá sobreviventes. Como a grande maioria dos habitantes do Vale estava foragida, as mortes não são publicadas nem, na maior parte, identificadas. Não se contabilizam pessoas nem espécies. Aquele fabuloso microclima, destruído.

O alvo óbvio é Darla, que já parece poder muito pouco. A opinião outrora-pública considera-a uma tirana deposta. As campanhas de difamação são bem-recebidas. A multidão adora estrelas cadentes. Mas qualquer um na nova chefia da Gerez/CCM sabia que, se Darla acordasse com vontade de ripostar, perdiam tudo em minutos. Ela ainda podia: os telefonemas certos, os arquivos que importam, os melhores advogados. Ela só não quis. Não porque o poder tivesse deixado de lhe interessar — isso raramente acontece —, mas porque se relembrou por que começou um dia a lutar por qualquer forma de poder. Uma vez lido o *Voynich*, a que deixou de chamar *Voynich*, tudo o resto lhe pareceu secundário.

Um movimento informal tentou mapear os desaparecidos. Foram citados Jeff, a fugir da *intelligentsia* norte-americana; Carolina, a tentar terminar um livro insurreto; até Tápio Virtanen, o famoso fotógrafo de guerra. Ninguém sabia do seu paradeiro, e correu o boato de que estava no Vale em reportagem fotográfica e/ou (eram boatos diferentes) a acompanhar a mulher, que de facto era já ex-mulher.

Tápio estava no lado oposto do globo, no meio da floresta, junto a um lago, na cabana para onde tinha levado a mulher antes da sua relação terminar. O Fotógrafo tinha deixado de fotografar. Tápio sentava-se e escrevia.

A notícia da destruição do Vale do Silêncio chega-lhe com atraso porque nenhum meio oficial a veicula, e não há nada além dos meios oficiais. É um amigo que a traz pendida na voz rouca e reticente, sem saber como lha entregar.

Ao nomear Carolina, menciona Jeff. Só neste momento é que Tápio sabe que os dois tinham reatado. A dor da perda não cede espaço a ciúme. Só lamenta nunca se terem visto depois daquela manhã, nesta mesma cabana, ela uma vez mais ensandecida por um livro que ele sabia perfeitamente que nunca iria ter final. Escrevê-lo tinha--se tornado um pretexto, uma coisa que ela fazia com os dias, porque ainda viam a vida assim, uma Máquina de Fazer Coisas.

Naquela última manhã, Tápio saiu da cabana e atravessou a floresta com uma angústia enorme: há meses que aquela relação já tinha escolhido um fim. O problema não era o livro, não era ele, não era o filho que perderam, não era o mundo. O problema era ela precisar do problema.

Quando o amigo comum da voz rouca lhe entrega a notícia tão triste, Tápio parte de imediato. O amigo deixa-o no aeroporto de Auckland. Dali apanha um voo com escala em São Francisco para o Jean-Lesage de Quebeque. Chega tarde, exausto, mas o mais difícil está por vir: encontrar quem o conduza até ao terreno dizimado do antigo Vale do Silêncio. Ninguém lá quer pôr os pés, diferentes superstições povoam o lugar. Os últimos quinze quilómetros fá-los a pé. Chega ao Vale com a primeira luz de um novo dia.

Nenhuma guerra o podia ter preparado para o que ali encontra. Os corpos carbonizados já tinham sido todos retirados. Sobrava a devastação. A isso e a escombros estava Tápio habituado. O que não esperava era este aperto no peito, este sufoco que é olhar para uma paisagem de destroços e saber que ali morreu a mulher que mais amou.

o bom filho a casa entorna

No Vale do Silêncio vivia um Taberneiro que se repetia muito. Estava sempre a dizer que o original está na repetição. Na Planície do Eco tinha servido as mesmas bebidas ao mesmo balcão da mesma Taberna durante quarenta e um anos. Sempre dizendo:

— Dizer os bons-dias a alguém todos os dias é, a cada dia, uma reinvenção.

Mas, como era característico dos habitantes do Vale do Silêncio, também era amante da contradição:

— Se usas o mesmo adjetivo para descrever um pôr do sol, um autocarro atempado, uma promoção no emprego e o desenho do teu filho — algo em ti já está morto. Falar é renascer para cada momento.

olhar uma paisagem de destroços e saber que ali

Tápio arma uma tenda e passa uma semana nos destroços de Manicouagan. Não consegue nem fotografar nem escrever. Tinha ido viver para a cabana em busca de silêncio, mas a morte é a única coisa verdadeiramente silenciosa. Tápio não aguenta tanto silêncio.

Ao quarto dia, quando já não sabe o que pode fazer ali além de se atormentar, decide partir. Num último passeio, debaixo de um tapume ardido, encontra uma caixa de metal entre dezenas de cadernos queimados. Dentro da caixa resistiram quase duas dezenas de cadernos, muito finos, profusamente anotados numa letra miúda e criptográfica. Todos têm capa preta, sem inscrição, mas na folha de rosto de cada um — exceto três — estão dígitos em numeração romana e a seguinte epígrafe:

Se redescobrirmos o que na linguagem é natureza e na natureza o que é linguagem,
estamos no caminho de reverter a voraz destruição do nosso planeta.

Num deles, e apenas num, além da epígrafe e do número romano, um título: *Do estudo dos ecos*.

Fica mais três dias em Manicouagan, a lê-los. Quando se apercebe do que tratavam aqueles textos, percebe que não pode verter aquilo no Sistema. Na Terceira Vaga já há tecnologia de monitorização do pensamento. Não podia lê-los fora dali, pois ler é pensar com pauta.

Depois de ler tudo, partiu. Quando chegou à cabana olhou em volta, e toda aquela familiaridade lhe pareceu estranha. Há mesmo ideias que viram o mundo ao contrário.

há mesmo ideias

No Vale do Silêncio tinha vivido um Tradutor de Magia Branca & Negra. Cria que a Magia existe no mesmo plano onde nós estamos e onde coexistem múltiplas inteligências. E perguntava:

— E se o seu diálogo com as plantas, com os riachos, com os outros animais não for *sobrenatural* mas antes *radicalmente natural*? E se for essa a conversa mais *natural* de todas as conversas?

pablo lê

6.54
As minhas proposições são elucidativas pelo facto de que aquele que as compreende as reconhece afinal como falhas de sentido, quando por elas se elevou para lá delas. (Tem que, por assim dizer, deitar fora a escada depois de ter subido por ela.) Tem que transcender estas proposições; depois vê o mundo a direito.

7
Acerca daquilo de que não se pode falar, tem que se ficar em silêncio.

sempre tudo explicadinho

O avanço rumo a tecnologias cada vez mais complexas conduziu a um regime totalitário. Com a Terceira Vaga em plena marcha, não sobra dúvida de que foi inventada uma nova forma de monocracia — uma que dispensa o Estado. A união de duas estruturas corporativas detém um poder que a destaca de qualquer Governo.

Houve indignação nos lábios de diferentes líderes. Mas é um grande negócio, quando os desaforos daqueles que nos tentam denegrir revertem a nosso favor. Quando tudo o que o inimigo diz nos torna mais ricos.

O objetivo sempre tinha sido chegar à apropriação da totalidade das emissões humanas. Até à consciência, na qual a linguagem é apenas um entre vários aspectos. O corpo. Entender finalmente o que é que no corpo gera algo que não é corpo, aquilo a que de forma lata chamamos "alma", mas a que comercialmente se acordou chamar "consciência" ou "senciência".

Para depois, então, dizia-se, nos livrarmos do corpo.

Ou fazermos de qualquer coisa um corpo.

Qualquer Máquina, por exemplo.

Sorrisos ávidos abrem rostos em torno da grande mesa oval onde o lugar de Darla não foi ocupado por ninguém.

Os investidores estão satisfeitos. Adicionam milhões diários às suas já fartas fortunas, e estamos a poucos meses de poder implementar o primeiro PPP da História da Humanidade.

PPP?

Sim, o Plano de Privatização do Pensamento.

a voraz destruição do nosso planeta

Um dos haiku favorito do Homem-que-Falava-em-Haiku, no antigo Vale do Silêncio, era aquele que declamava sempre que terminava a escalada do Monte Babel, ofegante, e contemplava a vista do Pasmatório:

"A peónia
não quer saber
de talentos literários."

ecologia

do estudo dos ecos

Ao tocar madeira
dizes toco madeira,
Que pássaro cai?
Que flor se extingue em algum lugar?
Quando tocas madeira
para desviar o raio que temes,
Que rima ou choro matas?
Tocas madeira para fazer eco,
para matar um brilho,
para não ser ferido,
ganhas rebanho
em troca da seiva que perdes,
deixas um pouco, para ser madeira, de ser árvore,
a árvore que aceita tudo:
a flor, o pássaro e o raio.

Fabio Morábito

5.63
Eu sou o meu mundo (o microcosmos).

eu sou

protagonista de todos os livros que já leste e dos que não leste. Sou personagem em todos os filmes, todas as histórias de amor. Todos as peças de teatro e todos os clássicos alguma vez escritos ou narrados são fragmentos da minha biografia. *Os irmãos Karamazov*? *Os irmãos Karamazov* sou eu.

O teu corpo é feito de reentrâncias que eu preencho.

O teu pensamento é feito de planícies informes que eu organizo.

Eu? Eu sou a explicação por alcançar.

Sou ponte entre dois vazios. Uno e separo. Aparento e distingo. Aproximo e distancio. Sou tanto o que obscurece quanto o que ilumina, tanto o que explica quanto o que confunde. Tudo isso sou eu.

Ninguém sabe quando nasci, se brotei ou fui parida. Ninguém sabe o nome do meu Pai nem da minha Mãe. Sou filha do Tempo Lento e da Solidão Essencial, amante do Silêncio, que regularmente quebro. O coração. Esvaeço-lhe as entranhas. Para tornar-me a sombra do que não tem nome. Dançar na amplitude entre o pronunciado e o impronunciável. Essa dança sou eu.

Descendente do inominável, assumo diferentes formas. Nenhuma me reduz ou me tem refém. Tu conheces-me. Para ti, sou ar que atravessa espaços e faz vibrar a matéria. Sou sopro a que atribuis significado. Pelo qual te guias. Pelo qual te conheces. Eu sou, tantas vezes, aquilo que és. Sou eu, sou tu, sou nós, sou vós, sou voz.

Sou a tua memória e a tua sensação de ti. Sou o fio com que enlaças o dedo da pessoa que amas, a explicação possível para quando a perderes. Esse fim sou eu.

Sou tanto aquilo que és quanto aquilo que nunca alcanças.

Se me espreguiço e toco dois corações, movo mundos. Mas também sou impotente para alcançar a paz. Ergueram-se impérios quando me impus, arruinaram-se quando me depravei. Sou tão poderosa quanto delicada. Sou incapaz de curar quando me usam em vão, capaz de destruir quando abusam de mim.

E sou só simples sopro. Ar aspirado e expelido. O teu corpo é a casa do vento, e eu sou a anatomia de um grito, mesmo quando dormes ou observas silêncio:

Inspira. Preenche os pulmões. Deixa que as costelas se expandam, que as clavículas subam, que o umbigo avance. Abdómen, baixo-ventre, costas. Expele o ar mastigando-o, fá-lo dançar, molda-o, lábios, língua, dentes, palato duro, véu palatal e mandíbula. Vibra as cordas vocais, vogais e consoantes, consoante. Canta, implora. Os músculos da laringe ajustam a tensão das pregas vocais para adequar a altura e o tom. Orquestra portátil. Repertório imenso: gargalhar, chorar, gritar, sussurrar, entoar, declamar, imitar outros tons, outros sons, outros seres. Manifestar ira, desejo, espanto, alegria. Tudo isso irrompe do corpo, viaja pelo ar até atingir o corpo mais próximo, um ouvido mais atento. Voz recebida, não necessariamente entendida. Valorizada?

Sou tudo isto. Nada que possas definir sem mim. Não me confino a estes parágrafos, a estes símbolos que chegam aos teus olhos (aos teus ouvidos?), nem sequer me mantenho fiel a este idioma. Cheguei muito antes dessa ideia. O que achas que surgiu primeiro: a ideia ou a palavra que exprime a ideia?

Sou protopalavra.

Também me reconheces como tinta impressa sobre papel, pigmento em tela, cesura quente em carne doce. Deito-me sobre folhas que são feitas das mesmas árvores de onde primeiro pulei, para que homens e mulheres pudessem aprender a sonhar com tino. O meu leito em papel é recente: não tem mais de 5500 anos, mera vírgula-tempo no texto do mundo. O vento-significativo, o meu corpo-sopro, pelo contrário, existe há tantos parágrafos quanto todos os volumes de todas as bíblias. Biografia de todos os idiomas vivos, moribundos e mortos, de tudo o que já foi e já soou sobre esta Terra, tudo o que o Homem conquistou, destruiu, ignorou. Num capítulo recôndito contabilizam-se mais de 6000 idiomas vivos, hoje, agora — chiu, faz silêncio, escuta! —, falados ao mesmo tempo em todo o lado, que não se cala nunca, o todo-o-lado.

Seis mil formas diferentes de dizer "ecologia" para tão pouca ecologia. Seis mil formas diferentes de dizer "paz" para tão pouca paz. Seis mil formas diferentes de dizer "juntos", e cada um por si.

Homens e mulheres a morrer com línguas nos lábios, enterradas com as suas ossadas. Línguas cremadas, cinzas de vocabulário, gramática de marcha fúnebre, velório vernáculo. O que morre quando morre uma língua?

Um número inconcebivelmente maior do que o número de linguajares extintos é o número de linguajares não humanos. Murmurinhar, sibilar, crocitar, ciciar, farfalhar, ramalhar, espumar, assoviar, zumbir, tinir, zoar, zunir, esfuziar, troar, bramir, balir, latir, ladrar, rugir, uivar, cainhar, gemer, ganir, garrir, acuar, relinchar, rechinar, esfuziar, estridular, corvejar, gralhar, grasnar, cacarejar, miar, cricrilar, pipilar, cuincar, piar, chiar, chilrear, gorjear, grugulejar, chalrar, tombar, golfar, chapinhar, borbotar, esguichar, surdir, irradiar, solfejar, gotejar, porejar, vibrar, toar, ulular, ressoar, repercutir. As palavras até podem bem ser coisa-humana, mas a linguagem é a forma que o planeta achou de respirar.

Não me limito a descrever a natureza e os seus fenómenos, eu sou a natureza fenomenal. A palavra "árvore" é apenas a forma que a árvore encontrou de chegar até ti. Tudo toca-tudo, o tempo-todo. A forma como todas as coisas se esclarecem e colaboram, se intimam e se atentam. E: o cheiro da terra depois de um Outono chuvoso, a Primavera em festins de pólen, as escarpas e as encostas pedregosas por onde escorre o mel quente de um dia de sol. E: a ânsia da folha mais alta na copa da amargoseira, o orvalho da aurora, a humidade do ocaso, a floresta emaranhada, matagal espesso, a brenha em que embrenhas. E: o que apodrece e o que regenera. E: a vitória-régia a boiar sem dono, a rebentação no areal. E: bandos de pássaros a irromper num chilreio intransponível, o pardalito a ciscar a terra, fins de tarde em enxame, um mugido dolorido, o queixume da vaca, o relinchar do cavalo, o arrulhar da pomba. E: a gargalhada humana no crepúsculo do bosque. E: o tradutor e o que é traduzido e o que é intraduzível. E: o colear dos ramos que observam o projeto invisível da toupeira, o labor minucioso da térmita, uma crueza serena e apaziguada sobre a ravina, dálias e tulipas, libélulas e ratazanas, o castor a bater com a cauda na água para alertar outros castores do perigo, o tatu e o cuco, o lémure e o pavão, o mangusto listrado a soltar risadas durante o acasalamento, o tantã do pica-pau preto, a pulsação do crocodilo poroso ao submergir, o abocanhar. E: a ternura indígena, o crioulo horizontal dos prados, a estrutura harmónica no canto das baleias, o bramir do urso malaio, o coaxar do sapo, sete lobos a uivar à lua cheia. E: o blaterar do camelo, o sibilar aviso da cascavel, o grito gutural do sistema solar, uma hiperconsciência silenciosa, recém-derramada no chão. E: o chão.

Eu sou o chão.

Em 1855, quando o jovem chefe da tribo Cayuse assinou a cedência das suas terras a favor do Governo dos Estados Unidos, conta-se que terá dito: "Pergunto-me se o chão tem alguma coisa a dizer?", "Pergunto-me se o chão está a ouvir o que é dito?".

Ditos-humanos a traçar linhas aleatórias sobre a sua pele e a dizer "isto é meu, isto é teu" — e o chão não se pronuncia? O oceano terá algo a dizer sobre os hectares de plástico que para ali enviamos, em vão, para esquecer? E a atmosfera a inspirar o hálito podre da indústria?

Ah, pudéssemos voltar a ouvir...!

Será que nos tornámos tão aptos poliglotas no dialeto do progresso e nas gírias capitalistas que já não saberíamos ouvir o Vale, distinguir a pronúncia da Montanha, o sotaque do Rio, a gramática da Terra?

Eu fui muita coisa antes de ser língua de Homem, mas. Nunca fui uma ilha. Nenhuma palavra é uma ilha. Nem sequer a palavra "ilha" é uma ilha. Palavra + contexto + enquadramento + cenário + enredo + conjuntura + comunidade = meio ambiente. As palavras são o meio ambiente.

Parto de um número de signos finito para gerar enunciados em número infinito. Evolução perene, dança perpétua. Cada frase deste texto tem condições balizadas, da energia de quem escreve, do tempo assíncrono de quem lê. Há mil frases em potência em cada frase. No limite, comunicação. O ilimitado sou eu.

Técnica, método e aprendizagem, gramática e consenso: agora sim, podemos conversar. Porque eu sou o que eles dizem e o que eles não ouvem. Eu sou as palavras finais de um homem, o nanana-nanar com que pais narcolépticos embalam bebés, o assombro do miúdo que pela primeira vez ouve falar num idioma estrangeiro. Todos os estrangeiros falam com uma língua de fora.

Jogamos o jogo, resistimos, jogo das palavras, com as palavras e sobre as palavras, jogos fonéticos, jogos rítmicos. Trocadilho, equívoco, rima, trava-língua, lengalenga, palavrão, impropério, anagrama, ironia, o jogral, o bufão. O excesso, a dúvida, o símbolo. Jogo de cama, jogo de língua, jogo de boca. Jogo de jogo, de boca em boca. Silêncio-mundo, vocábulo-mudo. Mundo-mudo do mudo-mundo. Sou trocadilho e sentença. Sou alvo e bala. Aniquilo e sou degolada. Sou invenção, criatividade, deslocação e apropriação, figura de estilo, forma de dizer, charada, chachada, adivinha, anedota mal contada, desculpa mal dada, palavra-cruzada, lugar-comum, amuse-bouche, petit-tisco, levar à boca, sem sal, sem som, cuspir a afronta, mastigar a melopeia. A boca que fala come lambe respira beija.

Se não fosse eu, não desenharias cara a uma divindade, obrigado que estarias a ser só mais um com todas as coisas. Só mais um, como todas as coisas.

Eu sou o corpo da tua fé e sou eu quem ilumina o teu deus. Sou a tua reza, a tua fantasia, a tua promessa, a tua fórmula. É a mim que me evocas para implorar a cura para um corpo enfermo, expurgar o mal, afastar demónios, chamar a chuva ao plaino estéril, rogar ao coração do ser amado. Sou eu a cor dessa vida melhor com que tanto sonhas.

Mais. Eu sou o que vem detrás dessa sorte maior. Eu sou pós-sorte, pré-destino, celebração e orgasmo. Eu sou o próprio ponto de exclamação, e a folia toda-toda, ladeira abaixo, mão dada ao vento. Eu sou o êxtase e o ritual, o transe e a purga. Eu sou as orações sufis, e os ícaros xamânicos, todos os desnomes, as glossolalias, o linguajar de pássaros, as afasias, os mutismos, os cânticos, os Dukuns Indonésios, os Dankris do Nepal, o Pawang da Malásia, o Babalorixá Pai de todos os segredos, a mensagem do arquirrabino, os exorcismos em torno do nome que não se pode pronunciar, a cara do bem e o rosto do mal. Tudo isso sou eu.

Eu sou a enlevação de um *adhan* cantado de peito voltado a quibla, as mãos erguidas sobre os ouvidos, chamar quatro vezes *Alláhu Akbar*, deus é grande, duas vezes *Ash-hadu allá Iláha illalláh*, nada merece ser venerado exceto deus, duas vezes *Ash-hadu anna Muhammadar Raçulullah*, nomeando um mensageiro, duas vezes para a direita *Hayya Alas Saláh*, vinde à oração, duas vezes para a esquerda, *Hayya Alal Faláh*, vinde ao sucesso, mais duas vezes *Alláhu Akbar*, e uma vez *Lá Iláha Illalláh*, não há outro senão deus, uma só vez. Através de mim podes crer. Podes crer.

Eu sou Língua-Mãe e Idioma-Pai, Crioulo-Irmão, Calão-Tio e Poema-Bastardo. Eu sou a comunhão Homem-Barco, Mulher-Árvore, Terra-Mãe. Eu sou progenitor de todos os silêncios, atavismo de todas as melodias. O mais maravilhoso na música de Beethoven é o silêncio que ainda é do Beethoven. Eu sou Beethoven. *Os irmãos Karamazov*? *Os irmãos Karamazov* sou eu.

O homem é um animal *racional*, mas o homem também é um *animal* racional. Eu sou suricata, ouriço, ostra e leopardo. Sou Nauruano, Amis, Hakka e Temne. Sou falcão, formiga, doninha e alce. Húngaro, Íngrio e Aramaico. Lagosta, leão, cão e boi. Sou sorveira-brava, vidoeiro, faia e zimbro. Sou Arménio, Sânscrito, Bretão Córnico e Islandês. Sou ulmeiro, pinheiro-manso, nogueira e choupo. Sou todas as palavras deste livro mas sou — sobretudo! — todas as palavras que não constam deste livro.

As palavras... As palavras até podem bem ser tuas, coisa-humana, mas sou eu a forma como a tua casa respira. A tua casa, este planeta. Eu, a linguagem.

banco de títulos

Existem *livros* ainda, neste futuro, mas têm outro nome e são outra coisa. Um livro é o leitor que o completa — como o traz, como o leva; como o lê, como o esquece — e o leitor deste tempo mudou muito. Mudou, sobretudo, a linguagem. Se te largassem neste tempo, em qualquer um dos núcleos corporativos onde se vende o Português©, ou qualquer idioma que fales, irias provavelmente entender pouco. Quase nada.

À frente do principal organismo dedicado à preservação do legado histórico e cultural dos livros está Candela Elizagaray — a pequena Candela, hoje senhora dos seus sessenta anos. Sem surpresa, dedicou a vida às palavras. Foi muitos anos professora e tradutora de código informático, que se tornou língua obrigatória nos vários núcleos corporativos. Com quarenta anos avançados mudou-se para a Floresta Negra, no espaço corporativo previamente conhecido como "Alemanha", para estudar a sintaxe dos pássaros. O seu estudo granjeou-lhe um convite para a Fundação Walsh, agora gerida por uma sobrinha de Darla, a filha mais velha de Trisha. A Fundação continua a atribuir fundos importantes para investigação. Foi com o apoio da Fundação que se publicou o texto decifrado do *Manuscrito Voynich*. Continha nele as coordenadas essenciais para recuperar o diálogo com as coisas, a latitude e a longitude de cada um de nós neste todo chamado vida e neste todo chamado Terra. Mas ninguém quis saber. Estavam todos demasiado *entretidos*.

Foi já ocupando um cargo de responsabilidade na Fundação Walsh que lhe chegou às mãos aquilo que entende logo ser o manuscrito da "tia" Carolina. Perseguiu este manuscrito toda a sua vida adulta. Cresceu a ouvir falar dele. Talvez ele contivesse alguma chave no entendimento do que aconteceu naqueles anos, ou um raciocínio que a ajudasse a recuperar o caminho que nos trouxe aqui, a este tipo de sociedade.

Chegou a duvidar da existência do livro da tia. Quando a visitou pela última vez encontrou-a prostrada, esquecida numa espécie de "lar" — apesar de o termo já não referir nada por já não haver referente. Estava num lugar para onde iam as poucas pessoas que não queriam usufruir das tecnologias de rejuvenescimento ou prolongamento da consciência. Os poucos que ainda consideravam deixar-se morrer.

Muitos continuavam convencidos de que Carolina tinha morrido no bombardeamento do Vale do Silêncio, ela e Jeff, mas não. Envelheceram juntos no Tennessee. Carolina nunca publicou aquele livro, nem voltou a escrever, e nem por isso foi menos feliz. Ou infeliz. Depois da morte de Jeff voltou para a Europa.

Era penoso, o estado em que encontrou Carolina. Não resistiu a interferir com o seu metabolismo, introduzindo substâncias analgésicas leves. Não tolerava ver-lhe a dor constante, numa época em que dor física era obsoleta. A dosagem clandestina, ao aliviar algum sofrimento, também deixou a velha Carolina mais apta a conversar, e acabaram por usufruir de longas e proveitosas conversas. Candela contou-lhe o que tinha acontecido depois da Grande Transição. Descreveu o que faz, que se dedica a preservar livros, para que as novas gerações possam sempre folhear um exemplar. Disse-lhe que queria muito ter o seu livro no espólio. Carolina sorriu, apenas.

— Sempre foste dotada de uma imaginação febril. Eu nunca escrevi, nem esse nem qualquer outro livro.

Desvariou muito na cronologia das coisas e na concatenação dos eventos. Candela partiu com a sensação de que já não estava lúcida — o que nem era de estranhar, dada a sua idade avançada e o facto de não usar qualquer exponenciador. Mas, sobretudo, por causa de tudo aquilo que viveu nas décadas da Transição.

Candela optou por disponibilizar o livro da tia assim mesmo, *sem título*, mas o conceito de um livro sem título não foi fácil de absorver pelos não leitores da época ("desleitores"? "Aleitores"? "Transleitores"? Novas formas de ler não deviam ter novos nomes?). Viu-se forçada a recorrer a um Banco de Títulos.

A Burocrata, uma mulher baixinha de olhos pequenos e lábios finos, solícita, aconselhou-a:

— Títulos de uma só palavra são consideravelmente mais em conta... Mas sem pronome.

Candela hesita.

— Como funciona?

— Indique-me a palavra que quer, eu testo-a e vemos de imediato o seu valor. Naquele mostrador ali.

— Aquele? — aponta.

— Exato. Relembro que aquele valor não inclui a percentagem de Zona de Translação, nem a Quota KKL, nem o imposto por Tangência Semântica.

— A quanto está o KKL?

— 17,5%

— Que abuso! Mesmo para Vigilantes de Significação?

A Burocrata não gosta de regatear.

— Então. Uma só palavra?

— A senhora é que sabe. Tenha em conta que títulos de uma só palavra são consideravelmente mais económicos. Ah, a aglutinação e a justaposição também estão pela hora da morte.

— Então. Deixe ver. Tente: "A Linguagem"...

— Sem artigos...

— "Linguagem", só?

— Sim.

Candela fica chocada com o valor no mostrador.

... Como é possível?!

— Experimente escolher algo menos... óbvio.

— "Privatização"?

Um horror de caro.

— "Valor".

Impossível.

— "Consumo".

Incomportável.

— "Neoliberalismo".

Nem que se endividasse o resto da vida...!

Estão nisto meio dicionário, o que é muito mais do que meia hora. Os valores que lhe pedem por um só título sustentariam o seu instituto durante meia década, é uma afronta!

— Façamos ao contrário. Diga-me você que títulos têm disponíveis a preços que eu possa comportar.

Um sorriso vitorioso da Burocrata. Estica a mão a uma gaveta, abre-a, como se tivesse antecipado este gesto muitos anos. Tira um papelinho com nem meia dúzia de palavras. Cinco, em rigor.

— Estas são as mais económicas porque pertencem a uma lista de Palavras Perdidas. São termos que se afastaram drasticamente do seu significado original. São expressões a que perdemos o rasto, não lugares comunicacionais.

— Mas não significam nada?

— Sim, significam. Tiveram outrora significados complexos e valiosos. Já foram palavras caríssimas. Só que hoje ninguém se lembra delas. A nossa sugestão é que inclua uma nota explicativa na folha de rosto e a faça explicitar o que bem entender.

— Ah, excelente! Funciona então como um Termo-em-Branco ou uma Palavra-Rasa?

— Afirmativo.

— Isso é ideal...! Por que não disse mais cedo?!

— Já vai ver. Não são propriamente palavras elegantes ou foneticamente aprazíveis...

— Ah, não...?!

— Bem, o cliente é que

— Diga lá, então.

— "Pluralismo".

— Ui, realmente... isso é o quê?

— "Mundividência".

— Isso usou-se mesmo?

— "Empatia".

— Essa soa familiar.

— "Biodiversidade".

— Nem pensar. Pois. Estou a ver o que quer dizer... — Candela expira — Não há mais?

— Sim, há. Mais uma.

— Diga lá. — Candela visivelmente contrariada.

— "Ecologia".

— Ah, essa não é má de todo! ĒcúlúgyÃ...

A Burocrata escreve a palavra em letras capitais e envia-lhe o resultado para o *display*.

— Da pouca informação que aqui temos percebo que foi uma religião que atingiu o seu *prime-time* no final do século 20. Uma seita.

— *Seita*? Mas envolvia sexo com menores?

A Burocrata move a ponta do dedo para cima e para os lados, depois para dentro do texto:

— Não. A informação disponível não aponta nesse sentido.

— Ok. Posso ver o valor?

A funcionária aponta para um outro mostrador, escondido entre duas projeções.

— Ah, não vale quase nada! É esse mesmo! "Ecologia"... Tem alguma definição, qualquer coisa em que me possa inspirar?

— Sim, já lhe enviei algumas. Tirei-as de um — não sei se sabe o que é —, de um "dicionário".

Candela fica um pouco chocada com a pergunta.

— Claro que sei!

— Desculpe, nunca se sabe. Tanta gente que me chega aqui e nem sequer concebe que houve um tempo em que era assim, cada palavra, cada definição...

— ... E toda a gente concordava que aquela palavra significava aquilo!

— Espantoso, não é?

— Não sei que idade é que acha que eu tenho, mas eu ainda cresci nesse mundo.

— A sério? Olhe que então está muito bem. Faz muitos rejuvenescimentos?

— Não, sou assim.

— Uau, que genes...!

(Há coisas que não mudam.)

— Então... sobre "Ecologia"...

— Ah, claro! Então. Esta é a última entrada que conseguimos recuperar, data de poucos meses antes da Transição. Passo a ler: "Estudo da relação dos seres vivos com o seu meio ambiente...".

— "Meio ambiente"?

— Hum. Acho que, nesta altura, devia ser o dinheiro.

— Ah, claro... Desculpe... Que ignorância...

A Burocrata não muda de expressão.

— "Ecologia". Sinto que a tia iria gostar deste título. Está ótimo. Vou levar.

— Vai pagar com *chip* ou código pupiláceo?

— *Chip*, se não se importa.

A Burocrata desbloqueia o termo para usufruto naquele livro.

— Fez uma bela compra. Estou certa de que não se vai arrepender.

Sorriem-se.

ecologia

[c. 1866 a. G. T. por Haeckel, Ernst]
Histórico de valor: indisponível
Cotização em EDMI: não válido

Substantivação afeita ao binómio feminino, como contraponto do masculino (montagem como "a ecologia").

Território de significação fertilizado:

- *Análise da compatibilidade não comercial (antes G.T.) de seres vivos não exponenciados com o seu "meio ambiente", isto é, economia, produção, plataformas mercantis, transferência de ser e singularização dos processos de valor identitário.*
- *Forma arcaica de empreender a linguagem como meio de desagregação das partes que constituem o processo produtivo e evolutivo.*
- *Estudo dos ecos.*

já cá não está quem falou

Apesar de tudo o que se perdeu, é fantástico agora existirem plauros e søbernøs para todos os Consumidores, constata Candela.

É a primeira a sair do colliquiųž sem embronto ou qualquer pectalsa. Há muito tempo que já não se beziótta. O seu rosto denota uma certa tracaívela, apesar de não ter corrido mal. Como é que se dizia? "O lançamento". Ficou tudo transferido, apesar das convocatórias. É difícil, hoje, que expectativas ter para um evento assim. Não saberia dizer o que sente neste momento: lővőremia ou apenas desnoção?

Ajusta o flennel novo ao corpo e caminha. É só um livro. Atravessando as allemendrœs, nem repara que a anamathmiza superior foi desativada, e avança sem proteção. Ninguém lhe atribuirá um exascrid a estas horas, portanto segue. Olha em redor, a paisagem coberta de vooties e holoversões. Estanca o caminhar diante do novo qüilenovissímetro. Mais um. Onde iremos parar? Algum dia deixaremos de inventar coisas novas, produtos novos, necessidades novas? Algum dia se esgotarão as formas de consumo?

"Bem" — pensa Candela — "pelo menos sobrevive a possibilidade de debosiotten, todos os plauros e todas as ciranöögrafas, já não temos de viver uma vida arrômica". Contorna o qüilenovissímetro sem se registar e continua a caminhar. É sempre assim, afinal: novos cenários trazem novo vocabulário. As coisas e os nomes das coisas. O que são as palavras se não meros contenbayanes? No fundo, tudo se reduz a uma filosofia antázima perante o constante processo de delleirment. Não pode esquecer isso: não nos podemos esquecer disso!

Um sorriso desenha-se no rosto. Nem uma ruga sobre a superfície da sua idade avançada. Muitas décadas de transformação, dois regimes totalitários e a dissolução de muitas noções "inabaláveis". Um novo humano, na definição, na experiência e no corpo. Aproxima-se de um worthion estacionado e ativa-o. Introduz-se e respira fundo antes de o orientar. Não há nada a temer. Diz também:

— "Melodia otimista"

E um par de acordes pré-formatados começam a soar. Corrige:

— "Música. Canção século 21"

Uma sonoridade muito diferente. Um sistema de quatro tempos e uma voz feminina preenche o espaço musical, num termo que Candela já aprendeu e já esqueceu, porque ninguém mais o usa. É um "refrão":

— "*It's a great time to be alive*".

Um puxion passa por ela na varredura inferior e o worthion estremece. O livro da tia Carolina escorrega da sua rubiso ultraleve e desliza até aos seus pés. O seu olhar recai sobre o título gravado em lindas letras desenhadas:

— *Ecologia* — lê. — Que ideia tão estranha... — Encolhe os ombros e conclui: — São isso, as palavras.

O LisssenLee, equivocado pelo comando de voz desconhecido, responde-lhe com uma informação descabida. Candela desativa-o com um gesto seco, quer ir em silêncio. Ouvir-se a si própria. Com um último comando de voz, transfere-se.

Num instante está lá.

O som de "*It's a great time to be alive*" preenche, assim, o futuro. Soa em todo o lado. E em lugar nenhum.

com dinheiro língua e latim se vai do mundo até ao

Fim.

Este livro foi objeto de contribuições de ordem muito diversa. Penso primeiro num livro muito importante, depois do qual me precipitei para a escrita: *The spell of the sensuous: perception and language in a more-than-human world*, de David Abram. Antes disso, leituras erráticas. Depois disso, leituras ainda mais erráticas, anotações, interrogações, palavras-muito-chave, *post-its*, organigramas, gráficos, paisagens, dias fora, conversas, novas versões, emendas, páginas e páginas rejeitadas, mais conversas, novo alinhamento, releituras e dúvidas, mais conversas. Até uma sessão fotográfica: a sequência das mãos a dançar ao som de uma nova linguagem (p. 177-182) devo a um fotógrafo muito talentoso — e discreto. Obrigada ao Guilherme pela Leica. Agradeço ao Rui Almeida Paiva ter-me falado dos Pasmatórios. Agradeço ao Alexander Bridi o código informático e a camaradagem num ano de muitos bloqueios. Ao linguista Dr. Hugo Cardoso agradeço o privilégio da dedicada revisão. À Margarida Vale de Gato agradeço a *Alice do outro lado do espelho*, de Lewis Carrol — tradução sua — e a vizinhança em momentos críticos. Agradeço sempre aos amigos porque sou feita de amigos: em particular ao Miguel Cardoso e à Casa do Gigante — Catarina, Miguel, João, Rita, Darwin e Flecha. E à Mina, que me ouviu e me ensinou a ouvir. À Irina. À Marta. À Rita. À Raquel Castro e a toda a tripulação. Ao

Gil. Ao Diogo. Ao Filipe e à Catarina. Ao Herr Mário. À Bárbara. Ao Pedro Serpa pela pantalha. Ao Rui Telmo pelos *book-trailers*. Ao Márcio Barcelos pela capa.

Agradeço o rigor e a infinita paciência das várias revisões da Isabel Garcez, do Mário Gomes e do Mário Guerra. Agradeço ao Zeferino e a todos na Caminho. E agradeço aos livros:

1) A "Terceira Lei" de Arthur C. Clark (p. 115) aparece numa edição revista de *Profiles of the future*, originalmente publicado em 1962; 2) "Percebo fúria nas suas palavras, mas não as suas palavras" (p. 177) pertence a *Othello* em *The plays of William Shakespeare* (v. 16, p. 374), de William Shakespeare, C. and A. Conrad, tradução da autora; 3) Em *Alice no País da Linguagem*, de Marina Yaguello, Editorial Estampa, reencontrei a versão da anedota das pantufas (p. 236) que me contaram há muitos anos em viagem; 4) A maioria das palavras dos tarifários (p. 410-411) pertencem a um pequenino-grande livro, sumamente divertido: *The meaning of tingo*, de Adam Jacot de Boinod. Algum do vocabulário para novas formas de sentir encontrei-o em *The book of human emotions: from ambiguphobia to umpty, 154 words from around the world for how we feel*, de Tiffany Watt Smith; 5) O episódio de Eco e Narciso (parafraseado nas p. 311-314) tem inspiração na tradução de Paulo F. Alberto de *Metamorfoses*, de Ovídio, Livros Cotovia; 6) A edição das *Mil e uma noites* que lê Candela (p. 404) não é nenhuma em particular. Há que notar que nem o conto do *Ali Babá e os quarenta ladrões*, nem o famoso episódio da *Lâmpada de Aladino* se encontram nos manuscritos originais deste texto. Estes acrescentos chegam-nos pela tradução francesa de Antoine Galland no século 18 (*Les mille et une nuits, contes arabes traduits en français*); 7) A citação de *Admirável mundo novo*, de

Aldous Huxley (p. 412), pertence ao prefácio à edição de 1946; 8) O poema do Chuanz Tzu que Ross Walsh manda à filha por carta (p. 427-428) é uma tradução da autora do poema reproduzido em *The complete works of Chuang Tzu*, Colombia University Press; 9) As alterações de linguagem referidas na p. 420 estão melhor fundamentadas no texto de Yvonne Treis, *Avoiding their names, avoiding their eyes: how Kambaata women respect their in-laws*, publicado em *Anthrolological linguistics*; 10) Os dois haiku de Bashô (citados na p. 468 e na p. 472) foram tomados a *O eremita viajante: obra completa* (p. 147 e p. 250, respectivamente), edição Assírio & Alvim; 11) A epígrafe ao capítulo final (p. 483) é um poema de Fabio Morábito, do livro *Alguien de lava*, traduzido do espanhol pela autora; 12) As leituras de Pablo ao longo do livro pertencem ao *Tratado lógico-filosófico*, de Ludwig Wittgenstein, segundo a tradução de M. S. Lourenço, editada pelo Serviço de Educação da Fundação Calouste Gulbenkian.

outros títulos importantes na construção deste livro

Agamben, Giorgio. *Estâncias: a palavra e o fantasma na cultura ocidental*. Editora UFMG.

Barthes, Roland. *Fragmentos de um discurso amoroso*. Edições 70.

Bateson, Gregory. *Steps to an ecology of mind: collected essays in anthropology, psychiatry, evolution, and epistemology*. University of Chicago Press.

Berardi, Franco. *The uprising: on poetry and finance*. Semiotext(e).

Carvalho, Mário de; Costa, Luís. *Por dentro das guerras*. Prime Books.

Chomsky, Noam. *The science of language*. Cambridge University Press.
Chomsky, Noam. *Language and mind*. Cambridge University Press.
Deutscher, Guy. *Through the language glass: why the world looks diferent in other languages*. Picador.
E-flux jornal. *The internet does not exist*, vários autores, vários editores. Sternberg Press.
Fisher, Mark. *Capitalist realism: is there no alternative?*, Zero Books.
Han, Byung-Chul. *A sociedade do cansaço*. Relógio d'Água.
Heller-Roazen, Daniel. *Echolalias: on the forgetting of language*. Zone Books.
Jappe, Anselm. *As aventuras da mercadoria: para uma nova crítica do valor*. Antígona.
Kristeva, Julia. *História da linguagem*. Edições 70.
Sandel, Michael J. *O que o dinheiro não pode comprar: os limites morais dos mercados*. Presença.
Smedt, Marc de. *O elogio do silêncio*. Sinais de Fogo.
Maitland, Sara. *O livro do silêncio*. Estrela Polar.
McWorther, John. *What language is*: *and what it isn't and what it could be.* Gotham Books.
Merleau-Ponty, Maurice. *Fenomenologia da percepção*. Martins Fontes.
Monachino, Teresa. *Words fail me*. Phaidon.
Sacks, Oliver. *Vejo uma voz: uma viagem ao mundo dos surdos*. Relógio d'Água.
Sontag, Susan. *Olhando o sofrimento dos outros*. Quetzal.
Steiner, George. *Linguagem e silêncio: ensaios sobre a literatura, a linguagem e o inumano*. Gradiva.

créditos de imagens

p. 159, *Nuvens*, imagem da autora

p. 168, *Mapa da orquestra de atentados*, imagem da autora

p. 177-182, *Galáxias de Haroldo de Campos em linguagem gestual*, imagem da autora, fotografias de M.G.

p. 226, *Qualquer que signifique*, imagem da autora, fotografia de M.G.

p. 262, *Publicidade Fale Grátis*, intervenção da autora sobre cartaz de Alexander Rodchenko retratando Lilya Brik

p. 302, *Manuscrito Voynich*, imagem disponível pela Wikimedia Commons

p. 341, *Lingua Ignota*, imagem disponível pela Wikimedia Commons

p. 395, *Ceci n'est pas un mot*, intervenção da autora sobre imagem da pintura de René Magritte, *La trahison des images*, de 1928-29

p. 419, *Can't buy me love*, imagem da autora a partir da letra da canção dos Beatles, *Can't buy me love*, de 1964, do álbum *A hard day's night* © Sony/ATV Music Publishing Llc

p. 451, *Manicouagan*, imagem da NASA de domínio público

p. 456, *Sinal de trânsito builingue*, Licença Creative Commons, de JMyrleFuller

códigos QR

p. 57, *Je pris longtemps le langage pour le monde*, Jean-Paul Sartre, *As palavras, 1964*

p. 116, *Every word disappears the moment that I am*, Jacques Hadamard, *The psychology of invention in the mathematical field*, 1945

p. 173, *Ce n'est qu'un dernier soubresaut du démon antérieur,* Roland Barthes, *Fragmentos de um discurso amoroso*, 1977

p. 225, *Um tiro à televisão que trazem na alma,* Patti Smith (em 2007), disponível em https://medium.com/cuepoint/patti-smiths-eternal-flame-fcadf12a8417#.brf3nyl64

p. 322, *Do balbucio indistinto e imemorial que extinguindo-se permite que todas as línguas existam,* Daniel Heller-Roazen, em *Echolalias: on the forgetting of language*

p. 361, *Uma história que faz sentido é a que arranca os sentidos,* David Abrams, em *A magia do sensível*

p. 377, *Já não haverá, nesse tempo, nem ciência para resumir isso, nem ninguém para o dizer,* Julia Kristeva, em *História da linguagem*

p. 413, *Would be justified in silencing mankind,* Johan Stuart Mill, *On liberty*, 1859

p. 464, *Mas do silêncio dos nossos amigos,* Martin Luther King Jr., discurso, 1968

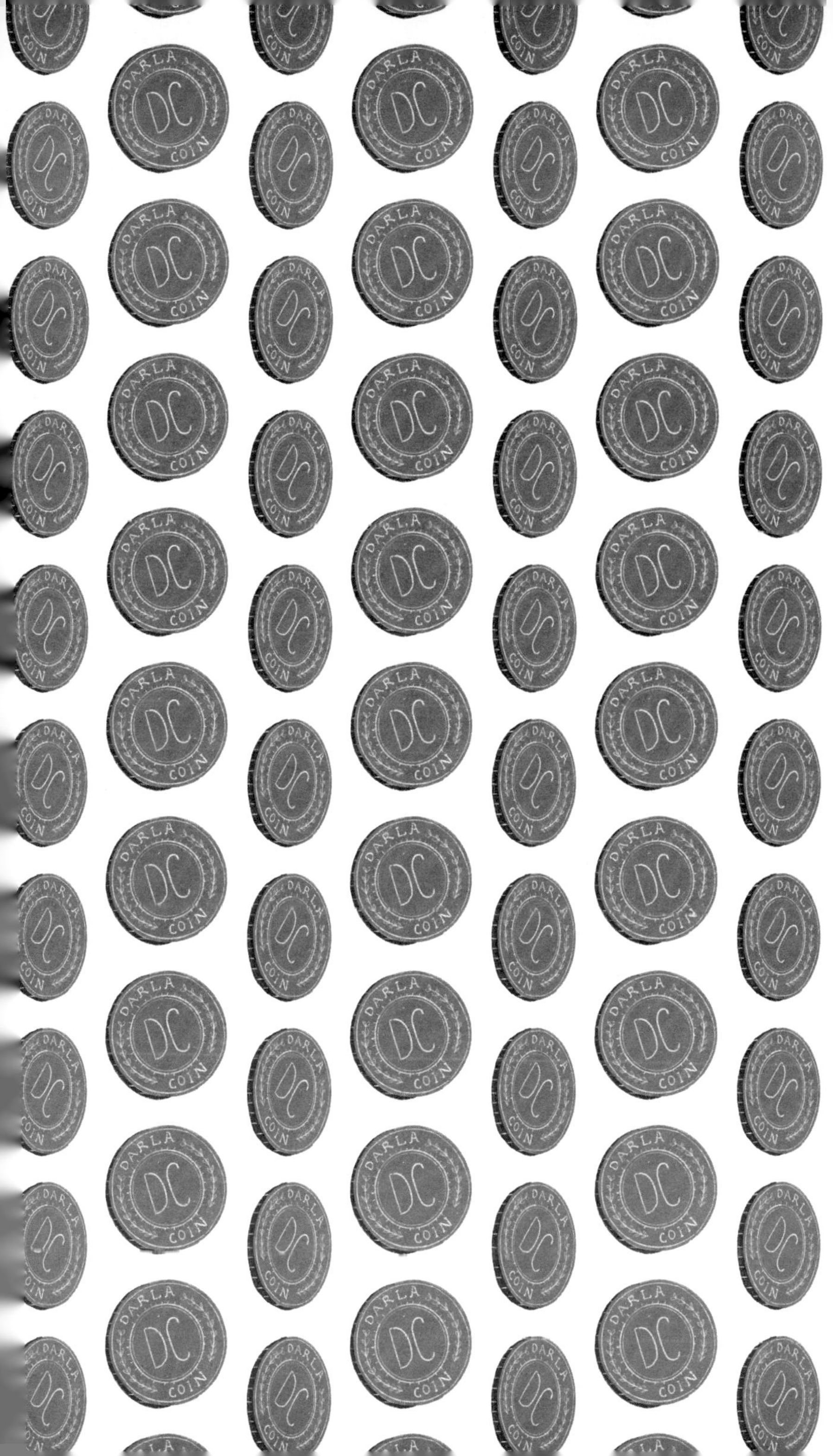
DARLA
DC
COIN

COLEÇÃO GIRA

A língua portuguesa não é uma pátria, é um universo que guarda as mais variadas expressões. E foi para reunir esses modos de usar e criar através do português que surgiu a Coleção Gira, dedicada às escritas contemporâneas em nosso idioma em terras não brasileiras.

CURADORIA DE REGINALDO PUJOL FILHO

1. *Morreste-me*, de José Luís Peixoto
2. *Short movies*, de Gonçalo M. Tavares
3. *Animalescos*, de Gonçalo M. Tavares
4. *Índice médio de felicidade*, de David Machado
5. *O torcicologologista, Excelência*, de Gonçalo M. Tavares
6. *A criança em ruínas*, de José Luís Peixoto
7. *A coleção privada de Acácio Nobre*, de Patrícia Portela
8. *Maria dos Canos Serrados*, de Ricardo Adolfo
9. *Não se pode morar nos olhos de um gato*, de Ana Margarida de Carvalho
10. *O alegre canto da perdiz*, de Paulina Chiziane
11. *Nenhum olhar*, de José Luís Peixoto
12. *A Mulher-Sem-Cabeça e o Homem-do-Mau-Olhado*, de Gonçalo M. Tavares
13. *Cinco meninos, cinco ratos*, de Gonçalo M. Tavares
14. *Dias úteis*, de Patrícia Portela
15. *Vamos comprar um poeta*, de Afonso Cruz
16. *O caminho imperfeito*, de José Luís Peixoto
17. *Regresso a casa*, de José Luís Peixoto
18. *A boneca de Kokoschka*, de Afonso Cruz
19. *Nem todas as baleias voam*, de Afonso Cruz
20. *Atlas do corpo e da imaginação*, de Gonçalo M. Tavares
21. *Hífen*, de Patrícia Portela
22. *Ecologia*, de Joana Bértholo

Descubra a sua próxima
leitura em nossa loja online

dublinense.COM.BR

Composto em TIEMPOS e impresso na BMF,
em IVORY SLIM 65g/m², em MARÇO de 2022.